Schatten tanz

Die Autorin

Julie Garwood belegt regelmäßig die Spitzenplätze auf der New-York-Times-Bestsellerliste. Die Gesamtauflage ihrer Bücher beträgt mehr als 30 Millionen Exemplare. Mehr über die Autorin erfahren Sie unter www.juliegarwood.com.

Julie Garwood

Schatten tanz

Aus dem Amerikanischen von
Margarethe van Pée

Weltbild

Die amerikanische Originalausgabe erschien 2007
unter dem Titel *Shadow Dance*
bei Ballantine Books, New York.

Besuchen Sie uns im Internet:
www.weltbild.de

Copyright der Originalausgabe © 2007 by Julie Garwood
Published by Arrangement with Julie Garwood
Copyright der deutschsprachigen Ausgabe © 2011 by
Verlagsgruppe Weltbild GmbH, Steinerne Furt, 86167 Augsburg
Dieses Werk wurde vermittelt durch die Literarische Agentur
Thomas Schlück GmbH, 30827 Garbsen
Übersetzung: Margarethe van Pée
Projektleitung: usb bücherbüro, Friedberg/Bay
Redaktion: Claudia Krader
Umschlaggestaltung: zeichenpool, München
Umschlagmotiv: Shutterstock (© coka)
Satz: Dirk Risch, Berlin
Druck und Bindung: CPI Moravia Books s.r.o., Pohorelice
Printed in the EU
ISBN 978-3-86800-435-9

2014   2013   2012   2011
Die letzte Jahreszahl gibt die aktuelle Ausgabe an.

1

Die Hochzeit war ein großes Ereignis: sieben Brautjungfern, sieben Trauzeugen, drei Platzanweiser, zwei Ministranten, drei Prediger und genügend Munition, um die halbe Gemeinde auszulöschen. Sogar die Trauzeugen waren bis auf zwei alle bewaffnet.

Das FBI war nicht gerade glücklich über die Menge der Gäste, aber die Beamten wussten natürlich, dass ihre Einwände nichts fruchten würden. Der Vater des Bräutigams, Richter Buchanan, würde diesem Fest nie fernbleiben, ganz gleich, wie viele Morddrohungen er erhielt. Er hatte zurzeit den Vorsitz in einem Prozess gegen das organisierte Verbrechen in Boston inne, und das FBI musste ihn bis zur Urteilsverkündung schützen.

Die Kirche war bis auf den letzten Platz besetzt. Die Buchanans bildeten eine so große Familie, dass einige der Verwandten und Freunde des Bräutigams auf der Seite der Braut sitzen mussten. Die meisten waren aus Boston in den kleinen Ort Silver Springs, South Carolina, gekommen, aber einige Verwandte hatten sogar die weite Reise von Inverness in Schottland auf sich genommen, um die Hochzeit von Dylan Buchanan und Kate MacKenna zu feiern.

Braut und Bräutigam strahlten vor Glück und genossen den Augenblick. Ihre Hochzeit wäre allerdings ohne Dylans Schwester Jordan nie zustande gekommen. Kate war Jordans beste Freundin, und auf dem College waren sie Zimmergenossinnen gewesen. Jordan nahm Kate zum ersten Mal mit zu sich nach Hause, nach Nathan's Bay, als die ganze Familie den Geburtstag ihres Vaters feierte. Jordan hatte nicht die Absicht gehabt, Kate zu verkuppeln, und es war ihr damals verborgen ge-

5

blieben, dass es zwischen Kate und Dylan schon bei diesem ersten Treffen gefunkt hatte. Als dann Jahre später aus dem Funken ein leidenschaftliches Feuer wurde, war niemand überraschter – und erfreuter – als Jordan.

Jedes winzige Detail des glücklichen Ereignisses war sorgfältig geplant worden. Wie Kate konnte auch Jordan sehr gut organisieren, und deshalb wurde ihr die Aufgabe übertragen, die Kirche festlich zu schmücken. Dabei hatte sie es allerdings ein bisschen zu gut gemeint. Überall in und außerhalb der Kirche standen und hingen Blumengebinde. Himbeerfarbene Rosen und cremeweiße Magnolien säumten den Mittelgang und empfingen die Gäste mit ihrem süßen Duft. Girlanden aus rosa und weißen Rosen, Schleierkraut und Satinbändern schmückten beide Seiten der alten, verwitterten Doppeltüren. Jordan hatte sogar überlegt, ob sie die Tür frisch streichen lassen sollte, nahm aber im letzten Moment Abstand davon.

Kate hatte Jordan zudem gebeten, sich um die Musik zu kümmern, und auch in dieser Hinsicht war Jordan ein wenig übers Ziel hinausgeschossen. Ursprünglich hatte sie einen Pianisten und eine Sängerin für die Trauung engagieren wollen, letztlich wurde aber ein ganzes Orchester daraus, mit Violinen, Klavier, Querflöte und zwei Trompeten. Die Musiker saßen auf einem Balkon und spielten zur Unterhaltung der Gäste Mozart. Wenn sich die Trauzeugen vor dem Altar aufstellten, sollte die Musik aufhören; eine Fanfare würde ertönen, die Gäste würden sich erheben, und die Zeremonie würde beginnen.

Die Braut und ihre Brautjungfern warteten in einem kleinen Vorraum. Es war so weit. Eigentlich sollten nun die Trompeten erschallen, doch es herrschte Stille. Kate schickte Jordan hinaus, um den Grund für die Verzögerung herauszufinden.

Leise Musik übertönte das Quietschen der Tür, als Jordan in die Kirche hineinspähte. Einer der FBI-Beamten stand in einem Alkoven auf der linken Seite der Kirche. Eigentlich sind so viele Personenschützer nicht wirklich notwendig, dachte sie, da es in ihrer Familie genügend Vertreter der Staatsgewalt gab.

Von ihren sechs Brüdern waren zwei FBI-Agenten, einer war Bundesstaatsanwalt, einer bei einer Spezialeinheit der Marine und einer Polizist. Nur der Jüngste, Zachary, besuchte noch das College und wusste nicht genau, welche Seite des Gesetzes ihm attraktiver erschien. Außerdem würde Noah Clayborne am Altar stehen, ein enger Freund der Familie und ebenfalls FBI-Agent.

Den Bundesbeamten, die ihren Vater beschützten, war es egal, wie viele andere Polizisten sich im Raum befanden. Ihre Aufgabe schien klar definiert, und sie würden sich von den Feierlichkeiten in keiner Weise ablenken lassen. Eigentlich war ihre Anwesenheit ja tröstlich, dachte Jordan. Sie sollte sich besser auf die Hochzeit konzentrieren und sich keine Sorgen machen.

Einer ihrer Brüder kam langsam durch den Mittelgang nach hinten. Es war Alec, Dylans Trauzeuge. Sie lächelte, als sie ihn sah. Er arbeitete als verdeckter Ermittler und musste normalerweise ungepflegt herumlaufen. Für die Hochzeit jedoch hatte er sich die Haare schneiden lassen und sah beeindruckend gut aus. Sie hatte ihn kaum erkannt, als er am Abend zuvor zur Generalprobe gekommen war.

Alec blieb stehen, um mit einem der Personenschützer zu sprechen. Jordan winkte ihn zu sich, und als er ins Vestibül trat, fragte sie flüsternd: »Warum fangen wir nicht an? Es ist Zeit.«

»Ich soll Kate von Dylan ausrichten, dass es in ein paar Minuten losgeht«, antwortete er.

Jordan richtete ihm den Kragen, der nach innen geschlagen war, und rückte seine Krawatte zurecht. Dann trat sie einen Schritt zurück und musterte ihren Bruder prüfend. Alec sah heute wirklich gut aus, dachte sie. Komisch, Regan, seine Frau, liebte ihn, auch wenn er ungepflegt herumlief. Liebe hat merkwürdige Auswirkungen auf die Menschen, dachte Jordan.

»Macht Kate sich Sorgen, dass Dylan abhaut?«, fragte Alec. Das Funkeln in seinen Augen sagte ihr, dass er einen Witz machte. Sie waren schließlich erst zwei Minuten in Verzug.

»Nein, nicht wirklich«, erwiderte Jordan. »Sie ist vor fünf Minuten gegangen.«

Alec schüttelte den Kopf. »Das ist nicht witzig«, sagte er grinsend. »Ich muss es ihm sagen.«

»Einen Moment. Du hast mir noch nicht erklärt, warum wir warten. Stimmt etwas nicht?«

»Mach dir keine Sorgen. Es ist alles in Ordnung.« Noah wandte sich zum Gehen, drehte sich dann aber noch einmal um. »Jordan?«

»Ja?«

»Du siehst hübsch aus.«

Alec machte normalerweise keine Komplimente, und er schien selbst ganz überrascht von sich zu sein. Sie wollte gerade etwas Nettes über sein Aussehen erwidern, als die Außentüren aufflogen und Noah Clayborne hereingestürmt kam.

Er war ein eindrucksvoller Mann. Das weibliche Geschlecht liebte ihn, und Jordan musste zugeben, dass sie das verstehen konnte. Er war groß, athletisch gebaut und gut aussehend – der Traum aller Frauen. Seine blonden Haare waren immer einen Tick zu lang, und seine blauen Augen funkelten mutwillig, wenn er grinste.

»Bin ich zu spät?«, fragte er.

»Nein, ist schon in Ordnung«, sagte Alec. »Jordan, wir können anfangen.«

»Wo warst du?«, fragte sie Noah aufgebracht.

Statt einer Antwort musterte er sie von Kopf bis Fuß, lächelte und folgte Alec in die Kirche. Jordan hob resigniert die Hände. Er war bestimmt bei einer Frau gewesen, dachte sie. Unverbesserlich, der Mann.

Sie hätte ihm eigentlich böse sein müssen, aber stattdessen lachte sie. Sich frei und ungezwungen zu benehmen – Jordan konnte sich kaum vorstellen, wie das wohl sein mochte. Aber Noah kannte das Gefühl zweifellos.

Jordan eilte wieder zum Warteraum, stieß die Tür auf und sagte: »Es ist so weit.«

Kate winkte Jordan zu sich. »Was hat die Verzögerung verursacht?«, fragte sie.

»Noah. Er ist gerade erst gekommen. Wenn ich raten müsste, würde ich sagen, er war bei einer Frau.«

»Ich glaube, da brauchst du nicht zu raten«, flüsterte Kate. »Das ist eine Tatsache. Ich hatte keine Ahnung, dass er so ein Playboy ist, aber gestern Abend habe ich es mit eigenen Augen gesehen. Er ist mit gleich drei meiner Brautjungfern von dem Probeessen verschwunden. Als sie heute Morgen zur Kirche kamen, haben sie alle drei ausgesehen, als hätten sie nicht genügend Schlaf bekommen.«

Jordan sah sich unauffällig im Raum um, als ob sie ergründen wollte, welche der anwesenden Brautjungfern es gewesen sein könnte.

»Er soll sich was schämen«, erklärte sie.

»Oh, das war nicht allein seine Schuld«, erwiderte Kate. »Sie sind alle bereitwillig mitgegangen.«

Kates Tante Nora, die ein bisschen schwerhörig war, verkündete, keiner würde irgendwo hingehen, bevor nicht die Fanfaren ertönten. Sie begannen sich schon einmal alle aufzustellen.

Kate beugte sich näher zu Jordan. »Ich muss dich um einen Gefallen bitten. Leider keinen einfachen.«

Aber damit hatte Jordan keine Probleme. Sie gingen füreinander durch dick und dünn. »Was soll ich denn machen?«, fragte sie. »Du weißt doch, ich tue alles für dich.«

»Würdest du bitte dafür sorgen, dass Noah sich benimmt?«

Na gut, vielleicht konnte sie nicht alles tun. Jordan holte tief Luft. »Das ist unmöglich«, flüsterte sie. »Man kann ihn nicht kontrollieren. Eher bringt man einem Bären bei, am Computer zu arbeiten. Gib mir irgendeine Aufgabe, und ich werde sie erfüllen. Aber Noah? Na, weißt du, Kate …«

»Ich mache mir ja eigentlich nur Sorgen um Isabel. Hast du gesehen, wie sie bei der Probe förmlich an ihm geklebt hat?«

»Hast du mich deshalb neben ihm platziert? Damit ich deine kleine Schwester von ihm fernhalte?«

9

»Nein«, erwiderte Kate. »Aber nachdem ich gestern Abend Isabel in Aktion gesehen habe, bin ich froh darüber. Ich kann es ihr nicht verdenken, schließlich ist Noah hinreißend. Ich finde, er ist einer der anziehendsten Männer, die ich kenne, abgesehen von Dylan natürlich. Er hat Charisma, findest du nicht auch?«

Jordan nickte. »Oh ja.«

»Aber ich will einfach nicht, dass Isabel ein weiteres NCG wird«, fuhr Kate fort. »Und sie soll auf meinem Hochzeitsfest auf keinen Fall plötzlich mit ihm verschwinden.«

»Was ist ein NCG?«, fragte Jordan.

Kate grinste. »Ein Noah-Clayborne-Groupie.«

Jordan brach in Lachen aus.

»Du bist der einzige Mensch auf der Welt, der immun gegen seinen Charme ist. Er behandelt dich wie eine Schwester.«

Tante Nora klatschte in die Hände. »Okay, meine Lieben. Wir müssen hinausgehen.«

Kate packte Jordan am Arm. »Ich bewege mich nicht von der Stelle, bis du es mir versprichst.«

»Okay, in Ordnung. Ich tue es.«

Erneut erklangen die Trompeten. Jordan stand als Erste in der Reihe, und nervös umklammerte sie ihr Blumenbukett. Sie galt in ihrer Familie als Tollpatsch, aber heute wollte sie auf keinen Fall über ihre eigenen Füße stolpern. Sie würde aufpassen und sich darauf konzentrieren, einen Fuß vor den anderen zu setzen.

Sie wartete auf der Schwelle, bis Tante Nora flüsterte: »Los.«

Sie holte tief Luft und ging los. Der Mittelgang schien endlos lang zu sein. Vor dem Altar wartete Noah. Als sie auf ihn zutrat, wandte er sich zu ihr. Er sah großartig aus in seinem Smoking. Jordan entspannte sich. Niemand achtete auf sie. Alle – zumindest die Frauen – hatten nur Augen für Noah.

Sie erwiderte sein Lächeln und ergriff seinen Arm. Kurz blickte sie in seine Augen und sah das mutwillige Funkeln.

Oh Gott, das würde nicht einfach werden!

2

Die Trauung war wunderschön. Tränen rollten Jordan über die Wangen, als ihr Bruder und ihre beste Freundin sich die Ringe ansteckten. Sie dachte, niemand hätte es gesehen, aber als sie an Noahs Seite aus der Kirche ging, beugte er sich zu ihr und flüsterte: »Heulsuse!«

Natürlich hatte er es gemerkt. Ihm entging nie etwas.

Fotos wurden gemacht, und anschließend fuhren die Gäste zum Empfang. Jordan begleitete Braut und Bräutigam, aber die beiden nahmen sie gar nicht wahr, sie hatten nur Augen füreinander.

Kate und Dylan hatten den Club als Erste betreten, und Jordan wartete draußen auf der Treppe auf den Rest der Hochzeitsgesellschaft.

Es war ein schöner Abend, aber es lag bereits eine leichte Kühle in der Luft, die um diese Jahreszeit für South Carolina ungewöhnlich war. Die Verandatüren des Ballsaals waren zur Seitenterrasse hin geöffnet worden, und man sah die Tische, die mit weißen Leinentischtüchern, silbernen Kerzenleuchtern und Blumenarrangements aus Rosen und Hortensien eingedeckt waren. Der Empfang würde sicher fabelhaft werden, das Essen schmeckte außergewöhnlich gut – sie hatte ein paar Gerichte bereits im Vorfeld probiert. Und die Band war großartig. Jordan hatte allerdings nicht vor, besonders viel zu tanzen. Es war ein langer Tag gewesen, und so langsam ging ihr die Luft aus. Eine kühle Brise wehte über die Veranda, und sie fröstelte. Ihr schulterfreies blassrosa Kleid sah wunderschön aus, aber es hielt sie nicht warm.

Und nicht nur die Kälte störte sie. Ihre Kontaktlinsen machten sie wahnsinnig. Zum Glück hatte sie ihr Brillenetui,

11

ihr Döschen für die Linsen und ihren Lippenstift in die Tasche von Noahs Jackett gesteckt. Am besten hätte sie noch eine Strickjacke mitgenommen.

Sie hörte Lachen, und als sie sich umdrehte, sah sie Kates jüngere Schwester Isabel, die an Noahs Arm hing und sich an ihn schmiegte. Oh Mann, das hatte ihr gerade noch gefehlt.

Isabel war eine blonde, blauäugige Schönheit, und Noah sah ihr sehr ähnlich. Wüsste sie es nicht besser, hätte sie die beiden für miteinander verwandt gehalten. Igitt, was für ein unangenehmer Gedanke, dachte Jordan. Isabel flirtete unverblümt mit Noah. Sie war so naiv, gerade erst neunzehn, und den schmachtenden Blicken nach zu urteilen, mit denen sie Noah bedachte, schon völlig seinem Zauber erlegen. Jordan musste allerdings zugeben, dass er sie nicht ermutigte. Eigentlich schenkte er ihr kaum Beachtung. Stattdessen lauschte er aufmerksam dem jüngsten Buchanan, Zachary.

»Erwischt!«

Jordan hatte ihn gar nicht kommen hören und zuckte zusammen, als ihr Bruder Michael sie antippte. Er grinste fröhlich. Als Kind hatte er sich immer an sie und ihre Schwester Sidney herangeschlichen und sie damit zu Tode erschreckt. Je lauter sie aufschrien, desto mehr freute er sich. Sie hatte geglaubt, er sei aus diesem Verhalten herausgewachsen, aber anscheinend machte ihn ihre Nähe wieder zum Lausbuben. Wenn sie so darüber nachdachte, passierte das all ihren Brüdern.

»Was machst du hier draußen?«, fragte Michael.

»Ich warte.«

»Das sehe ich. Auf wen oder was denn?«

»Auf die anderen Brautjungfern, aber vor allem auf Isabel. Ich soll sie von Noah fernhalten.«

Michael drehte sich um und blickte zu Noah. Isabel klebte praktisch an ihm. Er grinste. »Und, klappt es?«

»Es geht so.«

Er lachte. Isabel war es endlich gelungen, Noahs Aufmerksamkeit auf sich zu ziehen. Ihr Gesicht war gerötet.

»Ein flotter Dreier«, murmelte Michael.

»Wie bitte?«

»Sieh sie dir doch an«, sagte er. »Isabel himmelt Noah an; Zachary ist völlig hingerissen von Isabel, und diese Frau da drüben, die Noah fixiert wie ein Löwe seine Beute, die finde ich sogar ein bisschen beängstigend.« Michael zuckte mit den Schultern. »Eigentlich ist es sogar ein Vierer.«

»Das ist weder ein Dreier, noch ein Vierer oder ein Zehner«, widersprach Jordan.

»Ich dachte, Zehner nennt man Orgien, oder?«

Sie achtete nicht auf ihn, sondern beobachtete Zachary, der um Isabels Aufmerksamkeit buhlte. Es fehlte nicht viel, und er würde einen Salto rückwärts machen.

»Traurig, traurig.« Jordan schüttelte den Kopf.

»Zack?«

Sie nickte.

»Ich kann es ihm nicht verdenken«, sagte Michael. »Isabel hat wirklich Klasse. Die Figur, das Gesicht – sie ist zweifellos …«

»Neunzehn, Michael, sie ist neunzehn.«

»Ja, ich weiß. Sie ist zu jung für Noah und mich, und sie glaubt, sie sei zu alt für Zachary.«

Das Auto mit ihren Eltern hielt vor dem Eingang zum Club. Jordan bemerkte, dass ein Personenschützer direkt hinter ihrem Vater die Treppe hinaufging. Ein weiterer Aufpasser lief voraus.

Michael stupste Jordan an und sagte: »Du brauchst dir wegen des Personenschutzes keine Sorgen zu machen.«

»Machst du dir denn auch keine?«

»Ein bisschen vielleicht. Aber der Prozess läuft jetzt schon so lange, dass ich mich daran gewöhnt habe, unseren Vater mit seinen Schatten zu sehen. Nach dem Urteil in ein paar Wochen wird alles vorbei sein.« Er stupste sie erneut an. »Denk heute Abend einfach nicht daran, okay?«

»Ja, okay«, versprach sie, auch wenn sie noch nicht ganz genau wusste, wie sie das bewerkstelligen sollte.

»Feiere ein bisschen«, meinte er. »Jetzt, wo du dein Unternehmen verkauft und uns Aktionäre reich gemacht hast, bist du frei und ungebunden. Du kannst tun und lassen, was du willst.«

»Und wenn ich gar nicht weiß, was ich will?«

»Mit der Zeit wirst du es schon herausfinden«, beruhigte er sie. »Du bleibst doch sicher in der Computerbranche, oder?«

Jordan wusste es noch nicht genau, aber wahrscheinlich war es das Sinnvollste, das zu tun, was sie am besten beherrschte. Sie war eine der wenigen Frauen, die die Entwicklung von neuen Computersystemen vorantrieben, und ihr Unternehmen war äußerst erfolgreich gewesen. In den letzten Jahren kannte sie nichts außer ihrer Arbeit, aber als ein attraktives Angebot eines anderen Unternehmens für ihre Firma kam, hatte sie sie ohne zu zögern verkauft. Nun war sie bereit für etwas Neues.

Sie zuckte mit den Schultern. »Vielleicht arbeite ich als Beraterin«, sagte sie.

»Ich weiß, dass du viele Angebote hast«, sagte Michael, »aber lass dir Zeit, bevor du etwas Neues anfängst. Entspann dich erst einmal und genieß das Leben.«

Heute Abend ging es sowieso nur um Dylan und Kate, mahnte sie sich. Über ihre Zukunft konnte sie sich morgen Gedanken machen.

Noah brauchte eine Ewigkeit, um die Treppe hinaufzukommen. Ständig wurde er von Verwandten und Freunden aufgehalten.

»Warum gehst du nicht hinein?«, drängte Michael sie. »Und kümmere dich nicht um Noah. Er weiß, wie jung Isabel ist, und er wird schon nichts Ungehöriges tun.«

Was Noah anging, hatte Michael recht, aber Jordan wusste, dass für Isabel nicht das Gleiche galt.

»Hol du sie, ja?«, bat sie ihren Bruder. »Und bring sie herein.«

Das ließ sich Michael nicht zweimal sagen. Jordan ging hinein. Sie brauchte schließlich nicht den Wachhund zu spielen. Noah war tatsächlich ein perfekter Gentleman. Allerdings konnten die meisten Frauen die Finger nicht von ihm lassen, und er ließ sich die Aufmerksamkeit nur zu gern gefallen. Aber da sie alle über einundzwanzig waren, war dagegen wohl nichts einzuwenden.

Noahs tadelloses Benehmen enthob Jordan ihrer Verantwortung, und so langsam begann sie, das Fest zu genießen. Gegen neun Uhr konnte sie es jedoch mit ihren Kontaktlinsen nicht mehr aushalten. Sie hielt Ausschau nach Noah, der immer noch ihr Brillenetui in der Tasche hatte. Er wiegte sich langsam auf der Tanzfläche mit einer platinblonden Frau. Jordan holte sich ihr Linsendöschen bei ihm ab und eilte zur Damentoilette.

Im Foyer herrschte Aufruhr. Ein merkwürdiger Typ stritt sich mit dem Wachpersonal des Clubs. Sie wollten ihn vor die Tür setzen, aber er reagierte nicht auf ihre Versuche. Einer der FBI-Beamten hatte ihn bereits nach Waffen abgetastet.

»Es ist unerhört, einen Gast so zu behandeln«, plusterte er sich auf. »Ich sage Ihnen doch, dass Miss Isabel MacKenna sich freuen wird, mich zu sehen. Ich habe meine Einladung verlegt, aber ich kann Ihnen versichern, dass ich tatsächlich eingeladen bin.«

Er sah, dass Jordan auf ihn zukam, und schenkte ihr ein strahlendes Lächeln. Einer seiner Schneidezähne stand über dem anderen, sodass beim Sprechen seine Oberlippe daran hängen blieb.

Jordan war sich nicht sicher, ob sie eingreifen sollte. Er benahm sich so seltsam. Er schnippte mit den Fingern und wackelte mit dem Kopf, obwohl im Moment gar keiner mit ihm redete. Auch seine Kleidung war bizarr. Unpassend zum sommerlich warmen Wetter trug er einen schweren Tweedblazer mit Lederflicken an den Ellbogen. Er schwitzte schrecklich, und trotz der grauen Strähnen in seinem ungepflegten Bart fiel es Jordan schwer, sein Alter zu schätzen. Er presste eine alte Ledermappe an seine Brust, aus der Papiere ragten.

15

»Kann ich Ihnen helfen?«, fragte sie.

»Gehören Sie zur MacKenna-Hochzeitsgesellschaft?«

»Ja.«

Sein Lächeln wurde breiter, und er griff in die Tasche seiner karierten Wollweste. Er zog eine zerknitterte Visitenkarte heraus und reichte sie ihr.

»Ich bin Professor Horace Athens MacKenna«, verkündete er stolz. Er wartete, bis sie den Namen gelesen hatte, dann riss er ihr die Karte aus der Hand und steckte sie wieder ein.

Der Wachmann hatte sich ein wenig zurückgezogen, beobachtete ihn aber misstrauisch. Kein Wunder – Professor MacKenna machte einen recht ungewöhnlichen Eindruck.

»Ich kann Ihnen nicht sagen, wie sehr ich mich freue, hier zu sein.« Er streckte die Hand aus und fügte hinzu: »Dies ist ein denkwürdiger Anlass. Eine MacKenna heiratet einen Buchanan. Es ist erstaunlich. Ja, erstaunlich.« Schmunzelnd fügte er hinzu: »Unsere MacKenna-Vorfahren drehen sich wahrscheinlich im Grabe um.«

»Ich bin keine MacKenna«, sagte Jordan. »Mein Name ist Jordan Buchanan.«

Beinahe hätte er ihre Hand losgelassen. Sein Lächeln verschwand, und er zuckte zurück. »Buchanan? Sie sind eine Buchanan?«

»Ja, genau.«

»Na gut«, sagte er. »Na gut. Es ist die Hochzeit einer MacKenna mit einem Buchanan. Natürlich begegnet man dabei auch Buchanans. Das war ja wohl zu erwarten, oder?«

Sie konnte ihm nicht so recht folgen. Professor MacKennas Akzent war schwer zu verstehen, eine ungewöhnliche Mischung aus schottischem Dialekt und Südstaaten-Slang.

»Es tut mir leid. Haben Sie gerade gesagt, die MacKenna-Vorfahren würden sich im Grabe umdrehen?«, fragte sie.

»Ja, genau das habe ich gesagt, Liebchen.«

Liebchen? Der Mann wurde immer merkwürdiger.

»Und ich nehme an, die Buchanans werden in ihren unheiligen Grabstätten auch nicht gerade ruhig bleiben«, fuhr er fort.

»Und warum meinen Sie das?«

»Wegen der Fehde natürlich.«

»Ich verstehe nicht ganz. Welche Fehde?«

Er zog sein Taschentuch hervor und wischte sich den Schweiß von der Stirn. »Ich vergesse mich. Sie müssen mich ja für verrückt halten.«

Ja, damit hatte er recht.

Glücklicherweise erwartete er keine Antwort. »Ich fühle mich ausgedörrt«, verkündete er. Er wies mit dem Kopf zum Ballsaal. »Ich könnte eine Erfrischung vertragen.«

»Ja, natürlich. Bitte kommen Sie mit.«

Er ergriff ihren Arm und blickte sich misstrauisch um, als sie zum Ballsaal gingen. »Ich bin Geschichtsprofessor am Franklin College in Texas. Haben Sie schon einmal vom Franklin gehört?«

»Nein«, gab Jordan zu.

»Es ist eine gute Universität. Sie liegt etwas außerhalb von Austin. Ich lehre mittelalterliche Geschichte, beziehungsweise lehrte, weil ich unerwartet zu Geld gekommen bin und beschlossen habe, eine Auszeit zu nehmen. Vor etwa fünfzehn Jahren«, fuhr er fort, »habe ich begonnen, die Geschichte meiner Familie zu erforschen. Es ist ein äußerst belebendes Hobby. Wussten Sie, dass es zwischen uns böses Blut gab?« Er wartete ihre Antwort gar nicht erst ab. »Böses Blut zwischen den Buchanans und den MacKennas, meine ich. Wenn wir aus der Geschichte lernen würden, hätte diese Hochzeit gar nicht erst stattfinden dürfen.«

»Wegen einer Fehde?«

»Ja, genau, Liebchen.«

Okay, dachte sie, damit war es offiziell. Der Mann ist ein Irrer. Plötzlich verspürte sie Dankbarkeit dafür, dass der FBI-Agent ihn auf Waffen überprüft hatte. Hoffentlich hatte er nicht vor, im Ballsaal eine Szene zu machen. Andererseits schien er harmlos zu sein, und er kannte Isabel – zumindest behauptete er das.

»Was Isabel angeht«, begann sie, aber er war zu sehr in seine eigene Geschichte vertieft, um ihr zuzuhören.

»Die Fehde zieht sich schon über Jahrhunderte hin, und jedes Mal, wenn ich glaube, am Ursprung angelangt zu sein, stoße ich auf eine neue Wendung.« Er nickte heftig und blickte sich erneut um, als ob er Angst hätte, es könne sich jemand an ihn heranschleichen. »Ich kann voller Stolz sagen, dass ich die Entwicklung der Fehde bis ins dreizehnte Jahrhundert zurückverfolgt habe«, brüstete er sich.

Als er eine Pause machte, um Luft zu holen, schlug Jordan vor, mit ihm Ausschau nach Isabel zu halten.

»Sie wird sich bestimmt freuen, Sie zu sehen«, sagte sie. Oder sie ist völlig entsetzt, dachte sie im Stillen.

Im Ballsaal lief ihnen ein Kellner mit einem Tablett voller Champagnerflöten über den Weg. Der Professor ergriff ein Glas, stürzte den Inhalt herunter und nahm sich eilig ein weiteres Glas.

»Ah, das ist erfrischend. Gibt es auch etwas zu essen?«, fragte er.

»Ja, natürlich. Kommen Sie, Sie können sich an einen der Tische setzen.«

»Danke«, sagte er, rührte sich aber nicht von der Stelle. »Was Miss MacKenna angeht …« Sein Blick schweifte durch den Ballsaal. »Ich kenne die Frau eigentlich gar nicht persönlich. Sie müssen sie mir zeigen. Ich korrespondiere mit ihr schon seit einiger Zeit, aber ich habe keine Ahnung, wie sie aussieht. Ich weiß nur, dass sie noch jung ist und aufs College geht«, fügte er hinzu. Er warf Jordan einen Blick von der Seite zu und sagte: »Sie wundern sich sicher, wie ich sie überhaupt gefunden habe, oder?«

Er winkte dem Kellner, ihm noch etwas zu trinken zu bringen.

»Ich habe es mir zur Gewohnheit gemacht, jede Zeitung zu

lesen, derer ich habhaft werden kann«, erklärte er. »Ich bin gerne auf dem Laufenden. Natürlich lese ich die großen Blätter im Internet. Ich studiere alles, von politischen Ereignissen bis hin zu Todesanzeigen, und das meiste von dem, was ich lese, behalte ich auch«, rühmte er sich. »Das ist wahr. Ich vergesse nie etwas. Mein Gehirn funktioniert eben so. Mit der Geschichte meiner Familie eng verbunden ist der Besitz von Glen MacKenna. Ich habe herausgefunden, dass Miss MacKenna das prächtige Stück Land in wenigen Jahren erben wird.«

Jordan nickte. »Ich habe gehört, dass Isabels Großonkel ihr ein beachtliches Erbe in Schottland hinterlassen hat.«

»Nicht irgendein Erbe, Liebchen, sondern Glen MacKenna«, tadelte der Professor sie. Er klang jetzt so, als würde er eine Vorlesung halten. »Land und Fehde sind untrennbar miteinander verbunden. Die Buchanans und die MacKennas führen seit Jahrhunderten Krieg deswegen. Ich weiß nicht, was genau der Ursprung der Streitigkeiten war, aber es hat etwas zu tun mit einem Schatz, den die niederträchtigen Buchanans vom Glen gestohlen haben. Ich bin jedenfalls entschlossen herauszufinden, was es für ein Schatz war und wann er gestohlen wurde.«

Jordan ignorierte die Beschimpfung ihrer Vorfahren und zog dem Professor einen Stuhl an einen Tisch. Er legte seine Mappe ab und sagte: »Miss MacKenna hat so großes Interesse an meinen Forschungen gezeigt, dass ich sie eingeladen habe, mich zu besuchen. Sie werden verstehen, dass ich nicht alles mitbringen konnte, schließlich forsche ich schon seit Jahren zu diesem Thema.«

Erwartungsvoll blickte er sie an. Da sie annahm, er wolle eine Antwort von ihr hören, nickte sie und fragte: »Wo wohnen Sie, Professor?«

»Äußerst abgelegen.« Grinsend erklärte er: »Wegen meiner finanziellen Situation … meiner Erbschaft«, korrigierte er sich, »konnte ich in einen friedlichen kleinen Ort namens Serenity ziehen. Dort in Texas auf dem Land verbringe ich meine Tage mit Lesen und Forschen. Ich genieße die Einsamkeit, und der Ort ist wirklich eine Oase. Es wäre ein reizendes Fleckchen, um sich dort zur Ruhe zu setzen, aber ich werde wahrscheinlich wieder in meinen Geburtsort nach Schottland zurückkehren.«

»Oh? Sie gehen wieder nach Schottland zurück?« Jordan blickte sich nach Isabel um.

»Ja, genau. Ich will alle die Orte besuchen, von denen ich bisher nur gelesen habe.« Er wies auf den Ordner. »Ich habe für Miss MacKenna einiges von unserer Geschichte aufgeschrieben. Den meisten Kummer haben die Buchanans dem Clan der MacKennas bereitet«, sagte er und wackelte mit seinem Zeigefinger vor Jordans Gesicht herum. »Vielleicht schauen Sie sich meine Forschungsergebnisse auch einmal an, aber ich warne Sie, es kann zur Besessenheit werden, diesen Legenden auf den Grund gehen zu wollen. Andererseits ist es aber auch eine nette Ablenkung vom täglichen Einerlei. Ja, es kann sogar eine Leidenschaft werden.«

Ach, du liebe Güte, Leidenschaft. Als Mathematikerin und Informatikerin hatte Jordan mit Fantasie nichts am Hut. Sie konnte für jedes Unternehmen einen Businessplan und die passende Software dazu liefern, und sie liebte es, Puzzleteile zusammenzusetzen. Aber Legenden nachzujagen war für sie reine Zeitverschwendung. Allerdings würde sie sich im Augenblick bestimmt nicht auf eine ausführliche Diskussion mit dem Professor einlassen. Sie würde zusehen, dass sie so schnell wie möglich Isabel fand. Kaum hatte sie dafür gesorgt, dass man dem Professor einen Teller mit Essen vorsetzte, machte sie sich auf die Suche nach ihr.

Isabel wollte sich gerade draußen hinsetzen, als Jordan sie am Arm packte.

»Komm mit«, sagte sie. »Dein Freund Professor MacKenna ist da. Du musst dich um ihn kümmern.«

»Er ist hergekommen?« Isabel blickte sie erstaunt an.

»Hast du ihn denn nicht eingeladen?«

Isabel schüttelte den Kopf, aber dann besann sie sich. »Doch, es könnte sein, allerdings nicht formell. Ich meine, er stand auf keinen Fall auf der Liste. Wir haben miteinander korrespondiert, und ich erwähnte, wo die Hochzeit und der Empfang stattfinden würden. Er hatte mir geschrieben, er wolle nach Carolina reisen und sei etwa um diese Zeit hier in der Gegend. Er ist tatsächlich gekommen? Wie findest du ihn?«

Jordan lächelte. »Schwer zu beschreiben. Du musst ihn dir schon selbst anschauen.«

Isabel folgte Jordan nach drinnen. »Hat er dir von dem Schatz erzählt?«

»Ein wenig«, antwortete Jordan.

»Was ist mit der Fehde? Hat er dir erzählt, dass sich die Buchanans und die MacKennas die ganze Zeit über bekriegt haben? Diese Familienfehde dauert schon Jahrhunderte. Da ich Glen MacKenna erbe, wollte ich so viel wie möglich über die Geschichte wissen.«

»Du klingst ja richtig begeistert«, sagte Jordan.

»Das bin ich auch. Ich habe schon beschlossen, dass ich als Hauptfach Geschichte und als zweites Fach Musik belege. Hat der Professor seine Forschungsergebnisse mitgebracht? Er schrieb, er habe Kisten über Kisten …«

»Er hat eine Aktenmappe dabei.«

»Und die Kisten?«

»Ich weiß nicht. Das musst du ihn schon selbst fragen.«

Bei Isabel zeigte der Professor bessere Manieren. Er stand auf und schüttelte ihr die Hand.

»Es ist mir eine große Ehre, die neue Eigentümerin von Glen MacKenna kennenzulernen. Ich werde in Schottland meinem Clan berichten, dass ich Ihnen begegnet bin, und dass Sie genauso ein hübsches Mädchen sind, wie ich es mir vorgestellt habe.«

Er wandte sich an Jordan und fügte hinzu: »Auch von Ihnen werde ich ihnen erzählen.«

Neugierig blickte sie ihn an. »Von mir?«

»Von den Buchanans«, korrigierte er sie. »Sie wissen doch hoffentlich, dass Kate MacKenna unter ihrem Stand geheiratet hat?«

Zornig erwiderte sie: »Und warum das?«

»Nun ja, die Buchanans sind unzivilisierte Wilde.« Er wies auf seine Aktenmappe und sagte: »Ich habe hier nur eine kleine Auswahl von Berichten über ihre Grausamkeiten gegen die friedliebenden MacKennas. Das sollten Sie einmal lesen, dann würden Sie verstehen, wie glücklich sich Ihr Verwandter schätzen kann, mit einer MacKenna verheiratet zu sein.«

»Professor, beleidigen Sie Jordan absichtlich?«, fragte Isabel schockiert.

»Sie ist eine Buchanan«, sagte er. »Ich halte mich nur an die Fakten.«

»Wie belegbar sind Ihre Forschungsergebnisse eigentlich?« Jordan verschränkte die Arme vor der Brust und blickte den unhöflichen Mann stirnrunzelnd an.

»Ich bin Historiker«, fuhr er sie an. »Ich arbeite nur mit Fakten. Sicher könnten einige der Geschichten Legenden sein, aber sie sind trotzdem glaubhaft.«

»Als Historiker glauben Sie, den Beweis dafür zu haben, dass alle MacKennas Heilige und alle Buchanans Schurken sind?«

»Ich weiß, es klingt parteiisch, aber die Beweise sind nicht zu widerlegen. Lesen Sie«, forderte er sie erneut auf, »und Sie werden ebenfalls zu diesem Schluss kommen.«

»Dass die Buchanans unzivilisierte Wilde sind?«

»Leider ja«, erwiderte er fröhlich. »Und Diebe«, fügte er hinzu. »Sie haben sich so viel von dem Land der MacKennas angeeignet, bis Glen MacKenna nur noch halb so groß war wie ursprünglich. Und sie haben natürlich den Schatz gestohlen.«

»Der Schatz, mit dem die Fehde begann«, sagte Jordan gereizt.

Er grinste nur und ließ sie einfach stehen, um sich Isabel zuzuwenden. »Ich konnte nicht mit all den Kartons reisen, und ich muss sie einlagern, wenn ich nach Schottland fahre. Wenn

Sie das Material sehen möchten, kommen Sie am besten in den nächsten zwei Wochen nach Texas.«

»Sie reisen bereits in zwei Wochen ab? Aber ich muss in die Schule, und ich …« Isabel holte tief Luft und sprudelte hervor: »Ich kann ja die erste Woche schwänzen.«

Jordan unterbrach sie. »Isabel, du kannst nicht eine ganze Woche versäumen. Du musst deinen Stundenplan einhalten und deine Bücher durcharbeiten. Du kannst nicht einfach nach Texas fahren. Warum kann der Professor dir denn die Forschungsergebnisse nicht mailen?«

»Das meiste Material ist handschriftlich, und ich habe nur ein paar Namen und Daten in den Computer eingegeben. Das könnte ich natürlich per E-Mail schicken, aber ohne die handschriftlichen Unterlagen können Sie nicht viel damit anfangen.«

»Und wenn Sie die Kartons per Post schicken?«, schlug Jordan vor.

»Oh nein, das geht nicht«, wehrte er ab. »Die Kosten …«

»Die übernehmen wir«, bot Jordan an.

»Ich traue der Post nicht. Die Kartons könnten verloren gehen, und es steckt jahrelange Forschungsarbeit darin. Nein, nein, das will ich nicht riskieren. Sie müssen schon nach Texas kommen, Isabel. Vielleicht erst, wenn ich zurückkomme. Obwohl …«

»Ja?«, fragte Isabel.

»Unter Umständen bleibe ich in Schottland. Das hängt von meinen Finanzen ab, und dann bleiben eben auch meine Forschungsergebnisse eingelagert. Also, wenn Sie sie lesen wollen, dann geht es nur jetzt«, schloss er.

»Könnte nicht jemand die Akten fotokopieren?«, fragte Isabel.

»Ich wüsste niemanden, der das tun könnte, und ich habe einfach nicht die Zeit dazu, weil ich mich auf meine Reise vorbereiten muss. Sie müssen selbst Kopien machen, wenn Sie kommen.«

Isabel stieß einen frustrierten Seufzer aus, und Jordan, die ihr ansah, wie wichtig ihr diese Angelegenheit war, hatte Mitleid mit ihr. So irritiert sie über die einseitige Sichtweise des Professors war, so leid tat es ihr doch, dass Isabel keine Möglichkeit hatte, etwas über die Geschichte ihrer Vorfahren zu erfahren.

»Vielleicht forsche ich ja selbst ein bisschen«, meinte Jordan, als sie aufstand, um den Professor und Isabel allein zu lassen.

Der unverschämte Mann hatte sie ärgerlich gemacht, und sie war auf einmal entschlossen, selbst ein paar Fakten auszugraben, um ihm zu beweisen, dass er unrecht hatte. Die Buchanans waren unzivilisierte Wilde? Was für ein Geschichtsprofessor stellte solche Thesen auf? Wie glaubwürdig war er überhaupt? War er wirklich Geschichtsprofessor? Das würde sie überprüfen.

»Unter Umständen kommt dann heraus, dass die Buchanans die Heiligen waren«, erklärte sie.

»Das ist kaum möglich, Liebchen. Meine Forschungsergebnisse sind unangreifbar.«

Sie warf ihm einen Blick über die Schulter zu, als sie ging. »Das werden wir noch sehen.«

3

Es war schon nach zehn Uhr, als Jordan endlich Gelegenheit hatte, ihre Kontaktlinsen herauszunehmen. Dann eilte sie zurück in den Ballsaal, um Noah zu suchen. Er hatte ihr Brillenetui in der Tasche.

Professor MacKenna hatte den Empfang bereits verlassen, und Isabel hatte sich für sein ungehobeltes Benehmen entschuldigt. Jordan erwiderte, sie bräuchte sich keine Sorgen zu machen, sie fühle sich nicht beleidigt. Da Isabel immer noch darüber nachgrübelte, wie sie am besten an die Kisten kommen sollte, überlegte sie kurz, ob sie ihre Hilfe anbieten sollte, besann sich jedoch eines Besseren. Zwar hatte sie Zeit und hätte eigentlich auch gern mehr von diesem Unsinn gelesen, aber dann wäre sie der Gesellschaft des Professors ausgesetzt gewesen. Nein, vielen Dank, dachte sie, nichts war es wert, auch nur noch eine Stunde mit diesem Mann zu verbringen.

»Warum runzelst du die Stirn?«

Ihr Bruder Nick trat zu ihr.

»Ich runzele nicht die Stirn, ich blinzele. Noah hat meine Brille. Siehst du ihn?«

»Ja. Er steht direkt vor dir.«

Jordan kniff die Augen zusammen, und dann sah sie ihn. »Sieh dir nur an, wie all diese albernen Frauen hinter deinem Partner herhecheln. Das ist widerwärtig.«

»Findest du?«

»Ja«, erwiderte sie. »Du musst mir etwas versprechen.«

»Ja?«

»Sollte ich mich jemals so benehmen, musst du mich erschießen.«

»Gerne«, erwiderte Nick lachend.

Noah löste sich von seinem Fanclub und kam zu ihnen.

»Was ist so lustig?«

»Jordan will, dass ich sie erschieße.«

Noah blickte sie an, und für ein oder zwei Sekunden hatte sie seine volle, ungeteilte Aufmerksamkeit.

»Das mache ich schon«, bot er an.

Sie fand, er klang entschieden zu bereitwillig. Gerade wollte sie den beiden Männern den Rücken zuwenden, als sie sah, dass Dan Robbins auf sie zukam. Zumindest glaubte sie das, weil sie ohne ihre Brille alles nur verschwommen wahrnahm. Sie hatte früher am Abend mit Dan getanzt, und ganz gleich, welche Musik gespielt wurde, Dan tanzte immer seine eigene Schrittfolge darauf, die einer verkrampften Polka glich. Das brauchte sie jetzt wahrhaftig nicht. Rasch änderte sie ihre Taktik und trat näher an Noah heran und lächelte ihn an. Die Strategie schien zu funktionieren. Dan zögerte und trat den Rückzug an.

»Willst du nicht wissen, warum ich sie erschießen soll?«, fragte Nick.

»Ich weiß es schon«, erwiderte Noah. »Sie langweilt sich.«

Sie fasste in seine Jackentasche und holte ihr Brillenetui heraus. Rasch setzte sie die Brille auf die Nase.

»Ich langweile mich gar nicht.«

»Doch, das tust du«, sagte Noah.

Während er redete, blickte er über ihren Kopf hinweg. Wahrscheinlich machte er das absichtlich, um sie zu ärgern.

»Er hat recht«, warf Nick ein. »Du musst dich langweilen. Du hattest doch nur dein Unternehmen, und da du alles verkauft hast ...«

»Nur weil ich mich nicht so verhalte wie ihr beide, brauche ich noch lange nicht gelangweilt oder unglücklich zu sein. Ich bin sehr mit meinen Freunden und Bekannten beschäftigt.«

Noah unterbrach sie. »Ich glaube, auf dem Friedhof ist mehr los.«

Nick stimmte ihm zu. »Na, viel Spaß hast du nicht gerade, oder?«

»Doch, sicher. Ich lese gerne, und …«

Die beiden grinsten sie an. Nick sagte: »Ach, du schätzt also ein gutes Buch. Was hast du denn zuletzt gelesen?«

»Das weiß ich nicht mehr. Ich lese viele Bücher.«

»Ja, das stimmt«, erwiderte Noah fröhlich. »Als Nick und ich vom Angeln gekommen sind, hast du auf der Terrasse gesessen und das komplette Werk von Stephen Hawking durchgearbeitet.«

»Es war äußerst fesselnd.« Die beiden Männer lachten sich kaputt. »Hört auf, euch über mich lustig zu machen und verschwindet. Beide!«

Dafür hätte sie sich einen besseren Zeitpunkt aussuchen können, denn kaum hatte sie den Satz beendet, näherte sich Dan schon wieder. Sofort packte sie Noah am Arm. Er wusste sicher, warum sie das tat – er hätte blind sein müssen, um Dan nicht zu bemerken –, aber er sagte nichts.

»Deine Schwester führt ein sehr eintöniges Leben«, stellte Noah fest.

Nick stimmte ihm zu. »Wann hast du eigentlich das letzte Mal etwas nur zum Spaß gemacht, Jordan?«, fragte er.

»Ich tue viele Dinge, die mir Spaß machen.«

»Na gut, ich will die Frage ein bisschen genauer formulieren. Wann hast du das letzte Mal etwas zum Spaß gemacht, das nichts mit Computern oder Software zu tun hatte?«

Jordan öffnete den Mund, um ihm zu antworten, machte ihn aber dann wieder zu. Ihr fiel gerade nichts ein, aber das lag sicherlich daran, dass die beiden sie so unter Druck setzten.

»Hast du jemals etwas Spontanes getan?«, fragte Noah.

»Wieso das denn?«, erwiderte sie.

Noah wandte sich zu Nick. »Meint sie das ernst?«

»Leider ja«, erwiderte Nick. »Bevor meine Schwester etwas anfängt, muss sie zuerst alle verfügbaren Daten analysieren und ausrechnen, wie groß die Erfolgsaussichten statistisch gesehen sind.«

Die beiden Männer amüsierten sich königlich und hätten

sicher weitergemacht, wenn nicht ihr Arbeitgeber, Dr. Peter Morganstern, sich zu ihnen gesellt hätte. Er hielt einen Teller mit zwei Stücken Hochzeitskuchen in der Hand.

Morganstern war ein guter Freund der Familie geworden und selbstverständlich auch zur Hochzeit eingeladen. Jordan mochte und bewunderte ihn sehr. Er war ein großartiger Gerichtspsychiater, der eine Spezialeinheit innerhalb des FBI leitete. Intern wurde sie das »Fundbüro« genannt. Ihr Bruder Nick und Noah arbeiteten für Morganstern. Zu ihren Aufgaben gehörte es, vermisste und missbrauchte Kinder wiederzufinden, und Jordan fand, sie arbeiteten erfolgreich.

»Ihr drei scheint euch prächtig zu amüsieren.«

»Wie halten Sie es nur aus, mit den beiden zu arbeiten?«, fragte Jordan.

»Es gibt schon Momente, da glaube ich, den Verstand zu verlieren. Vor allem wegen dem da«, antwortete er und wies mit dem Kopf auf Noah.

»Sir, es tut mir leid, dass Sie und Ihre Frau am gleichen Tisch wie meine Tante Iris sitzen«, warf Nick ein. »Hat Sie schon herausgefunden, dass Sie Arzt sind?«

»Leider ja.«

»Iris ist ein schrecklicher Hypochonder«, erklärte er Noah.

»Warum sitzt dann ausgerechnet der Doktor neben ihr?«, fragte Noah.

Alle schauten zu dem Tisch, an dem Tante Iris saß.

»Die Wahrscheinlichkeit lag bei eins zu hundertsiebenundneunzigtausendsiebenhundert«, antwortete Jordan unwillkürlich.

Erstaunt fragte Morganstern: »Ist das die exakte Zahl oder nur eine Vermutung?«

»Die exakte Zahl auf der Basis von sechshundert Gästen«, erwiderte Jordan. »Mit Vermutungen gebe ich mich nicht ab.«

»Ist sie immer so?«, staunte Noah.

»Meistens«, antwortete Nick.

»Nur weil ich Sinn für mathematische …«

»Aber keinen gesunden Menschenverstand«, warf Nick ein.

»Sie könnte ich in meinem Team gut gebrauchen«, sagte Morganstern. »Wenn Sie etwas Neues machen möchten, kommen Sie zu mir.«

»Nein«, sagte Nick mit Nachdruck.

»Auf gar keinen Fall«, erklärte Noah.

Der Arzt zwinkerte Jordan verschwörerisch zu. »Ich würde sie nicht direkt auf einen Fall ansetzen. Sie bräuchte ja erst ein ausgiebiges Training, wie ihr beide.« Nachdenklich schwieg er einen Moment. »Bei Jordan habe ich ein gutes Gefühl«, fuhr er dann fort. »Sie wäre sicherlich eine Bereicherung für die Einheit.«

»Sir, verstößt es nicht gegen die Regeln, wenn zwei Mitglieder der gleichen Familie zusammenarbeiten?«

»Eine solche Regel kenne ich nicht«, erwiderte Morganstern. »Ich würde sie allerdings nicht auf die Akademie schicken, sondern sie selbst ausbilden.«

Noah blickte ihn entsetzt an. »Sir, ich halte das für keine gute Idee«, sagte er. Nick nickte heftig.

Empört wandte sich Jordan an Noah. »Hör mal, Mister, das ist immer noch meine Entscheidung.« Dann wandte sie sich an Morganstern. »Müsste ich dann eine Waffe tragen?«, fragte sie ihn.

»Eine Pistole kommt nicht infrage«, erklärte Nick.

»Du bist viel zu grobmotorisch und außerdem blind wie eine Fledermaus«, warf Noah ein. »Du würdest dich am Ende noch selbst erschießen.«

Sie lächelte Morganstern an. »Es war reizend, mit Ihnen zu plaudern. Wenn Sie mich jetzt entschuldigen wollen, ich möchte gerne von diesen zwei Kretins wegkommen.«

Noah packte sie am Arm. »Komm. Tanz mit mir.«

Da er sie bereits in Richtung Tanzfläche zog, hatte es wohl keinen Zweck zu widersprechen. Die Braut hatte ihre Schwester zu einem Lied überredet. Isabel hatte eine wundervolle Stimme, und als sie Kates Lieblingsballade zu singen begann, wurde es still im Saal. Jung und alt, alle lauschten ihr wie hypnotisiert.

Noah zog Jordan in die Arme und drückte sie eng an sich. Sie musste zugeben, dass das keineswegs unangenehm war. Ihr gefiel es, wie sich sein harter Körper an sie presste. Auch seinen Duft mochte sie. Sie fand ihn sehr männlich und sexy.

Er blickte sie nicht an, als er fragte: »Du würdest nicht wirklich in Betracht ziehen, für den Doktor zu arbeiten, stimmt's?«

Er klang tatsächlich ein bisschen besorgt, und sie konnte es nicht lassen, ihn ein wenig zu provozieren. »Nur, wenn ich dann mit dir zusammenarbeiten dürfte.«

Lächelnd schüttelte er den Kopf. »Auf gar keinen Fall. Und du meinst das doch nicht ernst, oder?«

»Nein, natürlich nicht«, gab sie zu. »Ich würde nie auf die Idee kommen, für Doktor Morganstern zu arbeiten. Bist du jetzt glücklich?«

»Ich bin immer glücklich.«

Sie verdrehte die Augen. Oh Mann! Dieses Selbstbewusstsein. »Ach, übrigens«, sagte sie, »Morganstern hat es nicht ernst gemeint. Er wollte Nick und dich nur ein wenig ärgern, und das hat ja auch funktioniert. Du warst ganz aufgebracht.«

»Der Doktor macht keine Scherze, und ich bin nie aufgebracht.«

»Okay, aber selbst wenn er es ernst gemeint hat, würde ich nicht für ihn arbeiten wollen.«

Er lächelte sie strahlend an, und eine flüchtige Sekunde lang vergaß sie, wie aufreizend er wirken konnte.

»Ich habe auch nicht wirklich geglaubt, dass du interessiert wärst.«

Verärgert fragte sie: »Warum unterhalten wir uns dann darüber? Wenn du die Antwort schon wusstest, warum hast du überhaupt gefragt?«

»Ich wollte nur sichergehen.«

Schweigend tanzten sie eine Weile, und gerade fing sie an, sich zu entspannen, als er alles verdarb.

»Du wärst auch schrecklich darin.«

»Worin?«

»In dem Job.«

»Woher willst du das denn wissen?«

»Du bist einfach ein bequemes Leben gewöhnt.«

»Was verstehst du denn unter einem bequemen Leben?«

»Das Leben, das du führst. Du verlässt nie deine gewohnte Umgebung«, erklärte er. »Du bleibst lieber in Deckung.« Bevor sie widersprechen konnte, fuhr er fort: »Ich wette, du hast noch niemals etwas Spontanes oder Riskantes getan.«

»Ich habe allein im vergangenen Jahr jede Menge Risiken auf mich genommen.«

»Ja? Nenn mir ein einziges.«

»Ich habe mein Unternehmen verkauft.«

»Das war eine kalkulierte Entscheidung, die dir einen Riesenprofit eingebracht hat«, entgegnete er. »Was noch?«

»Ich bin viel gelaufen. Ich wollte mich nächstes Jahr beim Marathonlauf in Boston anmelden«, sagte sie.

»Das erfordert Disziplin. Außerdem tust du es, um fit zu bleiben«, widersprach er.

Er blickte ihr direkt in die Augen, was ihr unangenehm war, da ihr tatsächlich keine einzige spontane Aktion einfiel. Alles, was sie tat, war wohlüberlegt und bis ins letzte Detail geplant. War ihr Leben wirklich so langweilig? War *sie* so langweilig?

»Na, fällt dir nichts ein?«

»Es ist nichts Schlimmes dabei, vorsichtig zu sein.« Na toll, sie klang wie eine Neunzigjährige.

Er sah aus, als müsse er sich das Lachen verkneifen. »Du hast recht«, sagte er. »Schlimm ist das nicht.«

Verlegen wechselte sie überstürzt das Thema und sprudelte den ersten Gedanken heraus, der ihr in den Sinn kam.

»Isabel hat wirklich eine schöne Stimme, nicht wahr? Ich könnte ihr die ganze Nacht lang zuhören. Wusstest du, dass schon Künstleragenturen hinter ihr her waren, um einen Star aus ihr zu machen? Aber sie ist nicht daran interessiert. Sie ist erst im ersten Jahr auf dem College. Allerdings hat sie schon beschlossen, ihren Abschluss in Geschichte zu machen. Sie will später unterrichten. Interessant, oder? Ruhm und Reichtum bedeuten ihr nichts. Ich finde das erstaunlich, du nicht?«

Noah lächelte sie an. Er wirkte ein wenig verwirrt, aber das war wohl kein Wunder. Sie plapperte Unsinn, aber sie konnte einfach nicht den Mund halten. Sein durchdringender Blick machte sie nervös.

»Und wusstest du, dass Isabel in ein paar Jahren ein Landgut in Schottland erbt? Es heißt Glen MacKenna«, fuhr sie fort. »Sie hat einen merkwürdigen kleinen Mann zum Hochzeits-empfang eingeladen. Ich habe ihn eben kennengelernt. Er bewahrt alle gesammelten Informationen in Kartons in Texas auf. Er ist nämlich Professor, weißt du, und er erforscht die Ursachen einer Fehde, die angeblich seit Jahrhunderten zwischen den Buchanans und den MacKennas herrscht. Der Professor meint sogar, Dylan und Kate hätten gar nicht heiraten dürfen. Es gibt auch eine Legende über einen Schatz. Wirklich faszinierend.«

Sie holte tief Luft.

Noah hörte auf zu tanzen und fragte: »Mache ich dich nervös?«

Oha.

»Ja, wenn du mich so anstarrst. Mir wäre es lieber, du wärst wieder unhöflich und würdest an mir vorbeischauen, wenn du mit mir sprichst. Deshalb machst du das doch, oder? Um unhöflich zu sein.«

Sein Gesicht hellte sich auf. »Das stimmt – und um dich zu irritieren.«

»Es funktioniert. Du irritierst mich tatsächlich.«

Hörte Isabel denn gar nicht mehr auf zu singen? Das dauerte ja ewig. Jordan lächelte den anderen tanzenden Paaren zu, aber ihr wäre es am liebsten gewesen, das Lied wäre endlich vorbei. Andererseits wäre es natürlich ungezogen, einfach weg-zugehen, oder?

Noah hob ihr Kinn mit seinem Zeigefinger an und blickte ihr in die Augen. »Darf ich einen Vorschlag machen?«, fragte er.

»Sicher«, erwiderte sie. »Nur zu.«

»Du solltest langsam mal am Spiel teilnehmen.«

Sie seufzte. »An welchem Spiel?«

»Am Spiel des Lebens.«

Anscheinend lag es ihm immer noch am Herzen, ihr langweiliges Dasein etwas aufregender zu gestalten.

»Weißt du, was der Unterschied zwischen dir und mir ist?«, fragte er.

»Da fallen mir mindestens tausend Unterschiede ein.«

»Ich esse das Dessert.«

»Und was soll das heißen?«, fragte sie.

»Dass das Leben viel zu kurz ist. Manchmal muss man das Dessert zuerst essen.«

Sie wusste, worauf das hinauslief. »Ich habe verstanden. Ich beobachte das Leben, während du es lebst. Ich weiß, du findest, ich sollte einmal etwas Spontanes machen, statt immer alles zu planen, aber zu deiner Information: Ich mache bereits etwas Spontanes.«

»Ach ja?«, fragte er herausfordernd. »Was denn?«

»Eine bestimmte Sache«, wich sie aus.

»Und das wäre?«

Sie wusste, dass er ihr nicht glaubte. Aber zum Teufel, irgendetwas Spontanes würde sie machen, und wenn es sie umbrachte. Die Befriedigung, ihm sein arrogantes Lächeln vom Gesicht zu wischen, war jedes Opfer wert, auch wenn es nicht logisch war.

»Ich fahre nach Texas«, sagte sie und bekräftigte ihren Entschluss mit einem Nicken.

»Wozu?«, fragte er.

»Wozu ich nach Texas fahre?« Sie hatte nicht die leiseste Ahnung, aber zum Glück war sie ein schneller Denker. Bevor er noch etwas sagen konnte, beantwortete sie ihre eigene Frage.

»Ich gehe auf Schatzsuche.«

4

Paul Newton Pruitt liebte die Frauen.

Er liebte alles an ihnen: ihre weiche, glatte Haut; ihren femininen Duft; das luxuriöse Gefühl, wenn ihre seidigen Haare über seinen Brustkorb glitten; die erotischen Laute, die sie von sich gaben, wenn er sie berührte.

Er liebte ihr ansteckendes Lachen, ihre erregenden Schreie des Entzückens.

Er machte keinen Unterschied.

Ganz gleich, welche Farbe ihre Haare, ihre Augen, ihre Haut hatten – er liebte sie alle.

Groß, klein, dünn, dick. Sie waren alle wundervoll, jede von ihnen war einzig in ihrer Art.

Zugegeben, ganz besonders mochte er, wie einige von ihnen ihn anlächelten. Es war ein Lächeln, das er nicht beschreiben konnte. Er wusste nur, dass dann sein Herz sofort zu rasen anfing, so machtvoll war die Verlockung. Er konnte einfach nicht Nein sagen. Diesem speziellen Lächeln konnte er einfach nicht widerstehen.

Bevor er sein Aussehen und sein Verhalten ändern musste, um zu überleben, hatte er eine große Anziehungskraft auf Frauen besessen.

Das war nicht geprahlt. Er war eben so gewesen damals, einfach unwiderstehlich.

Aber jetzt sah alles anders aus.

Wenn er in seinem alten Leben Langeweile verspürt hatte, hatte er sich mit teuren Geschenken verabschiedet, sodass ihm keine etwas nachtrug.

Er konnte den Gedanken nicht ertragen, dass auch nur eine seiner Frauen ihn jemals hassen würde. Erst wenn er mit Gewissheit wusste, dass er ihnen Freude bereitet hatte, konnte er sich der nächsten hübschen, bezaubernden Frau zuwenden. Und es gab ständig eine nächste.

Bis er Marie kennenlernte. Er hatte sich in sie verliebt, und sein Leben hatte sich für immer verändert.

Das Leben, das er kannte, gab es auf einmal nicht mehr.

Paul Newton Pruitt gab es nicht mehr. Er hatte einen neuen Namen, eine neue Identität, ein neues Leben.

Niemand würde ihn jemals finden.

5

Sie musste den Verstand verloren haben. Eine Schatzsuche? Was hatte sie sich dabei gedacht? Anscheinend war sie mehr daran interessiert, Noah Clayborne zu beweisen, dass sie nicht langweilig war, als ihren gesunden Menschenverstand einzusetzen.

Jordan wusste natürlich, dass nur sie allein an ihrer misslichen Lage schuld war, aber es gab ihr ein besseres Gefühl, auch Noah einen Teil der Schuld zuzuschieben.

Sie lehnte an ihrem zerbeulten Mietwagen am Rand einer zweispurigen Fernstraße mitten in Texas, während sie ungeduldig darauf wartete, dass der Motor so weit abkühlte, dass sie Wasser in den Kühlwasserbehälter nachfüllen konnte. Gott sei Dank hatte sie vor einer Weile an einer Raststätte angehalten, um sich ein paar Flaschen Wasser zu kaufen. Sie war sich ziemlich sicher, dass der Kühler undicht war, aber sie musste den Wagen zumindest bis zum nächsten größeren Ort am Laufen halten, damit ein Automechaniker ihn sich einmal ansehen konnte. Es herrschten mindestens fünfundvierzig Grad im Schatten, und natürlich hatte die Klimaanlage des Wagens schon vor über einer Stunde den Geist aufgegeben. Ebenso die protzige Stereoanlage, mit der die Mietwagenfirma sie ködern wollte, weil sie ihre Reservierung verschlampt und ihr wissentlich diese Gurke angedreht hatten.

Schweiß tröpfelte zwischen ihren Brüsten entlang; die Sohlen ihrer Sandalen verschmolzen mit dem Asphalt, und die Sonnenschutzcreme auf Gesicht und Armen hatte inzwischen jede Wirkung verloren. Jordan hatte mahagonibraune Haare, aber den Teint einer Rothaarigen. Schon bei wenig Sonne bekam sie Sommersprossen und Sonnenbrand. Doch ihre Wahl-

36

möglichkeiten waren beschränkt. Sie konnte entweder im Auto sitzen bleiben und langsam verdorren, während der Motor sich abkühlte, oder aber sie wartete draußen und wurde gegrillt.

Okay. Vielleicht dramatisierte sie das Ganze zu sehr. Aber das lag bestimmt an der Hitze, dachte sie.

Zum Glück hatte sie ihr Handy dabei. Ohne das ging sie nie aus dem Haus. Leider nur hatte sie mitten in der Wüste keinen Empfang.

Serenity lag noch etwa hundert Kilometer entfernt. Viel hatte sie über den Ort nicht herausfinden können, sie wusste nur, dass er winzig war. Der Professor hatte Serenity eine charmante Oase genannt. Aber auf der Hochzeit trug er trotz der Sommerhitze ein Wolljackett. Was wusste der schon von Charme?

Bevor sie Boston verließ, hatte sie den Professor überprüft. Er war zwar merkwürdig und exzentrisch, aber offensichtlich echt. Eine Assistentin am Franklin College, eine Frau namens Lorraine, hatte von seinen Lehrfähigkeiten geschwärmt. Sie erklärte ihr, der Professor könne Geschichte lebendig machen. Seine Kurse wären immer als erste belegt.

Jordan konnte das kaum glauben. »Wirklich?«

»Oh ja. Den Studenten macht sein Akzent nichts aus, und sie müssen wirklich an seinen Lippen hängen, denn sie versäumen nie eine seiner Unterrichtsstunden.«

Ah, das verstand Jordan. Man kam leicht zu einem Schein bei ihm.

Die Frau erwähnte auch, dass er in Frühpension gegangen sei, aber sie hoffte, er würde es sich noch einmal überlegen.

»Gute Lehrer sind so schwer zu finden«, hatte sie gesagt. »Und bei den Gehältern, die gezahlt werden, können es sich die meisten nicht leisten, so früh aufzuhören. Professor Mac-Kenna ist gerade mal vierzig.«

Lorraine hatte anscheinend keine Probleme damit, persönliche Informationen über ein ehemaliges Fakultätsmitglied weiterzugeben, und sie hatte Jordan sogar gefragt, warum sie so an ihm interessiert sei. Natürlich hatte Jordan gelogen und der Frau erzählt, sie wäre eine entfernte Verwandte. Lorraine hatte das sofort geglaubt.

Zweifellos redete sie gerne. »Ich wette, Sie haben ihn für wesentlich älter gehalten, nicht wahr?«

»Ja, das stimmt.«

»Ich auch«, gestand Lorraine. »Wenn Sie wollen, kann ich für Sie sein Geburtsdatum nachsehen.«

Du liebe Güte, sie war wirklich zuvorkommend. »Das wird nicht nötig sein«, antwortete Jordan. »Haben Sie gesagt, er ist bereits im Ruhestand? Ich dachte, er hätte eine Auszeit genommen?«

»Nein, er ist in Rente«, erwiderte die Frau. »Wir hätten ihn nur allzu gerne zurück, aber ich bezweifle, dass er noch einmal unterrichten wird. Er hat wirklich eine stattliche Summe geerbt«, fuhr sie fort. »Er sagte mir, er habe überhaupt nicht damit gerechnet, und das Geld sei eine Überraschung gewesen. Daraufhin hat er dann sofort beschlossen, sich ein Stück Land weit weg vom Lärm und vom Getriebe der Stadt zu kaufen. Er hat die Geschichte seiner Familie erforscht, und er wollte an einem Ort leben, an dem er in Ruhe und Frieden arbeiten konnte.«

Jordan blickte sich um. Ruhe und Frieden hatte der Professor sicher gefunden. Keine Menschenseele war zu sehen, und sie hatte das Gefühl, dass es in Serenity genauso einsam sein würde wie in der sie gerade umgebenden Landschaft.

Eine halbe Stunde verging, der Motor kühlte ab, und sie fuhr weiter. Da die Klimaanlage nicht funktionierte, ließ sie das Fenster offen. Glühend heißer Fahrtwind strich ihr übers Gesicht. Die Landschaft war flach, aber als sie um eine Kurve bog und die Straße auf einmal zu beiden Seiten von Zäunen begrenzt wurde, kam sie ihr nicht mehr so einsam vor. Ein rostiger Stacheldrahtzaun, der aussah, als sei er vor hundert Jahren errichtet worden, umschloss leere Weideflächen. Da sie keine

Kornfelder sah, nahm sie an, dass es sich um Weiden für Kühe und Pferde handelte.

Kilometer um Kilometer zog vorüber, aber die Landschaft änderte sich nicht wesentlich. Schließlich fuhr sie um eine scharfe Kurve und erblickte in der Ferne einen Turm. Ein Schild an der Straße verkündete, dass Serenity nur noch anderthalb Kilometer weit entfernt war. Sie griff nach ihrem Handy und stellte fest, dass sie wieder Empfang hatte. Die Straße führte bergab und dann einen Hügel hinauf. Als sie oben angekommen war, lag Serenity vor ihr.

Der Ort sah aus, als läge er in einer Art Dornröschenschlaf.

Langsam fuhr sie an ein paar kleinen Häusern vorbei. Ein rostiger Pick-up stand aufgebockt in einem Vorgarten. Räder hatte er anscheinend keine mehr. Neben einem anderen Haus stand eine alte Waschmaschine. Das bisschen Rasen zwischen dem Unkraut sah ungepflegt und verbrannt aus. Einen Block weiter fuhr sie an einer Tankstelle mit einer einzigen Zapfsäule vorbei. An einer Seite des leer stehenden Gebäudes wuchsen Kletterpflanzen empor, und sie mochte sich kaum vorstellen, was für Ungeziefer sich darin wohl tummelte.

»Was mache ich hier eigentlich? Ich hätte nie meine Firma verkaufen dürfen«, flüsterte Jordan.

Stolz. Nur der Stolz hatte sie zu diesem lächerlichen Abenteuer verleitet. Noah Clayborne sollte sich nicht über sie lustig machen. »Bequemes Leben«, murmelte sie. »Was ist denn falsch an einem bequemen Leben?«

Sie überlegte, ob sie einfach durch Serenity hindurch zur nächsten Stadt fahren, den Mietwagen mit ein paar passenden Worten abgeben und den nächsten Flug nach Boston nehmen sollte, aber das konnte sie nicht machen. Sie hatte Isabel versprochen, sich mit dem Professor zu treffen und sie anschließend anzurufen, um ihr zu erzählen, was sie erfahren hatte.

Außerdem war Jordan auch ein bisschen neugierig auf die Erkenntnisse über ihre Verwandtschaft. Sie wollte einfach nicht glauben, dass alle Buchanans unzivilisierte Wilde gewesen waren, und das würde sie beweisen. Und vor allem wollte sie wissen, was die Fehde zwischen den Buchanans und den MacKennas ausgelöst hatte. Und was war mit dem Schatz? Wusste der Professor überhaupt, worin der Schatz bestand?

Jordan fuhr zur Hauptstraße. Die Häuser wirkten bewohnt, aber die Pflanzen in den Vorgärten waren von der Sonne versengt und braun und die Jalousien heruntergelassen.

Serenity wirkte so einladend wie das Fegefeuer.

An ihrem Armaturenbrett begann ein rotes Lämpchen zu blinken. Offensichtlich war der Motor schon wieder überhitzt. Ein paar Blocks weiter stieß sie auf eine kleine Eisenwarenhandlung und hielt davor. Es war so heiß, dass sie das Gefühl hatte, mit dem Sitz zu verschmelzen. Sie parkte im Schatten, stellte den Motor ab, damit er abkühlen konnte, ergriff ihr Handy und wählte die Nummer des Professors.

Nach dem vierten Klingeln sprang seine Mailbox an. Sie hinterließ ihren Namen und ihre Nummer und wollte ihr Handy gerade wieder in die Tasche stecken, als es klingelte. Offensichtlich hatte der Professor ihre Nachricht abgehört.

»Miss Buchanan? Professor MacKenna hier. Ich habe es eilig. Wann sollen wir uns treffen? Wie wäre es mit heute Abend? Ja, zum Abendessen. Sie finden mich in der Gaststätte *Zum Brandeisen,* hinter der Third Street. Fahren Sie einfach nach Westen, dann können Sie es nicht verfehlen. Gegenüber ist ein nettes Motel. Dort können Sie einchecken, sich frisch machen und mich dann um sechs treffen. Kommen Sie nicht zu spät.«

Er legte auf, bevor sie etwas sagen konnte. Er hatte nervös geklungen, sogar etwas besorgt. Sie schüttelte den Kopf. Irgendetwas gefiel ihr nicht. Lag es vielleicht daran, dass er sich so seltsam benahm und ständig über seine Schulter schaute, als ob jemand hinter ihm her sei? Sie wusste es nicht. Aber sie vertrat die Ansicht, dass Vorsicht besser sei als Nachsicht, und sie würde sich mit ihm nur an einem öffentlichen Ort treffen.

An einem öffentlichen Ort mit Klimaanlage, dachte sie. Ihr war heiß, sie schwitzte und fühle sich elend. Denk positiv, sagte sie sich. Wenn sie erst einmal geduscht hatte, würde sie sich bestimmt besser fühlen.

Immer noch wäre sie am liebsten weitergefahren, um nach Boston zurückzufliegen, aber das kam nicht infrage. Wahrscheinlich würde das Auto vorher auf der Straße liegenbleiben, und allein schon wenn sie sich vorstellte, mitten im Nirgendwo zu stranden, dann lief ihr ein Schauer über den Rücken. Nein, das kam absolut nicht infrage. Außerdem hatte sie es Isabel versprochen, und sie würde ihr Wort halten. Also würde sie sich mit Professor Seltsam treffen, während des Abendessens mit ihm über seine Forschungen sprechen, Fotokopien seiner Unterlagen machen und Serenity morgen früh wieder verlassen.

Gut, sie fühlte sich bereits besser. Sie war entschlossen, und sie hatte einen Plan.

Aber der Plan platzte wie eine Seifenblase, als sie auf den Parkplatz des Motels einbog, das der Professor empfohlen hatte. Dieses Haus wurde bestimmt von einem Psychopaten geleitet.

Kieswege führten zu jeder Mieteinheit. Insgesamt waren es acht Zimmer, aneinandergeschoben wie Pappkartons. Die weiße Farbe war abgeblättert, und das einzelne Fenster jedes Zimmers war mit einer dicken Schmutzschicht bedeckt. Wie die Räume innen aussahen, wollte sie sich lieber nicht vorstellen. Wanzen jedenfalls würden diesen Ort meiden. Ihnen war das zu dreckig.

Aber für eine Nacht ging es doch bestimmt, oder?

»Nein«, sagte sie laut.

Es musste etwas Besseres geben, einen Ort, an dem sie sich nicht davor fürchten musste, die Dusche zu benutzen.

Jordan hielt sich nicht für verwöhnt oder versnobt. Ihr machte es nichts aus, wenn ein Motel ein wenig heruntergekommen war, aber es sollte wenigstens sauber und sicher sein. Und dieses Motel entsprach keinem ihrer grundlegenden Kriterien. Da sie nicht die Absicht hatte, dort die Nacht zu verbringen, brauchte sie sich auch die Zimmer nicht anzusehen.

Jordan stellte das Auto auf dem Parkplatz ab und betrachtete das Restaurant auf der anderen Straßenseite. Dabei machte sie den Fehler, sich mit dem Arm an der heißen Fensterkante abzustützen. Sie zuckte zusammen und zog rasch den Arm wieder hinein. Das *Brandeisen* erinnerte sie an einen Eisenbahnwaggon, weil das Gebäude lang und schmal war und ein Tonnendach hatte. An der Seite war eine Werbetafel mit einem rot glühenden Hufeisen angebracht. Wahrscheinlich sollte es an ein Brandeisen erinnern.

Nun, wo sie wusste, wo das Restaurant lag, fuhr sie vom Parkplatz und weiter durch den Ort. Sie war sich fast sicher, dass die Autovermietung keine Filiale in Serenity hatte, und das bedeutete, dass sie mit dieser Schrottkarre bis zur nächstgrößeren Stadt vorlieb nehmen musste, die mindestens hundertfünfzig Kilometer entfernt lag.

Jordan beschloss, der Autovermietung Bescheid zu sagen, wenn sie eine passende Übernachtungsmöglichkeit gefunden hatte. Dann würde sie einen Automechaniker suchen, der den Schaden reparieren konnte, und sich mit Wasser eindecken, bevor sie die Stadt verließ. Allein schon der Gedanke, mit einem kaputten Auto durch die Wüste zu fahren, machte sie nervös.

Der Automechaniker war das Wichtigste, sagte sie sich. Dann hatte sie immer noch genug Zeit, um sich zu entscheiden. Vielleicht war es am besten, sie ließ das Auto stehen und benutzte öffentliche Verkehrsmittel. Es gab doch bestimmt Busse oder Bahnen.

Bald gelangte sie an eine Holzbrücke. Ein Schild verkündete, dass sie Parson's Creek überquerte. Allerdings führte das Flussbett keinen Tropfen Wasser, und obwohl auf einem weiteren Schild stand, dass die Brücke bei Hochwasser unpassierbar sei, brauchte sie sich heute keine Sorgen darüber zu machen. Der Fluss war ebenso eingetrocknet wie die Stadt.

Auf der anderen Seite der Brücke begrüßte sie ein dunkelgrün gestrichenes Schild mit großen weißen Buchstaben: Willkommen in Serenity – Grady County – Texas – 1968 Einwohner. In kleinerer Schrift war handschriftlich hinzugefügt: »Heimat der Grady County Highschool Bulldogs.«

Je weiter sie nach Osten fuhr, desto größer wurden die Häuser. Als sie an einer Ecke hielt, hörte sie Kinder lachen und rufen. Links von ihr befand sich ein Freibad. Endlich, dachte sie. Jetzt kam sie sich nicht mehr vor wie auf einem Friedhof. Es gab Menschen und Lärm. Frauen sonnten sich, während ihre Kinder im Wasser plantschten, und der Bademeister saß dösend auf seinem Ausguck.

Die Verwandlung des Ortes fand sie erstaunlich. Auf dieser Seite der Brücke wässerten die Leute ihren Rasen. Alles war sauber, die Häuser waren gepflegt, die Straßen und Bürgersteige neu. Auf beiden Seiten der Hauptstraße gab es Geschäfte, auf der linken Seite einen Kosmetiksalon, eine Eisenwarenhandlung und ein Versicherungsbüro, und auf der rechten eine Bar und ein Antiquitätenladen. Am Ende des Blocks hatte *Jaffee's Bistro* Tische und Stühle draußen unter einer grün-weiß gestreiften Markise stehen, aber Jordan konnte sich nicht vorstellen, dass jemand bei dieser Hitze draußen sitzen wollte.

Auf dem Schild an der Tür des Bistros stand »Offen«, und Jordan setzte sofort neue Prioritäten. Ein Raum mit Klimaanlage kam ihr im Moment vor wie der Himmel auf Erden, und sie hätte auch gerne etwas Kaltes getrunken. Einen Automechaniker und ein Hotel konnte sie später suchen.

Sie parkte den Wagen, ergriff ihre Handtasche und die Umhängetasche mit dem Notebook und ging hinein. Bei der kühlen Luft wurden ihr die Knie weich. Wie wundervoll!

Die Frau, die an einem der Tische saß und Besteck in Servietten einrollte, blickte auf, als sie eintrat.

»Mittagessen gibt es keines mehr, und Abendessen wird noch nicht serviert. Ich kann Ihnen ein schönes großes Glas Eistee bringen, wenn Sie möchten.«

»Ja, danke. Das wäre sehr nett«, erwiderte Jordan.

Sie ging sofort zur Damentoilette, wusch sich Hände und

Gesicht und fuhr sich einmal mit dem Kamm durch die Haare. Danach fühlte sie sich endlich wieder wie ein Mensch.

Im Gastraum standen zehn oder zwölf Tische mit karierten Tischtüchern und passenden Polstern auf den Stühlen. Sie wählte einen Tisch in der Ecke, wo sie aus dem Fenster sehen konnte, ihr die Sonne aber nicht ins Gesicht schien.

Kurz darauf erschien die Kellnerin mit einem großen Glas Eistee, und Jordan fragte sie, ob sie sich das Telefonbuch ausleihen könne.

»Was suchen Sie denn, meine Liebe?«, fragte die Kellnerin. »Vielleicht kann ich Ihnen ja helfen.«

»Ich brauche einen Automechaniker«, erklärte Jordan. »Und ein sauberes Motel.«

»Das ist einfach. Es gibt nur zwei Autowerkstätten im Ort, und eine ist bis nächste Woche geschlossen. Die andere ist *Lloyd's Garage,* ein paar Blocks von hier entfernt. Lloyd ist ein bisschen schwierig, aber er kann etwas. Ich gebe Ihnen das Telefonbuch, dann können Sie seine Nummer nachsehen.«

Während sie wartete, nahm Jordan ihr Notebook aus seinem Koffer und stellte es auf den Tisch. Sie hatte sich am Abend zuvor ein paar Notizen und eine Liste von Fragen gemacht, die sie dem Professor stellen wollte. Nun konnte sie sich das alles noch einmal ansehen.

Die Kellnerin brachte ihr ein dünnes Telefonbuch, das bereits auf der Seite mit *Lloyd's Garage* aufgeschlagen war.

»Ich habe meine Freundin Amelia Ann angerufen«, sagte sie. »Sie leitet das Motel *Zuhause in der Fremde,* und sie macht Ihnen gerade ein Zimmer fertig.«

»Das war sehr freundlich von Ihnen«, sagte Jordan.

»Es ist ganz reizend dort. Amelia Anns Ehemann ist vor einigen Jahren gestorben und hat ihr nichts hinterlassen, nicht einen einzigen Cent. Sie musste mit ihrer Tochter in das Motel ziehen, um Geld zu verdienen. Sie haben es sehr heimelig eingerichtet. Ich denke, es wird Ihnen gefallen.«

Jordan rief in der Werkstatt an, und dort wurde ihr barsch

mitgeteilt, dass man sich ihr Auto heute nicht mehr ansehen könne. Sie sollte es gleich morgen früh vorbeibringen. »Das habe ich mir fast gedacht«, sagte Jordan seufzend und klappte ihr Handy zu.

»Sind Sie auf der Durchreise oder haben Sie sich verfahren?«, fragte die Frau. »Wenn Ihnen meine neugierigen Fragen nichts ausmachen«, fügte sie hastig hinzu.

»Nein, es macht mir nichts aus. Ich bin mit jemandem verabredet.«

»Oh, meine Liebe. Es ist doch kein Mann, oder? Sie sind doch keinem Mann hierher gefolgt? Oh, bitte nicht. Das habe ich nämlich getan. Ich bin von San Antonio gekommen. Und dann hat es nicht funktioniert, und er ist weitergezogen.« Sie schüttelte den Kopf und schnalzte mit der Zunge. »Und jetzt stecke ich fest, bis ich genug Geld zusammen habe, um wieder nach Hause fahren zu können. Ich heiße übrigens Angela.«

Jordan stellte sich ebenfalls vor und schüttelte der Frau die Hand. »Nett, Sie kennenzulernen. Nein, ich bin keinem Mann gefolgt. Ich bin zwar mit einem Mann zum Abendessen verabredet, aber das ist geschäftlich. Er hat Unterlagen und Informationen für mich.«

»Also nichts Romantisches.«

Jordan dachte an den Professor, und ihr lief es kalt über den Rücken. »Nein.«

»Woher kommen Sie?«

»Aus Boston.«

»Wirklich? Sie haben gar keinen Akzent.« Angela lächelte sie an. Sie hatte ein nettes Lächeln und eine liebe Art. Als junge Frau hatte sie bestimmt viel in der Sonne gelegen. Die vielen Falten ließen ihr Gesicht ein wenig wie gegerbtes Leder wirken.

»Wie lange leben Sie schon in Serenity?«

»Fast achtzehn Jahre.«

Jordan blinzelte. Die Frau sparte schon seit achtzehn Jahren und hatte immer noch nicht genügend Geld, um nach Hause zu fahren?

»Wo wollen Sie sich denn zu Ihrem Geschäftsessen treffen?«, fragte die Frau. »Sie brauchen es mir nicht zu sagen. Ich bin nur neugierig.«

»Im *Brandeisen*. Waren Sie schon einmal da?«

»Oh ja«, erwiderte die Frau. »Aber das Essen ist nicht so gut wie hier, und es liegt im schlechten Teil des Ortes. Das Restaurant ist im weiten Umkreis bekannt, und an den Wochenenden haben sie viel zu tun. Aber nach Einbruch der Dunkelheit ist die Gegend dort nicht mehr sicher. Ihr Geschäftsfreund muss entweder von hier sein, oder ein Einheimischer hat ihm davon erzählt. Niemand, der nicht aus Serenity ist, würde je das *Brandeisen* vorschlagen.«

»Sein Name ist MacKenna«, sagte Jordan. »Er ist Geschichtsprofessor und hat einige Forschungsunterlagen für mich.«

»Ich kenne ihn nicht«, erwiderte Angela. »Aber ich kenne natürlich auch nicht jeden in der Stadt. Er muss neu sein.« Sie wandte sich zum Gehen. »Ich lasse Sie jetzt allein, damit Sie Ihren Eistee genießen können. Alle finden, ich rede viel zu viel.«

Jordan war klar, dass die Kellnerin nur darauf wartete, dass sie ihr widersprach. »Das finde ich nicht.«

Angela wandte sich ihr wieder zu, ein breites Lächeln auf dem Gesicht. »Ich finde das eigentlich auch nicht. Ich bin doch nur freundlich. Wirklich schade, dass Sie nicht bei uns zu Abend essen. Es gibt eine Spezialität von *Jaffee's,* ein Krabbengericht.«

»Ich glaube, der Professor hat das Restaurant vorgeschlagen, weil es direkt gegenüber von dem Motel liegt, das er empfohlen hat.«

Angela zog die Augenbrauen hoch. »Das *Lux?* Er hat das *Lux* vorgeschlagen?«

Jordan lächelte. »Heißt das Motel so?«

Angela nickte. »Früher gab es dort eine große alte Leuchtreklame. Die ganze Nacht über ist das Wort ›Luxus‹ aufgeflammt. Aber jetzt funktionieren nur noch die ersten drei Buchstaben, und deshalb nennen alle es nur das *Lux*. Sie machen nachts ein gutes Geschäft … nur nachts, um genau zu sein.« Ihre Stimme sank zu einem Flüstern herab, als sie hinzufügte: »Der Typ, dem das Motel gehört, vermietet die Zimmer stundenweise. Verstehen Sie?«

Anscheinend glaubte sie jedoch, dass Jordan die Anspielung nicht mitbekam, deshalb erklärte sie hastig: »Das ist ein Nuttenhotel.«

»Ja.« Jordan nickte, damit die Kellnerin ihr nicht auch noch erklärte, was eine Nutte war.

Angela lehnte sich an den Tisch und fuhr leise fort: »Und wenn Sie mich fragen, ist es auch total baufällig.« Rasch blickte sie sich um, um sich zu vergewissern, dass niemand ins Lokal gekommen war, dann sagte sie: »Es hätte schon vor Jahren abgerissen werden sollen, aber es gehört J. D. Dickey, und niemand will sich mit ihm anlegen. Ich glaube, er hat ein paar Pferdchen laufen, wenn Sie mich fragen. Er kann einem echt Angst machen. Und er hat eine gemeine Ader.«

Bereitwillig erzählte Angela alles, was sie wusste. Jordan lauschte fasziniert. Beinahe beneidete sie Angela um ihre offene und freundliche Art. Jordan war das genaue Gegenteil. Sie behielt die Dinge lieber für sich.

Ich wette, Angela schläft nachts hervorragend, dachte sie.

Sie hatte seit über einem Jahr nicht mehr gut geschlafen, weil sie ständig irgendwelche Probleme wälzte. Am Morgen erschienen sie ihr gar nicht mehr so wichtig, aber mitten in der Nacht lasteten sie schwer auf ihr.

»Warum hat denn die Feuerwehr oder die Polizei das Motel nicht schon längst geschlossen?«, wunderte sich Jordan. »Außerdem ist Prostitution illegal in Texas.«

»Ja, das stimmt«, sagte Angela. »Aber das spielt keine große Rolle. Sie wissen ja nicht, wie die Dinge hier gehandhabt werden. Der Parson's Creek teilt den Ort in zwei Bezirke, die so unterschiedlich verwaltet werden wie Tag und Nacht. Jetzt sitzen Sie in Grady County, aber der Sheriff von Jessup County gehört zu den Leuten, die gerne mal ein Auge zudrücken. Verstehen Sie? Leben und leben lassen. Das ist sein Motto. Wenn Sie mich fragen, hat er nur Angst, gegen J. D. vorzugehen, und wissen Sie warum? Ich sage Ihnen warum. Der Sheriff von Jessup County ist J. D.s Bruder. Tatsache. Sein Bruder. Na, das erklärt doch alles, oder?«

Jordan nickte. »Und was ist mit Ihnen? Haben Sie auch Angst vor diesem Mann?«

»Meine Liebe, jeder, der ein bisschen Verstand im Kopf hat, hat Angst vor ihm.«

6

J.D. Dickey war der Dorftyrann. Er besaß eine natürliche Begabung: Alle Leute hassten ihn, ohne dass er sich besonders anstrengen musste. Und er genoss seinen Ruf als Bösewicht. Dass er sein Ziel erreicht hatte, wusste er, wenn er die Hauptstraße von Serenity entlangschlenderte und die Leute ihm eiligst Platz machten. Ihr Gesichtsausdruck verriet alles. Sie hatten Angst vor ihm, und Angst bedeutete nach J.D.s Auffassung Macht.

J.D.s voller Name lautete Julius Delbert Dickey Jr. Allerdings bedeutete ihm der Name nicht besonders viel. Er fand ihn viel zu weibisch für das harte Image, das er sich erarbeitet hatte. So begann er noch in der Highschool, die Bewohner seines Heimatortes darauf zu trainieren, ihn mit seinen Initialen anzureden. Die wenigen, die sich widersetzten, überzeugte er, indem er sie zusammenschlug.

Es gab zwei Dickey-Brüder in Serenity. J.D. war der Erstgeborene. Zwei Jahre später kam Randall Cleatus Dickey zur Welt.

Die Dickey-Jungs hatten ihren Vater seit über zehn Jahren nicht mehr gesehen. Der Senior genoss fünfundzwanzig Jahre lang Kost und Logis in einem Bundesgefängnis von Kansas. Wegen eines bewaffneten Raubüberfalls, der irgendwie aus dem Ruder gelaufen war. Rückblickend, so erklärte er dem Richter, sei es wahrscheinlich ein Fehler gewesen, den neugierigen Wachmann zu erschießen. Schließlich hatte der Mann nur seinen Job getan.

Die Mutter der Jungen, Sela, blieb in Serenity, bis J.D. und Randy die Highschool hinter sich hatten. Dann beschloss sie, ihr Mutterdasein zu beenden. Sie hatte immer versucht, ihre beiden Söhne von Schwierigkeiten fernzuhalten, war aber kläglich gescheitert, und so packte sie schließlich ihre Sachen und schlich sich mitten in der Nacht aus der Stadt. Den Jungs war klar, dass sie nicht so bald wieder zurückkommen würde, denn sie hatte alle Dosen ihres superstarken Haarsprays mitgenommen. Die Pflegeprodukte für ihre Haare waren der einzige Luxus, den sich die Mutter gönnte, und sie besaß immer mindestens fünf bis sechs Dosen.

Allerdings vermissten sie ihr ständiges Nörgeln und Schimpfen auch nicht, und da J.D. immer schon sein eigenes Ding gemacht hatte, änderte ihr Verschwinden nicht besonders viel. Sie waren immer bettelarm gewesen, und das waren sie auch jetzt, aber J.D. schien entschlossen, diesem Zustand ein Ende zu setzen. Er hatte große Pläne, brauchte dazu jedoch Geld. Viel Geld. Er wollte seine eigene Ranch haben, und er hatte bereits ein Auge auf ein hübsches Stück Land etwa fünfzig Kilometer westlich von Serenity geworfen. Nach texanischen Maßstäben war das Grundstück mit zweihundert Hektar nicht besonders groß, aber J.D. dachte, dass er sich das ganze umliegende Gelände würde einverleiben können, wenn er sich erst einmal als Rancher etabliert hatte. Die Ranch, auf die er es abgesehen hatte, besaß hervorragendes Weideland mit zahlreichen Wasserlöchern für das Vieh, das er sich kaufen würde, sobald er ein bisschen Geld zusammen hatte. Es gab auch einen hübschen Angelteich dort, und sein Bruder Randy angelte für sein Leben gern.

Ja, Sir, er würde ein Cowboy werden. Und er befand sich auf dem besten Wege dazu. Stiefel und Hut besaß er schon, und auf der Highschool hatte er zwei Sommer hintereinander auf einer Ranch gearbeitet. Der Lohn war jämmerlich gewesen, aber die Erfahrungen, die er gesammelt hatte, erwiesen sich als unbezahlbar.

J.D.s Traum musste dann jedoch für fünf Jahre bei guter Führung auf Eis gelegt werden. Bei einer Prügelei in einer Bar hatte er einen Mann umgebracht und fünf Jahre für Totschlag bekommen. Es gab mildernde Umstände, weil laut Zeugenaussagen der Fremde den Streit angefangen, ein Messer gezogen und ihm einige Verletzungen zugefügt hatte, bevor J.D. ihn k.o. geschlagen hatte. Er hatte den Mann nicht umbringen wollen, aber unglücklicherweise war der Typ beim Fallen mit dem Kopf aufgeschlagen.

Seinem Bruder gegenüber brüstete sich J.D., dass seine Haftstrafe bestimmt länger ausgefallen wäre, wenn er nicht jeden einzelnen der Geschworenen mit einem bösen Blick bedacht hätte.

Auf Randy hatte dieser Zwischenfall jedoch eine andere Wirkung. Die Gefängnisstrafe seines Bruders öffnete ihm die Augen, und er begriff zum ersten Mal, dass die wirkliche Macht aufseiten des Gesetzes lag. Während J.D. seine Strafe absaß, verwandelte Randy sich in einen gesetzestreuen Bürger, und innerhalb weniger Jahre gelang es ihm, die Leute auf seine Seite zu ziehen, sodass sie ihn zum Sheriff von Jessup County wählten.

J.D. freute sich sehr für seinen Bruder. Randys neuer Titel und sein neuer Status in der Gemeinde boten einen Grund zum Feiern. Schließlich war es äußerst praktisch, einen Sheriff zum Bruder zu haben.

7

Jordan zog in das *Zuhause in der Fremde* und bekam ein geräumiges Zimmer hinten im Hof. Die Tür hatte solide Doppelschlösser. Das Zimmer war quadratisch und sauber. Die Einrichtung bestand aus einem großen Bett, einem Schreibtisch und zwei Stühlen am Fenster. Es gab keinen Internetanschluss, aber für eine Nacht würde sie wohl ohne auskommen.

Angelas Freundin Amelia Ann gab ihr das Gefühl, ein Ehrengast zu sein. Sie brachte ihr zusätzliche Stücke Seife und flauschige Handtücher.

Nachdem Jordan ausgepackt hatte, zog sie sich aus und duschte. Sie wusch und trocknete sich die Haare und schlüpfte in Rock und Bluse. Dann hatte sie gerade noch genug Zeit, um zum *Brandeisen* zu fahren. Sie konnte sich nicht erinnern, wann sie das letzte Mal um sechs Uhr zu Abend gegessen hatte, aber da das Frühstück ihre letzte Mahlzeit gewesen war, verspürte sie tatsächlich Hunger.

Das Abendessen würde ihr ewig im Gedächtnis bleiben, allerdings nicht als besonders angenehm. Wie sich herausstellte, raubte Professor MacKenna einem den Appetit.

Es war zwar erst sechs Uhr, aber der Parkplatz des *Brandeisens* war bereits voll. Eine Kellnerin erwartete sie an der Tür und führte sie zu einer Nische ganz hinten im Lokal.

»Wir haben bessere Tische, aber der Mann, mit dem Sie sich treffen, wollte ungestört sein. Ich zeige Ihnen, wo er sitzt. Und nehmen Sie auf keinen Fall Fisch. Er riecht komisch«, flüsterte sie ihr zu, als sie sie durch das Lokal führte. »Ich bin für Ihren Tisch zuständig«, fügte sie dann lächelnd hinzu.

Professor MacKenna erhob sich nicht, als Jordan an den

Tisch trat. Er nickte nur mit dem Kopf, als sie sich ihm gegenüber setzte. Er hatte den Mund voller Brot, ließ sich dadurch aber nicht davon abhalten, mit ihr zu reden.

»Sie sind zu spät«, sagte er.

Da es erst ein paar Minuten nach sechs war, reagierte Jordan gar nicht auf seine lächerliche Kritik. Sie ergriff ihre Leinenserviette, entfaltete sie und legte sie auf ihren Schoß. Seine Serviette lag noch auf dem Tisch, stellte sie fest. Verzweifelt versuchte sie, nicht auf seinen Mund zu schauen, während er kaute. Wäre es nicht so vulgär gewesen, hätte er komisch gewirkt.

Am liebsten wäre sie aufgesprungen und gegangen. Was wollte sie eigentlich hier? War sie nicht glücklich und zufrieden gewesen, bevor sie dieses blöde Gespräch mit Noah auf der Hochzeit geführt hatte? Und jetzt saß sie mit Professor Unrat am Tisch.

Na, reizend, dachte sie. Was für ein nettes Abenteuer.

Okay, neuer Plan, sagte sie sich. Übersteh dieses Essen so schnell und schmerzlos wie möglich, nimm die Forschungsunterlagen und verschwinde.

»Ich habe schon bestellt«, sagte er. »Schauen Sie in die Speisekarte und suchen Sie sich etwas aus.«

Sie schlug die Speisekarte auf und bestellte das erste Gericht, das ihr ins Auge fiel, ein scharfes Hühnercurry, dazu ein Mineralwasser. Die Kellnerin brachte ihr das Getränk und bedachte sie mit einem mitleidigen Blick. Den Professor, der mit dem leeren Brotkorb wedelte, übersah sie geflissentlich.

Jordan wartete, bis sein Mund leer war. Dann sagte sie: »Als Geschichtsprofessor wissen Sie ja sicher, dass der Buchanan-Clan nicht nur aus schlechten Menschen bestanden haben kann. Über all die Jahrhunderte hinweg …« Sie verstummte, als er heftig den Kopf schüttelte. Dann fragte sie: »Glauben Sie wirklich, dass sie alle so schrecklich waren?«

»Ja, in der Tat. Sie benahmen sich abscheulich.«

»Was haben denn die Buchanans den heiligen MacKennas so Entsetzliches angetan?«, fragte sie herausfordernd.

Sein Benehmen veränderte sich sofort, als er über seine Forschungen zu sprechen begann. Zum Glück kaute er nicht, während er eine Geschichtsvorlesung hielt – mit einer sehr einseitigen, verzerrten Darstellung der Geschichte.

»Im Jahr 1784 schickte der ehrwürdige Laird Ross MacKenna seine einzige Tochter, Freya, zum Clan der Mitchells. Sie war Laird Mitchells ältestem Sohn versprochen, der nach dem Tod seines Vaters den Titel erben würde. Ich habe herausgefunden, dass es auf dem Weg zum Besitz der Mitchells einen furchtbaren Überfall gab.«

»Haben die Buchanans das Mädchen angegriffen?«, fragte Jordan.

Er schüttelte den Kopf. »Nein, nicht die Buchanans. Der MacDonald-Clan. Laird MacDonald war gegen die Verbindung zwischen den MacKennas und den Mitchells, weil er fand, sie mache sie zu mächtig. Sie lauerten ihnen am Ufer des großen Loch auf, und während des Gemetzels fiel Freya ins Wasser.«

Jordan nickte. »Ist sie ertrunken?«, fragte sie. Wie wollte er den Tod des Mädchens denn den Buchanans anlasten?

»Nein, und es wird auch berichtet, dass sie schwimmen konnte. Aber es begann zu regnen, und das Wasser war aufgewühlt. Ein Schrei ertönte, und einer der MacKennas blickte über den See und sah, wie einer der Buchanans Freya aus dem Wasser zog. Das Mädchen lebte noch, sie schlug mit den Armen um sich.«

»Aber das ist doch eine gute Geschichte über die Buchanans«, bemerkte Jordan. »Sie sagen, dass einer der Buchanans der Frau das Leben gerettet hat.«

Der Professor warf ihr einen finsteren Blick zu. »Das Mädchen Freya wurde nie wieder gesehen.«

»Was ist mit ihr geschehen?«

»Der Buchanan hat sie mitgenommen. Er sah sie, er wollte sie, und er nahm sie.«

Jordan musste ein Lachen unterdrücken. »Gab es nur einen einzigen Zeugen für diese – Entführung?«

»Einen verlässlichen Zeugen.«

»Einen MacKenna.«

»Ja.«

»Dann müssen Sie wohl zugeben, dass die Geschichte übertrieben dargestellt wurde, um die Buchanans dafür verantwortlich zu machen.« Bevor er ihr widersprechen konnte, fuhr sie fort: »Können Sie mir denn noch ein Beispiel nennen? Eines, für das es Beweise gibt?«

»Nur zu gerne«, erwiderte er.

Unglücklicherweise kam sein Salat, und während er ihn in sich hineinschaufelte, begann er zu erzählen. Jordan blickte vor sich auf den Tisch, um das Elend nicht mit ansehen zu müssen.

»Schauen Sie in Ihren Geschichtsbüchern nach, und Sie werden lesen, dass König William III. 1691 befahl, dass alle Clan-Chefs am 1. Januar 1692 einen Treueeid ablegen sollten.

Die MacKennas waren der Clan, der in ganz Schottland am meisten respektiert und geachtet wurde. Im November begab sich William MacKenna als Oberhaupt des Clans in Begleitung anderer Männer aus dem Clan nach Inverary, um den Eid zu unterzeichnen. Auf dem Weg dorthin begegnete ihnen ein Bote, der sagte, der König müsse den Wortlaut des Eides verändern, und sie sollten nach Hause zurückkehren und warten, bis sie gerufen würden. Als sie zu ihrem Besitz zurückkehrten, stellten sie fest, dass ihre Viehherden gestohlen und zahlreiche Häuser in Brand gesetzt worden waren. Nachdem sie endlich wieder alles in Ordnung gebracht hatten, war der ursprüngliche Termin verstrichen. Erst da erfuhren sie, dass der Bote keineswegs vom König gekommen war und dass er sie angelogen hatte. Der Treueeid war gar nicht aufgeschoben worden.«

Wieder blickte der Professor sie finster an. Oh, oh. Jordan wusste schon, worauf er hinauswollte.

»Und?«, fragte sie. »Was passierte dann?«

»Ich sage Ihnen, was passierte.« Er ließ seine Gabel sinken und beugte sich vor. »König William war wütend auf die Mac-Kennas, weil sie sich seinem Befehl widersetzt hatten. Zur Strafe

55

mussten sie eine große Geldsumme bezahlen und einen großen Teil ihrer Ländereien abgeben. Sie fielen in Ungnade und blieben es jahrzehntelang.« Er nickte und stach mit der Gabel erneut auf den Salat ein. »Es gibt keinen Zweifel daran, wer den Boten geschickt und den MacKennas das angetan hat.«

»Lassen Sie mich raten. Die Buchanans.«

»Ja, genau, Liebchen. Die verabscheuungswürdigen Buchanans.«

Er erhob seine Stimme und schrie die letzten Worte beinahe heraus. Andere Gäste im Restaurant schauten sich bereits nach ihnen um, aber Jordan war es gleichgültig. Wenn er ihr eine Szene machen wollte, würde sie ihm Kontra geben.

»Gab es irgendeinen Beweis dafür, dass die Buchanans den Boten geschickt oder das Land der MacKennas verwüstet haben?«

»Ein Beweis war nicht nötig«, erwiderte er giftig.

»Ohne einen handfesten Beweis basiert alles nur auf Hörensagen und Legenden.«

»Die Buchanans waren der einzige Clan, der so heimtückisch die ehrwürdigen MacKennas in Verruf bringen konnte.«

»Das behauptet ein MacKenna. Ist Ihnen jemals in den Sinn gekommen, dass man die Geschichte auch umgekehrt sehen kann und die Buchanans von den MacKennas angegriffen worden sein könnten?«

Sein Gesichtsausdruck sagte ihr, dass sie seinen wunden Punkt getroffen hatte. Er schlug mit der Faust auf den Tisch. »Ich kenne meine Fakten. Und vergessen Sie nicht, die Buchanans haben angefangen. Sie haben den Schatz der MacKennas gestohlen.«

»Worin bestand eigentlich dieser Schatz?«, fragte Jordan.

»Es war etwas Wertvolles, das rechtmäßig den MacKennas gehörte«, antwortete er. Plötzlich jedoch setzte er sich aufrecht hin und blickte sie finster an. »Ach so, Sie sind hinter dem Schatz her? Sie glauben, Sie könnten den Schatz finden, ihn vielleicht sogar behalten. Nun, ich kann Ihnen versichern, er war über Jahrhunderte gut versteckt. Wenn ich ihn nicht entdeckt habe, dann werden Sie bestimmt nicht einfach darüberstolpern. Alle Gräueltaten, die die Buchanans über die Generationen begangen haben, haben den Ursprung der Fehde verschleiert. Wahrscheinlich wird nie jemand den Schatz finden.«

Jordan war plötzlich entschlossen, die Ehre ihrer Familie zu verteidigen. »Kennen Sie eigentlich den Unterschied zwischen Fakten und Fantasie, Professor?«

Ihre Unterhaltung wurde immer hitziger, und es gelang ihnen kaum noch, leise zu sprechen. Als das Essen serviert wurde, erstarb jedoch das Gespräch. Jordan konnte es kaum fassen, was für ein riesiger, nahezu roher Fleischlappen vor den Professor gestellt wurde. Daneben lag eine nicht minder große gebackene Kartoffel. Ihr Hühnercurry wirkte dagegen wie eine Kinderportion. Der Professor beugte sich über den Teller, und er hob den Kopf erst wieder, als er den letzten Bissen verzehrt hatte.

»Möchten Sie noch Brot?«, fragte Jordan ruhig.

Statt einer Antwort schob er ihr einfach den Brotkorb hin. Sie winkte der Kellnerin und bat höflich um mehr. Die Kellnerin betrachtete den Professor misstrauisch; sie hatte den Streit bestimmt mitbekommen. Jordan lächelte ihr beruhigend zu.

»Sie lieben ihre Arbeit leidenschaftlich«, sagte Jordan zum Professor. Sie hatte sich überlegt, dass er vielleicht verärgert den Tisch verlassen würde, ohne ihr seine Forschungsunterlagen zu überlassen, wenn sie sich weiter mit ihm stritt. Dann wäre ihre Reise Zeitverschwendung gewesen.

»Und Sie bewundern sicher meine Hingabe«, antwortete er und erzählte eine weitere Geschichte von den Missetaten der Buchanans. Er unterbrach sich nur, um das Dessert zu bestellen, und als die Kellnerin es brachte, war er im vierzehnten Jahrhundert angelangt.

Alles in Texas war groß, einschließlich der Essensportionen.

Sie starrte auf den Scheitel des Professors, der sich daran machte, das riesige Stück Apfelkuchen mit zwei Kugeln Vanilleeis zu vertilgen.

Ein Kellner ließ ein Glas fallen. Der Professor blickte sich um und stellte fest, wie voll es im Lokal geworden war, und auf einmal schien er auf seinem Stuhl zu schrumpfen.

»Ist etwas nicht in Ordnung?«, fragte Jordan.

»Ich mag keine Menschenansammlungen.«

Er trank einen Schluck Kaffee und sagte: »Ich habe Daten auf einem USB-Stick abgespeichert. Er ist in einer der Kisten für Isabel. Wissen Sie, was ein USB-Stick ist?«

Bevor sie antworten konnte, fuhr er schon fort: »Isabel muss ihn nur in ihren Rechner schieben. Man kann ganze Enzyklopädien darauf speichern.«

Sein herablassender Tonfall irritierte sie. »Ich sorge dafür, dass sie ihn bekommt«, erwiderte sie.

Er sagte ihr, wie viel der USB-Stick gekostet hätte und fügte hinzu: »Ich nehme an, Sie oder Miss McKenna geben mir das Geld zurück.«

»Ja, natürlich.«

»Jetzt?« Er zog eine Quittung aus seiner Tasche und blickte sie erwartungsvoll an. Offensichtlich wollte er das Geld auf der Stelle zurückhaben, also holte sie ihr Portemonnaie heraus und gab es ihm. Er schien ihr nicht gerade zu vertrauen, denn er zählte die Scheine, bevor er sie in die Tasche steckte.

»Was meine Forschungen angeht: Ich habe drei große Kartons voller Unterlagen. Ich habe ausführlich mit Isabel darüber gesprochen und beschlossen, Sie Fotokopien davon machen zu lassen. Sie hat mir versichert, dass sie die volle Verantwortung übernimmt, und ich verlasse mich auf ihre Integrität, da sie ja eine MacKenna ist. Wenn etwas fehlt, dann werde ich es merken. Ich habe ein fotografisches Gedächtnis. Wenn ich einmal etwas gelesen habe, behalte ich es im Kopf.« Er tippte sich an die Stirn. »Ich erinnere mich noch nach zehn, zwanzig Jahren an Namen und Gesichter von Personen, die mir einmal begegnet sind. Alles ist gespeichert. Das Wichtige und das Unwichtige.«

»Wie lange habe ich Zeit, um die Fotokopien zu machen?«, fragte sie, um das Gespräch zu einem Ende zu bringen.

»Ich bin früher als geplant mit den Vorbereitungen für meine Reise fertig geworden. Sie müssen in Serenity bleiben und die Kopien sofort machen. Es dürfte nicht mehr als zwei Tage in Anspruch nehmen. Vielleicht drei«, erwiderte er.

»Gibt es im Ort einen Copyshop?«

»Das glaube ich nicht«, meinte der Professor. »Aber es gibt ein Fotokopiergerät im Supermarkt und bestimmt auch noch in anderen Läden.«

Nach zwei weiteren Tassen Kaffee verlangte er die Rechnung. Jetzt, nachdem alles besprochen war, zogen sich die letzten Minuten unerträglich in die Länge. Als die Kellnerin die Rechnung brachte, schob er sie Jordan zu. Überrascht war sie nicht darüber.

Ihr Bruder Zachary war immer gut darin gewesen, sie hinauszuekeln. Er konnte das wesentlich besser als ihre anderen Brüder. Aber heute Abend hatte der Professor den Titel des »Ekelkönigs« errungen. Er wischte sich den Mund mit der Serviette ab, die den ganzen Abend unbenutzt auf dem Tisch gelegen hatte, und sprang wie von der Tarantel gestochen auf.

»Ich möchte nach Hause, bevor es dunkel wird.«

Dunkel würde es frühestens in einer Stunde sein. »Wohnen Sie weit von hier?«

»Nein«, antwortete er. »Ich komme zum Auto und bringe Ihnen die Kartons. Sie passen doch gut darauf auf, nicht wahr? Isabel hat voller Hochachtung von Ihnen gesprochen, und ich vertraue ihr.«

»Ich passe gut darauf auf«, versprach sie.

Zehn Minuten später war die Rechnung bezahlt, die Kartons befanden sich in ihrem Auto, und Jordan war den Professor endlich los.

Sie fühlte sich wie befreit.

8

Am nächsten Morgen stand Jordan in aller Herrgottsfrühe auf. Sie fuhr mit dem Auto zu *Lloyd's Garage* und wartete darauf, dass die Werkstatt aufmachte.

Sie hoffte, dass das Auto schnell repariert werden konnte, und dann wollte sie zum Lebensmittelladen fahren, um die Papiere zu kopieren. Wenn alles gut ging, würde sie eineinhalb Kartons schaffen. Zwei Kartons waren bis zum Rand gefüllt, aber zum Glück hatte der Professor die Blätter nicht beidseitig beschrieben.

Die Türen der Werkstatt öffneten sich um zehn Minuten nach acht.

Nachdem er die Motorhaube hochgeklappt und sich etwa dreißig Sekunden über den Motor gebeugt hatte, lehnte sich der Mechaniker, ein grobschlächtiger Mann in ihrem Alter, lässig an den Kühler und musterte sie ausgiebig von Kopf bis Fuß, während er sich die Hände an einem ölbeschmierten Lappen abwischte.

Anscheinend reichte ihm die eine Musterung nicht, denn er wiederholte sie noch zweimal. Ihrem Auto hatte er nicht so viel Aufmerksamkeit geschenkt, dachte Jordan. Aber sie wollte sich mit dem Typen nicht anlegen, da er offensichtlich bis Montag der einzige Mechaniker im Ort war.

»Ich bin mir ziemlich sicher, dass der Kühlwasserbehälter ein Loch hat«, sagte sie. »Was meinen Sie? Können Sie es reparieren?«

Der Name des Mechanikers, Lloyd, stand auf einem Schildchen, das auf sein Hemd geklebt war. Die Kanten rollten sich bereits auf. Er wandte sich ab, warf den schmutzigen Lappen über ein Gestell und drehte sich dann wieder zu ihr.

»Ob ich es reparieren kann? Kommt darauf an«, knurrte er. »Es ist in der Tat fast ein Totalschaden.«

Totalschaden? Na ja, so schlimm war es nun auch wieder nicht. »Aber Sie können es reparieren?«

»Es ist beinahe nicht mehr hinzukriegen, Süße.«

Süße? Wohl kaum. Im Stillen zählte Jordan bis fünf, damit sie nicht explodierte. Es hatte keinen Sinn, den einzigen Mann zu verärgern, der ihr Auto wieder heil machen konnte.

Der gute alte Lloyd war mittlerweile mit seinen Blicken wieder bei ihren Füßen angelangt und arbeitete sich über ihre Beine nach oben. Er sagte: »Die Lage ist ernst.«

»Ja?« Jordan nickte. »Sie meinten, es sei fast nicht mehr zu reparieren?«

»Das ist richtig. Fast.«

Sie verschränkte die Arme, während sein Blick erneut an ihr herunterwanderte. Mittlerweile musste sich ihre Silhouette in sein Hirn eingebrannt haben. »Würden Sie mir das bitte erklären?«

»Ihr Kühlwasserbehälter hat ein Loch.«

Jordan hätte am liebsten geschrien. Das hatte sie ihm doch gerade gesagt.

»Ich könnte es wahrscheinlich notdürftig reparieren, aber ich kann Ihnen nicht garantieren, dass es auch hält«, fuhr Lloyd fort.

»Wie lange würde das dauern?«

»Hängt davon ab, was ich unter der Haube vorfinde.« Er zog vielsagend die Augenbrauen hoch, und als sie nicht sofort reagierte, fügte er hinzu: »Sie wissen, was ich meine?«

Sie wusste genau, was er meinte. Lloyd war wirklich unmöglich, und Jordan riss der Geduldsfaden. »Sie haben bereits unter die Haube geblickt«, fuhr sie ihn an.

Ihre offensichtliche Wut ließ ihn ungerührt. Anscheinend war er daran gewöhnt, abgewiesen zu werden. Oder er hatte sich zu lange in der Sonne aufgehalten, und sein grauen Zellen waren verdampft.

»Sind Sie verheiratet, Süße?«

»Was?«

»Verheiratet. Sind Sie verheiratet? Ich muss doch wissen, auf wen ich die Rechnung ausstellen soll«, erklärte er.

»Auf mich natürlich«, erwiderte sie ungeduldig.

»Ich will doch nur nett sein. Sie brauchen mich nicht so anzufahren.«

»Wie lange dauert die Reparatur?«

»Einen Tag – vielleicht auch zwei.«

»Okay«, erwiderte sie freundlich. »Dann fahre ich jetzt.«

Er verstand nicht, bis sie um ihn herumging und die Wagentür öffnete.

»Warten Sie. Sie fahren mit einem Loch ...«

»Ja, ich weiß.«

Er schnaubte. »Sie werden nicht weit kommen.«

»Das Risiko gehe ich ein.«

Er dachte, sie bluffte, bis sie den Motor anließ und den Gang einlegte, um rückwärts aus der Garage zu fahren.

»Vielleicht könnte ich es bis Mittag fertig haben«, stieß er hervor.

»Vielleicht?«

»Okay, bestimmt bis Mittag«, willigte er ein. »Und es wird nicht allzu teuer.«

Sie zog die Handbremse an. »Wie teuer?«

»Fünfundsechzig, vielleicht siebzig, aber nicht mehr als achtzig. Ich nehme keine Kreditkarten, und da Sie nicht von hier sind, auch keinen Scheck. Sie müssen bar bezahlen.«

Das Versprechen, sie könne ihr Auto mittags abholen, bewegte Jordan dazu, einzuwilligen und Lloyd die Schlüssel auszuhändigen.

Dann ging sie zurück zum Motel. In der Lobby blieb sie stehen, um mit Amelia Ann zu sprechen.

»Ich muss mehrere Kisten voller Unterlagen fotokopieren«, sagte sie. »Im Supermarkt in der Nähe der Parson's Creek Brücke gibt es ein Fotokopiergerät, aber das ist zu Fuß ziemlich weit. Ich habe mich gefragt, ob es wohl ein Gerät hier in der Nähe gibt.«

»Ich versuche, das herauszufinden. Sie können in der Zwischenzeit frühstücken. Ich finde bestimmt etwas für Sie.«

Das Motel verfügte über einen winzigen Coffeeshop. Jordan war der einzige Gast. Sie hatte keinen großen Appetit und bestellte Toast und Orangensaft.

Kurz darauf erschien Amelia Ann. »Sie haben Glück«, sagte sie. »Charlene drüben in der Nelson Versicherungsagentur besitzt einen brandneuen Fotokopierer. Das Unternehmen hat ihn erst letzte Woche aufgestellt, und er läuft noch auf Probe, deshalb ist es ihr egal, wie viele Seiten Sie fotokopieren müssen, solange Sie das Papier bezahlen. Steve Nelson hat auch die Versicherungen für dieses Motel abgeschlossen, deshalb tut er mir gerne den Gefallen.«

»Das ist wundervoll«, sagte Jordan. »Vielen, vielen Dank.«

»Ich helfe gerne. Ich soll Ihnen von Charlene ausrichten, dass das Gerät einen automatischen Papiereinzug besitzt, Sie brauchen also nicht die ganze Zeit daneben stehen zu bleiben.«

Das wurde ja immer besser. Die Versicherungsagentur war nur drei Blocks vom Motel entfernt, und das Kopiergerät stand in einem extra Raum, sodass Jordan Charlene oder ihren Chef nicht bei der Arbeit störte.

Das moderne Gerät war ein Traum, und sie kam rasch voran. Nur einmal wurde sie unterbrochen, als ein Kunde der Agentur vorbeikam, Kyle Heffermint, um nach ein paar Zahlen zu fragen. Während Charlene sie für ihn heraussuchte, sah er Jordan im Kopierraum und ernannte sich kurzerhand zum Empfangskomitee von Serenity. Er lehnte an der Wand und plauderte mit ihr, während das Gerät die Seiten kopierte. Kyle war ein netter Mann, und Jordan hörte ihm interessiert zu, als er über Geschichte und Politik der Gemeinde redete. Nachdem sie sein viertes Angebot, ihr die Stadt zu zeigen, abgelehnt hatte, kam Charlene ihr zu Hilfe und brachte ihn zur Tür.

Am späten Vormittag hatte Jordan die Unterlagen aus zwei

vollen Kartons kopiert. Taumelnd unter dem Gewicht trug sie den ersten und zweiten Karton zurück in ihr Motelzimmer und holte anschließend die Kopien. Ein paar Seiten packte sie in die Notebooktasche, damit sie beim Mittagessen schon mit dem Lesen anfangen konnte.

Um viertel vor zwölf war sie wieder in *Lloyd's Garage.* Der Kühlwasserbehälter ihres Autos und der größte Teil des Motors waren ausgebaut worden und lagen auf einer Plane.

Lloyd hatte es sich auf einem Metallstuhl bequem gemacht und fächelte sich mit einer Zeitung Luft zu. Als er sie sah, sprang er auf. Abwehrend hob er die Hände und stieß hervor: »Regen Sie sich bloß nicht auf.«

Sie starrte auf die Einzelteile und fragte schließlich: »Was soll das?«

»Das sind Teile aus Ihrem Auto. Ich bin da auf ein paar Probleme gestoßen«, fuhr er fort, wich jedoch ihrem Blick aus. »Ich wollte sichergehen, dass es nur ein Loch im Kühlwasserbehälter war und nichts anderes. Also habe ich den Schlauch herausgezogen, aber er war in Ordnung. Dann habe ich beschlossen, zur Sicherheit noch ein paar andere Dinge zu überprüfen. Und wissen Sie was? Es war tatsächlich nur das Loch im Kühlwasserbehälter, genau wie ich es vermutet hatte. Aber es ist immer besser, zuerst mal nachzugucken, oder? Und ich berechne Ihnen auch nichts für die zusätzliche Arbeit. Ein Dankeschön reicht mir. Ach, und noch etwas«, fügte er hastig hinzu, »der Wagen ist morgen Mittag fertig, wie versprochen.«

Jordan holte tief Luft. »Sie haben versprochen, ihn bis heute Mittag zu reparieren.« Sie war so wütend, dass ihre Stimme bebte.

»Nein, das haben Sie nur angenommen.«

»Sie haben mir den Wagen für heute Mittag zugesagt«, wiederholte sie mit fester Stimme.

»Nein, von heute war nie die Rede. Ich habe nur Mittag gesagt, nichts von heute oder morgen.« Und dann fragte er: »Da Sie ja noch eine Nacht in der Stadt bleiben müssen und keine Menschenseele kennen, wollen Sie nicht mit mir zu Abend essen?«

Lloyd lebte anscheinend in einer anderen Dimension.

»Bauen Sie das alles wieder ein. Bauen Sie sofort alles wieder ein.«

»Was?«

»Sie haben mich durchaus verstanden. Bauen Sie sofort alles wieder ein. Auf der Stelle!«

Anscheinend gefiel Lloyd der Ausdruck in ihren Augen nicht, denn er wich hastig einen Schritt zurück. »Ich kann nicht«, sagte er. »Ich muss zuerst noch einen anderen Auftrag erledigen.«

»Ach ja? Aber die Zeit für ein Schläfchen hatten Sie, was?«

»Ich habe nicht geschlafen. Ich habe Pause gemacht.«

Es hatte keinen Zweck, mit ihm zu diskutieren. »Wann ist das Auto fertig?«

»Morgen Mittag«, sagte er. »Sehen Sie? Jetzt habe ich mich festgelegt und morgen Mittag gesagt. Wenn ich einen Termin nenne, dann halte ich ihn auch.«

Jordan blinzelte. »Das hätte ich gerne schriftlich«, sagte sie. »Sie geben mir schriftlich, wann das Auto fertig ist und wie viel es kostet. Mit Ihrer Unterschrift.«

»In Ordnung. Mache ich«, erwiderte er und ging in sein Büro. Kurz darauf kam er mit einem Block und einem Stift wieder. Er schrieb das Gewünschte auf und unterzeichnete mit seinem Namen. Sogar das Datum setzte er ungefragt ein.

Jordan nickte. »Morgen Mittag bin ich wieder hier. Enttäuschen Sie mich nicht.«

»Was wollen Sie dann tun? Mich umbringen?«

»Möglich wäre es.« Sie wandte sich zum Gehen.

»Warten Sie.«

»Ja?«

»Sie müssen doch etwas essen. Wollen Sie nicht mit mir zu Abend essen?«

So freundlich wie möglich lehnte sie seine Einladung ab. Sie ging sogar so weit, ihm dafür zu danken, und als sie ging, schien er besänftigt zu sein.

Auf dem Weg zu *Jaffee's Bistro* wurden ihre Schritte immer langsamer. Es war tierisch heiß. Wie hielten die Einwohner von Serenity nur diese Hitze und die hohe Luftfeuchtigkeit aus? Das Thermometer vor dem Restaurant zeigte achtunddreißig Grad im Schatten.

Als Jordan hereinkam, trug Angela gerade einen Teller zu einem der Tische.

»Hey, Jordan.«

»Hey, Angela.«

Du lieber Himmel, sie klang beinahe schon wie eine Einheimische. Unwillkürlich musste sie lächeln.

Das Restaurant war fast voll, und alle Gäste beobachteten sie, als sie zu ihrem Tisch in der Ecke ging. Offensichtlich weckten Fremde ihre Neugier.

»Haben Sie es eilig, oder reicht Ihnen zunächst ein Eistee?«

»Ich kann warten, und Eistee wäre wundervoll.«

Angela brachte das Getränk sofort und bediente dann weiter die anderen Kunden, während Jordan die Speisekarte zur Hand nahm. Sie entschied sich für einen Salat mit Hühnchen, dann legte sie die Speisekarte weg, stellte ihr Notebook auf den Tisch und schaltete es ein. Daneben legte sie einen Stapel der Forschungsunterlagen.

Sie machte sich beim Lesen Notizen, damit sie die Ergebnisse des Professors in Boston überprüfen konnte.

»Ihre Finger fliegen ja geradezu über die Tasten«, sagte Angela. »Unterbreche ich Ihren Gedankenfluss?«

»Nein, keineswegs«, erwiderte Jordan und blickte auf.

»Was haben Sie gemacht?«

»Ich habe mir Notizen gemacht, aber gerade habe ich nur meinen Kalender abgeglichen. Nichts Wichtiges«, fügte sie hinzu und klappte ihr Notebook zu.

»Dann verstehen Sie bestimmt viel von Computern – wie sie funktionieren und so.«

»Ja«, antwortete Jordan. »Ich arbeite mit Computern.«

»Jaffee würde sich bestimmt gerne mit Ihnen unterhalten. Er hat einen Computer, aber er funktioniert nicht richtig. Vielleicht können Sie ihm nach dem Mittagessen ein paar Fragen beantworten.«

»Ja, sicher, gerne«, sagte Jordan.

Als sie ihren Salat gegessen hatte, war es im Restaurant leer geworden. Angela kam mit dem Besitzer aus der Küche. Sie stellte ihn vor, und Jordan machte ihm Komplimente über sein Restaurant.

»Es ist ein charmantes Lokal«, sagte sie.

»Es wurde ja auch nach mir benannt«, erwiderte er grinsend. »Mein Vorname ist zwar Vernon, aber jeder nennt mich einfach nur Jaffee. Woher kommen Sie, Jordan Buchanan?« Jaffee hatte eine volltönende, tiefe Stimme.

»Aus Boston«, erwiderte Jordan. »Und Sie? Sind Sie in Serenity aufgewachsen oder wie Angela hierher verpflanzt worden?«

»Verpflanzt«, antwortete er lächelnd. »Aus einem anderen winzigen Ort, von dem Sie wahrscheinlich noch nie etwas gehört haben. Eine Zeitlang habe ich in San Antonio gelebt. Dort habe ich meine Frau kennengelernt, Lily. Sie hat im gleichen Restaurant gearbeitet wie ich, und … na ja, es war Liebe auf den ersten Blick. Wir sind seit vierzehn Jahren verheiratet und immer noch verliebt. Wie ist denn so das Wetter in Boston? So heiß wie hier?«

Sie unterhielten sich etwa zehn Minuten lang über das Wetter, dann zog Jaffee sich einen Stuhl heran.

»Darf ich mich ein bisschen zu Ihnen setzen?«, fragte er. »Angela meinte, Sie könnten mir ein paar Fragen zu meinem Computer beantworten.«

»Ja, gerne«, erwiderte Jordan.

»Hat Ihnen der Salat geschmeckt? Stadtmädchen essen gern Salat, oder?«

Sie lachte. »Dieses Stadtmädchen schon.«

Jaffee war wirklich ein netter Mann, und anscheinend war er in Plauderlaune.

»Zum Frühstück war ziemlich viel Betrieb hier. Das ist immer so. Zum Mittagessen kommen nur halb so viele Gäste. Im Sommer bekomme ich kaum meine Kosten herein, aber sobald es Herbst wird, läuft das Geschäft echt gut. Dann muss meine Frau mitarbeiten. Mein Schokoladenkuchen ist berühmt, und ich denke, heute Nachmittag werden ein paar Gäste vorbeischauen, um sich ein oder zwei Stücke zu gönnen. Aber keine Sorge – ich lege Ihnen ein Stück zurück.«

Sie glaubte schon, er wolle aufstehen, und griff nach ihren Papieren, um eine weitere ungeheuerliche Geschichte über die heiligen MacKennas und die dämonischen Buchanans zu lesen. Aber Jaffee hatte gar nicht vorgehabt aufzustehen, sondern hatte sich nur bequemer hingesetzt.

»Über den Schokoladenkuchen bin ich an den Coffeeshop gekommen.«

Jordan legte die Aktenmappe weg und blickte ihn an. »Wie kam das?«

»Über *Trumbo Motors*«, erwiderte er. »Genauer gesagt über Dave Trumbo. Er hat ein Autohaus in Bourbon, etwa sechzig Kilometer von hier. Auf jeden Fall haben Dave und seine Frau Suzanne Ferien in San Antonio gemacht, und sie aßen in dem Restaurant, in dem ich arbeitete, zu Abend. Ich hatte meinen Schokoladenkuchen gemacht. Mann, der hat ihm vielleicht geschmeckt. Er hat drei Stücke gegessen, bevor seine Frau ihm befohlen hat aufzuhören.« Er lachte. »Er liebt Schokolade über alles, aber Suzanne erlaubt ihm nicht allzu oft, so etwas zu essen. Sie macht sich Sorgen wegen seines Cholesterinspiegels und so. Jedenfalls ging Dave der Kuchen nicht mehr aus dem Kopf. Und da er nicht ständig dafür nach San Antonio fahren wollte, was ja ziemlich weit von hier entfernt ist, machte er mir einfach ein Angebot, das ich nicht ablehnen konnte. Zuerst erzählte er mir alles über Serenity und dass es da kein gutes Restaurant gäbe, und dann meinte er, sein Freund Eli Whitaker, ein reicher Rancher, der einer erfolgversprechenden Investition nie abgeneigt sei, würde mir das Startkapital geben. Eli gehört dieses Gebäude, aber ich bezahle keine Miete, bis ich genug Profit mache. Er ist sozusagen stiller Teilhaber. Die Bücher sieht er sich nur selten an, und manchmal sehe ich auf meinen Kontoauszügen, dass jemand eine Einzahlung gemacht hat. Er sagt nichts, aber ich weiß, dass er oder auch Trumbo mir Geld überweisen.«

»Das hört sich so an, als ob die beiden nett wären«, bemerkte Jordan.

»Oh ja«, erwiderte Jaffee. »Eli lebt sehr zurückgezogen. Er kommt zwar häufig ins Lokal, aber ich glaube nicht, dass er Serenity auch nur einmal verlassen hat, seit er vor fünfzehn Jahren hierhergezogen ist. Vielleicht lernen Sie ihn ja heute Nachmittag kennen. Dave bringt ihm seinen neuen Truck. Eli kauft jedes Jahr einen neuen.«

Schon wieder dachte Jordan, dass Jaffee aufstehen würde, aber er redete bereits weiter.

»Dave ist unsere beste Werbung. Der Mann liebt seine Schokolade, und viele Leute kommen nur her, weil Dave ihnen gesagt hat, wie gut das Essen hier ist.«

»Gibt es bei *Trumbo Motors* auch einen guten Mechaniker?«

»Ja, mit Sicherheit. Mehrere.« Jaffee schmunzelte. »Ich habe schon gehört, dass Lloyd Ihnen das Leben schwer gemacht hat.«

Jordan riss die Augen auf. »Ach ja? Woher wissen Sie das denn?«

»Serenity ist eine Kleinstadt, und die Leute reden eben gern.«

»Und sie haben über mich geredet?«, fragte sie überrascht.

»Ja, natürlich. Sie sind Stadtgespräch. Eine schöne Frau wie Sie kommt hierher, ist überhaupt nicht eingebildet und redet mit gewöhnlichen Leuten.«

Sie wusste nicht, was er meinte. Schön fühlte sie sich gar

nicht. Und mit welchen gewöhnlichen Leuten hatte sie gesprochen?

»Schauen Sie mich nicht so verwirrt an«, sagte er grinsend. »Das ist anders als in Boston. Wir denken gern, wir seien freundlicher, aber eigentlich sind wir nur neugierig. Man gewöhnt sich daran, dass jeder über jeden Bescheid weiß. Wissen Sie was? Wenn Dave mit Elis Truck kommt und seinen Kuchen isst, stelle ich Sie vor. Ich könnte wetten, dass er über Ihre Autoreparatur schon Bescheid weiß.«

»Aber Sie haben doch gesagt, er wohnt in einem anderen Ort?«

»Ja, er wohnt in Bourbon«, erwiderte Jaffee, »aber in Serenity kaufen alle ihre Autos bei ihm. Er hat das beste Autohaus weit und breit. Ich sage ihm ständig, er soll Fernsehwerbung machen, wie die Typen in den Großstädten, aber er sagt Nein, er will nicht sein Gesicht in die Kamera halten. Vermutlich ist er einfach nur kamerascheu, und er hat lieber mit den Einheimischen zu tun. Er kommt häufig nach Serenity. Außerdem geht seine Frau hier zum Friseur und zur Maniküre, und dabei hört sie immer die neuesten Geschichten.«

Schließlich kam Jaffee zu seinen Computerfragen, und als Jordan ihm erklärt hatte, wofür bestimmte Computerbefehle gut waren, begab er sich zufrieden wieder in seine Küche. Jordan dachte über das Leben in einer Kleinstadt nach. Es würde sie wahnsinnig machen, wenn jeder über sie Bescheid wüsste. Dann jedoch fiel ihr ihre Familie ein, und ihr wurde klar, dass sie so ein Leben bereits führte.

Ihre sechs Brüder waren liebevoll und süß, aber schrecklich neugierig. Vielleicht lag das an ihren Jobs. Vier arbeiteten bei der Polizei, obwohl man Theo wahrscheinlich nicht mitrechnen konnte, der beim Justizministerium arbeitete und nicht, wie Nick, Alec und Dylan, ständig eine Waffe bei sich trug. Sie waren einfach daran gewöhnt, im Leben anderer Leute herumzuschnüffeln, und sie konnte sich noch gut daran erinnern, dass sie ihr auf der Highschool viele Verabredungen vermasselt hatten. Sie hatte sich damals bei ihrem Vater beklagt, aber das hatte nie etwas genützt. Insgeheim glaubte sie, dass er auf der Seite ihrer Brüder stand.

Große Familien verhielten sich wie die Einwohner von Kleinstädten. Genau wie die Highland-Clans, über die sie gerade las. Der Professor hatte angeblich herausgefunden, dass sich die Buchanans immer eingemischt hatten. Sie schienen alles zu wissen, was die MacKennas taten, und jede Kleinigkeit machte sie wütend. Sie vergaßen nie eine Kränkung. Jordan konnte sich kaum vorstellen, wie sie all diese Fehden im Kopf behielten.

Der Tisch war übersät mit Papieren, und sie versuchte, ein paar der Notizen, die er an den Rand gekritzelt hatte, zu entziffern. Aber sie ergaben keinen Sinn – Zahlen, Namen, Dollarzeichen und andere unverständliche Symbole. War das eine Krone? Einige der Zahlen konnten auch Jahreszahlen sein. Was war zum Beispiel 1284 so Wichtiges passiert?

Sie hörte Jaffee lachen und blickte auf, als er aus der Küche kam. Ein Mann folgte ihm. Er hielt einen Teller mit einem großen Stück Schokoladenkuchen in der Hand. Das musste Dave Trumbo sein.

Der große Mann trat selbstbewusst auf sie zu. Seine Züge waren hart, als sei jede Falte in Stein gemeißelt. Er hatte breite Schultern, und Jordan sah an seinem weißen Hemd, der gestreiften Krawatte, der dunkelgrauen Hose und den schwarzen Slippern, dass er Zeit und Mühe auf seine äußere Erscheinung verwandte. Er setzte seine Designersonnenbrille ab und schmunzelte über etwas, das Jaffee gesagt hatte.

Er hatte ein gewinnendes Lächeln und eine lockere Art. Er blickte ihr in die Augen, als er ihr die Hand schüttelte, und sagte ihr, wie sehr er sich freue, sie kennenzulernen. An seinem breiten Akzent merkte man sofort, dass er aus Texas kam. Noah war in Texas geboren, und manchmal verfiel er auch in diesen gedehnten Slang, vor allem, wenn er mit ihr flirtete.

»Jaffee hat mir erzählt, dass Sie Probleme mit Lloyd hatten.

Das tut mir leid. Wenn Sie wollen, kann ich mal mit ihm reden. Ich könnte Ihren Wagen aber auch nach Bourbon abschleppen lassen, und einer meiner Mechaniker baut ihn Ihnen wieder zusammen. Es ist eine Schande, dass Sie ihn nicht einfach gegen ein neues Auto austauschen können. Ich habe einen brandneuen Van im Angebot – zu einem Preis, den eigentlich keiner ablehnen kann.«

»Aber ihr Auto ist ein Mietwagen, Dave«, warf Jaffee ein.

Dave nickte. »Ich weiß. Deshalb sagte ich ja, es ist eine Schande, dass sie ihn nicht einfach austauschen kann. Den Leuten, die solche Autos vermieten, sollte das Handwerk gelegt werden. So macht man keine Geschäfte.«

Jaffee erzählte Dave, dass sie aus Boston stammte, und sie beantwortete ihm einige Fragen zu ihrer Heimatstadt. Dave war noch nie in Boston gewesen und wollte gerne einmal mit seiner Familie dort Urlaub machen.

»Dave hat einen Jungen und ein Mädchen«, erklärte Jaffee.

Dave nickte. »Ja. Deshalb muss ich auch so hart arbeiten. Ich esse diesen Kuchen besser in der Küche, falls doch meine Frau vorbeikommt. Sie wollte heute Nachmittag ebenfalls in die Stadt kommen, weil sie zum Friseur muss. Ich finde ihre Haare wundervoll, wie sie sind, aber sie möchte sich immer nach der neuesten Mode frisieren lassen. Wenn sie den Kuchen sieht, bekommt sie einen Anfall. Sie hat mich auf eine kohlehydratarme, fettarme und geschmacklose Diät gesetzt.« Er tätschelte seinen Bauch. »Ich werde zwar ein wenig rundlich um die Mitte, aber für diesen Kuchen lohnt es sich, ein bisschen mehr zu trainieren.«

Er wirkte keineswegs rundlich, sondern schlank und fit. Allerdings würde er nicht so bleiben, wenn er weiter so viel Zucker aß. Aus seiner Hemdtasche ragte das Einwickelpapier einer Tafel Schokolade. Dave war wirklich ein Schokoladenfan.

Jaffee blickte aus dem Fenster. »Eli parkt gerade auf der anderen Straßenseite«, sagte er. »Sein Truck sieht brandneu aus.«

»Er wird diesen Monat ein Jahr alt«, erwiderte Dave. »Deshalb tauscht er ihn aus. Eli kann sich jedes Auto leisten, das er sich wünscht, und ich habe weiß Gott schon oft genug versucht, ihn dazu zu überreden, sich eine Luxuslimousine zuzulegen, aber er bestellt jedes Jahr das neueste Modell des gleichen Pick-up. Er will noch nicht einmal eine andere Farbe. Immer nur schwarz.«

Jordan sah den Rancher über die Straße kommen. Eli Whitaker war ein gut aussehender Mann – groß und dunkelhaarig. Sie hatte erwartet, dass ein Rancher Cowboystiefel und einen Stetson tragen würde, aber er trug Jeans, Polohemd und Turnschuhe.

Er lächelte sie strahlend an, als Jaffee sie vorstellte, und schüttelte ihr die Hand. »Es freut mich, Sie kennenzulernen, Jordan«, sagte er.

Rasch erzählte ihm Jaffee, warum sie in der Stadt war.

»Es tut mir leid, dass Sie Pech gehabt haben, aber zumindest haben Sie sich den besten Platz in ganz Serenity ausgesucht. Sagen Sie mir Bescheid, wenn ich Ihnen irgendwie behilflich sein kann.«

»Danke«, erwiderte Jordan. »Alle waren so hilfsbereit. Morgen Mittag müsste mein Wagen fertig sein, und dann reise ich wieder ab.«

Die drei Männer blieben eine Weile an ihrem Tisch stehen und plauderten, wobei allerdings die meiste Zeit sie redeten und Jordan nur zuhörte.

Schließlich sagte Dave Trumbo: »Nun, es war mir ein Vergnügen, mich mit Ihnen zu unterhalten, Jordan Buchanan, und wenn Sie das nächste Mal in der Gegend sind, müssen Sie unbedingt bei *Trumbo Motors* vorbeikommen. Niemand ist günstiger als ich«, rühmte er sich. Er legte Eli den Arm um die Schultern und sagte: »Willst du ein Stück Kuchen, Eli? Komm, wir gehen in die Küche und lassen diese junge Dame in Ruhe an ihren Hausaufgaben arbeiten.«

Ihre Hausaufgaben? Dachte er, sie wäre noch in der Schule?

»Das sind keine Hausaufgaben, Dave«, sagte Jaffee. »Das

sind Geschichten über ihre Verwandten in Schottland. Uraltes Zeug. Ein Professor aus dem Ort hat sie ausgegraben, und sie ist extra hergekommen, um sie zu lesen. Das stimmt doch, Jordan, oder?«

»Ja, genau. Das sind Professor MacKennas Forschungsergebnisse.«

Dave blickte ihr über die Schulter und betrachtete die Papiere. »Und das verstehen Sie alles?«, fragte er.

Jordan lachte. »Ich versuche es zumindest. Manches ist mir allerdings nicht ganz klar«, fügte sie hinzu.

»Also, in meinen Augen sieht das nach Hausaufgaben aus. Ich lasse Sie in Ruhe weiterarbeiten.« Er drehte sich um und ging mit Eli in die Küche.

Die Zeit verging wie im Flug, und es war schon fast vier Uhr, als Jordan die Papiere zusammenpackte. Jaffee stand in der Tür und sah ihr zu, wie sie ihr Notebook in die Tasche packte. Er kratzte sich am Hinterkopf und sagte: »Hören Sie, wegen dieser Computerbefehle …«

»Ja?«

»Es funktioniert nicht. In Serenity verstehen wir nicht allzu viel von Computern, aber wir versuchen, mit dem Rest von Texas und der Welt Schritt zu halten. Ich habe einen schönen großen Computer im Hinterzimmer, aber er reagiert nicht auf die Befehle, die Sie mir gegeben haben. Irgendetwas habe ich falsch gemacht, und jetzt ist er kaputt.«

Jordan lächelte. »Kaputt? Es ist schwer, einen Computer kaputt zu kriegen, wenn Sie nicht gerade mit dem Vorschlaghammer draufhauen. Ich schaue ihn mir mal an.«

»Das wäre sehr nett von Ihnen. Ich habe schon ein paarmal in Bourbon im Computerladen angerufen, aber sie schicken einfach keinen Techniker.«

Er war so nett zu ihr gewesen, und sie hatte die ganze Zeit in seinem Restaurant sitzen können, da konnte sie ja jetzt nach seinem Computer sehen. Sie folgte ihm in die Küche. Jaffees Büro war eine kleine Nische an der Hintertür. Nach heutigen

74

Standards war der Computer eine Antiquität. Überall lagen Kabel, von denen die meisten völlig nutzlos waren.

»Was meinen Sie?«, fragte Jaffee. »Können Sie sie retten und sie wieder zum Laufen bringen?«

»Sie?«

»Ich nenne sie manchmal Dora«, gestand er verlegen.

Jordan lachte nicht. Er wurde so schon ganz rot, und ihr war klar, wie peinlich es für ihn sein musste, zuzugeben, dass er eine Maschine derart vermenschlichte.

»Lassen Sie mich mal sehen, was ich tun kann.« Sie hatte noch reichlich Zeit, um die restlichen Papiere in der Versicherungsagentur zu kopieren. Viel war es ja sowieso nicht mehr, sodass sie morgen früh auf jeden Fall fertig werden würde.

Jaffee machte sich wieder an seine Arbeit in der Küche, und Jordan kümmerte sich um den Computer. Sie entfernte sämtliche Kabel, sortierte zwei aus und entwirrte ein paar andere. Danach fuhr sie den Computer hoch und sah sich die Programme an, die jemand für ihn installiert hatte. Sie waren veraltet und viel zu kompliziert. Hätte sie die Zeit und ihre Ausrüstung dabeigehabt, hätte sie ihm ein neues Programm geschrieben. Das hätte ihr Spaß gemacht.

Da er keine neue Software zum Installieren besaß, beschloss sie, eines der vorhandenen Programme an seine Bedürfnisse anzupassen.

Als Jaffee nach ihr schaute, blickte er begeistert auf den blauen Bildschirm.

»Oh, sie funktioniert wieder. Gott sei Dank! Aber was tippen Sie da ein?«

Es würde zu lange dauern, es ihm zu erklären. »Dora und ich plaudern ein bisschen. Wenn ich fertig bin, ist das Programm für Sie einfacher zu bedienen.«

Nachdem der letzte Gast um halb neun gegangen war, schloss Jaffee das Restaurant ab und setzte sich neben sie, um mit ihr die Veränderungen durchzugehen, die sie vorgenommen hatte.

Es dauerte eine Stunde, bis sie ihn mit seinem Computer

vertraut gemacht hatte. Er machte sich Notizen auf Haftzetteln und klebte sie an die Wand. Ihre E-Mail-Adresse hatte sie für ihn bereits gespeichert, sodass er ihr schreiben konnte, wenn er Fragen hatte. Er bat sie auch um ihre Handynummer, falls er das E-Mail-Programm nicht zum Laufen kriegen sollte.

Als sie dachte, sie wären fertig, gab er ihr einen Stapel weiterer E-Mail-Adressen und bat sie, sie in seinem Adressbuch zu speichern. Eli Whitaker stand ganz oben auf der Liste, und direkt dahinter kam Dave Trumbo.

Als alles erledigt war, bestand Jaffee darauf, sie zum Motel zu begleiten.

»Es ist zwar nicht weit, und es gibt Straßenlaternen, aber ich gehe trotzdem mit. Dann kann ich mir noch ein bisschen die Beine vertreten.«

Draußen war es immer noch heiß, aber seit die Sonne untergegangen war, war es doch besser auszuhalten. Als sie die Einfahrt des Motels erreicht hatten, wünschte Jaffee ihr eine gute Nacht und schlenderte weiter.

Jordan betrat die Lobby, um direkt in ihr Zimmer zu gehen. Der Raum war voller Frauen.

Amelia Ann kam auf sie zu. »Ich bin so froh, dass Sie es noch geschafft haben.«

»Wie bitte?«, fragte Jordan.

Amelia Anns Tochter Candy saß am Empfang. Sie druckte Jordans Namen auf ein rosa Schildchen und steckte es ihr an.

»Wir freuen uns, dass Sie mitmachen«, fuhr Amelia Ann fort.

»Wobei mache ich mit?«, fragte Jordan und lächelte die anderen Frauen an, die sie anstarrten.

»Ich gebe für Charlene eine Brautparty. Sie wissen doch, Charlene«, flüsterte sie. »Sie haben Ihre Papiere bei ihr in der Agentur kopiert.«

»Ach ja, natürlich.« Jordan blickte sich nach Charlene um. »Es ist nett von Ihnen, mich einzuladen, aber ich möchte nicht stören.«

»Unsinn«, protestierte Amelia Ann. »Wir freuen uns, wenn Sie dabei sind.«

»Aber ich habe kein Geschenk«, sagte Jordan leise.

»Das ist kein Problem«, erklärte Amelia Ann. »Wie wäre es mit Platztellern aus Porzellan? Charlene hat sich ein sehr hübsches Muster ausgesucht. Vera Wang.«

»Ja. Gerne …«, begann Jordan.

»Sie brauchen sich um nichts zu kümmern. Ich bestelle sie morgen und setze es Ihnen einfach auf die Rechnung. Candy? Schreib Jordans Namen auf eine Geschenkkarte.«

Jordan wurde allen dreiundzwanzig Frauen vorgestellt und war dankbar dafür, dass sie auch Namensschildchen trugen. In der nächsten Stunde schaute sie zu, wie Geschenke ausgepackt wurden, trank süßen Punsch, aß Pfefferminzblättchen und weißen Kuchen mit dickem, klebrigem Zuckerguss. Als sie endlich auf ihr Zimmer kam, hatte sie einen regelrechten Zuckerschock.

Sie schlief wie ein Stein. Am nächsten Morgen erledigte sie ein paar Telefonanrufe und verließ das Motel erst nach zehn Uhr. Sie wollte zur Versicherungsagentur, um den Rest der Unterlagen zu kopieren und sie wieder ins Motel zu bringen. Anschließend würde sie zur Werkstatt laufen und dort warten, bis Lloyd den Wagen fertig hatte. Und sie würde sich auf keinen Fall mit weiteren Ausreden abspeisen lassen oder mit einer Verzögerung abfinden.

Ihr Plan funktionierte jedoch nicht. In der Agentur erklärte Charlene ihr, dass das Kopiergerät vor einer Stunde abgeholt worden sei. »Steve hat dem Vertreter gesagt, dass er es nicht kaufen wolle. Haben Sie denn noch viel zu kopieren?«

»Etwa zweihundert Seiten«, erwiderte Jordan.

Sie bedankte sich noch einmal bei Charlene und ging zum Motel zurück. Okay, neuer Plan. Sie würde das Auto holen, zum Supermarkt fahren, und wenn dieses Gerät keinen automatischen Papiereinzug hatte, würde sie sich eben nach einem anderen umschauen.

Lloyd erwartete sie bereits vor der Werkstatt. Als er sie sah, rief er: »Er ist fertig. Sogar zu früh. Ich habe Ihnen doch gesagt, dass ich ihn repariere, und das habe ich getan. Okay?«

Er war schrecklich nervös. Seine Hand zitterte, als er ihr die Rechnung reichte. Anscheinend wollte er sie so schnell wie möglich loswerden, denn er zählte nicht einmal das Geld, das sie ihm gab.

»Stimmt etwas nicht?«

»Nein, nein«, stieß er hervor. »Sie können losfahren.« Ohne sich noch einmal umzudrehen, rannte er in seine Werkstatt.

Sie legte ihre Handtasche und ihr Notebook auf den Beifahrersitz und ließ den Motor an. Alles schien zu funktionieren. Lloyd, dachte sie, war mindestens so merkwürdig wie der Professor. Sie war froh, dass sie nichts mehr mit ihm zu tun hatte.

Sie fuhr direkt zum Supermarkt und stellte erfreut fest, dass dort ein hochmoderner Fotokopierer stand. Wenn sie sich beeilte, war sie in zwei Stunden fertig. Dann würde sie den Professor anrufen und ihm die Kartons zurückbringen.

Um auf alle Eventualitäten vorbereitet zu sein, kaufte sie jedoch Wasser, falls der Kühlwasserbehälter erneut lecken sollte.

Mit vier Fünf-Liter-Kanistern Wasser, zwei in jedem Arm, verließ sie den Laden. Der Parkplatz war völlig leer. Kein Wunder. Wer kaufte in dieser Hitze schon ein? Obwohl es noch Vormittag war, brannte die Sonne bereits so vom Himmel, dass Jordan das Gefühl hatte, auf dem Weg zum Auto einen Sonnenbrand zu bekommen. Sie stellte die Behälter neben dem Kofferraum auf den Boden. Während sie den Autoschlüssel in ihrer Tasche suchte, fiel ihr ein Stück Plastik auf, das aus dem Kofferraum herausragte.

Merkwürdig, dachte sie. Vorhin war es ihr gar nicht aufgefallen. Sie versuchte, es herauszuziehen, aber es bewegte sich nicht.

Schließlich fand sie den Schlüssel, steckte ihn ins Schloss, und der Kofferraumdeckel sprang auf. Jordan blickte hinein – und erstarrte. Dann machte sie den Deckel ganz vorsichtig wieder zu.

»Nein«, flüsterte sie. »Das kann nicht sein.« Sie schüttelte den Kopf. Sie sah weiße Mäuse. Das lag bestimmt an dem ganzen Zucker, den sie gegessen hatte – und an der Hitze. Ja, das musste es sein. Die Hitze. Sie hatte bestimmt einen Sonnenstich und wusste es nur nicht.

Erneut öffnete sie den Deckel. Ihr blieb das Herz stehen. Im Kofferraum lag, zusammengerollt im größten Plastikbeutel mit Reißverschluss, den Jordan je gesehen hatte, Professor Mac-Kenna. Seine leblosen Augen standen offen, und er schien sie anzustarren. Jordan stockte der Atem. Sie wusste nicht, wie lange sie dort gestanden und erstarrt auf den Mann geblickt hatte, zwei, vielleicht drei Sekunden, aber ihr kam es vor wie eine Ewigkeit.

Dann zuckte sie erschreckt zurück. Sie ließ ihre Tasche fallen, stolperte über einen Wasserkanister und schlug den Kofferraumdeckel wieder zu. Sie konnte es einfach nicht glauben, dass in ihrem Kofferraum eine Leiche lag.

Was, um Gottes willen, hatte die da zu suchen?

Oh Gott, sie würde noch einmal nachschauen müssen, aber eigentlich wollte sie nicht. Sie holte tief Luft und wappnete sich.

Er war immer noch da.

Sie ließ den Schlüssel im Schloss stecken, rannte zur Beifahrertür und steckte den Arm durchs Fenster, um ihr Handy zu holen, das auf dem Sitz lag. Wen sollte sie anrufen? Die Polizei von Serenity? Den Sheriff? Oder das FBI?

Zwei Dinge wusste Jordan ganz genau. Erstens wollte ihr offensichtlich jemand etwas anhängen, und zweitens verlor sie gleich den Verstand. Sie war eine gesetzestreue Bürgerin, verdammt noch mal. Sie fuhr nicht mit Leichen im Kofferraum durch die Gegend, und deshalb hatte sie auch keine Ahnung, wie sie damit umgehen sollte.

Sie brauchte schnell einen Rat. Zuerst wollte sie ihren Vater anrufen. Er war schließlich Bundesrichter; er würde bestimmt wissen, was sie tun sollte. Aber er machte sich immer so schnell Sorgen, wie die meisten Väter, und mit seinem gefährlichen Prozess in Boston hatte er zurzeit ganz andere Probleme am Hals.

Sie beschloss, Nick anzurufen. Er arbeitete für das FBI und würde ihr sagen, was zu tun war.

Plötzlich klingelte ihr Handy. Das Geräusch erschreckte sie so sehr, dass sie aufschrie und das Gerät beinahe fallen ließ.

Ihre Schwester war am Apparat. Sie schien von Jordans hysterischem Anfall nichts mitzubekommen.

»Du wirst nicht glauben, was ich gefunden habe. Ich war noch nicht einmal auf der Suche nach einem Kleid, aber letztlich habe ich zwei gekauft. Sie waren heruntergesetzt, und beinahe hätte ich auch eins für dich gekauft, aber dann dachte ich, dass du einen ganz anderen Geschmack hast und es dir vielleicht gar nicht gefällt. Soll ich noch einmal hingehen und es trotzdem kaufen? Der Ausverkauf geht nicht mehr lange, und ich kann es ja auch wieder zurückgeben …«

»Was? Oh Gott, Sidney, wovon redest du? Ach, ist egal. Bist du zu Hause?«

»Ja. Warum?«

»Ist sonst noch jemand da?«

»Nein«, antwortete sie. »Warum? Jordan, stimmt etwas nicht?«

Jordan fragte sich, wie ihre Schwester wohl reagieren würde, wenn sie ihr erzählte, dass sich eine Leiche im Kofferraum ihres Autos befand.

Sie konnte es ihr nicht sagen. Wenn Sidney ihr nicht glaubte, würde sie sich nur aufregen, und von Boston aus konnte sie sowieso nichts tun. Außerdem konnte ihre jüngere Schwester kein Geheimnis für sich behalten, und sie würde sofort zu ihren Eltern rennen und es ihnen erzählen. Nein, sie würde es jedem erzählen, der ihr über den Weg liefe.

»Ich erkläre es dir später«, sagte sie. »Ich muss Nick anrufen.«

»Warte. Was ist mit dem Kleid? Soll ich …«

Jordan unterbrach einfach die Verbindung, ohne die Frage zu beantworten, und wählte rasch Nicks Handynummer.

Ihr Bruder nahm nicht ab. Sein Partner, Noah, kam ans Telefon.

»Hi, Jordan. Nick kann gerade nicht. Ich sage ihm, er soll dich zurückrufen. Bist du noch in Texas?«

»Ja, aber Noah …«

»Tolle Gegend, oder?«

»Ich stecke in Schwierigkeiten.«

Die Panik in ihrer Stimme vermittelte sich laut und deutlich über das Telefon. »Was für Schwierigkeiten?«, fragte Noah ruhig.

»In meinem Kofferraum liegt eine Leiche.«

»Im Ernst?«

»In einem Reißverschlusssack.«

Sie wusste nicht, warum sie gerade dieses Detail erwähnte, aber es kam ihr im Moment vor, als sei es von höchster Wichtigkeit.

»Und er trägt einen blau-weiß gestreiften Pyjama. Allerdings keine Pantoffeln.«

»Jordan, atme durch und beruhige dich.«

»Mich beruhigen? Hast du nicht gehört, was ich gerade gesagt habe? Dass sich eine Leiche in meinem Kofferraum befindet?«

»Ja, ich habe gehört, was du gesagt hast«, erwiderte er. Er klang völlig ungerührt, so, als ob es nichts Besonderes wäre, eine Leiche im Kofferraum zu haben. Andererseits half ihr seine Gelassenheit, die Ruhe zu bewahren.

»Weißt du, wer es ist?«

»Professor MacKenna«, sagte Jordan. Sie senkte die Stimme. »Ich habe ihn auf Dylans Hochzeitsempfang kennengelernt. Gestern Abend habe ich mit ihm gegessen. Nein, das stimmt

81

nicht. Vorgestern Abend. Ich fand ihn widerwärtig. Er hat das Essen in sich hineingeschlungen wie ein Raubtier. Es ist furchtbar, so über einen Toten zu reden, oder? Aber da war er ja noch nicht tot …«

Sie merkte, dass sie Unsinn plapperte und brach ab. Ein Minivan bog auf den Parkplatz ein und parkte in der Nähe des Eingangs. Eine Frau stieg aus, blickte blinzelnd zu Jordan und ging dann hinein.

»Ich muss hier weg«, flüsterte Jordan. »Ich muss ihn loswerden. Richtig? Ich meine, es stimmt doch, dass mir jemand einen Mord anhängen will.«

»Jordan, wo bist du im Augenblick?«

»Auf dem Parkplatz eines Supermarkts in Serenity, Texas. Der Ort ist so klein, dass du ihn kaum auf der Karte findest. Er liegt etwa sechzig Kilometer westlich von Bourbon, Texas. Vielleicht sollte ich die Leiche dort hinbringen und sie an einer einsamen Stelle …«

»Du wirst gar nichts in der Art tun. Du rufst jetzt bei der Polizei an, und das tue ich ebenfalls«, erklärte er ihr. »Und ich schicke dir zwei FBI-Agenten. Sie werden in ungefähr einer Stunde da sein. Und Phoenix ist nicht so weit weg. Nick und ich kommen auch, so schnell wir können.«

»Mir will jemand was anhängen, oder? Oh Gott, ich höre Sirenen. Sie kommen mich holen, oder?«

»Jordan, leg auf und ruf die Polizei an, bevor der Streifenwagen da ist. Wenn du verhaftet wirst, verlang einen Anwalt und sag kein Wort mehr, verstanden?«

Das Heulen der Sirenen kam immer näher, während die Notrufzentrale Jordans Anruf entgegennahm. Sie erklärte rasch ihre Lage und gab ihren Namen und den Ort an, an dem sie sich befand. Der Mann am anderen Ende der Leitung wies sie an zu bleiben, wo sie war, als eine graue Limousine auf den Parkplatz einbog.

»Der Wagen des Sheriffs ist gerade gekommen.«

»Der Sheriff?« Der Mann wirkte überrascht.

»Ja«, sagte Jordan, »das steht jedenfalls auf der Tür. Sie können die Sirenen sicher hören.«

Die nächste Frage des Operators verstand Jordan nicht. Das Auto kam dicht vor ihr mit quietschenden Bremsen zum Stehen, und ein Mann sprang auf der Beifahrerseite heraus. Er trug keine Uniform.

Mit furchterregendem Gesichtsausdruck kam er auf sie zugerannt. Sie sah etwas auf sich zufliegen und drehte sich instinktiv zur Seite, aber sie wurde trotzdem an der rechten Wange getroffen und ging zu Boden.

9

In dem Streit ging es um Zuständigkeiten. Jordan hörte laute Stimmen und schlug die Augen auf. Ein Sanitäter drückte ihr eine Eispackung auf die Wange. Benommen versuchte sie, sie wegzuschieben.

»Was ist passiert?«, flüsterte sie und versuchte, sich aufzusetzen. Der Asphalt brannte heiß an ihrem Arm.

Einer der Sanitäter, ein junger Mann in blauer Uniform, nahm sie am Arm, um ihr zu helfen. Ihr war schwindlig, und sie stützte sich dankbar auf ihn.

»Sie sind niedergeschlagen worden«, antwortete er. »Als Barry und ich eintrafen, waren die Dickey-Brüder hier. Wir haben gehört, wie Sheriff Randy seinen Bruder J. D. anschrie, weil J. D. aus dem Auto gesprungen ist und Sie angefallen hat. Als er mich über den Parkplatz laufen sah, hat er allerdings aufgehört zu schreien. Jetzt streiten er und sein Bruder mit Serenitys Polizeichefin.«

»Worüber streiten sie denn?«, erkundigte sich Jordan. Ihr Kopf pochte, und ihr Kiefer fühlte sich an, als sei er aus den Gelenken gesprungen.

»J. D. behauptet, Sie hätten Widerstand geleistet, sodass er Sheriff Randy dabei helfen musste, Ihnen Handschellen anzulegen.«

Langsam wurde Jordans Kopf wieder klarer. »Das stimmt nicht.«

»Ich weiß«, flüsterte der Sanitäter, damit ihn die Dickeys nicht hörten. »Barry und ich haben Ihren Notruf gehört, und wir sind so schnell wie möglich gekommen. Unsere Klinik ist nur drei Blocks entfernt. Wir wussten, dass Ihnen etwas passiert ist, weil Sie in der einen Minute ganz klar geredet haben, und in der nächsten haben wir so etwas wie einen leisen Schrei gehört. Wissen Sie, was ich meine?«

»Er hat mir das Handy aus der Hand geschlagen.«

»Er hat es völlig zertrümmert. Sie werden sich leider ein neues kaufen müssen. Im Moment streiten sie sich allerdings nicht wegen Ihres Handys. Sheriff Randy sagt, Sie seien von seinem Bezirk aus losgefahren. Im Moment befinden Sie sich in Grady County«, erklärte er. »Randy Dickey ist Sheriff in Jessup County, und es ist uns allen ein Rätsel, wie er überhaupt Sheriff geworden ist. Auf jeden Fall endet Sheriff Randys Zuständigkeit am Fuß der Brücke über den Fluss. Auf der Brücke beginnt Grady County. Wir haben auch einen Sheriff, aber er macht gerade mit Frau und Kindern Urlaub auf Hawaii. Außerdem sehen wir ihn sowieso nur alle Jubeljahre einmal, weil er im Osten in der Bezirkshauptstadt wohnt.«

Barry, der zweite Sanitäter, hatte ihrem Gespräch zugehört. Er steckte sich einen Zahnstocher zwischen die Zähne und kam auf sie zugeschlendert.

»Sheriff Randy kommt auch nur her, weil sein Bruder in Serenity lebt. Er geht gerne mit ihm angeln. Del, sag ihr, dass sie die Eispackung an die Wange halten soll. Ihr Auge schwillt bereits zu. Wir sollten mit ihr in die Klinik fahren und sie röntgen lassen.«

»Nein, es ist schon okay. Ich brauche nicht geröntgt zu werden.«

»Wir können Sie nicht zwingen, mit uns zu kommen«, sagte Del. »Wenn Sie die Behandlung ablehnen, können wir nichts machen, aber Sie sagen uns Bescheid, wenn Ihnen übel wird, ja?«

»Ja, natürlich.«

»Darf ich Sie etwas fragen?«, sagte Del. »Wie war es denn so, eine Leiche in Ihrem Auto zu finden? Ich hätte ja einen Herzinfarkt bekommen. Barry und ich glauben, dass Sie mit dem Mord nichts zu tun haben, denn sonst hätten Sie nicht die 911 angerufen, richtig?«

»Sie sehen so aus, als ob Sie Schmerzen hätten«, stellte Barry fest.

»Nein, es ist schon okay. Ich habe nur ein bisschen Kopfschmerzen, und ich möchte nichts dagegen nehmen, damit ich einen klaren Kopf behalte. Ich schwöre bei Gott …«

»Na, na, regen Sie sich nicht so auf«, unterbrach Barry sie. »Vor allem nicht nach so einem Schlag.«

Del winkte Barry näher heran. »Wenn Maggie Haden die Möglichkeit dazu hätte, würde sie Sie einfach Sheriff Randy und seinem Bruder überlassen.«

Barry stimmte ihm zu. »Sie würde keinen Moment zögern«, flüsterte er.

»Wer ist Maggie Haden?«, fragte Jordan. Sie konnte nicht sehen, was die Polizeichefin und die beiden Dickeys miteinander besprachen, weil die Sanitäter ihr die Sicht versperrten.

»Das ist die da. Die Polizeichefin«, antwortete Del. »Sie und Sheriff Randy haben mal was miteinander gehabt. Sie wissen, wie ich das meine? Jeder in der Stadt weiß, dass sie ihm den Job zu verdanken hat.«

»Sie hätte ihn eigentlich nicht bekommen dürfen«, grummelte Barry. »Sie war gar nicht qualifiziert dafür. Nur weil sie in Bourbon bei der Polizei war, musste sie noch lange nicht in Serenity Polizeichefin werden. Aber den Leuten ist es wahrscheinlich egal, weil hier sowieso nie etwas passiert.« Er hockte sich vor Jordan. »Sie wollte den Job unbedingt, und Randy war ihr was schuldig, weil er sie sitzen gelassen und eine andere geheiratet hat.«

»Wie lange ist sie denn schon Polizeichefin?«, fragte Jordan.

»Seit einem Jahr ungefähr«, erwiderte Del.

»Na ja, eher schon zwei Jahre«, sagte Barry.

»Lassen Sie sich von ihrem Aussehen nicht täuschen. Sie ist härter, als man glaubt. Sie kann eine echte Schlange sein.«

Jordan blickte Del über die Schulter. Die Polizeichefin hatte hellblond gebleichte Haare und war so stark geschminkt, als wolle sie im Zirkus auftreten.

»Polizeichefin zu sein ist hier eine große Sache. Serenity liegt ein bisschen hinter dem Mond. Die Polizeiwache hat gerade erst einen Computer bekommen, und alle Notrufe laufen über Bourbon.«

»Es geht mir schon viel besser«, sagte Jordan. »Ich will nicht mehr auf dem Boden sitzen. Helfen Sie mir bitte auf.«

Barry zog sie hoch, ließ sie aber nicht los. Er bestand darauf, dass sie sich auf die Stoßstange des Krankenwagens setzte. »Wenn Ihnen schwindlig wird, stützen Sie sich auf mich.«

Überraschenderweise wurde es ihr jedoch nicht schwindlig. Nur ihre Wange schmerzte. Sie wollte gerade die Sanitäter fragen, welcher der beiden Männer denn nun J. D. war, als Barry sagte: »Hören Sie, wenn die Polizeichefin beschließt, Sie den beiden zu überlassen, dann nehmen wir Sie erst einmal mit in die Klinik zum Röntgen. Ich sage Ihnen ehrlich, mit den beiden Brüdern sollten Sie nirgendwo hingehen.«

»Okay«, stimmte sie zu. »Sie sind sehr nett zu mir«, sagte sie. »Danke. Ich weiß, dass es verdächtig aussieht. Ich bin fremd in der Stadt …«

»Und da ist diese Leiche in Ihrem Auto«, warf Del ein.

»Ja«, sagte Jordan. »Aber ich bin unschuldig. Ich habe niemanden getötet, und ich versichere Ihnen, ich war völlig überrascht, als ich den Kofferraum öffnete.«

»Das glaube ich Ihnen. Ich heiße übrigens Del. Und das ist Barry.«

»Mein Name ist Jordan Buchanan und …«

»Wir wissen, wer Sie sind. Die Polizeichefin hat Ihren Führerschein aus Ihrer Brieftasche geholt und Ihren Namen laut vorgelesen«, sagte Barry. »Können Sie sich daran nicht erinnern? Del, wir sollten ihr doch den Kopf röntgen lassen.«

Jordan hatte nichts davon mitbekommen, dass jemand ihre Tasche durchwühlt und ihre Papiere herausgenommen hatte. War sie bewusstlos gewesen? Oder einfach nicht bei Sinnen? Das sagte ihre Mutter immer, wenn sie etwas getan hatte, was diese nicht billigte: »Bist du nicht bei Sinnen?«

»Ich muss nicht geröntgt werden«, sagte sie. »Und ich habe nichts Schlimmes getan.«

»Schuldig zu wirken und schuldig zu sein sind zwei Paar Schuhe«, meinte Del. Er reichte Barry sein Stethoskop.

»Ich denke, es wird schon alles in Ordnung sein«, flüsterte Barry, als er das Stethoskop in einen Metallkasten steckte. »Die Polizeichefin weiß, dass Sie nicht in Jessup County waren, und sie weiß auch, dass Sie sich keine Verfolgungsjagd mit dem Auto geliefert haben. Es gibt eine Zeugin.«

»Und wegen dieser Zeugin kann sie Sie nicht einfach so den Dickeys überlassen.«

»Möglicherweise doch«, warf Del ein.

»Nein, das kann sie nicht«, widersprach Barry. »Nicht mit dieser Zeugin. Eine Frau ist gerade aus dem Supermarkt gekommen, als es passiert ist. Sie rief ebenfalls 911 an und meldete, was sie gesehen hat – wie J. D. Miss Buchanan ohne jeden Grund zu Boden schlug. Sie sagte, J. D. sei wie ein wildgewordener Stier aus dem Auto geschossen, hätte ihr Handy gepackt und sie ins Gesicht geschlagen. Und dann hätte er ihr Handy zertrampelt.«

»Dann kann Miss Buchanan nur hoffen, dass J. D. der Zeugin nicht solche Angst einjagt, dass sie ihre Aussage widerruft.«

»Das wird ihm nichts nützen. Jeder Notruf wird aufgezeichnet, und was auf Band ist, kann auch J. D. nicht ändern.«

Die beiden Männer redeten über Jordan, als wäre sie nicht da. Es erstaunte sie, dass niemand sich für die Leiche zu interessieren schien. Die Polizeichefin hatte zwar einmal in den Kofferraum geschaut, aber das war auch alles. Sonst hatte sich niemand darum gekümmert. Es schien niemanden zu interessieren, wer das Opfer war, und Jordan fragte sich langsam, wann man ihr diese Frage stellen würde.

»Glaubst du, wir müssen die Leiche nach Bourbon bringen?«, fragte Del.

»Ja, bestimmt. Wir müssen hierbleiben, bis die Leute von

der Spurensicherung kommen und der Staatsanwalt die Leiche freigibt.«

Jordan war es leid, nur Zuschauerin zu sein. Sie bedankte sich bei den Sanitätern und ging auf die Polizeichefin zu.

Einer der Dickey-Brüder bemerkte, dass Jordans Hände noch frei waren. »Legt vielleicht mal jemand dieser Verdächtigen Handschellen an?«, sagte er. »Jemand, der seinen Job mittlerweile beherrschen sollte.«

Jordan trat auf ihn zu. »Sind Sie derjenige, der mich geschlagen hat?«

Er wich ihrem Blick aus, als er antwortete. »Niemand hat Sie geschlagen«, fuhr er sie an.

»Du liebe Güte, Randy, schau dir doch mal ihr Gesicht an. Natürlich ist sie geschlagen worden«, rief Maggie Haden. »Und es gibt einen Zeugen.« Der Sheriff blickte sie überrascht an, als sie nickend fortfuhr: »Ja. Einen Zeugen, der gesehen hat, wie dein Bruder dieser Frau das Handy aus der Hand geschlagen und ihr dann einen Fausthieb versetzt hat.« Leise fügte sie hinzu: »Du siehst, daran kann nichts mehr geändert werden. Es ist zu spät. Unter Umständen wird Klage erhoben.«

J.D. hatte an der Haube des Streifenwagens gelehnt, aber als er etwas von einem Zeugen hörte, richtete er sich auf.

»Was für ein Zeuge? Wer hat was gesehen? Wenn ich wegen etwas angezeigt werden soll, was ich nicht getan habe, möchte ich gefälligst den Namen des Zeugen erfahren.«

»Zu gegebener Zeit, J.D.«, sagte die Polizeichefin.

»Chief Haden, ich möchte Anzeige erstatten«, sagte Jordan.

»Sie halten den Mund«, fuhr Haden sie an.

»Ich möchte, dass Sie ihn verhaften«, beharrte Jordan.

Die Polizeichefin schüttelte den Kopf. »Es kümmert mich nicht, was Sie wollen. Und jetzt seien Sie still.«

J.D. nickte zustimmend und sagte: »Randy, kommt es dir nicht merkwürdig vor, dass sich die Polizeichefin über die ein wenig raue Behandlung einer gewalttätigen Mordverdächtigen aufregt? Die Beweislage ist doch klar. Die Leiche befindet sich weder in meinem noch in deinem Auto, Randy. Sie ist in ihrem Auto. Und seit wann gehen wir mit Mördern so zimperlich um?«

Die beiden Brüder waren die unattraktivsten Individuen, die Jordan je gesehen hatte. Sie waren gebaut wie Ringer, deren Muskeln erschlafft waren, mit dicken Hälsen und runden Schultern. J. D. war größer als sein Bruder, aber nicht viel. Randy hatte einen dicken Bauch, und sein Gesicht wurde durch ein gewaltiges Doppelkinn verlängert. Beide Männer hatten kleine Augen, aber J. D.s standen eng beieinander wie bei einem Frettchen.

Endlich wandte die Polizeichefin Jordan ihre Aufmerksamkeit zu.

»Ich bin Chief Haden«, sagte sie. »Und wer sind Sie?«

Da sie Jordans Führerschein in der Hand hielt, kannte sie natürlich ihren Namen, aber wenn sie die Formalitäten einhalten wollte, so hatte Jordan nichts dagegen. Sie nannte ihren Namen und ihre Adresse.

»Ich möchte, dass Sie mir ein paar Fragen beantworten«, sagte die Polizeichefin. »Kennen Sie den Mann im Kofferraum dieses Wagens? Wissen Sie seinen Namen?«

»Ja«, antwortete Jordan. »Sein Name ist Professor Horace Athens MacKenna.«

»Woher kennen Sie ihn?«

Jordan erklärte rasch, wo und wie sie den Professor kennengelernt hatte, und warum sie in Serenity war. Chief Haden sah sie an, als ob sie ihr kein Wort glauben würde.

»Sie kommen mit mir auf die Polizeiwache«, sagte sie. »Sie werden noch einiges erklären müssen. Wir warten hier auf den Untersuchungsrichter, also machen Sie mir keine Schwierigkeiten, sonst muss ich Ihnen Handschellen anlegen.«

Wortlos gingen Sheriff Randy und sein Bruder wieder zu ihrem Auto. J. D. verzog höhnisch das Gesicht.

»Chief Haden, darf ich Ihnen eine Frage stellen?«, sagte Jordan. Innerlich kochte sie vor Wut, aber sie blieb ruhig.

»Ja, aber machen Sie schnell.« Der Tonfall der Polizeichefin war schnippisch.

»Woher wusste der Sheriff, dass eine Leiche im Kofferraum ist?«

»Er behauptet, sein Bruder habe einen Hinweis über sein Handy bekommen. Ob das stimmt, kann ich nicht sagen.«

Sheriff Randy ignorierte den Kommentar, aber sein Bruder fuhr herum und schrie: »Hast du mich gerade einen Lügner genannt?«

Als die Polizeichefin nicht antwortete, sagte J. D.: »Stellst du etwa das Wort einer Mörderin über das eines rechtschaffenen Bürgers?«

»Das FBI kann die Handy-Aufzeichnungen des Sheriffs überprüfen und alle Anrufe nachverfolgen, die die beiden Brüder in den letzten vierundzwanzig Stunden bekommen haben. Das ist doch sicher hilfreich, Chief Haden, oder nicht?«, fragte Jordan.

J. D. schnaubte. »Ja, klar, als ob das FBI sich wegen eines Mordes in einen Ort am Arsch der Welt begeben würde. Das glauben Sie doch selbst nicht.«

»Ich habe schon angerufen, und sie sind auf dem Weg«, erwiderte Jordan.

Alle Blicke richteten sich auf sie.

»Warum haben Sie denn das FBI angerufen?«, wollte die Polizeichefin wissen.

»Mein Bruder Nick ist FBI-Agent. Ich habe mit seinem Partner gesprochen, und er hat mir versichert, Nick und er würden so schnell wie möglich hierherkommen, und in der Zwischenzeit würde er zwei Agenten aus dem Bezirksbüro schicken.«

Sheriff Randy nahm die Neuigkeit völlig ungerührt auf, aber J. D. lief rot an vor Wut. »Sie blufft.«

Sheriff Randy ging weiter zu seinem Auto.

»Hör mal«, schrie J. D. »Mein Bruder hat das Recht, sie zu verhören.«

91

»Nein, das hat er nicht«, sagte Jordan.

J.D. durchbohrte sie mit seinen Blicken. Sie zuckte nicht. Ihr war klar, dass er versuchte, ihr Angst einzujagen, aber sie würde sich nicht einschüchtern lassen. Drohend trat er einen Schritt auf sie zu.

Na los, dachte sie. Sie würde sich nicht noch einmal von ihm schlagen lassen. Dieses Mal würde sie bereit sein.

»Maggie, willst du zulassen, dass das FBI dir vorschreibt, was du tun sollst?«, jammerte J.D. »Nach allem, was Randy und ich für dich getan haben? Du wärst nicht die große Polizeichefin, wenn wir nicht …«

Haden schnitt ihm das Wort ab. »Ich lasse mir von niemandem vorschreiben, was ich tun soll. Randy?«

Der Sheriff drehte sich um. »Ja, Maggie?«

»Was machst du überhaupt hier? Und wieso trägst du keine Uniform?«

»Ich hatte eigentlich vor, mir heute frei zu nehmen«, erwiderte er. »Siehst du nicht die Angeln in meinem Auto? Ich wollte mit meinem Bruder angeln gehen.«

»Wenn du angeln gehst, fährst du doch sonst immer mit dem Pick-up.«

»Heute nicht.«

»Reg dich nicht gleich auf. Du solltest jetzt angeln gehen und mich meinen Job machen lassen.«

»Aber das FBI …«, begann J.D.

Jordan unterbrach ihn.

»Ich hoffe, Ihre Polizeiwache ist groß genug für meine Familie. Mittlerweile haben sich bestimmt alle meine Brüder schon auf den Weg gemacht. Und ich habe viele Brüder. Theo, mein ältester Bruder«, fuhr sie fröhlich fort, »prahlt zwar nicht gerne damit, aber er ist ein hohes Tier im Justizministerium.« Sie blickte in J.D.s hässliches Gesicht und fügte hinzu: »Im Justizministerium der Vereinigten Staaten. Alec arbeitet als verdeckter Ermittler für das FBI, aber er wird bestimmt auch herkommen wollen. Oh, und dann ist da noch Dylan. Er ist eben-

92

falls Polizeichef. Er wird sich sicherlich gerne mit Sheriff Randy und J.D. unterhalten wollen. Keiner von ihnen wird den Unsinn mit der Verfolgungsjagd glauben, und sie werden sich, genau wie ich, fragen, wer hier lügt und warum.«

»Du Luder«, knurrte J.D.

»Steig ins Auto, J.D.«, sagte sein Bruder. »Maggie, ich möchte unter vier Augen mit dir reden.«

»Bleiben Sie stehen«, sagte die Polizeichefin zu Jordan. »Jungs, ihr habt ein Auge auf sie«, rief sie den Sanitätern zu, als sie zum Sheriff hinüberging.

Jordan beobachtete die beiden. Haden nickte ein paarmal. Offensichtlich war sie mit dem, was der Sheriff ihr vorschlug, einverstanden.

Nicht gut, dachte Jordan. Überhaupt nicht gut.

Nach ein paar Minuten stiegen die Dickey-Brüder endlich ins Auto und fuhren davon.

Chief Haden warf Jordan einen angewiderten Blick zu. »Ich werde herausfinden, was hier vor sich geht. Warum haben Sie den Sheriff provoziert?«

»Ich habe nichts gemacht«, entgegnete Jordan.

Als ob Jordan gar nichts gesagt hätte, fuhr die Polizeichefin fort: »Sie werden mir schon noch erzählen, warum der Sheriff Sie unbedingt zum Verhör mitnehmen wollte. Was weiß er über Sie?«

Bevor Jordan antworten konnte, dass sie nicht die leiseste Ahnung hatte, was in den verschlungenen Gehirnwindungen der Dickey-Brüder vor sich ging, bog der Untersuchungsrichter mit Sonnenbrille und Cowboy-Hut in einem pinkfarbenen Cabrio auf den Parkplatz ein.

Del ergriff Jordan am Arm. »Kommen Sie mit zum Krankenwagen und warten Sie da mit uns.«

Jordan ging zwar mit dem Sanitäter, behielt jedoch Chief Haden im Auge, die neben ihrem Mietwagen stand und sich mit dem Untersuchungsrichter unterhielt. Als sie fertig war, schob sie Jordan auf den Rücksitz ihres Streifenwagens, machte sich jedoch nicht die Mühe, ihr Handschellen anzulegen. Sie fuhren bis an die Ecke, dann hielten sie an. Haden rief ihren Stellvertreter an und sagte seiner Frau, sie solle ihn suchen und ihm klarmachen, dass er sich so schnell wie möglich auf der Wache melden solle.

»Sag Joe, ich habe einen Mordfall.«

Jordan wand sich innerlich, als sie die Häme in der Stimme der Polizeichefin hörte. Dann schaltete Haden die Sirene ein, und sie brausten durch den Ort.

10

Die Polizeiwache war winzig klein. Jordan fand, sie sah aus wie die Kulisse für einen alten Western. Es gab zwei Schreibtische mit einem hüfthohen Geländer dazwischen und eine Schwingtür zu einem engen Büro für den Sheriff im hinteren Teil.

Vor einem Computer saß weinend eine junge Frau. Als die Polizeichefin und Jordan hereinkamen, wischte sie sich rasch mit der Manschette ihrer Uniformbluse die Augen ab und senkte den Kopf. Jordan hörte Haden leise fluchen.

»Hast du immer noch Probleme, Carrie?«

»Du weißt, dass ich das hasse.«

»Natürlich weiß ich das. Seit du diesen Job hast, habe ich nur Gejammere von dir gehört.«

»Ich habe diesen Job nicht gewollt«, murmelte die junge Frau. »Er ist mir aufgezwungen worden. Und so oft habe ich mich nun auch nicht beklagt.«

»Widersprich mir nicht vor einer Verdächtigen.«

»Bin ich verdächtig?«, fragte Jordan.

Sie erwartete, dass die Polizeichefin ihr erwidern würde, dass sie selbstverständlich verdächtig sei. Schließlich befand sich die Leiche in ihrem Auto. Dann würde sie sie über ihre Rechte belehren, und Jordan würde nach einem Anwalt verlangen.

Nichts davon geschah.

»Sind Sie verdächtig?«, echote Maggie Haden. Sie legte den Kopf schief und runzelte die Stirn, als müsse sie darüber nachdenken. »Das entscheide ich, nachdem ich Sie verhört habe.«

Jordan dachte zuerst, sie mache einen Scherz, aber ihrem Gesichtsausdruck nach zu schließen meinte sie es bitterernst. Glaubte sie etwa, Jordan würde bereitwillig all ihre Fragen beantworten und sich selbst belasten, sodass sie eingesperrt werden könnte? Das Ganze war einfach surreal.

Die Zelle allerdings war äußerst real. Sie befand sich um die Ecke. Die Polizeichefin führte Jordan hinein und schloss die Tür ab.

»Ich sperre Sie ein, damit Sie nicht weglaufen, während ich mit den Leuten von der Spurensicherung rede. Den Schlüssel nehme ich mit, falls jemand vorbeikommen sollte und Sie herauslassen will.«

Jordan schwieg. Sie brachte kein Wort heraus. Sie war sprachlos. Sie musste sich erst einmal beruhigen und ihre Gedanken sammeln, deshalb setzte sie sich auf die Liege und atmete tief durch. Nach ein paar Minuten schloss sie die Augen und versuchte sich an die Yogaübung zu erinnern, die einem inneren Frieden schenken sollte. Na ja, innerer Friede war vielleicht in ihrer Lage nicht zu erreichen, aber sie wäre schon zufrieden, wenn sich ihr Herzschlag und ihre Atmung normalisieren würden.

Mehr als zwei Stunden vergingen, bis die Polizeichefin wieder auf die Wache kam. Sie öffnete die Zellentür und brachte einen Stuhl mit. Jordan hörte, wie die Assistentin im anderen Raum etwas murmelte, verstand aber nicht, was sie sagte.

»Weint Ihre Assistentin?«, fragte Jordan.

Die Polizeichefin erstarrte. »Natürlich nicht. Das wäre nicht besonders professionell.«

Ein lautes, deutliches Schluchzen war zu vernehmen.

»Dann habe ich mich wohl geirrt«, sagte Jordan.

»Ich werde dieses Verhör aufzeichnen«, verkündete Haden und legte ein kleines Aufnahmegerät auf die Liege.

Die Polizeichefin war ja wohl unglaublich unfähig. Jordan hätte sie am liebsten gefragt, ob sie schon jemals in einem Mordfall ermittelt hatte. Aber diese Frage würde sie nur wütend machen, vor allem wenn Jordan sie darauf hinwies, dass sie noch keine Rechtsbelehrung erhalten hatte.

»Sind Sie bereit, mir meine Fragen wahrheitsgemäß zu beantworten?« Haden wartete gar nicht erst darauf, dass Jordan etwas sagte. »Zuerst können Sie mir einmal erklären, wieso Sie mit einem Auto in der Gegend herumfahren, ohne zu wissen, dass eine Leiche im Kofferraum liegt.«

Ihr anklagender Tonfall kam bei Jordan nicht gut an.

»Ich habe Ihnen doch bereits gesagt, dass ich den Wagen aus der Werkstatt geholt und erst am Supermarkt in den Kofferraum geschaut habe.«

»Und dieser Freund von Ihnen, dieser Professor MacKenna, trifft sich an einem Tag mit Ihnen und wird zwei Tage später ermordet – und Sie haben keine Ahnung, wie das passiert ist, richtig?«

»Ich sollte wohl einen Anwalt hinzuziehen, wenn Sie mir weiter solche Fragen stellen«, erklärte Jordan höflich.

Chief Haden tat so, als hätte sie nichts gehört.

Das Spiel beherrsche ich auch, dachte Jordan, und tat so, als verstünde sie keine einzige der Fragen, die die Polizeichefin ihr stellte.

Schließlich hörte Haden frustriert auf. »Ich dachte, wir könnten uns nett unterhalten«, sagte sie.

Jordan legte den Kopf schräg und blickte die Frau an. »Sie haben mich in eine Zelle gesperrt und nehmen jedes Wort auf, das ich sage. Mir kommt das nicht besonders nett vor.«

»Hören Sie mir mal zu. Mich können Sie mit Ihrem Gerede vom FBI und Justizministerium nicht so einschüchtern wie die Dickeys. Einen Anwalt können Sie sich nehmen, wenn ich es Ihnen erlaube, und wenn Sie nicht kooperieren, machen Sie sich nur umso verdächtiger.«

Sie stellte das Aufnahmegerät ab und verkündete Jordan endlich ihre Rechte. Dann verließ sie die Zelle. Den Stuhl nahm sie mit und knallte die Tür hinter sich zu.

Eine Stunde später steckte sie den Kopf wieder hinein und sagte: »Hier ist ein Telefonbuch. Sie können sich einen Anwalt heraussuchen. Meinetwegen können Sie sich auch einen aus dem Osten kommen lassen, aber Sie werden in dieser Zelle

97

sitzen, bis Sie meine Fragen beantwortet haben. Mir ist es egal, wie lange das dauert.« Sie reichte ihr das Telefonbuch und fügte hinzu: »Sagen Sie mir Bescheid, wenn Sie Ihren Anruf machen möchten.«

Konnte sie tatsächlich wegen Mordes angeklagt werden?, dachte Jordan. Wenn sie doch nur wüsste, um welche Uhrzeit der Professor in etwa ermordet worden war, dann wüsste sie wenigstens, ob sie für die fragliche Zeit ein Alibi hatte. Sie hoffte nur, es war nicht in der Nacht geschehen. Jordan konnte nicht beweisen, dass sie in ihrem Motelzimmer geblieben war. Sie könnten behaupten, dass sie zum Haus des Professors gelaufen war und ihn getötet hatte. Aber wie hätte sie dann die Leiche in den Kofferraum ihres Wagens legen sollen, der doch in der Werkstatt gestanden hatte? Was war ihr Motiv? Würden sie eins erfinden?

Das führte alles zu nichts. Sie hatte nicht genug Informationen, um sich eine Verteidigungsstrategie zurechtzulegen – und auch kein Alibi. Sie wusste noch nicht einmal, wie der Professor ums Leben gekommen war, weil sie viel zu erschrocken gewesen war, um genau hinzuschauen.

Sie fühlte sich wie ein Fisch im Trockenen. Eigentlich war das alles Noahs Schuld, weil er behauptet hatte, sie führe ein langweiliges Leben. Und dabei war sie wunschlos glücklich gewesen. Jetzt hingegen fühlte sie sich machtlos. Um zu überleben, brauchte der Körper Wasser und Nahrung, aber Jordan brauchte auch einen Computer und ein Handy. Ohne ihre technischen Anhängsel war sie verloren.

Jordan hasste es, die Dinge nicht im Griff zu haben. Wenn sie hier herauskam … falls sie überhaupt herauskam … würde sie Jura studieren. Wer das Gesetz kannte, würde sich nicht so hilflos fühlen.

Die Polizeichefin unterbrach ihre selbstmitleidigen Betrachtungen. »Wollen Sie jetzt einen Anwalt anrufen oder nicht?«

»Ich habe beschlossen, auf meinen Bruder zu warten.«

Haden schnaubte. »Halten Sie die Geschichte etwa immer

noch aufrecht? Sie wollen nur Zeit schinden. Sie werden schon noch fügsam werden, ohne etwas zu essen und zu trinken. Mir ist es egal, wie lange das dauert. Wenn es sein muss, lasse ich Sie verhungern«, drohte sie.

»Ist das legal?«, fragte Jordan süß.

Haden konnte wirklich ziemlich fies sein. Sie baute sich drohend vor Jordan auf. »Ich kann in dieser Stadt alles tun, was ich will. Kapiert? Ich bin nicht so sanft, wie ich aussehe.«

Jordan konnte nicht widerstehen.

»Es käme niemand auf die Idee, Sie als sanft zu bezeichnen.«

Haden lief rot an.

»Ich frage mich, ob Sie vielleicht immer noch so frech wären, wenn ich Sie den Dickey-Brüdern überlasse.«

Sie hob den Finger und wollte gerade weitere Drohungen ausstoßen, als Carrie auftauchte und sie unterbrach.

»Maggie?«

»Ich habe dir doch gesagt, du sollst mich Chief Haden nennen!«, brüllte sie.

»Chief Haden?«

»Was ist?«

»Das FBI ist da.«

11

Wo ist sie?«, fragte Nick.

»Das ist meine Ermittlung«, erwiderte Chief Haden. »Das FBI hat hier nichts zu suchen.«

Nick und Noah hatten geglaubt, auf eine kompetente Polizistin zu treffen. Das war ein Irrtum. Dennoch hatten beide keine Lust, sich auf irgendwelche Kompetenzstreitigkeiten einzulassen.

»Er hat Ihnen eine Frage gestellt«, bellte Noah. »Wo ist sie?«

»Das kann Ihnen doch egal sein«, entgegnete Haden. »Ich habe Ihnen gerade gesagt, das ist meine Ermittlung. Verschwinden Sie mit Ihrem Freund aus meiner Polizeiwache!«

Nick hatte sich ihr gegenüber bereits ausgewiesen und ihr gesagt, dass Jordan seine Schwester war. Nun sollte sie, verdammt noch mal, seine Frage beantworten.

Angesichts seiner Wut wäre Haden gerne noch einen Schritt zurückgewichen, aber das Holzgeländer hinderte sie daran. Sie wusste, dass sie sich nicht gut eingeführt hatte, aber sie dachte nicht daran, klein beizugeben. Je eher die beiden das begriffen, desto besser.

Der Mann, der sich als Agent Nick Buchanan vorgestellt hatte, wirkte einschüchternd, aber er war nicht annähernd so furchterregend wie der Bundesbeamte, der mit ihm zusammen gekommen war. Etwas in seinen durchdringenden blauen Augen sagte ihr, dass sie sich besser nicht mit ihm anlegte. Er verlor bestimmt leicht die Geduld, und sie wollte nicht seine Zielscheibe sein. Ihr einziger Ausweg war, als Erste zur Tat zu schreiten.

Nick wollte gerade die Geduld verlieren, als die junge Frau, die vor einem leeren Computerbildschirm saß, einwarf: »Ihre

100

Schwester sitzt in einer Zelle um die Ecke. Sie hält sich ganz gut, aber warten Sie nur, bis Sie sie sehen.« Sie drehte sich eine Strähne ihrer langen lockigen Haare um den Finger und lächelte Noah an.

»Meine Schwester ist in eine Zelle gesperrt worden?«, fragte Nick.

»Richtig«, erwiderte Haden und warf ihrer Assistentin einen bösen Blick zu.

»Wie lautet die Anklage?«

»Ich bin nicht bereit, Ihnen das mitzuteilen«, erwiderte die Polizeichefin. »Und Sie werden Ihre Schwester erst sehen oder sprechen, wenn ich mit ihr fertig bin.«

»Nick, hat sie gerade gesagt, wenn sie mit ihr fertig ist?«, fragte Noah. Er klang amüsiert.

Nick ließ die Polizeichefin nicht aus den Augen, als er antwortete: »Genau das hat sie gesagt.«

Chief Haden kniff die Augen zusammen. »Sie sind hier nicht zuständig.«

»Die Chefin glaubt, sie kann sich mit der Bundespolizei anlegen«, bemerkte Noah.

Haden war außer sich vor Wut. Die beiden Bundesbeamten bedrängten sie. Sie trat durch die Schwingtür und stellte sich in den Gang, um den Weg zur Zelle zu versperren.

Diese FBI-Agenten waren arrogante Kerle, dachte sie. Sie glaubten wohl, sie könnten sie übergehen. Aber sie hatten keine Ahnung, mit wem sie es zu tun hatten. Die Tatsache, dass eine Frau Polizeichef in Serenity, Texas, war, sollte ihnen deutlich zeigen, dass sie mit ihr nicht einfach Schlitten fahren konnten. Serenity war zwar eine unbedeutende Kleinstadt, aber sie hatte trotzdem größte Mühen auf sich nehmen müssen, um diesen Posten zu bekommen. Die beiden Muskelmänner hatten sie einen Moment lang aus der Fassung gebracht, aber nun hatte sie wieder alles unter Kontrolle. Sie würde sich von ihnen nicht sagen lassen, was sie tun sollte. Dies war ihre Stadt, und es waren ihre Regeln. Sie vertrat hier das Gesetz.

101

»Ich sage Ihnen, was Sie tun können. Sie können Ihre Telefonnummer bei meiner Assistentin hinterlassen, und wenn ich mit dem Verhör der Verdächtigen fertig bin, rufe ich Sie an.« Sie wandte sich an Nick. »Und jetzt verlassen Sie schleunigst meine Polizeiwache und behindern mich nicht mehr bei der Arbeit.«

Der Bruder der Verdächtigen lächelte sie an. Er sah sogar aus, als würde er gleich anfangen zu lachen. Es gefiel ihr gar nicht.

»Was machen wir nur mit dieser Situation?«, fragte Nick.

Hadens Mut brach in sich zusammen, als Noah auf sie zukam. Sie ging sofort zur Seite. Wenn sie sich nicht bewegt hätte, wäre er einfach über sie hinweg marschiert, daran ließ er nicht den geringsten Zweifel.

Noah warf Nick über seine Schulter einen Blick zu und grinste.

»Ja, ja«, gab Nick zu. »Du kannst es immer noch.«

»Es« war die Fähigkeit, andere Personen, Mann oder Frau, durch seinen festen Blick erstarren zu lassen. Noah behauptete immer, Nick hätte das nie gelernt.

»Lass dir den Schlüssel von ihr geben«, sagte Noah.

»Hören Sie gut zu: Ich lasse diese Frau erst raus, wenn sie kooperiert.« Hadens Stimme klang laut und böse.

Auf der anderen Seite der Wand wartete Jordan geduldig, dass jemand sie herausholte. Dass Nick und Noah da waren, wusste sie, weil sie die Stimmen hörte. Als Noah endlich ums Eck kam, atmete sie erleichtert auf. Sie war überglücklich, ihn zu sehen.

Er war entsetzt von ihrem Anblick. »Was ist mit dir passiert? Du siehst ja schrecklich aus.«

»Danke. Ich freue mich auch, dich zu sehen.«

Noah ignorierte ihren Sarkasmus. Unter den gegebenen Umständen wären die meisten Frauen ein bisschen durcheinander, aber Jordan war eben nicht wie die meisten. So erbärmlich sie aussah, sie zeigte immer noch Haltung, musste er bewundernd anerkennen.

Er lehnte sich an die Gitterstäbe und lächelte sie an. »Willst du hier raus?«

Aufgebracht erwiderte sie: »Was glaubst du denn?«

»Ich sage dir was: Du erzählst mir, was mit deinem hübschen Gesicht passiert ist, und ich lasse dich raus.«

Vorsichtig betastete sie ihre Wange und zuckte zusammen. »Jemand hat eine Faust dagegen gerammt«, sagte sie. »Ist Nick noch da draußen? Ich höre ihn gar nicht.«

»Ich glaube, wegen des Gekreisches dieser Frau versteht keiner mehr sein eigenes Wort.«

»Wie seid ihr so schnell hergekommen? Ich dachte, ihr wolltet Kollegen aus dem Bezirk schicken.«

»Ich habe ein kleines Flugzeug gechartert, deshalb brauchte ich sie nicht anzurufen.«

»Was? Nick ist freiwillig in ein Sportflugzeug gestiegen? Man kann ihn ja kaum überreden, mit einem Jumbojet zu fliegen. Wie hast du das denn geschafft?«

»Von freiwillig habe ich nichts gesagt, oder? Ich musste ihn schon ein bisschen schubsen.«

Jordan war beeindruckt. »Ist ihm schlecht geworden?«, fragte sie. Sie fand es immer komisch, wenn ihr Bruder grün im Gesicht wurde.

»Ja.«

Jordan lachte. »Ich bin so froh, dass ihr beide gekommen seid«, gestand sie.

Noah zuckte mit den Schultern. »Das solltest du auch sein.«

Seine Arroganz störte sie heute nicht. »Was geht eigentlich da draußen vor?«, fragte sie.

»Nichts Besonderes. Dein Bruder plaudert mit der Polizeichefin.«

»Chief Haden ist wirklich eine Sanfte, oder?«

Noah lachte. »Etwa so sanft wie eine Klapperschlange«, erwiderte er. »Sie versucht, meinem Heimatstaat einen schlechten Ruf zu verpassen, aber mach dir keine Sorgen. Nick wird schon mit ihr fertig.«

Jordan stand auf. »Meinst du, du findest den Schlüssel, um mich rauszulassen?«, fragte sie.

»Na klar«, erwiderte Noah. »Sobald du mir sagst, wessen Faust dein Gesicht gerammt hat.«

In diesem Moment stürmte Haden um die Ecke, mit saurer Miene, den Schlüssel in der Hand. Sie schloss die Zellentür auf, wobei sie leise vor sich hinmurmelte, und sagte: »Es wurde … vorgeschlagen, dass wir uns hinsetzen und diese Angelegenheit besprechen. Sie wissen schon – um das Geheimnis zu ergründen.«

Nick stand im Gang, und als Jordan ihre Haare aus dem Gesicht strich, sah er ihre Verletzung.

»Was ist mit dir passiert?«, fragte er. »Welcher Huren-«

»Es ist schon okay«, unterbrach sie ihn. »Es geht mir gut.«

Mit blitzenden Augen wandte er sich an die Polizeichefin. »Sind Sie dafür verantwortlich?«

»Natürlich nicht«, fuhr sie ihn an. »Ich war nicht einmal dabei, als der angebliche Vorfall stattfand.«

»Angeblich?« Noah warf Haden einen fragenden Blick zu.

»Jordan, wer hat dich geschlagen?«, fragte Nick.

Da die Polizeichefin Jordan den Weg versperrte, schob Noah sie zur Seite und zog Jordan an sich.

»Jordan, antworte mir«, verlangte Nick.

»Sein Name ist J. D. Dickey. Ich weiß nicht, wofür das J und das D stehen. Sein Bruder Randy ist Sheriff von Jessup County. Die beiden kamen in Sheriff Randys Auto angefahren. Wir sind hier in Grady County«, fügte Jordan hinzu.

»Warum wurde der Typ, der dich angegriffen hat, nicht festgenommen?«

»Ich habe versucht, Anzeige zu erstatten.«

»Was soll das heißen, versucht?«, fragte Noah.

»Wie ich es sage. Sie hat es nicht zugelassen.«

Ihr Bruder und Noah waren sprachlos. Solche Inkompetenz war ihnen noch nie untergekommen.

Sie gingen ins Büro. Da es nicht genügend Stühle gab, standen sie alle vor dem Schreibtisch der Assistentin. Jordan fiel auf, dass Carrie – ohne großen Erfolg – versuchte, Noah auf sich aufmerksam zu machen.

Maggie Haden ging an ihren Schreibtisch und lehnte sich an die Kante, wobei sie ungeduldig mit dem Fuß auf den Boden tippte.

»Wir holen ihn her«, versprach Noah.

»Wo genau bist du eigentlich verhaftet worden?«, fragte Nick.

»Drei oder vier Blocks von hier entfernt.«

»Sie ist nicht verhaftet worden«, warf Haden ein.

»Warum bin ich denn dann in eine Zelle eingesperrt worden? Wissen Sie noch, was Sie zu mir gesagt haben? Sie wollten mir nichts zu essen oder zu trinken geben, bis ich Ihre Fragen beantworte. Sie haben auch gesagt, es sei Ihnen egal, wenn ich verhungere.«

»So etwas habe ich nie gesagt.«

Carrie hatte die ganze Zeit über geschwiegen und Noah angestarrt. Aber jetzt blickte sie auf.

»Doch, das haben Sie, das habe ich gehört«, sagte sie.

»Ich habe nur geblufft«, erklärte die Polizeichefin.

»Geblufft?«, wiederholte Noah. »Nennen wir das nicht Lügen und Widerstand gegen einen Bundespolizisten, Nick?«

»Ja, so nennen wir das«, bestätigte Nick. »Willst du sie festnehmen oder soll ich?«

»Jetzt halten Sie aber mal die Luft an.« Hadens Tonlage war eine Oktave höher geworden. »Ihre Schwester wollte nicht kooperieren. Ich musste sie einsperren.«

»Jordan, stimmt das?«, fragte Nick.

»Was glaubst du?«

»Beantworte mir einfach die Frage«, sagte er.

»Ich habe einen Anwalt verlangt«, begann Jordan, »und ich habe Chief Haden darüber informiert, dass ich dich angerufen habe. Sie teilte mir daraufhin mit, ich sei zwar keine Verdächtige, aber sie müsse mich bei laufendem Aufnahmegerät

105

verhören. Als ich ihre Fragen ohne Anwalt nicht beantworten wollte, änderte sie ihre Meinung und beschloss, ich sei doch verdächtig.«

Sie wandte sich zu der Polizeichefin und sagte: »Ich kann mich nicht mehr erinnern: War das bevor oder nachdem Sie mir gedroht haben, mich den Dickey-Brüdern auszuliefern?«

Haden holte tief Luft. »Damit habe ich nie gedroht.«

»Doch, das haben Sie«, warf Carrie ein. »Sie sagten …«

Die Polizeichefin warf ihr einen bösen Blick zu. »Halt den Mund, Carrie, und setz dich wieder an deinen Computer. Du bist nur zum Arbeiten raus aus dem Knast. Du machst hier keinen Urlaub.«

Carrie wurde rot. Sie senkte den Kopf und starrte auf die Tastatur. Jordan sah ihr an, dass ihr die Worte ihrer Chefin vor Nick und Noah peinlich waren.

»Ich kann nicht am Computer arbeiten. Das blöde Ding ist kaputt.«

Sie tat Jordan leid, weil sie so jämmerlich klang. Was mochte wohl schlimmer sein? Für diese schreckliche Chefin zu arbeiten oder den Rest der Strafe im Gefängnis abzusitzen?

»Ich weiß nicht, was ich tun soll.«

Es war Jordan zwar unangenehm, dieser schrecklichen Polizeichefin unter die Arme zu greifen, aber sie musste der armen Carrie einfach helfen.

Seufzend drückte sie zwei Knöpfe, wartete eine halbe Sekunde, drückte auf ein paar Tasten, und schon erschienen Zeichen auf dem Monitor.

Carrie machte ein Gesicht, als sei sie Zeugin eines Wunders geworden. Mit aufgerissenen Augen starrte sie Jordan an und flüsterte: »Wie haben Sie das denn gemacht?«

Während Jordan es ihr erklärte, stritt Nick sich mit der Polizeichefin über Zuständigkeiten. Haden liebte das Wort und benutzte es ständig als Antwort.

»Hat der Untersuchungsrichter Ihnen die ungefähre Todeszeit des Opfers mitgeteilt?«, fragte Nick.

»Das ist mein Fall und mein Zuständigkeitsbereich. Sie brauchen nicht auch noch Ihre Nase hineinzustecken.«

»Warum haben Sie J.D. Dickey und seinen Bruder nicht auf die Wache vorgeladen?«, fragte Nick.

»Was geht Sie denn der Sheriff an?«

»Was hatte der Sheriff in Grady County zu suchen?«

»Auch das fällt unter meine Zuständigkeit«, stieß Haden hervor.

»Wann wollen Sie J.D. Dickey festnehmen?«, fragte Nick.

Hadens Handy klingelte. Sie wandte den Agenten ihren Rücken zu und trat hinter ihren Schreibtisch.

Sie hielt sich die Hand vor den Mund. »Ja, ich weiß schon, wer dran ist«, schnaubte sie. »Hör mir zu. Sie drängen mich, dich festzunehmen.« Ein paar Sekunden vergingen, dann sagte sie: »Weil du die Frau geschlagen hast. Warum denn sonst?«

»Weiß sie eigentlich, dass wir jedes Wort hören können?«, fragte Noah Nick.

»Anscheinend nicht.«

Hadens Stimme war lauter geworden. »Ich sage dir doch, dass mir die Hände gebunden sind. Ich tue mein Bestes.«

Sie beendete das Gespräch und warf das Handy auf den Schreibtisch. Nick wartete, bis sie sich wieder umgedreht hatte, dann fragte er: »Haben Sie gerade mit J.D. Dickey telefoniert?«

»Nein.«

»Wenn Sie ihn nicht vorladen, dann tun wir es.«

»Das ist mein Zuständigkeitsbereich.« Sie verschränkte die Arme und tippte ungeduldig mit der Fußspitze auf den Boden. »Ich will, dass Sie verschwinden.«

»Das werden wir nicht tun«, unterbrach Noah sie.

»Was war die Todesursache?«, fragte Nick.

»Mein Zuständigkeitsbereich«, erwiderte sie.

Und so ging es weiter. Ganz gleich, welche Frage sie stellten, sie antwortete stets, dass das unter ihre Zuständigkeit fiele.

Jordan hatte das Gefühl, ein Tennismatch zu beobachten.

107

Ihr Blick wanderte zwischen ihrem Bruder und der Polizeichefin hin und her.

Carrie berührte sie am Arm. »Warum kriege ich den Drucker nicht zum Laufen?«

Jordan beugte sich über den Schreibtisch und sagte: »Ihr Drucker ist nicht an den Computer angeschlossen.«

»Können Sie das in Ordnung bringen?«, bat Carrie.

»Ja.«

»Ich habe das Handbuch für den Computer gefunden«, flüsterte Carrie und behielt ihre Chefin im Auge, um sich zu vergewissern, dass sie nicht zuhörte. »Aber ich habe es nicht gelesen. Ihr gegenüber habe ich aber behauptet, ich hätte es gelesen – Sie wissen schon. Ich hatte andere Sachen zu tun. Aber ich sollte es wohl besser mal lesen, was?«

»Ja, das wäre wahrscheinlich eine gute Idee«, stimmte Jordan zu. Sie ging um den Schreibtisch herum und begann, den Drucker anzuschließen, während Carrie weiterflüsterte.

»Ihr Bruder sieht echt gut aus, aber er trägt einen Ehering. Es ist doch ein Ehering, oder?«

Jordan lächelte. »Ja.«

»Lebt seine Frau noch? Ich meine, manche Männer tragen ihren Ehering noch, wenn die Frau längst gestorben ist.«

»Ja, seine Frau lebt noch, und sie sind glücklich verheiratet. In drei Monaten erwarten er und Laurant ihr zweites Kind.«

Carries Stimme wurde noch leiser. »Jaffee sieht auch echt nett aus. Ich meine, er hat nicht mehr viele Haare, aber das macht ihn irgendwie sexy. In meiner Pause gestern bin ich bei ihm am Restaurant vorbeigekommen, und er und seine Freunde haben da gestanden und mit Ihnen geredet. Dieser reiche Rancher – Sie wissen schon, wen ich meine – sein Name ist Whitaker. Na ja, der ist echt heiß. Er ist ja eher schmal, aber er hat Muskeln, und ich stehe auf Muskeln. Er trainiert bestimmt, oder?«

Jordan antwortete nicht, aber das schien Carrie nichts auszumachen. »Aber der da«, sie nickte in Noahs Richtung, »der ist so ungefähr der schärfste Typ, den ich je gesehen habe.«

Fand Carrie eigentlich alle Männer attraktiv? Wie lange mochte sie im Gefängnis gewesen sein? Jordan hoffte, dass sie endlich den Mund halten würde, aber Carrie war noch nicht fertig.

»Ich meine … finden Sie nicht?«

»Ja, er ist scharf«, erwiderte Jordan.

Sie blickte auf und stellte fest, dass Noah sie anschaute. Ob er wohl ihr Gespräch gehört hatte? Hoffentlich nicht.

Die Polizeichefin musste erneut einen Anruf entgegennehmen, und Jordan nutzte die Gelegenheit.

»Nick, was passiert nun?«

»Wir warten auf deinen Anwalt.«

»Wer ist das?«, fragte sie.

»Ich kenne ihn nicht, aber er ist mir sehr empfohlen worden.«

»Dr. Morganstern hat ihn angerufen«, warf Noah ein.

Jordan schlug sich erschreckt die Hand vor den Mund. »Ihr habt Dr. Morganstern davon erzählt? Warum habt ihr es ihm gesagt?«

Dr. Morganstern war brillant, und seine Meinung bedeutete ihr sehr viel. Er sollte nicht schlecht von ihr denken oder glauben, sie habe irgendetwas mit diesem Vorfall zu tun.

»Was ist denn daran so schlimm?«, fragte Noah.

»Ihr hättet ihn nicht damit belästigen sollen. Er hat viel zu tun.«

Nick schüttelte den Kopf. »Wir arbeiten schließlich für ihn. Wir können doch nicht einfach irgendwohin fahren, ohne ihn zu informieren. Wir mussten ihm schließlich sagen, was los war.«

»Warum stört dich das?«, fragte Noah.

»Das habe ich dir doch gerade gesagt. Weil er so beschäftigt ist«, erwiderte Jordan. Sie lehnte sich neben ihn an die Schreibtischkante. »Aber es ist ja egal. Es stört mich nicht wirklich.«

Noah schubste sie leicht. »Doch, tut es doch.« Er beugte sich dicht zu ihr und flüsterte: »Du hast den Kerl nicht umgebracht, oder?«

»Nein, natürlich nicht«, gab sie leise zurück.

»Dann brauchst du auch nichts zu befürchten.«

»Sag das mal der Polizeichefin.«

»Sie ist nicht mehr unser Problem.«

Bevor sie ihn bitten konnte, ihr das zu erklären, klingelte Nicks Handy. Er blickte aufs Display und sagte zu Noah: »Chaddick ruft zurück.«

Er klappte sein Handy auf. »Was hast du herausgefunden?«

Jordan zupfte Noah am Ärmel. »Wer ist Chaddick?«

»Ein FBI-Beamter, der ein paar Anrufe für uns gemacht und ein paar Dinge überprüft hat.«

»Ja, danke«, sagte Nick gerade ins Telefon. »Genau. Wir treffen uns da. Ich rufe dich an, wenn ich Serenity verlasse. Du bereitest alles vor? Das ist toll! Danke noch mal.«

Jordan und Noah blickten ihn erwartungsvoll an, als er das Gespräch beendet hatte.

»Er ist erwürgt worden«, sagte Nick. »Mit einem Strick. Chaddick hat gesagt, sie haben Fasern in der Haut am Hals gefunden.«

»Man braucht viel Kraft, um jemanden zu erwürgen. Ich bezweifle, dass Jordan so stark ist. Selbst von hinten und wenn man das Überraschungsmoment in Betracht zieht ...«

»Ich habe niemanden erwürgt.«

»Ist dir an seinem Hals nichts aufgefallen?«, fragte Nick. »Hast du keine blauen Flecken oder Verfärbungen gesehen?«

»Nein.«

»Hast du deine Kontaktlinsen getragen? Konntest du überhaupt etwas sehen?«

»Ja, ich konnte gut sehen.«

»Wieso ist es dir dann entgangen ...«

Sie schnitt ihm das Wort ab. »Mir ist vor allem aufgefallen, dass er eingewickelt war wie ein Sandwich«, sagte sie gereizt. »Oh Gott, ich werde nie wieder etwas Abgepacktes essen .«

110

»Jordan, reiß dich zusammen«, sagte Nick. »Reg dich nicht auf. Ich versuche doch nur, so viele Informationen wie möglich zu sammeln, bevor dein Anwalt kommt. Ich wünschte, deine Beobachtungsgabe …«

Sie trat drohend einen Schritt auf ihn zu. »Weißt du, was ich wünschte? Ich wünschte, ich hätte Theo angerufen.«

Noah ergriff sie am Arm und zog sie zurück. »Du hast aber Theo nicht angerufen. Du hast Nick angerufen. Atme tief durch, ja?«

Er drückte sie wieder auf die Schreibtischkante. »Was sollen wir eigentlich mit der da machen?«, fragte er seinen Partner und wies mit dem Kopf auf die Polizeichefin, die in ihrem winzigen Büro mit dem Telefon am Ohr auf und ab marschierte. »Am liebsten würde ich sie einsperren.«

»Jordan?«, flüsterte Carrie.

»Ja?«

»Seien Sie nicht so böse mit Ihrem Bruder. Ich wünschte, ich hätte einen Bruder, der mir hilft, wenn ich in Schwierigkeiten stecke. Ich habe zwar einen Bruder, aber der hat das Fluchtauto gefahren«, fügte sie hinzu. »Den haben sie auch geschnappt.«

Jordan wusste nicht, was sie sagen sollte, also nickte sie nur.

»Da Sie mir mit diesem blöden Computer geholfen haben, möchte ich Ihnen auch helfen. Wussten Sie, dass Maggie – ich meine, Chief Haden – früher mit Sheriff Randy Dickey zusammengelebt hat? Alle in der Stadt haben geglaubt, sie würden heiraten. Sie auch. Aber dann hat er eine andere geheiratet. Und wissen Sie, was ich noch gehört habe? Durch seine neue Frau hatte Sheriff Randy Verbindungen zum Stadtrat, und er hat sie dazu gebracht, Maggie den Job als Polizeichefin zu geben, damit sie nach Serenity ziehen musste. Aus ihrem alten Job haben sie sie gefeuert.«

Sie legte sich die Hand an den Mund, und ihre Stimme wurde noch leiser.

»Sie hat den Dickey-Brüdern schon eine Menge Gefallen

getan.« Zwinkernd fuhr sie fort. »Sie dürfen sich alles erlauben. Das habe ich zumindest gehört.«

»Was ist denn mit ihrem Stellvertreter? Wie ist er denn so?«

»Oh, er ist ganz anders als sie. Eigentlich hätte er Polizeichef werden sollen. Er hat viel mehr Erfahrung und arbeitet schon viel länger hier. Ich habe gehört, er sucht einen Job in einer anderen Stadt.«

»Das kann ich mir gut vorstellen. Es muss furchtbar für ihn sein, so zu arbeiten.«

»Ich könnte ihn für Sie herholen.«

»Tatsächlich?«

»Ja, bestimmt. Davis ist zwar sehr streng, aber er ist ehrlich. Er behandelt mich wie einen Menschen.«

»Hilfst du Carrie bitte dabei, den Mann zu finden?«, bat Jordan Noah.

»Ja, aber gerne«, erwiderte Noah und lächelte die junge Frau an.

Carrie rührte sich nicht. Sie saß da wie erstarrt und blickte Noah an. Jordan tippte ihr auf die Schulter.

»Es wäre nett, wenn Sie Deputy Davis für uns finden könnten.«

»Oh, okay.« Carrie starrte Noah unverwandt an und griff zum Hörer. Allerdings war die Schnur zu kurz, und das Telefon kam hinterhergeflogen. Dabei fielen eine Getränkedose und ein Stapel Papier zu Boden.

»Mist!«, schrie Carrie. Sie sprang auf und lief um den Schreibtisch herum, um die Sachen aufzuheben. »Ich bin so dumm.«

Noah bückte sich, um ihr zu helfen. »Nein. Missgeschicke passieren jedem einmal.«

»Aber vor allem mir«, erwiderte sie. Sie griff nach der Schachtel mit den Papiertüchern und begann, das verschüttete Getränk aufzuwischen. »Es ist mir so peinlich. Bestimmt ist mein Gesicht rot wie ein Hummer.«

Noah richtete sich auf und legte die Papiere wieder auf den Schreibtisch. »Ich finde Ihr Gesicht sehr hübsch.«

Als er ihr die Hand reichte, um ihr aufzuhelfen, wurden Carries rosige Wangen tiefrot. »Danke«, sagte sie.

»Können Sie mir eine Liste der Mitglieder des Stadtrats besorgen?«, fragte Nick.

Carrie wandte sich zu ihm. »Ja. Ich habe sie in meiner Adresskartei. Es sind nur drei.«

»Wir lassen sie herkommen«, sagte Nick zu Noah. »Sie müssen sie offiziell absetzen.«

»Sie wollen Chief Haden absetzen?«, fragte Carrie.

Die Polizeichefin hatte gerade ihren Anruf beendet und hörte den letzten Satz.

»Mich setzt niemand ab«, sagte sie. Stirnrunzelnd trat sie auf Jordan zu.

»Ich wusste doch, dass ich mit meiner Meinung über Sie recht hatte«, sagte sie. »Ich hatte gerade ein interessantes Gespräch mit Lloyd. Erinnern Sie sich an ihn?«

Wie hätte sie ihn vergessen können?

»Natürlich. Er hat mein Auto repariert.«

»Er hat gesagt, Sie hätten ihn bedroht.«

»Was?«, fragte Jordan erschreckt.

»Sie haben mich verstanden. Er sagt, Sie hätten ihn bedroht.«

»Das habe ich nicht.«

»Doch. Sie haben zu ihm gesagt, Sie würden ihn umbringen.«

Oh, oh, jetzt erinnerte Jordan sich an das Gespräch. »Es könnte sein, dass ...«

»Kein Wort mehr«, sagte Noah. »Jordan, du hältst den Mund.« Dann wandte er sich an Haden und forderte sie auf: »Holen Sie Lloyd her. Sofort.«

»Sie haben mir gar nichts zu sagen.« Chief Haden machte einen Schritt auf Jordan zu, die Hand an der Pistole an ihrer Hüfte.

Als Noah sich ihr in den Weg stellte, rammte sie ihm den Ellbogen in die Brust.

113

»Das reicht«, sagte Noah. Er packte sie am Arm und wandte sich mit ihr zum Gang, der zur Zelle führte. »Chief Haden, Sie haben das Recht zu schweigen …«

Haden kniff die Augen zusammen. »Sie brauchen mich nicht über meine Rechte zu belehren.«

»Doch, das muss ich«, erwiderte er. »Das ist eine Festnahme.«

Haden versuchte sich loszureißen und ergriff die Handschellen, die auf ihrem Schreibtisch lagen.

»Das ist ungeheuerlich«, zischte sie. »Sie haben keinen Grund.« Sie holte aus und schlug Noah mit den Handschellen an die Schulter.

Er nahm ihr die Handschellen aus der Hand, zog die Pistole aus dem Halfter und schob die tobende Frau vor sich her. »Behinderung von Verbrechensermittlungen und Angriff auf einen Bundesbeamten – ich glaube, das ist genug.«

»Ich habe Beziehungen!«, schrie Haden, als er sie in die Zelle schob.

»Das glaube ich Ihnen gerne«, erwiderte er.

»Zu einflussreichen Leuten.«

»Schön für Sie.« Er schlug ihr die Zellentür vor der Nase zu. »Sie bleiben da drin, bis wir Sie in ein Bundesgefängnis bringen können.«

»Das ist Unsinn«, sagte sie.

»Sie werden einen Anwalt brauchen. Und wenn ich Sie wäre, würde ich mir einen guten nehmen.«

Da endlich dämmerte ihr, dass er nicht bluffte. »Warten Sie. So warten Sie doch! Okay, okay, ich arbeite mit Ihnen zusammen.«

Carrie schaute mit aufgerissenen Augen zu. Am liebsten wäre sie aufgesprungen und hätte einen Jubelschrei ausgestoßen, aber das das wäre sicher nicht klug. Ihr Bewährungshelfer hatte ihr erklärt, sie sei ins Gefängnis gekommen, weil sie ihre Impulse nicht unter Kontrolle hätte, und wenn sie ihr Leben ändern wolle, dann müsse sie lernen zu denken, bevor sie handelte. Außerdem würde die Chefin letztendlich wieder aus dem Gefängnis herauskommen, oder?

Noah ging an Nick vorbei und sagte: »Ich hasse nichts mehr als korrupte Polizisten.«

Er blickte aus dem Fenster. Am Straßenrand parkte gerade eine brandneue Limousine. Auf der Fahrerseite stieg ein Mann aus. In der einen Hand hielt er eine Aktentasche, mit der anderen drückte er ein Handy an sein Ohr.

Noah drehte sich zu Jordan um.

»Dein Anwalt ist da.«

12

Louis Maxwell Garcia war ein Ausbund an Eleganz. Er strahlte Selbstbewusstsein und Charme aus. Sein Lächeln erwies sich als warm und aufrichtig und seine Manieren waren geschliffen. Weder sein Designeranzug noch seine gestreifte Krawatte hatten Knitterfalten.

Nachdem sie sich einander vorgestellt hatten, bestand der Anwalt darauf, dass sie ihn Max nannten.

»Dr. Morganstern spricht voller Hochachtung von Ihnen«, sagte Nick. »Nicht wahr, Noah?«

Noah schwieg. Er stellte sich dichter neben Jordan und verschränkte die Arme vor der Brust. Seine Miene war undurchdringlich. Noah war grundsätzlich skeptisch, und Max musste seine Fähigkeiten erst noch unter Beweis stellen, auch wenn er solche Vorschusslorbeeren bekommen hatte.

»Wir sind Ihnen sehr dankbar, dass Sie so schnell kommen konnten«, sagte Nick.

Max blickte Jordan an. »Dr. Morganstern könnte ich nie etwas abschlagen.«

»Warum?«, fragte Noah.

»Er hat mir über die Jahre viele Gefallen erwiesen«, erwiderte Max und wandte sich wieder an Jordan. »Können wir irgendwo unter vier Augen sprechen?«

Jordan dachte an das winzige Büro der Polizeichefin, verwarf diese Möglichkeit aber sofort wieder. Der Raum war viel zu klein, wenn man die Tür schloss.

»Dazu gibt es hier eigentlich keine Gelegenheit«, erwiderte sie. »Wir könnten uns draußen auf die Bank setzen, wenn Ihnen die Hitze nichts ausmacht.«

Max hatte ein nettes Lächeln. »Das ist kein Problem für

mich. Ich bin an Hitze gewöhnt. Wo ist der Polizeichef?«, fragte er. »Ich sollte zuerst mit ihm reden und herausfinden, was Ihnen überhaupt zur Last gelegt wird. Es wäre gut, wenn er kooperieren würde.«

»Tja, nun, das wird nicht möglich sein«, sagte Noah.

»Chief Haden ist eine Frau«, fügte Nick hinzu. »Und Noah hat recht. Sie wird nicht kooperieren.«

»Und warum nicht?«, fragte der Anwalt.

»Sie ist in der Zelle um die Ecke eingesperrt«, erklärte Nick.

»Und wieso?«, fragte Max.

»Ich habe sie verhaftet«, erwiderte Noah.

Jordan fand, dass Max kein bisschen überrascht wirkte, aber als Anwalt konnte er vielleicht seine Reaktionen sehr gut verbergen.

»Ich verstehe«, sagte Max. »Aus welchem Grund?«

Nick erklärte es ihm, und als er fertig war, kratzte Max sich am Kinn. »Gibt es noch andere Überraschungen, von denen ich wissen sollte?«

»Hat Dr. Morganstern Ihnen erklärt, warum ich einen Anwalt brauche?«, fragte Jordan.

»Ja. Er sagte mir, Sie hätten etwas in Ihrem Kofferraum gefunden.«

Carrie unterbrach das Gespräch. »Ich habe Deputy Davis am Telefon. Wer möchte mit ihm sprechen?«

»Ich«, sagte Noah und ergriff den Hörer.

Max blickte zum Gang, der zur Gefängniszelle führte. »Ich versuche, mit der Polizeichefin zu reden«, sagte er.

»Warum?«, fragte Nick.

»Ich möchte herausfinden, was sie weiß.«

»Sie verschwenden Ihre Zeit.«

Noahs Gespräch mit dem stellvertretenden Polizeichef dauerte keine Minute. Er erklärte ihm, seine Chefin sei verhaftet worden, und er müsse so schnell wie möglich zur Polizeiwache kommen.

Max' Gespräch mit Haden dauerte wesentlich länger. Es

117

fing nicht gut an, und Jordan zuckte zusammen, als sie die un-flätigen Ausdrücke der Frau hörte, aber innerhalb weniger Minuten hatte Haden aufgehört zu schreien, und Jordan ver-mutete, dass sie Max' Charme erlegen war.

»Was glaubt ihr?«, fragte Nick. »Es wird ja richtig still da drin.«

»Vielleicht hat Max sie überredet, vernünftig zu sein«, meinte Jordan.

»Das ist egal«, sagte Noah. »Er verschwendet nur seine Zeit.«

»Er lässt sie doch nicht heraus, oder?«, fragte Carrie besorgt.

Max kam ins Büro zurück. »Die Polizeichefin will keinen Anwalt, und sie ist bereit, mit dem FBI zusammenzuarbeiten. Sie ist einverstanden damit, dass wir uns draußen beraten, und wenn wir fertig sind, werden wir uns mit ihr zusammen-setzen.«

Noah schüttelte den Kopf. »Auf gar keinen Fall.«

Max ignorierte ihn. »Was halten Sie davon, die Polizeichefin freizulassen?«, fragte er Nick.

Nick warf Noah einen Blick zu, bevor er antwortete. Jordan fand, ihr Bruder wirkte beinahe amüsiert. Erwartete Max etwa, dass er eine andere Meinung vertrat als Noah?

»Mein Partner hat Ihnen ja gerade gesagt, dass das nicht ge-schehen wird, und so sehe ich es auch.« Bevor Max wider-sprechen konnte, fuhr Nick fort: »Der Deputy ist bereits auf dem Weg. Jordan und Sie können mit ihm sprechen.«

Max wandte sich an Noah und sagte: »Dr. Morganstern hat mich gewarnt. Er meinte, Sie beide würden es mir nicht leicht machen.«

Noah zuckte mit den Schultern. »Wir machen keine Pro-bleme, aber wir fackeln auch nicht lange, wenn es nötig ist.«

Max nickte und legte Jordan die Hand auf die Schulter. »Sollen wir nach draußen gehen?«

Nick öffnete die Tür. »Jordan, ich fahre nach Bourbon und schaue mir die Leiche an.« Er wandte sich an Noah. »Du schaffst das hier alleine, oder?«

118

»Ja, klar«, versicherte Noah ihm.

Max ergriff seine Aktentasche und ging mit Nick und Jordan hinaus. Noah folgte ihnen und schloss die Tür hinter sich.

Die drückende Hitze verschlug Jordan den Atem. Sie glaubte nicht, dass sie sich an solche Temperaturen jemals gewöhnen würde.

Nachdem Nick weg war, setzte Max sich neben sie auf die Bank. Er zog einen Notizblock und einen Stift aus seiner Aktentasche und schloss sie gerade wieder, als Noah ihn fragte: »Wo haben Sie Jura studiert?«

»In Stanford. Anschließend habe ich bis vor vier Jahren in einer Kanzlei an der Westküste gearbeitet.«

»Warum sind Sie von dort weggegangen?«

»Ich wollte mich verändern.«

»Wieso?«

Max lächelte. »Ich war es leid, ständig Jungs aus dem Silicon Valley zu vertreten, die ihre Firmen in den Ruin trieben. Also beschloss ich, nach Hause zurückzukehren und von vorne anzufangen.«

»Ich bin Ihnen dankbar für Ihre Hilfe«, unterbrach Jordan Noahs Befragung.

»Ich tue mein Bestes«, antwortete Max herzlich. Er warf Noah einen Blick zu. »Ich muss mit meiner Mandantin alleine sprechen.«

Noah musterte ihn einen Moment mit zusammengekniffenen Augen, dann wandte er sich zum Gehen. »Jordan, ruf mich, wenn du etwas brauchst«, sagte er.

»Ja, das mache ich«, versprach sie.

Der Anwalt verhörte sie nicht. Er bat sie lediglich, ihm zu berichten, was vorgefallen war, angefangen bei der Hochzeit und ihrer ersten Begegnung mit dem Professor.

Max lauschte aufmerksam und machte sich Notizen, als sie zu den Ereignissen des Vormittags kam. Als sie ihm von J. D. Dickeys Angriff erzählte, zog er eine Augenbraue hoch.

»Ich sagte zu Chief Haden, ich wolle Anzeige erstatten«, erklärte Jordan. »Aber sie lehnte ab.«

»Hat sie Ihnen einen Grund genannt, warum sie ihn nicht verhaftet hat?«

Jordan schüttelte den Kopf und erzählte ihm, was sie über die Beziehung zwischen Haden und den Dickey-Brüdern gehört hatte.

»Ich werde mit Deputy Davis sprechen, wenn er da ist«, sagte Max. »Ich versichere Ihnen, dass J. D. Dickey dafür zur Rechenschaft gezogen wird. Sie müssen wahrscheinlich ein wenig länger in Serenity bleiben, als Sie geplant haben.«

»Ich weiß nicht«, erwiderte Jordan zögernd. »Eigentlich möchte ich alles einfach auf sich beruhen lassen, damit ich wegfahren und diesen Alptraum endlich hinter mir lassen kann.«

»Ich verstehe Sie«, sagte Max. Er blickte sie mitfühlend an und tätschelte ihre Hand. »Sagen Sie mir einfach, wie Sie sich entschieden haben, damit wir dafür sorgen können, dass Mr Dickey seine Strafe erhält.«

Noah stand am Fenster und beobachtete das Gespräch zwischen Jordan und Max. Jordan hatte den Blick gesenkt, und er sah ihr an, dass sie von den heutigen Ereignissen sprach. Max Garcia machte sich Notizen und warf ihr ab und zu einen mitfühlenden Blick zu. »Anwälte«, murmelte Noah verächtlich.

Plötzlich fuhr ein Wagen vor, und ein Mann in Jeans und kariertem Hemd stieg aus. Er trat zu Max und Jordan und schüttelte ihnen die Hände.

Carrie blickte durch das andere Fenster.

»Das ist Joe«, sagte sie.

Joe Davis war ein junger Mann, aber er hatte bereits tiefe Sorgenfalten auf der Stirn. Er bemerkte die Pistole sofort, als Noah aus der Polizeiwache trat.

»Sind Sie der Bundesbeamte, mit dem ich telefoniert habe?«, fragte Joe. »Clayborne, ja?«

»Genau«, erwiderte Noah und schüttelte ihm die Hand.

»Ich hoffe, Sie sind nicht so wie die Polizeichefin, denn sonst haben wir zwei ein großes Problem.«

»Nein, Sir, ich bin keineswegs wie sie«, versicherte Davis ihm. »Das ist ja wirklich ein Chaos. Ich war auf der Ranch eines Freundes, und meine Frau konnte mir erst Bescheid sagen, als ich nach Hause gekommen bin. Die Stadträte haben auch bereits alle angerufen. Der Verwaltungschef wird gleich hier sein.«

»Warum kommt er her?«, fragte Max.

»Er möchte Chief Haden persönlich feuern. Sie haben schon lange nach einem Grund gesucht, um sie loszuwerden, und jetzt haben sie endlich Anlass dazu. Im letzten Jahr hat es ständig Beschwerden gegeben, und in den vergangenen Monaten schien es wirklich überhandzunehmen.«

»Dann tragen Sie also jetzt die Verantwortung«, stellte Noah fest.

Davis nickte. »Ich habe dem Stadtrat gesagt, ich stehe zur Verfügung, bis sie einen Ersatz gefunden haben.«

Er wandte sich an Max. »Ist Ihre Mandantin bereit, mit mir zu reden?«

Jordan nickte. Und dann begann die Befragung wieder von vorne.

13

J. D. war in Panik. Er musste sich beruhigen, bevor er etwas tat, was er später bereuen würde. Er fuhr über einen Feldweg in einer einsamen Gegend außerhalb von Serenity und umklammerte das Lenkrad, weil der Wagen bei der hohen Geschwindigkeit ständig hinten ausbrach.

Staubwolken wirbelten auf, und er konnte kaum etwas sehen. Beinahe wäre er in den Graben gefahren, aber im letzten Moment riss er das Lenkrad herum und schwenkte wieder auf die Straße. Er brachte den Wagen zum Stehen, sprang heraus und schlug wütend gegen die Tür, während er über seine Dummheit fluchte.

Er konnte kaum klar denken und wusste, dass er alles vermasselt hatte, aber jetzt konnte er das auch nicht mehr ändern. Es war zu spät. Randy war stinksauer auf ihn, aber er hatte versprochen, alles zu versuchen, um ihn da herauszuholen.

An diesem Punkt ging es nur noch um Schadensbegrenzung.

J. D. wusste genau, was Cal, sein früherer Zellengenosse, zu ihm sagen würde, wenn er wüsste, in was für einer schrecklichen Lage er sich befand. Er würde ihm sagen, er müsse die Verantwortung für seinen Fehler übernehmen und zu verstehen versuchen, was falsch gelaufen war. Man müsse aus seinen Fehlern lernen. Jeder Narr wusste das. Ja, das würde Cal sagen. Er war ein kluger Mann.

Und was hatte J. D. gelernt? Er hatte gelernt, dass er zu gierig gewesen war. Er hatte doch ein schönes Leben geführt, bis der Professor aufgetaucht war und ihm all diese großartigen Ideen in den Kopf gesetzt hatte.

Er wollte auf keinen Fall wieder zurück ins Gefängnis, aber

möglicherweise würden sie ihn dieses Mal sogar wegen vorsätzlichen Mordes drankriegen.

Er hatte eben Pech gehabt. Zweimal wollte er in Jordan Buchanans Zimmer im Motel einbrechen, war aber gescheitert. Beim ersten Mal hatte Amelia Ann drinnen Staub gesaugt. Beim zweiten Mal hatten Elektriker vor der Tür neue Lampen angebracht.

Er hörte auf, gegen seinen neuen Truck zu treten, sank gegen die Motorhaube, wischte sich den Schweiß und den Dreck von der Stirn und versuchte sich zu konzentrieren.

Die Schlampe hatte alles verdorben. Nein, das stimmte nicht. Sie hatte sein Leben kompliziert gemacht, aber sie hatte es nicht ruiniert. Er konnte immer noch alles in Ordnung bringen.

Er würde sie beseitigen, dachte er. Ja, er würde sie fertigmachen.

Aber zuerst musste er den Job beenden, und das bedeutete, dass er Jordan Buchanan so lange in der Stadt halten musste, bis er herausbekam, was sie wusste. Ob ihr klar war, warum der Professor zum Schweigen gebracht werden musste? Eher nicht, dachte J. D.

Aber er musste ganz sichergehen.

14

Das Martyrium war endlich vorbei, und um halb acht abends befand sich Jordan schließlich wieder auf freiem Fuß. Sobald der neue Polizeichef die offizielle Todeszeit erfahren und Jordans Alibi überprüft hatte, konnte sie gehen.

Jordan hatte über jeden Moment des vorigen Abends Rechenschaft abgelegt. Es war ein Glück gewesen, dass sie bis zum Schlafengehen ständig Begleitung hatte. Zu diesem Zeitpunkt war Professor MacKenna längst tot gewesen.

Der Verwaltungschef entließ Maggie Haden, noch während sie hinter Gittern saß. Und er bestand darauf, dass Chief Davis die Frau erst herausließ, nachdem er die Polizeiwache verlassen hatte.

Maggie nahm ihren Rausschmiss nicht allzu gut auf.

»Du hättest dir denken können, dass es irgendwann so weit kommt«, erklärte Davis.

Aber sie fluchte hemmungslos, als sie ihre persönlichen Habseligkeiten in einen Pappkarton warf, und ließ eine Tirade über sexuelle Diskriminierung vom Stapel.

»Die Leute haben sich über mich beschwert, weil ich eine Frau bin. Und du konntest es nie ertragen, dass ich den Job bekam und nicht du. Du hast den Stadtrat bewogen, mich zu feuern.«

»Du hast wohl immer noch nicht begriffen, dass du heute etwas falsch gemacht hast, oder?«, fragte er.

»Ich nehme mir einen Anwalt, und ich werde jeden Einzelnen von euch verklagen. Wenn ich mit euch fertig bin, dann besitzt ihr keinen Penny mehr.«

»Hör mal, du solltest besser keine Drohungen ausstoßen. Agent Clayborne war nur schwer zu überreden, keine Anzeige wegen Körperverletzung zu erstatten. Er könnte seine Meinung immer noch ändern.«

»Das ist doch alles erstunken und erlogen.«

Der Karton, den sie gepackt hatte, stand mitten auf dem Schreibtisch. Sie ergriff ihn und schleuderte ihn an die Wand.

»Ich brauche diesen Müll nicht.«

»Du musst jetzt gehen.« Davis versuchte, sie zur Tür zu ziehen.

Sie riss sich los.

»Richte dich bloß nicht zu behaglich an meinem Schreibtisch ein. Du wirst nicht lange Polizeichef sein. Mein Anwalt wird den Stadtrat zwingen, mir meinen Job zurückzugeben, und ich werde schon bald wieder eine Pistole tragen. Und meine erste Amtshandlung wird sein, dich loszuwerden.«

Jordan hatte Max bis zur Ecke begleitet, um sich von ihm zu verabschieden, aber sie hörte Hadens Stimme trotzdem laut und deutlich. Max reichte Jordan seine Visitenkarte, auf der auch seine private Handynummer stand. Er sagte ihr, sie könne ihn jederzeit anrufen, wenn es Probleme gäbe.

»Ich denke, Sie sollten Serenity so schnell wie möglich verlassen«, riet er ihr. »Wer auch immer die Leiche in Ihrem Auto versteckt hat, hatte einen Grund dafür, Jordan. An Ihrer Stelle würde ich nicht hierbleiben, um den herauszufinden. Überlassen Sie die Ermittlungen lieber der Polizei. Wenn Chief Davis Hilfe braucht, kann er sich ja an Noah oder Ihren Bruder wenden.«

Abrupt wechselte er das Thema.

»Ich muss gehen, aber ich wollte Sie fragen ...« Er stockte, und sie wunderte sich über sein Zögern. »Ich bin nächsten Monat auf einer Konferenz in Boston, und wenn Sie Zeit haben, würde ich Sie gerne zum Abendessen einladen.«

Noah hatte dem Anwalt bereits gedankt und stand an der Tür, um auf Jordan zu warten. Er sah, dass sie Max anlächelte, aber da mischte sich noch etwas anderes in ihren Gesichtsausdruck. Überraschung, dachte er und beschloss herauszufinden,

125

was Max gerade zu ihr gesagt hatte. Aber sein Handy unterbrach seinen Gedankengang. Nick rief an.

Jordan steckte Max' Visitenkarte in die Tasche und winkte ihm nach, als er davonfuhr. Aus irgendeinem Grund störte Noah das. Es kam ihm zu persönlich vor, zu freundlich. Ob Max es wohl auf Jordan abgesehen hatte? Ja, bestimmt. Jordan war eine schöne Frau, und Noah hatte bemerkt, dass das dem Anwalt auch aufgefallen war. Das störte ihn ebenfalls. Für einen Anwalt war das kein besonders professionelles Verhalten.

Die Tür hinter Noah wurde heftig aufgerissen, und Maggie Haden stürmte heraus. Sie erblickte Jordan auf dem Bürgersteig und rannte auf sie zu.

Jordan drehte sich um und sah Blut in den Augen der Frau. Aber sie blieb ruhig stehen und wartete ab, was die Irre vorhatte. Sie war auf alles vorbereitet.

Allerdings bekam sie keine Gelegenheit, es herauszufinden, denn auf einmal stand Noah zwischen ihr und Haden, die wie eine Wilde auf sie einschrie.

Zum Schluss kreischte sie: »Es ist noch nicht vorbei!«

»Doch, das ist es«, antwortete Noah.

Jordan tippte Noah auf die Schulter, aber er drehte sich nicht um, bis Haden außer Sicht war.

»Ja?«

»Du brauchst mich nicht zu beschützen. Ich kann schon alleine auf mich aufpassen.«

Er schenkte ihr sein berühmtes Clayborne-Lächeln. »Ach, tatsächlich?«

Sanft tätschelte er ihr die Schulter. »Wieso ist denn deine Wange dann so geschwollen?«

»Das war ein Überraschungsangriff«, erwiderte sie. »Darauf war ich nicht gefasst.« Allerdings musste sie sich selbst eingestehen, dass das ziemlich lahm klang.

»Ich verstehe. Aber wenn du bereit bist und nicht überrascht wirst, dann kannst selbst du auf dich aufpassen? Wie viel Vorlaufzeit brauchst du denn?«

126

Seine sarkastische Bemerkung verdiente keine Antwort. Außerdem fiel ihr auch keine ein.

»Haben deine großen Brüder dir nicht beigebracht, dich selbst zu verteidigen?«

»Doch, natürlich. Sie haben Sidney und mir alles übers Schießen und Kämpfen beigebracht. Faires Kämpfen und Kämpfen mit schmutzigen Tricks«, fügte sie hinzu. »Alle möglichen Sachen, an denen wir gar kein Interesse hatten.«

»Warum denn nicht?«

»Weil wir Mädchen waren und uns für Mädchensachen interessierten.«

»Gehört der Umgang mit Computern auch dazu?«, fragte er lächelnd. »Nick hat mir erzählt, du hast ständig daran herumgebastelt.«

»Ich habe trotzdem Mädchensachen gemacht«, beharrte sie. »Aber Sidney und ich haben auch auf unsere Brüder gehört. Wirklich.«

Abrupt wechselte er das Thema. »Hast du Hunger?«

»Ja, ich bin am Verhungern«, erwiderte sie. »Und ich kenne ein perfektes Restaurant, in dem ich mit dir zu Abend essen kann. Du wirst das Essen lieben. Können wir gleich aufbrechen? Hat Chief Davis …«

»Er weiß, wo du heute Abend zu finden bist. Wir können gehen.«

Das Restaurant war nur ein paar Blocks entfernt.

»Meine Brille ist in meiner Tasche, und meine Tasche liegt im Mietwagen«, sagte Jordan. »Meinst du, Nick könnte die Sachen mitbringen, wenn er wieder nach Serenity kommt?«

»Nick kommt nicht mehr hierher zurück.«

»Warum nicht?«

Sie überquerten die Straße und gingen nach Süden. »Dr. Morganstern hat ihn nach Boston beordert. Nick weiß nicht, warum.«

»Musst du auch weg?«

»Nein«, erwiderte Noah. »Ich soll bei dir bleiben.«

127

Sie stieß ihn an.

»Du brauchst gar nicht so mürrisch zu sein, Bin ich denn so furchtbar?«

Noah blickte sie an. Normalerweise hätte er diese Situation genossen und sogar die Gelegenheit wahrgenommen, um die Nacht mit einer schönen Frau zu verbringen, aber dies war keine normale Situation, und Jordan war nicht irgendeine Frau.

»Ja? Bin ich so furchtbar?«, fragte sie noch einmal nach, als er nicht antwortete. Er zuckte nur mit den Schultern. »Warum sollte Nick dich sonst bitten …«

»Nicht Nick hat mich gebeten zu bleiben«, erwiderte er. »Morganstern hat es mir befohlen.«

Jordan legte den Kopf schräg. »Warum? Ich bin doch von jedem Verdacht befreit. Ja, klar, man hat die Leiche des Professors in mein Auto gelegt, und ich weiß, was du denkst …«

Noah grinste. »Das glaube ich nicht.«

»Was ist überhaupt mit meinem Mietwagen? Weißt du, wann er freigegeben wird?«

»Nein. Ein FBI-Beamter aus diesem Bezirk bringt uns ein anderes Auto und holt deine Sachen in Bourbon ab. Er fährt mit einem Kollegen wieder zurück. Sobald er da ist, sagt er Bescheid.«

»Was ist mit der Autovermietung?«

»Sie müssen zusehen, wie sie den Wagen aus Bourbon zurückbekommen. Das ist nicht mehr unser Problem.«

»Und warum nicht?«

»Nick hat ein paar Takte mit dem Eigentümer geredet, und der Typ ist zusammengeklappt, als Nick ihm mit einer Klage gedroht hat. Es ist schon sehr praktisch, dass dein Bruder Jura studiert hat.«

Mittlerweile waren sie in Jaffees Restaurant angekommen. Noah öffnete ihr die Tür. Es waren nur zwei Tische besetzt und beide standen am vorderen Fenster.

»Hey, Jordan.«

»Hey, Angela«, erwiderte sie.

Die Kellnerin trug gerade ein leeres Tablett in die Küche. »Ihr Tisch ist schon fertig«, rief sie.

Noah folgte ihr zum Tisch in der Ecke.

»Hast du deinen eigenen Tisch hier?«

»Ja.«

Er lachte.

»Ich mache keine Witze. Das ist mein üblicher Tisch. Und wart's ab: Gleich bringt sie mir mein übliches Getränk.«

Noah entschied sich für die zwei Stühle, die mit dem Rücken zur Wand standen. Jordan nahm es zur Kenntnis. Solche Maßnahmen waren ihm wahrscheinlich mittlerweile zur zweiten Natur geworden, dachte sie.

Angela kam mit einem Glas Eistee und zwei Gläsern Eiswasser an den Tisch. Sie lächelte Noah an und fragte: »Und was kann ich Ihnen bringen?«

»Ich hätte gerne einen Eistee.«

Sie ging zur Küche, blieb aber auf der Schwelle stehen und drehte sich zu Jordan um. Mit dem Kinn wies sie auf Noah und hob den Daumen.

»Vermutlich ist ihr nicht klar, dass ich sie sehen kann«, bemerkte Noah leise lachend.

»Sie meint es nur gut.«

Jaffee kam mit den Speisekarten an den Tisch.

»Hey, Jordan«, rief er.

»Hey, Jaffee.«

»Wer ist das?«, fragte er unverblümt, als er ihnen die Speisekarten reichte.

Jordan stellte ihm Noah vor.

»Sie sind vom FBI, nicht wahr?«, fragte Jaffee.

»Ja.«

Jaffee nickte. »Kommt Ihr Bruder auch?«, fragte er Jordan.

»Sie wissen von Nick?«

»Na klar«, antwortete er. »Haben Sie vergessen, wie klein diese Stadt ist?«

»Nick wurde nach Boston zurückgerufen.«

129

»Sind Sie ihr Bodyguard?«

»Er ist ein Freund«, antwortete Jordan.

»Ein Freund mit einer Pistole?«, warf Angela ein, die Noah seinen Eistee brachte.

Angela und Jaffee zogen sich Stühle heran und setzten sich.

»Sie fangen am besten ganz von vorne an, meine Liebe«, sagte Angela. »Lassen Sie nichts aus.«

»Ich wette, Sie wissen mehr als ich«, erwiderte Jordan.

»Wahrscheinlich«, stimmte die Kellnerin zu. »Aber ich möchte von Ihnen hören, was passiert ist. Es muss ja aufregend gewesen sein, eine Leiche im Kofferraum zu finden.«

»Lass sie doch erst mal in Frieden essen«, warf Jaffee ein. »Dann kann sie uns immer noch erzählen, was passiert ist.«

Angela nickte. Sie schob ihren Stuhl zurück und stand auf. »Joe Davis war hier.«

»Er ist jetzt Chief Davis«, erinnerte Jaffee sie.

»Ja, genau. Das wurde auch Zeit.« Angela nickte nachdrücklich. »Chief Davis war hier, um sich nach Ihrem Alibi zu erkundigen. Wir haben ihm gesagt, dass Sie bis etwa zehn Uhr bei uns waren und Jaffee Sie dann zum Motel begleitet hat.«

»Das war die Wahrheit«, bekräftigte Jaffee und warf Noah einen Blick zu.

»Wir brauchten nicht zu lügen«, erklärte Angela.

Noah nickte. »Das freut mich.«

»Also, suchen Sie sich was zum Essen aus. Ich habe heute einen echt leckeren Braten.«

Als Angela und Jaffee wieder in der Küche verschwunden waren, sagte Noah: »Joe Davis hat mich gebeten, morgen früh mit ihm zu Professor MacKennas Haus zu gehen. Er hofft, dass mir vielleicht etwas auffällt, was ihm entgeht.«

»Kann ich mitkommen?«, fragte sie eifrig.

»Warum nicht? Joe hat bestimmt nichts dagegen. Die Kriminalbeamten aus Bourbon haben es zwar schon durchsucht, aber sie haben nichts von Bedeutung gefunden. Was hast du eigentlich vom Professor gehalten?«

130

»Du willst sicher die Wahrheit hören.«

»Ja, natürlich.«

»Er war ein widerwärtiger, schleimiger, eingebildeter Langeweiler.«

Noah lachte. »Lass es ruhig heraus.«

»Ich übertreibe nicht«, erklärte Jordan.

Sie erzählte ihm von dem Abendessen mit dem Professor, wobei sie sich detailliert über seine Tischmanieren ausließ.

»Ich habe gehört, du hast dich mit ihm gestritten?«

»Wo hast du das denn gehört?«

»Die Kellnerin im Restaurant hat Joe gegenüber erwähnt, du hättest geschrien.«

»Ich habe nicht geschrien. Oh, warte. Doch. Das heißt, ich habe meine Stimme erhoben, aber geschrien habe ich nicht. Der Professor stieß wüste Beschimpfungen gegen die Buchanans aus, und ich wollte nur unseren guten Namen verteidigen.«

»Meinst du, du hast vielleicht überreagiert?«

»Nein. Ich lese dir ein bisschen aus seinen Unterlagen vor, dann kannst du dir selbst eine Meinung bilden.«

Angela brachte ihnen das Essen.

Noah war absolut begeistert. »Jaffee könnte überall kochen«, sagte er. »Was hält ihn in Serenity?«

»Schokoladenkuchen.«

Jordan erzählte ihm, was sie von Jaffee wusste. Sie erwähnte auch, dass Trumbo von *Trumbo Motors* und Whitaker, ein reicher Rancher, mit ihr zusammen Kuchen gegessen hätten.

»Was?« Noah warf ihr einen ungläubigen Blick zu. »Süße, wie lange bist du schon in Serenity?«

»Zwei Tage.«

Grinsend schüttelte er den Kopf. »Du bist mir eine.«

Angela räumte ihre Teller ab, füllte ihre Gläser nach und setzte sich wieder zu ihnen an den Tisch. Auch Jaffee kam aus der Küche.

»Das Essen war wundervoll«, sagte Jordan, und als Noah schwieg, stieß sie ihn unter dem Tisch an.

Da erst erinnerte er sich an seine guten Manieren und lobte das Essen ebenfalls. Allerdings sah er dabei Jaffee nicht an, sondern blickte zur Tür. Das Restaurant füllte sich rasch mit Einheimischen, und Noah gefiel nicht, wie voll es wurde. Unmerklich rutschte er dichter an Jordan heran und legte die Hand auf seine Waffe. Er war auf alles vorbereitet.

Jordan bemerkte, wie angespannt er war und legte ihm die Hand auf den Oberschenkel.

»Hey, Jordan«, rief eine junge Frau.

Sie lächelte. »Hey, Candy.«

»Hey, Jordan.«

»Hey, Charlene.«

»Hey, Jordan.«

»Hey, Amelia Ann.«

Und so ging es die ganze Zeit über. Sie begrüßte jeden mit Namen, und es dauerte nicht lange, da war ihr Tisch von Menschen umringt.

»Du kannst dich doch an Steve erinnern, oder?«, fragte Charlene. »Er ist mein Chef in der Versicherungsagentur.«

»Ja, ich erinnere mich. Schön, Sie wiederzusehen, Steve.«

»Jordan, das Porzellan ist wunderschön. Vielen Dank dafür«, fuhr Charlene fort.

»Gern geschehen. Hoffentlich hast du lange Freude daran.«

Noah stieß sie an. »Porzellan?«, flüsterte er.

Jordan lächelte. »Vera Wang.«

Jaffee setzte sich. »Okay, jetzt waren wir lange genug geduldig. Nun wollen wir erfahren, was passiert ist.«

»Wir haben natürlich gehört, was los war«, sagte Angela. »Aber wir haben es nicht von dir gehört. Wie war es denn so, als du die Leiche gesehen hast?«

»Sicher eklig«, antwortete Candy für Jordan.

Alle bestürmten sie gleichzeitig mit Fragen, und Noah verfolgte interessiert, dass Jordan keine einzige zu beantworten brauchte. Irgendeiner aus der Gruppe wusste immer die Antwort.

Auf einmal klingelte Noahs Handy. Sofort schwiegen alle, damit sie verstehen konnten, was er sagte.

»Jordan, bleib sitzen«, sagte er. »Der FBI-Beamte mit unserem Auto ist draußen. Ich bin gleich wieder da.«

Charlene wartete, bis er das Lokal verlassen hatte, dann stellte sie fest: »Er ist ein attraktiver Bursche, was?«

»Er ist Jordans Freund«, verkündete Angela.

»Ihr besonderer Freund?«, wollte Amelia Ann wissen.

Die Frauen blickten sie erwartungsvoll an.

»Nur ein Freund«, versicherte Jordan ihnen.

»Sie übernachten noch einmal bei mir, nicht wahr?«, fragte Amelia Ann.

»Ja.«

»Er auch?«

»Ja.«

»Bei Ihnen im Zimmer?«, fragte Amelia Ann leise.

»Nein, in einem anderen, wenn Sie genügend Platz haben.«

»Ich kann Ihnen helfen. Ich habe genug freie Zimmer«, flüsterte Amelia Ann.

»Wie wollen Sie mir denn helfen?«, erkundigte sich Jordan.

»Ich bringe ihn einfach im Nebenzimmer unter.«

Charlene zwinkerte Jordan zu. »Dann können Sie die Verbindungstür aufmachen.«

»Charlene!«, flüsterte Candy. »Vielleicht ist er ja mit einer anderen zusammen – ernsthaft.«

Wie wäre es mit zehn anderen?, dachte Jordan.

Charlene stieß sie mit dem Ellbogen an.

»Schade, dass Kyle Heffermint nicht da ist. Er war heute früh ziemlich an Ihnen interessiert.«

»Wenn Ihr Jordan mit euren albernen Fragen endlich genug in Verlegenheit gebracht habt, dann möchte ich gerne wissen, was passiert ist, als Maggie Haden eingesperrt wurde«, sagte Keith, Charlenes Verlobter.

133

Alle erzählten, was sie gehört hatten. Dann sagte Keith: »Ihr Freund, der FBI-Beamte, hat Joe Davis versprochen, bis morgen zu bleiben.«

»Warum hat er das denn versprochen?«, fragte Charlene.

»Joe hat ihn gebeten, mit ihm in das Haus des Toten zu gehen. Er ist ja viel erfahrener als Joe, und deshalb dachte Joe, dass er vielleicht etwas entdeckt, was ihm hilft, den Mörder zu finden.«

Amelia Ann fasste sich an den Hals. »Ich glaube nicht, dass der Mörder aus Serenity kommt. Das muss ein Fremder gewesen sein. Wir sind viel zu nett, um jemanden umzubringen.«

»Wenn wir so nett sind, warum hat denn keiner von uns diesen MacKenna gekannt?«, fragte Jaffee.

»Weil er ein Eigenbrötler war«, erklärte Keith. »Ich habe gehört, er hat ein Haus zwei Kilometer außerhalb gemietet.«

Jaffee nickte. »Ja, er ist nie zum Essen zu uns gekommen, nicht ein einziges Mal. Noch nicht einmal, um ein Stück Kuchen zu essen.«

»Jordan hat mir erzählt, er sei Lehrer gewesen.«

»Haben Sie eigentlich alle Forschungsunterlagen kopiert?«, fragte Jaffee.

»Nein, einen Karton muss ich noch kopieren.«

»Jetzt, wo der Mann tot ist, könnten Sie doch die Kartons einfach mitnehmen, oder?«, fragte Candy. »Er braucht sie ja nicht mehr.«

Jordan schüttelte den Kopf. »Die Unterlagen sind Teil der Ermittlungen, und außerdem gehören sie Professor Mac-Kenna. Ich kann die Kartons nicht einfach so mitnehmen.«

»Vielleicht können Sie heute Abend die restlichen Unterlagen lesen«, schlug Jaffee vor.

Es war lieb von ihm, dass er sich Gedanken darüber machte, dachte sie. Aber sie war so erschöpft von dem anstrengenden Tag, dass sie bestimmt sofort einschlafen würde, wenn sie sich ins Bett legte.

Noah kam zurück ins Restaurant, wurde aber von Steve

Nelson und einem anderen Mann aufgehalten, bevor er den Tisch wieder erreicht hatte. Steve redete auf ihn ein, und Noah nickte ab und zu.

Bald sammelten sich noch mehr Leute um die drei, und Jordan hörte, wie sie Noah mit Fragen bombardierten. Geduldig hörte er zu. An einem Punkt blickte er auf und lächelte Jordan an. In Serenity hatte es anscheinend seit Jahren nicht so viel Aufregung gegeben, und jetzt wollten die Leute darüber reden.

Und Noah war bereit, ihnen zuzuhören.

15

Die braven Bürger von Serenity redeten weiter von den Ereignissen, die ihre kleine Stadt erschüttert hatten, aber nach einer Stunde entschuldigte Noah sich und verließ mit Jordan das Lokal. Die Luft fühlte sich immer noch heiß und drückend an, als sie hinaustraten, und Jordan war froh, dass in dem neuen Auto die Klimaanlage funktionierte.

Ihre Handtasche lag auf dem Rücksitz, aber ihr Notebook konnte sie nirgends entdecken.

»Oh nein«, sagte sie.

»Was ist los?«, fragte Noah.

»Mein Notebook ist nicht da.« Sie drehte sich um und schaute unter dem Sitz nach. »Es war heute Morgen im Mietwagen.«

»Hat jemand es am Lebensmittelmarkt herausgenommen?«, fragte Noah.

»Nein. Als Chief Haden mit mir zur Polizeiwache gefahren ist, durfte ich nichts mehr aus dem Auto holen.«

»Wir suchen es morgen«, versicherte Noah ihr.

Er parkte die Limousine im Hof des Motels, und sie gingen in die Lobby, wo Amelia Ann schon mit Noahs Schlüssel wartete. Er sagte nichts, als er feststellte, dass sein Zimmer direkt neben Jordans Zimmer lag. Er schloss seine Tür auf, ging hinein und öffnete die Verbindungstür.

»Du lässt sie weit offen«, wies er Jordan an.

»Okay, aber ich will keine Überraschungen erleben«, scherzte sie. »Du bleibst in deinem Zimmer und ich in meinem.«

Lachend ging er in sein Zimmer. »Darüber brauchst du dir keine Sorgen zu machen.«

Verblüfft stellte Jordan fest, dass seine Worte ihr weh taten.

136

Hätte er sie angeschaut, hätte er es in ihren Augen lesen können. Zum Glück blickte er jedoch nicht auf.

Ihre Reaktion verwirrte sie. Sie wollte doch gar nicht, dass er sich zu ihr hingezogen fühlte, oder?

Nein, natürlich nicht. Sie hatte nur so komische, verrückte Gedanken, weil sie so müde und fertig war. Ja, das war bestimmt der Grund.

Aber es ging ihr trotzdem ständig durch den Kopf. Noah hatte gesagt, darüber bräuchte sie sich keine Sorgen zu machen. Warum eigentlich nicht? Was stimmte denn mit ihr nicht? Der Mann baggerte buchstäblich jede Frau an, die ihm über den Weg lief. Wenn sie das nicht zu befürchten brauchte, dann konnte das nur bedeuten, dass er nicht an ihr interessiert war. Warum eigentlich nicht?

Sie ging ins Badezimmer und betrachtete sich im Spiegel. Okay, sie war vielleicht keine Schönheitskönigin, und heute Abend sah sie sowieso nicht gut aus. Ihre Augen waren blutunterlaufen, weil sie ihre Kontaktlinsen zu lange getragen hatte; die Haare hingen ihr ins Gesicht, und abgesehen von dem dicken Bluterguss unter ihrem Auge war sie leichenblass.

Genug, dachte sie. Heute Abend konnte sie an ihrem Aussehen sowieso nichts mehr ändern. Und wenn sie noch ein bisschen lesen wollte, dann sollte sie sich besser ein wenig frisch machen.

Sie entfernte ihre Kontaktlinsen, duschte ausgiebig und wusch sich auch die Haare, trocknete sie aber nicht mehr. Sie waren tropfnass, als sie sie auskämmte. Sie schlüpfte in ein graues Baumwoll-T-Shirt und grau-weiß gestreifte Boxershorts. Als sie ihre Hornbrille aufgesetzt hatte, schaute sie noch einmal in den Spiegel.

Unwillkürlich musste sie lachen. Oh ja, wie eine Sexgöttin sah sie wirklich nicht aus, aber zumindest war sie wieder wach. Vielleicht schaffte sie es ja wirklich, noch ein bisschen zu lesen.

Sie ging ins Schlafzimmer, zog die Bettdecke weg und setzte

sich mitten aufs Bett. Dann ergriff sie einen Stapel Papiere aus dem dritten Karton und begann zu lesen.

Kurz warf sie einen Blick in den angrenzenden Raum, aber Noah war nirgends zu sehen. Seufzend griff sie zum obersten Blatt.

An den Rand war etwas gekritzelt. Und schon wieder die Zahl, die sie schon einmal gesehen hatte: 1284. In diesem Jahr musste etwas Wichtiges passiert sein. Aber was? War es der Beginn der Fehde, oder wurde in diesem Jahr der Schatz gestohlen? Was war 1284 passiert?

Ihre Frustration wuchs. Wenn sie ihr Notebook hätte, könnte sie selbst ein bisschen recherchieren. So würde sie warten müssen, bis sie wieder ins Boston war.

Erneut seufzte sie.

»Okay«, flüsterte sie. »Was haben die Buchanans denn dieses Mal verbrochen?«

Diese Geschichte spielte 1673. Lady Elspet Buchanan, die einzige Tochter des ruchlosen Laird Euan Buchanan, besuchte das jährliche Fest in der Nähe von Finlay Ford. Zufällig traf sie dort Allyone MacKenna, den Lieblingssohn des gerechten, ehrenwerten Laird Owen MacKenna. Später beschuldigten die Buchanans Allyone, sich in ihr Lager geschlichen und die junge Dame bezirzt zu haben, aber die MacKennas wussten ganz genau, dass es Elspet gewesen war, die den Sohn ihres Lairds verführt hatte.

Zum Glück jedoch verliebte sich Elspet Hals über Kopf in Allyone, weil er so ein gut aussehender Krieger war.

Weil sie ihn verhext hatte, liebte Allyone Elspet ebenso sehr wie sie ihn, aber beide wussten, dass sie nie zusammenkommen konnten. Aber sie brachten es nicht übers Herz, sich zu trennen. Elspet flehte Allyone an, seine Familie und seine Stellung aufzugeben und mit ihr wegzulaufen.

Am Abend vor der geplanten Flucht jedoch fand Laird Buchanan heraus, was seine Tochter vorhatte. Außer sich vor Wut sperrte er sie in den Turm seines Schlosses und rief seine

Krieger zusammen, damit sie Allyone finden und töten sollten.

In ihrer Angst, dass ihr Vater ihren Geliebten finden würde, wollte Elspet ihn warnen, aber als sie die glatten Stufen herunterrannte, rutschte sie aus und stürzte zu Tode.

Es hieß, sie sei mit seinem Namen auf den Lippen gestorben.

Als Jordan las, dass die arme Elspet nach ihrem Geliebten gerufen hatte, als sie starb, strömten ihr auf einmal die Tränen über die Wangen. Vielleicht lag es daran, dass sie so erschöpft war. Sie war doch sonst nicht so rührselig.

»Was zum Teufel ist hier los?«

Noahs Stimme schreckte sie auf. Er stand in der Tür und blickte sie stirnrunzelnd an. Anscheinend war er gerade aus der Dusche gekommen. Er trug nur Jeans.

»Was ist passiert?«, fragte er und trat in ihr Zimmer, wobei er sich ein weißes T-Shirt über den Kopf zog.

»Nichts.« Sie griff nach einer Schachtel mit Papiertüchern, die auf dem Nachttisch stand.

»Bist du krank? Tut dir etwas weh?«

Sie versuchte es, aber sie konnte nicht aufhören zu weinen. Sie wischte sich die Tränen von den Wangen. »Nein, ich bin nicht krank.«

»Was ist denn los mit dir?«

Ratlos fuhr er sich mit der Hand durch die Haare und blickte sie an. Dann setzte er sich aufs Bett und zog sie an sich.

»Sag es mir«, drängte er.

»Es ist nur ...« Sie nahm sich noch ein Taschentuch aus der Schachtel. »Es war so ...«

Er glaubte, sie verstanden zu haben, und zog sie ein wenig enger an sich. »Ist schon okay, Süße. Das war ein harter Tag für dich heute. Und jetzt hat dich alles wieder eingeholt. Komm, weine ruhig. Lass alles raus. Ich weiß, wie schlimm es war.«

Zuerst wusste sie nicht, was er meinte, aber als es ihr dann dämmerte, sagte: »Was? Nein, es hat mich nicht eingeholt. Es war nur so traurig ...«

»Traurig? Das, was du durchgemacht hast, würde ich nicht traurig nennen, sondern eher nervenaufreibend.«

»Nein, die Geschichte …«

Er streichelte ihren Arm, und plötzlich wurde ihr klar, dass er sie trösten wollte. Oh, das war ja süß. So lieb und fürsorglich – oh, oh.

Ach du lieber Himmel, sie begann ihn tatsächlich zu mögen, und zwar nicht nur freundschaftlich. Noah konnte ja tatsächlich sensibel sein. Das war ihr noch nie aufgefallen. Ihr fiel ein, wie nett er heute Nachmittag auf der Polizeiwache zu Carrie gewesen war. Er hatte ihr das Gefühl gegeben, wichtig und hübsch zu sein. Und nun versuchte er ihr klarzumachen, dass sie mit ihrem Kummer nicht alleine war.

»Glaubst du, du kannst aufhören zu weinen?«

Sie blickte ihn an und lächelte schwach, nur wenige Zentimeter entfernt von seinen schönen Augen, seinem Mund …

Sie zuckte zurück und blickte hastig weg. »Ich bin fertig«, verkündete sie. »Siehst du? Keine Tränen mehr.«

»Du bist fertig? Was kommt denn da für wässeriges Zeug aus deinen Augen?«

Sie boxte ihn an die Schulter. »Hör auf so nett zu mir zu sein. Das macht mir Angst.«

Er lachte. »Als ich dich auf der Hochzeit weinen sah, habe ich das nur für eine Verirrung gehalten, aber nun weinst du schon wieder. Du bist auf einmal ganz anders«, meinte er.

»Wie anders?«

»In Nathan's Bay hast du die Nase ständig in einem Buch oder hockst vor dem Computer. Immer bist du in Gedanken nur beim Geschäft.«

Und nie für einen Spaß zu haben, ergänzte sie im Stillen für ihn.

»Na ja, vielleicht verhältst du dich auch anders«, entgegnete sie.

»Wie meinst du das?«

»Ich weiß nicht. Irgendwie – netter. Vielleicht kommt das

140

daher, dass du näher an zu Hause bist. Du bist doch in Texas aufgewachsen, oder?«

»Meine Familie ist nach Houston gezogen, als ich acht Jahre alt war. Vorher haben wir in Montana gelebt.«

»Dein Vater war Polizist.«

»Das stimmt.«

»Ebenso wie dein Großvater und dessen Vater …«

»In unserer Familie hat es immer Polizisten gegeben«, sagte er. Er begann wieder, ihren Arm zu streicheln. Es fühlte sich gut an.

»Nick hat mir erzählt, dass du einen Kompass bei dir trägst, der deinem Ururgroßvater gehört hat.«

»Sein Name war Cole Clayborne, und er war Polizist in Montana. Mein Vater hat mir seinen Kompass gegeben, als ich angefangen habe, für Dr. Morganstern zu arbeiten.«

»Damit du dich nie verirrst. Das hat deine Mutter mir erzählt.«

»Ach ja?«

»Und weißt du, was sie mir noch über dich erzählt hat?«

»Was?«

»Sie sagte, sie sei die einzige Frau auf der Welt, von der du dir sagen lässt, was du zu tun hast.«

Noah lachte. »Da hat sie recht.«

Ein Klopfen an Noahs Tür unterbrach sie.

Noah sprang auf, um aufzumachen. Amelia Ann stand mit einem Eimer voller Eis da, in dem ein paar Bierflaschen gekühlt waren.

Sie zögerte kurz und sagte dann: »Hey. Äh – ich weiß ja, dass es ein anstrengender Tag war, die ganze Fahrerei und so. Und ich dachte, Sie hätten vielleicht Durst.« Sie hielt ihm den Eimer hin.

Noah ergriff den Eimer und schenkte ihr ein warmes Lächeln. »Das ist schrecklich nett von Ihnen. Danke.«

»Wenn Sie Hunger haben«, fuhr sie fort, »könnte ich Ihnen etwas Popcorn machen.«

»Nein, danke. Aber das Bier nehme ich gern.« Er begann, die Tür zu schließen. »Gute Nacht«, sagte er.

Amelia Ann versuchte, ins Zimmer zu blicken. »Wenn ich sonst noch etwas tun kann – wenn Sie etwas brauchen, rufen Sie in der Rezeption an.«

»Ja, danke«, sagte Noah und schloss die Tür.

Er kehrte in Jordans Zimmer zurück.

»Die Dame, die das Motel leitet – wie war noch mal ihr Name?« Er drehte den Verschluss einer Bierflasche auf.

»Amelia Ann.«

»Ja, Amelia Ann. Sie hat uns Bier gebracht. Das war doch nett, nicht wahr? Willst du auch eins?«, fragte er Jordan.

»Nein, danke«, erwiderte sie. »Ich glaube auch nicht, dass sie es *uns* gebracht hat.«

Er trank einen Schluck.

»Du hast mir immer noch nicht gesagt, warum du geweint hast«, erinnerte er sie.

»Es ist albern.«

»Erzähl es mir trotzdem.«

»Ich habe diese Geschichte gelesen, die der Professor aufgeschrieben hat, und sie hat mich bewegt. Soll ich sie dir vorlesen? Dann verstehst du, was ich meine.«

»Ja, klar«, sagte Noah und setzte sich aufs Bett.

Mit klarer, sachlicher Stimme begann sie vorzulesen, aber als sie am Ende der tragischen Geschichte angelangt war, kämpfte sie erneut mit den Tränen.

Noah musste unwillkürlich lachen.

»Du steckst voller Überraschungen«, sagte er und reichte ihr die Schachtel mit den Papiertüchern. »Das hätte ich nie vermutet.«

»Was?«

»Dass du so romantisch bist.«

»Romantisch zu sein ist doch nichts Schlimmes.«

Jordan wandte sich wieder den Unterlagen zu und las einen weiteren lächerlichen Bericht über die barbarischen, blutrünstigen Buchanans. Diese Geschichte war nicht romantisch, sondern die detaillierte Beschreibung einer grausigen Schlacht, die laut Professor MacKenna von den Buchanans angezettelt worden war.

»Keine Überraschung«, murmelte sie.

»Hast du etwas gesagt?«

»Der Mann hat Geschichte gelehrt. Mittelalterliche Geschichte. Aber das sind alles nur Märchen.«

Noah lächelte. Wenn Jordan sich so leidenschaftlich ereiferte, leuchtete ihr Gesicht förmlich. Warum war ihm das bisher noch nie aufgefallen? Versonnen trank er noch einen Schluck Bier.

»Ist überhaupt irgendetwas an seinen Forschungsergebnissen dran?«, fragte er.

»Ich weiß nicht«, erwiderte sie. »Je weiter er in der Geschichte zurückgeht, desto verrückter werden die Legenden. Aber ständig wird erwähnt, dass ein Schatz gestohlen worden ist.«

»Du weißt doch, was man so sagt.«

Jordan nahm ihm die Flasche aus der Hand und trank einen Schluck Bier. »Was sagt man denn so?«

»Dass in jeder Lüge ein Körnchen Wahrheit steckt. Hast du eine Ahnung, woraus der Schatz bestand?«

Sie trank noch einen Schluck und reichte ihm die Flasche wieder. »In manchen Geschichten wird eine juwelenbesetzte Krone erwähnt, in anderen ist auch die Rede von einem juwelenbesetzten Schwert.«

Erneut nahm sie ihm die Flasche aus der Hand. Sie trank sie aus und gab sie ihm zurück. Schweigend stand Noah auf und holte zwei weitere Flaschen Bier.

»Rutsch rüber, Süße«, sagte er und setzte sich neben sie. Gehorsam machte sie ihm Platz. Als er ihr eine Flasche Bier reichen wollte, schüttelte sie den Kopf.

»Nein, danke. Mir ist es heute Abend nicht so nach Bier.«

»Ach nein?«

Sie packte die Papiere wieder in den Karton.

»Die Recherchen des Professors sind zwar parteiisch, aber er glaubte wirklich an den Schatz. Er war mit Sicherheit überzeugt davon, dass die Buchanans ihn den MacKennas gestohlen haben.«

»Glaubst du denn auch an den Schatz?«

»Ja«, gestand sie verlegen, fügte jedoch hastig hinzu: »Ich habe mich von den Geschichten fesseln lassen. Vielleicht habe ich zu viel Fantasie.« Sie lehnte sich zurück und streckte ihre Beine aus. »Aber manche Geschichten – es macht wirklich Spaß, sie zu lesen, weil sie so abgedreht sind.«

»Ja? Erzähl mir doch eine als Gutenachtgeschichte.«

Er stellte die beiden Bierflaschen auf den Nachttisch, schlug die Beine übereinander und schloss die Augen.

»Ich bin bereit, Süße. Es war einmal … Lies mir etwas Gruseliges vor.«

Sie kramte in den Papieren, bis sie eine besonders blutrünstige Geschichte fand, die Noah ausnehmend gut gefiel. Danach erzählte sie ihm von einer weiteren Schlacht.

»Die Legende erzählt, dass zwei Engel zur Erde kamen, um einen gefallenen Krieger in den Himmel zu geleiten. Dies geschah während einer Schlacht, und alle Krieger sahen die Engel kommen. Die Zeit blieb plötzlich stehen. Manche der Krieger hatten gerade die Schwerter erhoben, andere wollten ihre Lanzen werfen oder die Streitäxte schwingen, aber alle erstarrten mitten in der Bewegung. Wie gebannt beobachteten sie, dass der Krieger in den Himmel gehoben wurde.«

»Was passierte dann?«

Jordan zuckte mit den Schultern. »Ich nehme an, die Schlacht ging weiter.«

»Das gefällt mir. Lies mir noch eine vor«, bat er sie.

»Möchtest du etwas Romantisches oder etwas Gruseliges hören?«

Ohne die Augen zu öffnen, erwiderte er: »Lass mich mal nachdenken. Ich liege im Bett und direkt neben mir befindet sich eine spärlich bekleidete Frau, die dringend ein bisschen Bewegung braucht …«

Sie stupste ihn an. »Ich bin nicht spärlich bekleidet. Ich trage Shorts und ein T-Shirt. An meiner Kleidung ist nichts Spärliches.«

Rasch blickte sie an sich herunter. Durch den Stoff war nichts zu sehen. Gott sei Dank.

»Darauf kannst auch nur du kommen.«

»Nein, das würde jedem Mann so gehen.«

»Das glaube ich nicht.«

Noah lachte. »Doch, das ist so.«

Sie versuchte die Decke hochzuziehen, unglücklicherweise lagen jedoch ihre Beine darauf. »Denk doch einfach nicht daran.«

Er öffnete ein Auge. »Ich soll nicht daran denken?«

»Willst du nun noch eine Geschichte hören oder nicht?«

»Hm.«

»Hm was?«

»Du hast mir nicht widersprochen, dass du ein bisschen Bewegung brauchst.«

Das stimmte. »Ich habe es nicht für notwendig erachtet, auf so eine unkorrekte Annahme zu antworten. Was für eine Geschichte möchtest du denn gerne hören?«

Er hatte sie schon wieder auf die Palme gebracht. Er wusste zwar nicht, warum ihre Empörung ihn so anmachte, aber es war so.

»Habe ich dich auf dem falschen Fuß erwischt, Süße?«

Jordan verdrehte die Augen. Oh Mann!

»Du hast mich überhaupt nicht erwischt«, erklärte sie. »Ich packe diese Unterlagen weg.«

»Tut mir leid. Du bist so leicht …«

Sie unterbrach ihn. »Das sagen mir alle Jungs«, scherzte sie.

»Ach ja? Und – stimmt es?«

Ihre Augen blitzten. »Was glaubst du denn?«

Zuerst antwortete Noah nicht. Er blickte in ihre unglaublich blauen Augen und wusste auf einmal nicht mehr, was er eben noch gedacht hatte. Zweideutige Wortgeplänkel lagen ihm eigentlich, aber plötzlich fiel ihm keine passende Antwort mehr ein.

Auf einmal sah er im Geiste Jordan vor sich – ohne T-Shirt, ohne Shorts, wie sie Liebe machten –, und dieses Bild machte ihn sprachlos.

Er ergriff die Bierflaschen vom Nachttisch und stand auf, um in sein Zimmer zu gehen. Barsch sagte er: »Ich glaube, ich verschwinde besser.«

17

Zwei Telefone klingelten gleichzeitig. Jordan wachte von den Geräuschen auf, die aus Noahs Zimmer drangen.

Sie drehte sich um und öffnete die Augen einen Spaltbreit, während sie zuhörte, wie Noah, dem Klingeln nach zu urteilen, anscheinend zuerst ans Handy ging. Er bat »Liebling«, nicht aufzulegen und nahm den Hörer des anderen Telefons ab. Anscheinend gefiel ihm nicht, was der Anrufer ihm zu sagen hatte, denn seine Stimme wurde hart, und sie hörte, wie er in bestimmtem Tonfall sagte, bis mittags erwarte er Ergebnisse.

Kurz darauf kam er in ihr Zimmer.

»Joe Davis hat gerade angerufen«, begann er.

»Bevor du mir erzählst, was er gesagt hat, solltest du mit ›Liebling‹ sprechen, falls sie immer noch wartet.«

»Ah, zum Teufel«, stieß er hervor und eilte wieder in sein Zimmer.

Jordan hörte, wie er sich bei der Anruferin entschuldigte. Dann kam er wieder zurück und setzte sich auf die Bettkante. Als sie aufstehen wollte, hielt er sie am T-Shirt fest.

»Warte. Sie ist hier.« Er reichte ihr sein Handy. »Sidney möchte mit dir sprechen.«

Dass ihre Schwester am Telefon war, glaubte sie erst, als sie Hallo sagte.

»Wieso hast du Noahs Handynummer?«, fragte Jordan.

»Ich weiß nicht. Die habe ich schon ewig. Aber das spielt im Moment keine Rolle. Theo hat mir erzählt, was passiert ist. Wusstest du schon von der Leiche, als wir das letzte Mal miteinander telefoniert haben?«

»Ich kann mich nicht erinnern«, erwiderte Jordan. »Wissen eigentlich alle, was passiert ist?«

»Dylan und Kate nicht, aber die sind auf Hochzeitsreise, deshalb wollte Alec sie nicht damit behelligen. Jordan, bist du okay?«

»Ja«, versicherte sie ihrer Schwester. »Ich komme morgen nach Hause, und dann erzähle ich dir alles. Ich verspreche es dir. Sidney?«

»Ja?«

»Wissen Mom und Dad Bescheid?«

»Nick hat angerufen und mit beiden gesprochen.«

»Das hätte er besser nicht getan«, meinte Jordan. »Sie machen sich bloß Sorgen, und dabei haben sie genug um die Ohren, mit dem Prozess und so.«

»Sie hätten es sowieso herausgefunden. Zack hätte es bestimmt nicht für sich behalten können.«

»Wer hat es denn Zack erzählt?«

Am anderen Ende wurde es still, dann sagte Sidney: »Möglicherweise habe ich es erwähnt.«

Jordan wollte sich nicht mit ihrer Schwester streiten. Sie redete noch kurz mit ihr und beendete dann das Gespräch. Als sie Noah das Handy zurückgab, sagte sie: »Ich hätte besser Dylan angerufen, als ich die Leiche im Kofferraum entdeckt habe.«

»Warum? Weil Nick es der ganzen Familie erzählt hat?«

Sie nickte. »Sidney meint, sie hätten es sowieso herausgefunden.«

»Ja, da hat sie recht.«

»Vielleicht«, gab sie zu.

Nachdem sie sich angezogen und ihre Sachen gepackt hatte, trat sie an die Verbindungstür. Noah klappte gerade sein Pistolenhalfter zu.

»Du wolltest mir erzählen, was Chief Davis gesagt hat«, erinnerte sie ihn.

»Ja, genau. Er meinte, Sheriff Randy hätte keine Ahnung, wo sein Bruder ist. Er sagte, sie suchen ihn.«

»Glaubst du das?«

»Nein«, antwortete er. »Der Sheriff weiß genau, wo J. D. ist. Wahrscheinlich will er mit Chief Davis etwas aushandeln, bevor J. D. wieder auftaucht. Das vermute ich jedenfalls.«

»Würde normalerweise der Sheriff von Grady County den Mordfall bearbeiten?«

»Ja, aber Davis hat mir gesagt, er sei in Urlaub.«

»Ja, auf Hawaii«, sagte Jordan. »Warum hilft das FBI dem Chief nicht?«

»Davis scheint zu glauben, er käme zurecht, ohne dass das FBI sich einmischt.«

»Was ist mit Lloyd? Hat Davis schon mit ihm gesprochen?«

»Nein«, antwortete Noah. »Niemand weiß, wo er ist. Seine Werkstatt war nicht verschlossen, aber Davis sagt, das sei nicht ungewöhnlich. Viele Leute in diesem Ort verschließen nie ihre Türen.«

»Jetzt bestimmt, wo einer von ihnen ermordet worden ist.«

»Aber Professor MacKenna war keiner von ihnen. Das Haus gehörte ihm nicht. Er hat es nur gemietet, und er hat sehr zurückgezogen gelebt. Niemand kannte ihn wirklich.«

»Ich glaube, Lloyd weiß, was passiert ist. Wenn er den Professor nicht umgebracht hat, dann weiß er zumindest, wer es getan hat. Er war so nervös, als ich das Auto abgeholt habe. Er wusste bestimmt, dass die Leiche im Kofferraum lag.«

»Ich würde sagen, er ist der Hauptverdächtige.«

»Er hatte es schrecklich eilig, mich loszuwerden«, sagte Jordan. »Und das war merkwürdig, denn als ich zum ersten Mal da war, versuchte er mich zu überreden, mit ihm auszugehen, und wollte mich unbedingt in der Stadt halten.«

»Wollte er immer noch mit dir ausgehen, nachdem du ihm gedroht hattest?«

»Ich habe ihm nicht – oh, okay, vermutlich doch. Aber es war alles so blöde. Er fragte mich, was ich denn tun würde, wenn ich zum zweiten Mal käme und mein Auto wäre immer noch nicht fertig, und bevor ich antworten konnte, meinte er, ob ich ihn dann umbringen würde. Ich glaube, ich habe Ja gesagt.«

»Verstehe.«

»Nein, du verstehst nicht. Lloyd ist zufällig groß und kräftig. Ich hätte mich schon auf einen Stuhl stellen müssen, um ihn zu schlagen.«

»Einen Stuhl?«

Es irritierte sie, dass er sich über sie lustig machte.

»Ich habe das alles schon mit Chief Davis besprochen, und ich glaube, du hast direkt daneben gestanden. Hast du nicht aufgepasst?«

»Lloyd taucht schon wieder auf«, mutmaßte Noah.

Jordan nickte. »Wann sind wir mit Chief Davis am Haus des Professors verabredet?«

Noah blickte auf seine Armbanduhr. »In einer Stunde.«

»Macht es dir etwas aus, wenn wir zuerst am Supermarkt vorbeifahren? Ich möchte gerne die restlichen Unterlagen fotokopieren. Es dauert bestimmt nicht lange.«

»Müssen wir all diese Kartons zu Davis schaffen?«, fragte er.

»Die Kopien nicht. Ich frage Candy, ob sie sie für mich nach Boston schickt.«

Candy arbeitete an der Rezeption und war sofort bereit zu helfen. Jordan füllte ein Formular für den Postversand aus, sagte Candy, sie würde ihr die Kartons bringen, bezahlte das Porto und eilte zurück in ihr Zimmer.

Als sie zurückkam, lehnte Noah an der Tür und unterhielt sich mit Amelia Ann. Amelia Ann hatte ihm Kaffee und einen Korb voll selbstgebackener Zimtschnecken gebracht. Jordan stellte fest, dass sie sich geschminkt hatte. Ihre Bluse hatte sie in die Hose gesteckt, und die obersten drei Knöpfe standen offen. Und sie trug bestimmt einen Push-up-Büstenhalter.

Jordan hörte sie nervös lachen, als sie in Noahs Zimmer ging und sich die Autoschlüssel vom Schreibtisch nahm.

»Ich lade die Kartons in den Wagen«, sagte sie.

»Ich komme sofort«, erwiderte Noah.

Na klar, dachte Jordan, sobald Amelia Ann aufgehört hat, mit dir zu flirten.

150

Sie trug einen Karton nach draußen, und als sie um die Ecke bog, sah sie sofort, dass der rechte Hinterreifen wenig Luft hatte.

»Na toll«, flüsterte sie. Bei ihrem Glück hatten sie wahrscheinlich einen Platten. Sie stellte den Karton ab, steckte den Schlüssel ins Kofferraumschloss und trat einen Schritt zurück, als der Deckel aufging.

Das war doch nicht möglich! Wie erstarrt stand sie da. Sie traute ihren Augen nicht. Sie machte die Augen zu und öffnete sie wieder. Aber nichts hatte sich geändert.

»Oh nein«, flüsterte sie.

Dann knallte sie den Kofferraumdeckel zu und rannte, so schnell sie konnte, zu Noahs Zimmer. Seine Tür war zu, und sie hämmerte mit der Faust dagegen.

Er wusste sofort, dass etwas nicht stimmte, als er ihr Gesicht sah. »Jordan? Was ist los?«

Sie packte seine Hemdbrust und keuchte: »Im Kofferraum unseres Autos liegt eine Leiche.«

17

Lloyd war verschnürt wie ein Paket. Ein Bein war unter seinem Körper, und das andere berührte seinen Hinterkopf. Er war mit einem völlig verblüfften Gesichtsausdruck gestorben, nicht schmerzerfüllt, lediglich erstaunt, mit weit aufgerissenen, glasigen Augen. Jordan hatte das Gefühl, sie würde seine Miene lange Zeit nicht mehr aus dem Kopf bekommen.

»Du hast recht, Jordan. Lloyd war wirklich groß.« Noah stand vor dem offenen Kofferraum und betrachtete die Leiche. Er warf ihr einen Blick über die Schulter zu.

Jordan saß auf einem Steinmäuerchen und wartete, bis er mit seiner Inspektion fertig war. Sie hatte nicht das Verlangen, Lloyd auch nur eine Minute länger anzuschauen.

»Er ist nicht in eine Plastiktüte verpackt«, kommentierte sie mit schwacher Stimme.

»Nein«, erwiderte Noah.

Chief Joe Davis stand neben ihm. Die beiden Männer duzten sich. Förmlichkeiten waren bei Mord nicht angebracht.

Davis beugte sich über die Leiche und sagte: »Sind wir uns also einig? Ein Schlag auf den Schädel, und dann hat man ihn in den Kofferraum gesteckt, richtig?«

Noah nickte. »Sieht so aus, Joe.«

»Der Schlag hat ihm den Schädel zerschmettert«, schloss Joe. »Es muss jemand gewesen sein, der echt Kraft hat.«

Beide Männer drehten sich zu Jordan um. Fragten sie sich etwa, ob sie genügend Kraft hätte, um Lloyd zu töten? Sie verschränkte die Arme und blickte Noah finster an. Auf solche Gedanken sollte er besser nicht kommen.

Joe blickte wieder auf Lloyd. »Was ist bloß los?«, fragte er frustriert. »Zwei Leichen in zwei Tagen.«

»Ist das dein erster Mordfall?«, fragte Noah.

»Der zweite, wenn du Professor MacKenna mitrechnest«, antwortete Joe. »Zwar habe ich da die Leiche nicht gesehen, aber die Ermittlungen lasten auf meinen Schultern. Das hier ist der zweite Mord, der je in Serenity passiert ist. Wir sind eine friedliche Gemeinde. Bis deine Freundin in die Stadt gekommen ist, seitdem sterben die Männer wie die Fliegen.«

Noah ließ Joe in dem Glauben, dass Jordan seine Freundin sei. »Du weißt, dass sie nichts damit zu tun hat. Sie hat keinen von beiden umgebracht.«

»Lloyd war mein Hauptverdächtiger. Er hatte ihr Auto in seiner Werkstatt, deshalb hätte er genügend Gelegenheit gehabt.«

»Was ist mit dem Motiv?«, fragte Noah.

Joe schüttelte den Kopf. »Darüber habe ich noch nicht nachgedacht. Ich brauche Hilfe. Ich habe zwei Deputies hierher bestellt. Sie haben beide mehr Erfahrung als ich.«

»Mit Mordfällen?«

Joe zuckte mit den Schultern. »Ich weiß nicht. Ein paar Kriminalpolizisten aus Bourbon sind auch unterwegs.«

»Wo ist der Untersuchungsrichter?«, fragte Noah und blickte auf die Uhr. »Wir warten schon seit fünfundvierzig Minuten. Und wo bleibt die Spurensicherung?«

»In Kleinstädten geht alles wesentlich langsamer, das weißt du doch. Sie sind alle unterwegs«, beruhigte Joe ihn.

»Du weißt, dass ich Freunde habe, die dir helfen können.«

Joe nickte. »Ich weiß. Wenn ich Hilfe vom FBI brauche, bitte ich darum.«

»Was ist mit Sheriff Randy?«

»Ich treffe mich heute Nachmittag mit ihm. Ursprünglich wollten wir uns am Morgen treffen. Er hat gestern Abend angerufen«, erklärte er. »Aber nun muss ich mich ja erst einmal um den da kümmern«, sagte er und wies mit dem Kinn auf Lloyd. »Deshalb musste ich den Termin und auch unseren Termin im Haus von MacKenna verschieben.«

»Ich möchte mitkommen«, sagte Noah.

Joe schüttelte den Kopf. »Nein. Randy kennt mich. Vor dir wird er nichts über seinen Bruder sagen.«

»Wo ist denn sein Bruder? Und versuch nicht, mich daran zu hindern, mit ihm zu reden.«

»Ich weiß nicht, wo J.D. ist, aber Randy wird es mir sagen. Dann können wir immer noch entscheiden, wie wir vorgehen wollen.«

Was gab es da zu entscheiden? J.D. hatte Jordan tätlich angegriffen. Er sollte verhaftet und ins Gefängnis gesperrt werden. Da gab es doch nicht viel zu entscheiden.

»Wenn du J.D. nicht herbeischaffst, mache ich es.«

Joe runzelte die Stirn. »Ist das eine Drohung?«

»Darauf kannst du Gift nehmen«, fuhr Noah ihn an.

Joe hob beschwichtigend die Hände.

»Okay, okay. Ich habe verstanden. Aber bitte, lass mich allein mit Randy reden. Ich lebe in dieser Stadt«, fügte er hinzu. »Ich muss versuchen, das auf meine Art zu regeln, also lass mich einen Schritt nach dem anderen machen.«

Im Gegensatz zu Joe hatte Noah nicht das Bedürfnis, sich mit allen gut zu verstehen. Er wollte ihm gerade erwidern, dass er nicht geduldig warten würde, sondern fest entschlossen sei, mit beiden Dickey-Brüdern zu sprechen, als Jordan seine Aufmerksamkeit auf sich zog.

Sie war aufgesprungen und zu ihm getreten. Jetzt strich sie ihm über den Arm und sagte: »Joe, Noah und ich helfen Ihnen gern auf jede erdenkliche Weise. Das stimmt doch, Noah, oder?« Er blickte sie an. Als er schwieg, schmiegte sie sich an ihn und wiederholte: »Das stimmt doch, oder?«

»Ja, klar«, erwiderte Noah schließlich. Das war wirklich eine der absurdesten Situationen, in denen er sich je befunden hatte. Im Kofferraum lag ein toter Mann, ein unerfahrener und wahrscheinlich unfähiger Polizist leitete die Ermittlungen, und eine Frau, die ihn langsam wahnsinnig machte, verlangte von ihm, nett zu sein.

»Ich nehme an, ihr beiden müsst noch eine Weile in Serenity bleiben«, stellte Joe fest. Es war keine Frage.

»Ja«, erwiderte Noah. »Bis jetzt ist Jordan die einzige Verbindung zwischen dem Professor und Lloyd.«

»Ich sage Amelia Ann Bescheid, dass wir heute Nacht noch einmal die Zimmer brauchen«, bot Jordan an.

Noah ergriff ihre Hand. »Du bleibst in meiner Nähe.«

»Ich gehe zu …«

»Sie weiß es bereits.« Noah wies mit dem Kopf auf ein Fenster, an dem Amelia Ann und Candy standen und mit aufgerissenen Augen das Geschehen verfolgten. Zum Glück konnten sie nicht in den Kofferraum blicken.

Joe bat Jordan und Noah, wieder ins Motel zu gehen.

»Ihr müsst nicht mit mir warten. Ich rufe an, sobald ich fertig bin und mit Randy geredet habe.«

Noah legte den Arm um Jordan und ging mit ihr hinein.

»Noah?«, rief Joe.

»Ja?«

»Du wirst ein anderes Auto brauchen.«

»Sieht so aus.« Er spürte, wie Jordans Schultern heruntersackten. »Alles in Ordnung, Süße?«, fragte er.

»Ja, mir geht es gut«, antwortete sie seufzend. »Aber ich beginne langsam zu denken, dass diese freundliche kleine Stadt gar nicht so freundlich ist.«

18

Obwohl Chaddick und Street, die FBI-Beamten des Bezirks-
büros, offiziell nicht mit den Ermittlungen betraut waren,
taten sie ihr Bestes, um Noah auf dem Laufenden zu halten.

Sie brachten Noah und Jordan erneut einen Wagen. Jordan
bestand darauf, dass einer von ihnen den Kofferraum öffnete
und hineinblickte, bevor sie in den Wagen stieg. Street hatte
einen etwas seltsamen Humor. Er fand es witzig, dass Nicks
Schwester schon wieder eine Leiche gefunden hatte, und be-
zeichnete sie als »Leichendetektor«.

Chaddick überreichte Noah einen großen, braunen Umschlag. »Da drin ist alles, worum Sie gebeten hatten«, sagte er.
»Wir haben Kopien von MacKennas Bankauszügen des letzten
Jahres gemacht, aber wenn Sie wollen, können wir weiter zu-
rückgehen.«

»MacKenna war mit Sicherheit in irgendeine krumme Sache
verwickelt«, sagte Street. »Acht Monate lang hat er ständig nur
Geld eingezahlt. Alle paar Wochen fünftausend Dollar.«

»Und er ist für die Einzahlungen bis nach Austin gefahren«,
fügte Chaddick hinzu. »Vor acht Monaten hat er ein neues
Auto gekauft, und der Tacho zeigt, dass er seitdem ziemliche
Strecken zurückgelegt hat. Einer der Assistenten am College,
an dem er unterrichtet hat, hat mir erzählt, der Professor habe
eine Erbschaft gemacht.«

»Merkwürdige Erbschaft«, meinte Street. »Alle paar Wochen
Bargeld, das man nicht zurückverfolgen kann.«

»Was hat die Überprüfung seines Telefons ergeben?«, fragte
Noah.

»Die Unterlagen sind auch im Umschlag«, erwiderte Chaddick. »In den sechs Monaten, die er in dem Haus gewohnt hat,

hat er nur ein paar Werbeanrufe bekommen. Selbst hat er niemanden angerufen, außer einmal ganz kurz: Eine halbe Stunde, bevor J. D. Dickey gesagt hat, er habe einen Tipp bekommen, dass sich in Jordans Auto eine Leiche befinde.«

»Meinen Sie, dass jemand aus MacKennas Haus angerufen hat?«

»Genau das meine ich, ja.«

»Aber ich habe den Professor angerufen«, warf Jordan ein. »Als ich nach Serenity kam. Er hatte mir seine Nummer gegeben. Die Anrufe müssen doch irgendwo vermerkt sein.«

»Was ist mit seinem Handy?«, fragte Noah.

»Wir haben kein Handy auf MacKennas Namen gefunden. Wenn Sie uns die Nummer geben, die Sie angerufen haben, Jordan, dann können wir sie überprüfen.«

»Ein paar von unseren Leuten untersuchen MacKennas Auto«, sagte Chaddick. »Aber ich wette, sie finden nur seine Fingerabdrücke. Joe Davis weiß nicht, wo ihm der Kopf steht, doch er will uns einfach nicht um Hilfe bitten. Sollen wir uns einfach aufdrängen? Wir könnten übernehmen und noch zwei Kollegen kommen lassen.«

Noah schüttelte den Kopf.

»Noch nicht.« Er warf einen Blick auf Jordan und fügte hinzu: »Ich weiß nicht. Vielleicht wäre es eine gute Idee, sie zu ...«

»Nein«, unterbrach Jordan ihn in bestimmtem Tonfall. »Ich bleibe bei dir, Noah. Außerdem habe ich Chief Davis versprochen, noch einen Tag zu bleiben. Vielleicht muss er mich ja festnehmen.«

»Das wird er nicht tun, und ich glaube ...«

»Nein«, sagte sie. »Ich gehe nicht.« Herausfordernd starrte sie ihn an.

»Sie ist ihrem Bruder sehr ähnlich«, stellte Chaddick lächelnd fest.

»Sie ist wesentlich hübscher als Nick«, erwiderte Noah. Er dankte den beiden Männern für ihre Hilfe, und als sie gegangen

157

waren, öffnete er Jordan die Tür des Beifahrersitzes, ging um das Auto herum und setzte sich hinters Steuer. »Lass uns fahren.«

»Ja, gerne«, sagte sie. »Wenn wir Zeit haben, könnten wir eigentlich nach Bourbon fahren, damit ich mir ein neues Handy kaufen kann.«

»Kannst du nicht mal ein paar Tage ohne Handy auskommen?«

»Du verstehst das nicht. Es ist mein Computer, meine Kamera, mein Adressbuch und mein Navigationssystem. Ich kann im Internet surfen und E-Mails schreiben. Und ich kann elektronisch Bilder, SMS oder Videoclips verschicken.«

»Weißt du, was du außerdem damit machen kannst? Du kannst telefonieren.«

Jordan lachte.

»Das auch. Und wenn ich mir ein Handy gekauft habe, möchte ich gerne auf der Polizeiwache vorbeifahren und die Kriminalbeamten fragen, was aus meinem Notebook geworden ist.«

»Nick hat schon mit ihnen geredet. Sie haben gesagt, sie haben es nicht gesehen.«

»Es kann sich ja nicht in Luft aufgelöst haben. Es lag in meinem Mietwagen auf dem Beifahrersitz. Maggie Haden muss es auch gesehen haben, als sie meine Handtasche durchwühlt hat. Ich wette, sie hat es sich geschnappt. Als sie mich eingesperrt hat, ist sie wieder zum Parkplatz des Supermarktes gefahren. Da könnte sie es genommen haben.«

»Wir suchen danach, aber zuerst treffen wir uns mit Joe Davis in MacKennas Haus.«

»Ich denke, er muss erst noch mit Sheriff Randy reden«, erwiderte Jordan. »Es wundert mich, dass du nicht darauf bestanden hast, bei dem Gespräch dabei zu sein.«

»Ich bin mehr an seinem Bruder interessiert.« Noah reichte ihr einen Zettel. Zwei Adressen standen darauf, mit Wegbeschreibung vom Motel aus.

»Was ist das?«

»Ich dachte, wir fahren erst einmal zu J.D. Dickey. Vielleicht ist er zu Hause.«

»Und wenn ja?«

Noah ließ den Motor an und legte den Gang ein. »Ich würde ihm gerne Hallo sagen.«

»Was ist mit der anderen Adresse?«

»Da wohnt Maggie Haden, deine Busenfreundin.«

»Warum willst du bei ihr vorbeifahren?«

»Ich habe J.D.s Kennzeichen. Er fährt einen roten Pick-up. Vielleicht versteckt er sich bei ihr. Du hast mir doch erzählt, dass sie mit beiden Dickey-Brüdern was gehabt hat.«

Jordan schaltete die Klimaanlage ein. »Und wenn er da ist?«

»Wir werden sehen.«

»Darf ich?«, fragte sie und nahm den Umschlag in die Hand, den Chaddick Noah gegeben hatte. »Ich möchte mir seine Kontoauszüge anschauen.«

»Nur zu. Und zähl mal zusammen, wie viel Geld er eingezahlt hat«, erwiderte er.

Jordan kam auf eine Summe von neunzigtausend Dollar. »In den letzten beiden Monaten haben sich sowohl Höhe als auch Häufigkeit der Einzahlungen erhöht. Woher ist das Geld gekommen?«

»Das ist die Neunzigtausend-Dollar-Frage.«

»Meinst du, er hatte vielleicht etwas mit Drogen zu tun? Oder ob er gespielt hat? Aber eigentlich war er für beides nicht der Typ.«

»Was für Typen sind denn Spieler? Immerhin hat er in Bezug auf die Erbschaft gelogen.«

»Ja, da hast du recht.«

»Lies mir die Wegbeschreibung zu Dickeys Haus vor.«

Jordan tat, worum er sie gebeten hatte.

»Da vorne an der Ecke musst du rechts abbiegen«, erklärte sie. Dann fuhr sie fort: »Der Professor hat mir erzählt, er habe seine Pläne geändert und wolle früher nach Schottland reisen als ursprünglich geplant.«

»Sonst noch was?«

»Als er beim Abendessen feststellte, wie voll es im Restaurant geworden war, wurde er ganz nervös. Ich dachte, er litte vielleicht unter Klaustrophobie.«

Noah fuhr langsamer. »Da vorne an der Ecke ist Dickeys Haus.«

Es war ein ganz normales Haus, nicht größer oder kleiner als die anderen Häuser an der Straße, aber bestimmt das Hübscheste. Es schien erst kürzlich dunkelgrau gestrichen worden zu sein, und die schwarzen Klappläden wiesen ebenfalls frische Anstriche auf. Das Dach war neu, und der Garten überraschend gepflegt. Es gab sogar ein Blumenbeet mit blühenden Ringelblumen vor den Sträuchern.

»Das kann nicht sein Haus sein. Es sieht so nett aus«, sagte Jordan.

»Aber Street hat mir diese Adresse gegeben. Es muss Dickeys Haus sein. Wahrscheinlich mäht er Rasen, wenn er nicht gerade Frauen zusammenschlägt.«

Dickeys Truck stand nicht in der Einfahrt.

»Du hast bestimmt nicht damit gerechnet, dass er zu Hause ist, oder?«, fragte Jordan.

»Nein, ich wollte mir anschauen, wie er lebt. Und ich möchte schrecklich gern einen Blick in sein Heim werfen.«

»Ich auch«, flüsterte Jordan. »Aber wir können noch nicht einmal durch die Fenster schauen, weil die Jalousien unten sind.« Sie biss sich auf die Unterlippe. »Ich wüsste zu gerne, ob mein Notebook da drin ist.«

Noah musste sich das Lachen verkneifen. »Süße, du musst es loslassen.«

»Mein Notebook? Das glaube ich nicht. Ich will es wiederhaben.«

»Möglicherweise musst du dir ein neues kaufen.«

Er verstand es einfach nicht. Sie hatte auf dem Notebook programmiert, und es steckte eine Tonne an Erinnerungen darin. Ihr ganzes Leben befand sich in dem Gerät.

»Wenn du deine Pistole verlieren würdest, fändest du es sicher auch nicht gut, wenn ich dir einfach sagen würde, du sollst dir eine neue kaufen, oder?«

Offensichtlich war ihr Notebook ein wunder Punkt. Noah schwieg.

»Lies mir vor, wie wir zu Hadens Haus kommen«, sagte er.

Es lag nur ein paar Blocks entfernt und sah genauso aus, wie Jordan es sich vorgestellt hatte – kahl und wenig einladend. Der Garten war eine Mischung aus Dreck, Kies und Unkraut. Wie an Dickeys Haus gab es auch bei Haden keine Garage, und in ihrer Einfahrt stand ebenfalls kein Wagen.

»Ich habe nicht das Verlangen, in ihr Haus hineinzuschauen«, sagte Noah. »Wahrscheinlich schläft sie in einem Sarg.«

»Mit meinem Notebook.«

»Jordan, du musst lockerer werden. Die Polizei sucht schon nach deinem Notebook.«

Er hatte recht. Sie beschäftigte sich tatsächlich viel zu sehr damit. »Vielleicht hat Haden die Stadt verlassen.«

»Das bezweifle ich. Nein, so schnell gibt sie nicht auf. Sie hatte viel zu viel Macht, um sie kampflos anderen zu überlassen.«

»Aber sie muss doch wissen, dass sie ihren Job nicht mehr zurückbekommt«, erwiderte Jordan.

»Wahrscheinlich überlegt sie sich gerade, mit welcher Strategie sie den Stadtrat zwingen könnte, sie wieder einzusetzen.«

Noah bog um die nächste Ecke und fuhr zurück zur Stadtmitte. »Wo möchtest du essen?«

»Es gibt nur ein einziges Lokal, in dem du vernünftig essen kannst, und das ist *Jaffee's*. Es gibt zwar andere Restaurants, aber wenn wir dort hingingen, würde er es erfahren, weil er mit allen Leuten redet.«

»Und wenn schon. Was macht das denn?«

»Das würde seine Gefühle verletzen.« Sie meinte es ernst. »Er war so nett zu mir«, fuhr sie fort, »und ich mag ihn. Außerdem hat es dir doch geschmeckt, oder?«

Er nickte. »Ja, okay. Lass uns zu *Jaffee's* gehen.«

Er fuhr zum Motel und stellte dort den Wagen ab. Zu Fuß gingen sie ins Restaurant. Als sie an Lloyds Werkstatt vorbeikamen, lief Jordan ein Schauer über den Rücken.

»Eine Zeitlang habe ich geglaubt, Lloyd habe den Professor umgebracht und ihn in mein Auto gepackt. Ich hatte zwar keine Ahnung, was für ein Motiv er haben sollte, aber ich habe darauf vertraut, dass Chief Davis schon etwas finden würde. Willst du meine neue Theorie hören?«

Noah lächelte. »Na klar.«

»Lloyd muss gesehen haben, wie der Mörder die Leiche des Professors in den Kofferraum gepackt hat. Meinst du nicht auch?«

»Könnte sein.«

»Na, allzu enthusiastisch klingst du nicht gerade, aber du fragst dich sicher, warum der Mörder Lloyd nicht sofort umgebracht, sondern erst noch abgewartet hat. Ich glaube, er wusste nicht, dass Lloyd ihn gesehen hatte. Allerdings stellt sich dann die Frage, wie er davon erfuhr.«

Noah brauchte keine einzige Frage zu beantworten, das machte Jordan alles allein. Sie stellte die Fragen, überlegte und bot dann eine plausible Erklärung an.

Bei *Jaffee's* war es fast leer. Nur ein paar Geschäftsleute saßen beim Eiskaffee und unterhielten sich über die Neuigkeiten des Tages. Einer von ihnen war Kyle Heffermint, der Mann, dem sie in der Versicherungsagentur begegnet war.

»Kennst du einen von den Männern?«, fragte Noah, als sie am Fenster vorbeikamen.

»Nur einen«, erwiderte sie. »Kyle Heffermint. Er ist so einer, der sich mit seinen berühmten Bekanntschaften brüstet.«

»Solche Leute mag ich nicht«, erklärte Noah und hielt ihr die Tür auf.

Das Gespräch der Männer stockte, als Jordan und Noah vorbeigingen. Sie lächelte Kyle an, als er ihr zunickte, aber sie wechselten kein Wort. Angela brachte ihnen gleich einen Eistee an ihren Tisch in der Ecke, und als sie bemerkte, dass die Männer zu ihnen herüberschauten, sagte sie: »Achten Sie nicht auf sie.«

»Warum starren sie mich so an?«, fragte Jordan.

»Na ja, zum einen sind Sie hübsch anzuschauen«, erwiderte Angela. »Und außerdem sind Sie natürlich die Sensation des Tages. Wir haben schon gehört, dass Sie Lloyd in Ihrem Kofferraum gefunden haben.«

»Ich habe das Unheil nach Serenity gebracht.«

»Nun, das würde ich nicht sagen. Sie haben nur die Angewohnheit, Leichen zu entdecken, das ist alles. Es ist wie in diesem Film. Sie wissen doch, wo die Toten mit dem Kind sprechen? Nur dass sie mit Ihnen nicht reden. Hat einer von Ihnen heute Appetit auf Rindfleisch? Jaffee macht Burger. Und einen großen Topf Rindfleischsuppe.«

Angela war gerade wieder in die Küche zurückgeeilt, um die zwei Hamburger zu bestellen, als Kyle an ihren Tisch geschlendert kam. Seine Gürtelschnalle, so groß wie der Kühlergrill eines Cadillacs, blitzte im Licht.

»Hey, Jordan.«

»Hey, Kyle. Schön, Sie wiederzusehen.«

»Wer ist Ihr Freund?«

Jordan stellte Noah Kyle vor. Er schüttelte ihm die Hand und wandte sich dann wieder zu ihr.

»Ich habe gehört, Sie müssen noch ein bisschen länger in der Stadt bleiben, Jordan. Hätten Sie Lust, heute Abend mit mir essen zu gehen?«

»Leider nicht. Ich habe schon etwas mit Noah vor. Aber danke, dass Sie gefragt haben.«

Dieses Mal bedrängte er sie nicht.

»Jordan, ich habe gehört, was Ihnen passiert ist, und ich kann Ihnen sagen, wenn ich eine Leiche in meinem Auto finden würde, weiß ich nicht, was ich tun würde. Sie halten sich bewundernswert, Jordan, und bei Ihnen waren es schon zwei!«

Während er redete, hatte Noah den Arm um die Rückenlehne von Jordans Stuhl liegen, und jedes Mal, wenn Kyle ihren Namen nannte, zupfte er ihr liebevoll eine Haarsträhne aus der Stirn.

»Agent Clayborne, ich habe möglicherweise eine Information für Sie. Ich bin gestern Abend zufällig an Lloyds Werkstatt vorbeigefahren und habe gesehen, dass Licht in seinem Büro brannte. Ich dachte noch bei mir, wie seltsam es sei, noch jemanden im Büro zu sehen. Lloyd arbeitete gewöhnlich nicht so lange .«

»Haben Sie Lloyd denn gesehen?«, fragte Jordan

»Ich habe den Schatten eines Mannes gesehen, Jordan, aber ich glaube nicht, dass es Lloyd war. Ich habe ihn zwar nur ein oder zwei Sekunden lang gesehen, aber er kam mir nicht so groß und kräftig vor wie Lloyd.« Fragend zog er die Augenbrauen hoch. »Nützt diese Information Ihnen etwas, Agent Clayborne?«

»Ja, durchaus«, erwiderte Noah.

»Jordan, ich würde wirklich gerne mit Ihnen ausgehen. Da ist …«

Noah schnitt ihm das Wort ab. »Sie ist schon mit mir verabredet.«

Jordan versuchte, Noahs barschen Tonfall abzumildern. »Aber es war nett, dass Sie mich gefragt haben.«

Als Kyle weg war, flüsterte sie Noah zu: »Was ist denn um Himmelswillen nur in dich gefahren, dass du so grob zu ihm warst?«

»Überhaupt nichts, Jordan.«

Sie lachte. »Ich habe dir doch gesagt, dass er sich gerne mit bekannten Namen schmückt.«

»Er ist scharf auf dich«, sagte Noah. Er lächelte nicht. »Mir kommt es beinahe so vor, als ob die Hälfte aller Männer in Serenity scharf auf dich ist.« Sanft schob er ihr eine Haarsträhne hinter das Ohr und strich dabei mit dem Daumen über ihre Wange.

Jordan stockte der Atem. Sie hatte eigentlich immer geglaubt, immun gegen seinen Charme zu sein, aber langsam fragte sie sich besorgt, ob das stimmte.

»Auf mich?«, antwortete sie ungläubig. »Ich bin nicht die große Attraktion – das bist du. Carrie hat sich ja auf der Polizeiwache fast ein Bein ausgerissen, um dich auf sich aufmerksam zu machen. Und was war mit Amelia Ann, ihren Bierflaschen und den Zimtschnecken? Sie ist ganz offensichtlich hinter dir her.«

»Das weiß ich«, gab er grinsend zu. »Aber ich glaube, du stehst auch auf mich.«

Jordan wich zurück. »Oh Mann, nicht jede Frau sinkt vor dir in die Knie.«

Zu spät realisierte sie, was sie gesagt hatte. Und ihm war es natürlich nicht entgangen.

»Ach ja?«, lachte er. »Das ist eine hübsche Fantasie. Meinst du, du würdest jemals …«

»Niemals.«

Jordans Wangen färbten sich hellrot.

Reizend sah sie aus, fand er. Er genoss es, sie verlegen zu machen, weil sie dann eine andere Seite von sich zeigte, eine verletzliche, süße, unschuldige Seite. Sie war wunderschön, und das schien jeder männliche Bewohner in Serenity zu sehen.

Warum störte ihn das eigentlich? Er war doch sonst nicht so eifersüchtig. Und in diesem Fall hatte er noch nicht einmal einen Grund dazu. Jordan war nur eine gute Freundin.

Wie sollte er ihr etwas erklären, was er selbst nicht verstand? Aber eins wusste er mit Bestimmtheit: Es gefiel ihm nicht, wenn ihr ein anderer Mann zu nahe kam.

Ach zum Teufel, er begehrte sie eben.

19

Während sie aßen, schaute Jordan sich die Telefonlisten des Professors an.

»Ich dachte, du hättest Hunger«, sagte Noah. »Du hast dein Essen kaum angerührt.«

»Von diesem Hamburger würde eine sechsköpfige Familie satt. Ich habe nur so viel gegessen, wie ich wollte.«

Es gab Wichtigeres zu besprechen.

»Ich habe Professor MacKenna angerufen, als ich in die Stadt gekommen bin. Aber das hier ist nicht die Nummer, die ich gewählt habe. Und Isabel hat mir erzählt, dass sie und der Professor sich am Telefon oft über den MacKenna-Clan unterhalten haben. Ihre Telefonnummer taucht auch nirgendwo auf.«

»Ich wette, er hat immer nur Prepaid-Karten benutzt«, sagte Noah. »Die Gespräche kannst du nicht zurückverfolgen.«

»Seit er also nach Serenity gezogen ist, ist er von der Bildfläche verschwunden.«

Jordan ergriff eine Fritte und zeigte damit auf Noah.

»Und warum ist er nach Serenity gegangen? Warum hat er sich gerade diese kleine Stadt ausgesucht? Weil sie so isoliert ist? Oder wegen ihrer günstigen Lage, weil er in etwas Illegales verwickelt war? Er muss auf jeden Fall irgendetwas Illegales gemacht haben. Wer zahlt schon insgesamt neunzigtausend Dollar auf ein Girokonto ein?«

Sie steckte die Fritte in den Mund.

Nachdenklich fuhr sie fort: »Wer auch immer diese beiden Männer ermordet hat, will mich offensichtlich in der Stadt halten. Glaubst du nicht auch?« Bevor Noah antworten konnte, sagte sie: »Warum sollte er sonst die beiden Leichen in meinen Autos verstecken?«

Er genoss es, ihr Gesicht zu beobachten, während sie laut nachdachte. Sie war so eifrig bei der Sache.

»Weißt du, was wir brauchen?«, fragte sie.

Noah nickte. »Einen Verdächtigen.«

»Natürlich. Fällt dir einer ein?«

»J. D. Dickey steht ganz oben auf meiner Liste«, sagte Noah.

»Weil er wusste, dass sich die Leiche in meinem Auto befand.«

»Ja«, erwiderte Noah. »Street hat seinen Namen überprüft, und J. D. hat ein ganz schönes Vorstrafenregister.«

Er erzählte ihr, was er über ihn erfahren hatte. Anschließend erklärte er, wenn Joe Davis nicht in der Lage sei, J. D. vorzuladen, dann würde er, Noah, das für ihn übernehmen.

»Soll das heißen, du willst in Serenity bleiben?«

»Es bedeutet, dass Chaddick und Street die Ermittlungen übernehmen. Das ist ihr Bezirk«, erklärte er. »Und du und ich, wir sind fertig hier.«

»Fängst du gleich wieder mit der Arbeit an, oder fährst du zuerst ein paar Tage nach Hause, um dich zu erholen?«

»Ich habe kein Zuhause mehr«, erwiderte er. »Ich habe die Ranch verkauft, nachdem mein Vater gestorben ist.«

»Und wo ist jetzt dein Zuhause?«

Er lächelte. »Hier und da.«

»Oh, oh«, sagte Jordan. »Da kommt die Kavallerie.«

Jaffee und Angela traten auf ihren Tisch zu. Jordan wusste ganz genau, was sie wollten – sie wollten alle Einzelheiten über den zweiten Leichenfund erfahren. Glücklicherweise bekam Noah einen Anruf von Chief Davis und rettete so die Situation.

»Wir müssen los«, sagte er und bezahlte schnell die Rechnung.

»Treffen wir uns mit Joe?«, fragte Jordan, als sie das Lokal verließen.

»Er sagt, er sei in zwanzig Minuten da. Wir haben Zeit genug, um die Kartons mit den Forschungsunterlagen zu MacKennas Haus zu schaffen.«

»Warum dorthin?«

»Joe will sie dort haben. Wahrscheinlich ist ihm die Polizeiwache zu klein. Wo soll er sie dort lagern?«

»Ich weiß sowieso nicht, was er sich davon verspricht«, sagte sie. »Es ist doch nur historisches Material.«

»Er muss es sich aber trotzdem ansehen«, erklärte Noah.

»Können wir auf dem Weg zum Haus des Professors schnell beim Supermarkt anhalten?«

Noah hatte nichts dagegen einzuwenden, und während er die ersten beiden Kartons schon ins Auto brachte, stopfte Jordan die letzten zweihundert Seiten, die sie noch kopieren musste, in ihre Tasche und trug den leeren Karton zum Wagen.

Im Supermarkt brauchte sie sich nicht anzustellen. Die Leute machten ihr Platz, standen in kleinen Grüppchen beisammen und starrten sie mit großen Augen an. Sie hörte eine Frau sagen: »Das ist sie.«

Jordan setzte ein Lächeln auf und trat an den Kopierer. Es war ihr schrecklich peinlich, dass die Leute sie vorließen. Noah mochte die Aufmerksamkeit, die sie erregten, ja witzig finden, aber sie nicht. Sie hatte doch gar nichts gemacht. Als sie wieder im Auto saßen, sagte sie ihm das auch.

»Aber um dich herum sterben die Leute«, erwiderte er.

»Nur zwei.« Sie seufzte. »Oh Gott, hast du gehört, was ich gerade gesagt habe? Nur zwei? Der Tod von zwei Männern lässt mich völlig kalt. Ich war früher doch etwas mitfühlender.«

Plötzlich fühlte sie sich erschöpft. »Nick ist mittlerweile bestimmt wieder in Boston«, sagte sie.

»Er ruft bestimmt an, wenn er zu Hause ist«, erwiderte Noah.

»Erzählst du ihm dann von Lloyd?«, fragte sie, beantwortete sich die Frage aber sofort selbst. »Ja, natürlich tust du das.«

»Soll ich ihm denn davon erzählen?«

»Mir ist es egal. Er soll sich bloß nicht sofort wieder in ein Flugzeug setzen und herkommen. Und er wird es natürlich dem Rest der Familie erzählen, einschließlich meiner Eltern, und die haben …«

»… selbst genug Probleme«, beendete Noah den Satz für sie. »Jordan, es ist in Ordnung, wenn sie sich ab und zu auch mal Sorgen um dich machen.«

Sie schwieg und starrte aus dem Fenster auf die trostlose Landschaft. Die Vorgärten an der Straße hatten die Hitze nicht allzu gut vertragen, und die Rasenflächen wiesen vertrocknete Stellen auf.

Was hatte sie in Serenity gesucht? Ihr Bruder und Noah hatten sie zwar aufgefordert, ihren bequemen Trott zu verlassen, aber sie hätte ihnen bestimmt keine Aufmerksamkeit geschenkt, wenn sie nicht so unzufrieden gewesen wäre.

Ihr Leben lief so geregelt ab, so organisiert – so mechanisch. Sie wusste, was sie wollte. Sie wollte, dass etwas Schönes, Aufregendes passierte. Aber das gab es wohl für sie nicht. Sie sollte wieder nach Hause fahren und aufhören, sich mit solchen Verrücktheiten zu befassen. Sie brauchte Struktur und Ordnung, und wenn sie erst wieder in Boston war, würde auch ihr Leben wieder im Lot sein.

Es gab nur ein kleines Problem.

Noah fiel ihr entmutigter Gesichtsausdruck auf. »Was ist los?«

»Ich komme hier nie wieder weg, oder?«

20

Professor MacKenna hatte in einer ruhigen Sackgasse gelebt, etwa anderthalb Kilometer von der Hauptstraße entfernt. Es war eine triste Gegend, ohne Bäume oder Sträucher, die von den heruntergekommenen Reihenhäusern ablenken konnten.

Chief Joe Davis erwartete Noah und Jordan bereits. Schwitzend zog er sein Taschentuch aus der Tasche und wischte sich die Stirn ab.

»Warten Sie schon lange?«, fragte Noah.

»Nein, erst ein paar Minuten, aber es ist verdammt heiß. Entschuldigung, Ma'am, dass ich in Ihrer Gegenwart fluche.« Joe schloss die Tür auf. »Ich muss Sie warnen. Drinnen ist es sogar noch heißer. MacKenna hatte alle Fenster geschlossen und die Jalousien heruntergelassen, und soweit ich es beurteilen kann, hat er nie die Klimaanlage angestellt. Sie war auf jeden Fall nicht eingesteckt.«

Er hielt Noah und Jordan die Tür auf.

»Passen Sie auf. Überall liegt Müll auf dem Fußboden.«

Jordan kämpfte gegen einen Würgereiz an, als sie das Wohnzimmer betrat. Es roch nach vergammeltem Fisch, vermischt mit einem anderen, metallischen Geruch.

Das Haus war höchstens fünfundsiebzig Quadratmeter groß. Möbel gab es nur wenige. Vor einem völlig zerschlissenen graukarierten Sofa, das so aussah, als ob der Professor es am Straßenrand gefunden hätte, stand ein quadratischer Couchtisch aus Eiche. Außerdem gab es noch einen kleinen runden Tisch und eine Lampe mit zerrissenem Schirm. In der Ecke stand ein altes Fernsehgerät auf einer Tonne.

Ob es einen Teppich gab, konnte Jordan nicht erkennen, weil der Boden völlig mit Zeitungen bedeckt war, manche schon vergilbt, so alt waren sie. Außerdem lagen überall zerrissene und zerknüllte Blätter mit Notizen. Manche Papierstapel waren einen halben Meter hoch.

Sie wateten durch den Müll ins Esszimmer. Hier bestand die Einrichtung nur aus einem großen Schreibtisch. Der Professor hatte auf einem hölzernen Klappstuhl gesessen, aber jemand hatte ihn gegen die Wand geschleudert, und er lag zerschmettert auf dem Fußboden.

In einer Steckdosenleiste auf dem Schreibtisch waren fünf Handy-Ladekabel eingesteckt.

Jordan wäre beinahe über eine Verlängerungsschnur gestolpert, aber Noah packte sie geistesgegenwärtig um die Taille, sodass sie nicht stürzte.

»Oh Mann«, sagte Joe.

Sie traten in die düstere Küche. Der Geruch wurde stärker. In der Spüle stand schmutziges Geschirr, ein Festmahl für die Kakerlaken, die über den Beckenrand krochen, und aus einer Einkaufstüte, die der Professor als Mülleimer benutzt hatte, quoll stinkender Abfall heraus.

Jordan ging durch das Esszimmer zurück in den Flur. Auf einer Seite befand sich ein Badezimmer – es war überraschend sauber, wenn man den Zustand des restlichen Hauses bedachte – und gegenüber lag ein kleines Schlafzimmer. Die Schubladen waren herausgerissen worden, und ihr Inhalt lag auf dem Fußboden. Die Doppelbettmatratze war mit einem Messer aufgeschlitzt worden.

Noah trat hinter sie, blickte sich fünf Sekunden lang um und ging dann wieder ins Esszimmer.

»Glaubt ihr, dass derjenige, der das Haus so auf den Kopf gestellt hat, gefunden hat, was er suchte?«, fragte Jordan, die ihm folgte.

»Er? Es könnte mehr als einer gewesen sein«, erwiderte Joe.

»Was fehlt denn, Jordan?«, fragte Noah.

»Außer Putzmitteln? Der Computer des Professors.«

»Das ist richtig«, sagte Noah.

»Die Kabel sind noch da«, stellte Joe fest. »Sehen Sie? Auf dem Boden hinter dem Schreibtisch. Und sehen Sie sich nur alle diese Ladekabel an. Ich wette, die gehören zu Prepaid-Handys.«

Plötzlich raschelte es unter den Zeitungen, und Jordan hatte das Gefühl, es würde sich etwas bewegen. Eine Maus vielleicht. Sie würde nicht hysterisch werden. »Ich gehe nach draußen«, stammelte sie. »Ein bisschen frische Luft schnappen.«

Sie wartete gar nicht erst, bis die Männer zustimmten, sondern rannte einfach hinaus. Draußen auf dem Bürgersteig blieb sie stehen und rieb sich schaudernd die Arme. Hoffentlich war kein Insekt in ihre Kleider geraten.

Zehn Minuten später kamen auch Noah und Joe nach draußen. Als Noah neben sie trat, flüsterte er ihr ins Ohr: »Du hattest Angst vor der Maus, Süße, was?«

Manchmal wünschte Jordan sich, Noah würde nicht so scharf beobachten.

»Hey, Jordan, willst du den Kofferraum aufmachen?«, rief er ihr vom Auto aus zu.

»Das ist nicht komisch.«

Breit grinsend öffnete er den Kofferraum, um die Kartons herauszuholen. »Bist du sicher, dass du die Kartons hier lagern willst?«, fragte er den Chief. »Sie werden im Nullkommanichts voller Insekten sein.«

»Ich versiegele sie«, erwiderte Davis. »Ein paar Deputies werden mir helfen, jedes einzelne Blatt Papier im Haus umzudrehen. Zwar weiß ich nicht genau, wonach wir eigentlich suchen, aber ich hoffe mal, dass uns etwas auffällt.«

Plötzlich fiel Jordan etwas ein. »Chief Davis, ich habe noch einen USB-Stick, den der Professor mir für zu Hause mitgegeben hat. Brauchen Sie ihn?«

»Ich brauche alles, was uns einen Hinweis geben könnte«, erwiderte Joe Davis. »Ich sorge dafür, dass Sie ihn zurückbekommen.«

Er ergriff einen der Kartons und ging aufs Haus zu. »Wenn

wir fertig sind, schicke ich den ganzen Kram seinen Verwandten. Das heißt, wenn ich welche finden kann«, fügte er hinzu.

»Er gehört zum Clan der MacKenna«, sagte Jordan, »aber ich kann mir nicht vorstellen, dass jemand von ihnen etwas mit dem Professor zu tun haben möchte. Er war ein ziemlicher Spinner.«

So redete man nicht über Tote, dachte sie schuldbewusst. Aber eigentlich war sie nur ehrlich gewesen.

Joe blieb an der Tür stehen. »Haben Sie das alles schon gelesen?«

»Nein. Nur ein paar Seiten, mehr nicht.«

Noah schloss die Wagentür auf und reichte ihr die Schlüssel. »Schalt schon mal die Klimaanlage ein. Ich bin gleich wieder da.«

»Du klingst ärgerlich.«

»Höchstens ein bisschen irritiert. Ich weiß, dass Joe mit Sheriff Randy geredet hat, aber er hat mir bisher nichts erzählt. Das bedeutet, dass die beiden einen Deal gemacht haben. Deshalb …«

»Oh, oh.«

»Schluss mit lustig. Steig ins Auto.«

Als Joe wieder nach draußen kam und die Haustür abschloss, trat Noah auf ihn zu.

»Hast du vergessen, mir zu erzählen, was Randy Dickey dir zu sagen hatte?«

»Nein, ich habe es nicht vergessen. Ich habe gedacht, wir könnten es vielleicht gleich bei einem Bier besprechen.«

»Sag es mir lieber sofort.«

»Du musst das verstehen. Bis sein Bruder aus der Haft entlassen wurde, hat Randy seinen Job als Sheriff gut gemacht. Die Leute waren zufrieden mit ihm. Aber J.D. ist ein Hitzkopf, und Randy möchte ihm gerne eine zweite Chance geben. Ich war damit einverstanden.«

»Dazu hast du kein Recht.«

»Doch«, erwiderte Joe. »Wenn Jordan wegen seines tätlichen

173

Angriffs keine Anzeige erstattet, könnt ihr nicht allzu viel machen. Ich ergreife ja nicht Partei für ihn, ich sage dir nur, wie es ist. Und ich habe dir schon einmal erklärt, dass ich in dieser Stadt leben muss, und das bedeutet auch, dass ich mit den Leuten klarzukommen versuche, die das Sagen haben. Sheriff Randy kann mir das Leben schwer machen, und dabei spielt es gar keine Rolle, dass er für einen anderen Bezirk zuständig ist.«

»Oh ja. Das hört sich wirklich nach einem sehr guten Sheriff an.«

»Das meine ich nicht. Er möchte nur, dass wir ihm einen Gefallen tun, mehr nicht.«

»Und wenn du ihm diesen Gefallen nicht tust, dann macht er dir das Leben …«

»Okay, okay, ich weiß, was ich gesagt habe«, unterbrach Davis ihn. »Aber immerhin ist J. D. sein Bruder. Wenn Jordan Anzeige erstattet, ist er im Nullkommanichts wieder im Gefängnis, und wenn sie es nicht tut, ist Randy mir zu Dank verpflichtet.«

»Ich dachte, du wolltest diesen Job behalten?«

Joe warf ihm einen verlegenen Blick zu. »Meine Frau sagt, ich solle mich vor meinem Ego hüten. Man hat mich zwar vorher übergangen, aber jetzt bin ich Chief, und ich könnte dazu überredet werden, es zu bleiben, wenn der Stadtrat das will.«

»Ich möchte mit Randy sprechen.«

»Das habe ich ihm gesagt, und er ist einverstanden.«

»Er ist einverstanden?« Noah spürte, wie ihm die Hitze am Nacken emporstieg. »Wo ist er?«

»Die Wahrheit?«

»Nein, Joe, lüg mich ruhig an.«

»Du brauchst dich gar nicht aufzuregen. Randy sucht nach seinem Bruder. Ganz ehrlich, er weiß nicht, wo J. D. ist, und er hat zu mir gesagt, er macht sich schreckliche Sorgen, dass er etwas Dummes angestellt haben könnte.«

»Über Dummheiten ist J. D. schon lange hinaus.«

»Er wird irgendwann auftauchen, und dann bringt Randy ihn auf die Wache, damit wir über alles sprechen können.«

»Sprechen? J. D. ist Verdächtiger in einem Mordfall.«

»In meinem Mordfall«, sagte Joe.

Noah ignorierte den Satz.

»Die Terminplanung hat sich nicht geändert, Joe. Randy hat bis morgen Zeit, um J. D. auf die Wache zu bringen.«

»Und wenn ich ihn nicht finde?«

»Dann tue ich es.«

21

Zum ersten Mal in seinem armseligen Leben hatte J. D. wirklich Angst. Dieses Mal hatte er sich seine Grube so tief gegraben, dass er nicht wusste, ob er jemals wieder herauskommen würde.

Das Problem war sein Auftraggeber. Der Mann ängstigte ihn zu Tode. Er brauchte ihn bloß auf eine ganz bestimmte Art und Weise anzusehen, und J. D. spürte, wie ihm das Blut in den Adern stockte. Diesen Blick kannte er aus dem Gefängnis. Lebenslängliche, die nichts mehr zu verlieren hatten, sahen einen so an. Töten oder getötet werden, das bedeutete der Blick.

Cal hatte ihm beigebracht, diesen Männern aus dem Weg zu gehen, und bei unzähligen Gelegenheiten hatte er ihn vor ihnen beschützt. Niemand legte sich mit Cal an – jedenfalls niemand, der seine sieben Sinne beisammen hatte.

Aber jetzt konnte Cal ihn nicht mehr beschützen. J. D. war völlig auf sich allein gestellt, und sein Boss verhielt sich nicht anders als die Killer, die er im Gefängnis gemieden hatte. Der Boss war sogar schlimmer als sie. J. D. hatte beobachtet, wie er den Professor hochgehoben und wie eine Fliege an die Wand geklatscht hatte. Es war nicht so sehr seine körperliche Kraft, die J. D. solche Angst machte, sondern der Ausdruck in seinen Augen, als er den Mann erwürgte. J. D. würde ihn sein Leben lang nicht vergessen.

Dieser MacKenna wurde aus Gier ermordet, und Gier hatte J. D. zu einem willigen Komplizen gemacht. Nun war es zu spät für Reue.

J. D. steckte in der Grube, und er spürte bereits, wie er darin erstickte.

Der Boss hatte J.D. befohlen, die Leiche loszuwerden und dafür zu sorgen, dass die Frau in der Stadt blieb, bis er herausfand, was sie wusste. J.D. war nur eine Methode eingefallen, das zu bewerkstelligen. Er wollte sie des Mordes bezichtigen, und sein Bruder würde sie dann einsperren. So sah jedenfalls der Plan aus, aber er war den Bach hinuntergegangen, weil die Frau die Leiche im falschen Bezirk gefunden hatte.

Er wusste, dass er überreagiert hatte, aber als er das Handy in ihrer Hand gesehen hatte, konnte er an nichts anderes denken als daran, es ihr wegzunehmen.

Nein, das stimmte so nicht. Er hatte gar nicht gedacht. Wenn er es getan hätte, wäre es nicht zu dem Fausthieb gekommen.

Und dann war er so dumm gewesen zu glauben, dass Maggie alles in Ordnung bringen würde. Schließlich war sie Polizeichefin, und er fühlte sich sicher in seiner Annahme, dass sie alles tun würde, was er ihr sagte.

Aber seine Pechsträhne nahm kein Ende. Maggie wurde gefeuert und konnte gar nichts mehr in Ordnung bringen. Und als ob das nicht schon genug wäre, hatte diese Buchanan auch noch Verbindungen zum FBI.

Er hatte Angst davor gehabt, dem Boss vom Bruder der Frau und dem anderen FBI-Beamten zu erzählen, der an ihr klebte wie eine Biene am Honigtopf.

Zum Glück wusste der Boss bereits vom FBI. Er sagte J.D., es spiele keine Rolle, wie viele FBI-Agenten in der Stadt seien. Er solle nur aufpassen, dass sie vor Ort bliebe, bis er sie alleine erwischen und befragen könne. Allein schon, wie er das Wort »befragen« betonte, hatte in J.D. den Wunsch geweckt wegzulaufen. Aber dafür war es zu spät. Viel zu spät. Dafür hatte der Zwischenfall mit Lloyd gesorgt.

Es war kein Zufall gewesen, dass J.D. Lloyd den Mechaniker gerade noch vor dem Verlassen der Stadt erwischte. Maggie hatte ihm berichtet, dass Jordan Buchanan allen erzählte, wie verdächtig Lloyd sich benommen hatte, als sie das Auto abge-

177

holt hatte. Sie meinte sogar, Lloyd wüsste, wer die Leiche in den Kofferraum gepackt hätte.

J.D. wollte eigentlich nur mit Lloyd reden, um herauszufinden, was er tatsächlich wusste. Aber kaum hatte Lloyd ihn gesehen, als er auch schon in sein Haus rannte und versuchte, sich dort zu verbarrikadieren.

»Ich will nur mit dir reden, Lloyd«, hatte J.D. gerufen.

»Hau ab oder ich rufe den Sheriff!«, hatte Lloyd geschrien. »Ich meine es ernst! Ich tue es!«

»Hast du vergessen, wo du wohnst?«

»Wie meinst du das?«

»Du lebst in Jessup County, du Blödmann, und wenn du den Sheriff rufst, kommt mein Bruder. Und du weißt ganz genau, dass er alles für mich tut.« Das war gelogen.

Lloyd fluchte.

»Also«, rief J.D., »lass mich rein, damit wir reden können. Ich warte, bis du dich entschieden hast. Ich werde dir nichts tun, Lloyd.«

»Dem anderen Kerl hast du aber was getan.«

»Nein, das war ich nicht. Ich schwöre es. Er war schon tot, als ich ihn gefunden habe. Jemand – ich sage nicht wer – hat mir befohlen, ich solle ihn in das Auto der Frau legen. Mehr habe ich nicht getan.«

»Wenn ich dir glaube, lässt du mich dann gehen?«, fragte Lloyd. »Ich will die Stadt verlassen, bis dieser FBI-Mann weg ist.«

»Ich hatte gehofft, dass du genau das tun würdest.«

»Und weshalb willst du dann mit mir reden?«

»Jetzt will ich das gar nicht mehr«, erwiderte J.D. »Und ich sage dir was: Wenn du willst, rufst du mich einfach an und sagst mir, wo du bist. Wenn es nicht zu weit weg ist, schicke ich dir eins meiner besten Mädchen, um dir Gesellschaft zu leisten. Sie verbringt dann mindestens eine ganze Nacht mit dir. Ich kann dir …«

»Okay, ich rufe dich an«, stieß Lloyd eifrig hervor.

178

J. D. wusste, dass Lloyd ihn durch den Türspion beobachtete, deshalb lächelte er nicht. Nun war er überzeugt davon, dass Lloyd weder Chief Davis noch seinen Bruder anrufen würde. Beruhigt schlenderte er zu seinem Pick-up zurück. Dann fuhr er um die Ecke, stellte den Motor ab und wartete darauf, dass Lloyd wegfuhr, damit er ihn beschatten konnte.

Er hatte ihn nicht umgebracht. Er hatte einfach nur den Boss angerufen und ihm gesagt, wo er Lloyd finden konnte. J. D. hatte nichts Falsches gemacht. Er hatte nur eine Information weitergegeben.

22

Das *Cripple Creek Bar & Grill* war der offizielle Rekordhalter im Bezirk für die meisten Trophäen an den Wänden. Von den Dachbalken hingen sogar zwei ausgestopfte Klapperschlangen herunter. Früher waren es mehr gewesen, aber sie gerieten ständig in die Decken-Ventilatoren, und die Gäste fanden es nicht so gut, wenn Schlangenhaut auf sie herabregnete.

Agent Street hatte Noah den Weg zur Bar beschrieben. Er empfahl ihnen, über die Einrichtung einfach hinwegzusehen, da die Pizza dort die beste im gesamten Bundesstaat sei. Der Koch, erklärte er, kam aus Chicago.

Das Innere des Lokals erinnerte Jordan an eine Skihütte mit einem hohen, offenen Dachstuhl, sichtbaren Balken und einer Galerie über der Tanzfläche. Es duftete nach Fichtennadeln, und auf einer kleinen Bühne in der Ecke spielte eine Kapelle Country-und-Western-Songs.

Als ob es das Normalste von der Welt wäre, nahm Noah Jordan an der Hand und zog sie durch die Menge.

Agent Street stand neben einer Sitznische hinten im Lokal. Noah wartete, bis Jordan hineingeschlüpft war, dann setzte er sich neben sie.

»Was ist in der Aktenmappe, Agent Street?«, fragte Jordan.

»Bitte, nennen Sie mich Bryce«, erwiderte er und wollte gerade auf ihre Frage antworten, als die Kellnerin erschien, um ihre Getränkebestellung aufzunehmen.

»Sie sind gerade nicht im Dienst, oder?«, fragte Bryce Noah.

»Seit ein paar Tagen nicht mehr. Ich helfe nur einem Freund.«

»Wollen Sie ein Bier?«

»Ja, klar«, erwiderte Noah. »Jordan?«

»Eine Cola bitte.«

Als die Kellnerin weg war, sagte Bryce: »Ich habe Informationen über die Dickey-Brüder. Randy ist sauber, aber J. D. ist im Lauf der Jahre immer wieder mit dem Gesetz in Konflikt gekommen. Er war in zahlreiche Schlägereien verwickelt, und nach einer Prügelei in einer Bar landete er im Gefängnis.«

Das war Noah nicht neu.

»Interessant ist«, fuhr Bryce fort, »dass J. D.s früherer Zellengenosse, ein Mann namens Calvin Mills, immer noch seine Strafe wegen Mordes absitzt. Cal, wie er genannt wird, arbeitete für ein Sicherheitsunternehmen und war mit den neuesten technischen Errungenschaften vertraut. Mehrmals am Tag fuhr er an seinem Haus vorbei, um die Telefongespräche seiner Frau abzuhören.«

»Er hat ihr nicht vertraut«, warf Jordan ein.

»Wie sich herausstellte, hatte Cal auch allen Grund dazu«, sagte Bryce. »Eines Nachmittags hörte er ihr Liebesgeflüster mit einem Mann, den sie auf der Arbeit kennengelernt hatte. Später sagte Cal den Kriminalbeamten, dass er ihr ihren Seitensprung vielleicht verziehen hätte, wenn sie sich nicht über seine … seine Ausstattung lustig gemacht hätte.« Er warf Jordan einen Blick zu, bevor er fortfuhr: »Sie hat seine Männlichkeit wohl als Cocktailwürstchen bezeichnet.«

»Das ist ja auch gemein«, knurrte Noah. »Und deshalb hat er sie umgebracht?«

»Ja«, erwiderte Bryce. »Glücklicherweise war der Richter ein Mann, deshalb hat er nicht ganz so viel aufgebrummt bekommen.«

Noah nickte. »Der Richter konnte das nachvollziehen.«

Jordan war sich nicht sicher, ob die beiden Männer ihr Geplänkel ernst meinten oder nicht. »Der Mann hat seine Frau umgebracht.«

»Ja, sicher«, sagte Noah, »aber man macht sich auch nicht über die Ausstattung eines Mannes lustig.«

Bryce stimmte ihm eifrig zu. Erst als Noah Jordan heimlich zuzwinkerte, wusste sie, dass er Spaß machte.

Die Getränke kamen, sie bestellten ihre Pizzas, und dann fuhr Bryce fort: »Cal brachte J. D. alles bei, was er über Überwachung wusste. Er hatte echtes Interesse an J. D., und einer der Wärter sagt, Cal hält sich für so eine Art Technik-Guru.«

»Habt ihr irgendwas über J. D.s Finanzen herausgefunden?«, fragte Noah.

»Ja«, erwiderte Bryce. »Er hat in den letzten sechs Monaten häufig Geld eingezahlt, aber im Gegensatz zu MacKenna waren es bei ihm nie mehr als tausend Dollar.«

»Erpressung«, warf Jordan ein. »Er hat die Gespräche anderer Leute belauscht und sie dann erpresst.«

»Das ist auch meine Vermutung«, stimmte Bryce zu.

»Ich wünschte, ich könnte in dieses Haus hinein«, sagte Noah.

»Tja, ohne Durchsuchungsbefehl geht das nicht.«

Bryce übergab Noah seine Aktenmappe.

»Das ist alles, was ich bisher herausgefunden habe. Wenn Sie sonst noch etwas brauchen, sagen Sie mir Bescheid.«

»Danke«, erwiderte Noah. »Ich bin Ihnen sehr dankbar für Ihre Hilfe.«

»Das mache ich gerne«, meinte Bryce. »Es ist schön, endlich einmal mit Ihnen zusammenzuarbeiten. Sie und Nick Buchanan sind ja in der Agentur praktisch Legenden. Ich habe von Ihren Fällen gehört, und Sie haben beeindruckende Erfolge vorzuweisen.«

Noah verzog das Gesicht. »Es könnte besser sein. Am Ende geht nicht immer alles so aus, wie wir uns das vorstellen.«

Bryce nickte. »Ja, aber einiges wohl doch. Der Fall Bains in Dallas hat ziemliches Aufsehen erregt. Kürzlich habe ich gehört, dass Jenna Bains seit diesem Jahr die Universität besucht.«

Noah lächelte. »Ja, und sie macht sich sehr gut.«

Jordan hatte dem Gespräch interessiert gelauscht. »Wer ist Jenna Bains?«, fragte sie.

»Ein Kind, das sein schlimmes Schicksal nicht verdient hat«, erwiderte Noah.

Bryce sah Jordans verwirrten Gesichtsausdruck und erklärte: »Jenna Bains' Eltern sind umgekommen, als sie noch klein war, und deshalb wuchs sie bei ihrem Onkel auf, der leider mit Crack handelte. Die meiste Zeit verschwand er im Rausch, und ein paar Schurken haben sich sein Geschäft unter den Nagel gerissen. Sie sperrten Jenna in einen Verschlag und missbrauchten sie als persönliche Sklavin. Schließlich bekam die Polizei einen Tipp und machte eine Razzia, aber der Anführer der Bande bekam Wind davon und verschwand vorher. Jenna nahm er als Geisel mit. Noah und Ihr Bruder wurden zu Hilfe gerufen. Der Typ hatte Jenna über zwei Monate in seiner Gewalt und fuhr mit ihr kreuz und quer durchs Land, deshalb war es schwer, ihn aufzuspüren. Aber die beiden fanden ihn schließlich in einem leer stehenden Mietshaus. Als sie dort hinkamen, muss Jenna wohl in einer ziemlich üblen Verfassung gewesen sein.« Er blickte Noah fragend an.

Die Wut, die er damals empfunden hatte, stieg erneut in Noah auf, als er antwortete: »Sie war außer sich vor Angst. Sie klammerte sich an mich und sagte immer wieder nur: ›Geh nicht weg. Geh nicht weg.‹«

Bryce wandte sich wieder an Jordan. »Als Jenna aus dem Krankenhaus entlassen wurde, kam sie zunächst in die Obhut der Fürsorge, aber Noah fand eine wundervolle Familie für sie.«

»Ich wollte nicht, dass sie ins Heim kam. Die Leute waren Freunde von mir«, erklärte Noah. »Ich wusste, dass sie dort in guten Händen sein würde.«

»Na ja, und ich habe gehört, dass jemand, der nicht genannt werden will, ihr das College bezahlt hat. Es geht das Gerücht, Sie wären das gewesen.«

Noah ignorierte den Einwurf und sagte zu Jordan: »Jenna ist ein tolles Mädchen. Sie will Lehrerin werden.«

Ihre Unterhaltung wurde unterbrochen, weil die Pizzas kamen. Jordan schaffte nur ein Stück, aber Bryce und Noah vertilgten den Rest. Dabei unterhielten sie sich weiter über die Dickeys.

Jordan lehnte sich zurück und hörte den beiden zu, aber in Gedanken war sie bei Noah. Sie hatte immer gewusst, dass er seine Arbeit liebte, aber anscheinend gab es auch noch Seiten an ihm, die sie nicht kannte.

Noah trank sein Bier aus und bestellte eine Flasche Wasser. Sie beobachtete ihn, während er aufmerksam Bryce' Ausführungen lauschte. Er hatte ein schönes Profil, dachte sie. Und wenn er lächelte …

Ach, du lieber Himmel, sie wusste ganz genau, was gerade passierte. Wo war Kate, wenn sie sie brauchte? Natürlich auf Hochzeitsreise. Kate holte sie stets auf den Boden der Tatsachen zurück, aber sie war nicht da. Jordan wurde auf einmal klar, dass sie in Schwierigkeiten steckte. Sie fing an, Noah Clayborne anzuhimmeln.

Wie mochte es sich wohl anfühlen, von ihm geküsst zu werden? Von ihm berührt zu werden … umarmt zu werden …

»Jordan, bist du fertig?«

Sie zuckte erschreckt zusammen. »Wie bitte?«

»Wir wollen gehen«, sagte Noah.

»Ja, natürlich. Bryce, es hat mich sehr gefreut«, sagte Jordan lächelnd. »Ich weiß, dass Sie wegen uns Überstunden machen, und ich möchte Ihnen sagen, wie dankbar ich Ihnen dafür bin.«

»Ich mache das gerne, Sie brauchen mir nicht zu danken. Sie sind Nicks Schwester.«

Gemeinsam gingen sie hinaus, und an der Tür verabschiedete sich Bryce. »Wann läuft die Zeit ab?«

»Morgen Mittag«, antwortete Noah. »Wenn ich bis dahin nicht mit beiden Dickey-Brüdern gesprochen habe, übernehmen Sie.«

»In Ordnung.«

Jordan war schweigsam, als sie ins Motel zurückfuhren. Ein paar Mal blickte Noah sie prüfend an und fragte, ob alles in Ordnung sei.

»Ja, es geht mir gut«, erwiderte sie.

Aber das stimmte nicht. Sie war völlig durcheinander. Sie konnte nur noch an Noah denken. Sie musste sich zusammenreißen, aber je angestrengter sie sich davon abhalten wollte, an ihn zu denken, desto schlimmer wurde es.

Yoga. Das war es, was sie brauchte. Im Motel würde sie rasch duschen, in ihren Pyjama schlüpfen und sich im Lotussitz mitten auf ihr Bett setzen. Sie würde tief atmen und ihre Gedanken wieder in den Griff bekommen.

»Was ist los mit dir?«, fragte Noah.

»Was soll denn mit mir los sein?«

Er begann zu lachen. »Du starrst mich so böse an, Süße.«

Sie murmelte eine lahme Entschuldigung und blickte für den Rest der Fahrt aus dem Fenster.

Als sie ihr Zimmer betrat, blieb sie auf der Schwelle abrupt stehen. Die Tür zu Noahs Zimmer stand offen, und sie konnte sehen, dass sein Bett aufgeschlagen war und Schokolade auf seinem Kopfkissen lag. Ihr Bett war unberührt.

Lachend schüttelte Jordan den Kopf. »Es überrascht mich, dass Amelia Ann nicht im Bett auf dich wartet.«

Lächelnd kam er ins Zimmer. »Sie ist nicht mein Typ.«

Am liebsten hätte sie ihn gefragt, wer denn sein Typ sei, aber sie ließ es bleiben. Stattdessen schnappte sie sich ihren Pyjama und eilte ins Badezimmer.

Als sie geduscht und ihre Haare gewaschen hatte, ging es ihr schon viel besser. Sie nahm sich sogar die Zeit, ihre Haare zu trocknen.

Noah telefonierte, als sie ihren Bettüberwurf zur Seite zog. Ab und zu hörte sie ihn lachen. Vielleicht sprach er ja mit Nick. Sie hatte es sich gerade mit ihren Fotokopien auf dem Bett gemütlich gemacht, als Noah hereinkam.

»Nick möchte, dass du ihn auf dem Handy anrufst. Warte aber noch ein paar Minuten, er hat gerade Morganstern auf der anderen Leitung.« Er reichte ihr sein Handy. »Ich gehe duschen. Egal, was passiert, mach niemandem die Tür auf. Verstanden?«

»Ja.«

185

Er war bereits im Badezimmer verschwunden, als ihr einfiel, dass sie ihn gar nicht gefragt hatte, ob er Nick von Lloyd erzählt hatte. Aber natürlich hatte er das. Sie hoffte nur, dass Nick nicht nach Serenity zurückkam. Wenn alles gut lief, konnte sie morgen wieder nach Boston zurückkehren.

Sie ordnete ihre Kopien und wählte dann die Nummer ihres Bruders. Nick nahm beim zweiten Klingeln ab.

Er verschwendete keine Zeit mit einer Begrüßung, sondern sagte gleich: »Du hast schon wieder eine Leiche gefunden, was?«

23

Jordan saß auf ihrem Bett und las einen weiteren grausamen Bericht über eine schreckliche Schlacht zwischen den Buchanans und den MacKennas. Sie war so vertieft in die Geschichte, dass sie nicht bemerkte, dass Noah in der Tür stand und sie beobachtete.

Noah schaute sie wie gebannt an. Sie zog ihn an und merkte es nicht. Er war gerne in ihrer Nähe, redete mit ihr und hörte sich ihre verrückten Geschichten und Theorien an, und er liebte ihr Lächeln. Am meisten jedoch staunte er über ihre Fähigkeit, ihn zum Lachen zu bringen. Keine andere Frau weckte solche Gefühle in ihm.

Sie war verdammt hübsch, dachte er. Selbst wenn sie – wie jetzt gerade – eine Brille trug. Wann hatte sie aufgehört, die kleine Schwester seines Partners zu sein, fragte sich Noah, und war zu der erstaunlich anziehenden Frau geworden, die er so sehr begehrte?

Leise trat er ins Zimmer, legte seine Pistole mitsamt Halfter auf den Nachttisch und setzte sich neben sie.

Jordan blickte auf und lächelte ihn an. In Jeans und hellgrauem T-Shirt wirkte er entspannt. Er schob sich beide Kissen in den Rücken, verschränkte laut gähnend die Arme über der Brust und schloss die Augen.

»Hast du es bequem?«, fragte sie.

Ohne die Augen zu öffnen, sagte er: »Lies mir eine Gutenachtgeschichte vor«

»Diese Geschichte hier klingt ziemlich brutal.«

»Brutal gefällt mir.«

»Das überrascht mich nicht«, neckte sie ihn. »Diese Schlacht hat angeblich irgendwann zwischen 1300 und 1340 stattgefunden. Der Anführer der MacKennas behauptete, die Buchanans hätten schon wieder einen Schatz gestohlen. Dieser Schatz bestand aus einem Stück Land, auf das die MacKennas Anspruch erhoben.«

»Wer hat den Buchanans das Land gegeben?«

Jordan schüttelte den Kopf. »Das steht hier nicht. Auf jeden Fall war der Laird der MacKennas außer sich vor Wut. Und dann wurde eines Nachmittags im Frühherbst ein junger Buchanan auf ihrem Land erwischt, und der Laird beschloss, ihn als Geisel zu nehmen. Wenn die Buchanans das Land zurückgaben, würde er den Jungen wieder herausrücken. Zumindest war das der Plan, aber in ihrem Übereifer töteten die Soldaten der MacKennas den Jungen unbeabsichtigt. Eigentlich hatten sie ihn nur foltern wollen, aber er sollte am Leben bleiben.«

»Waren die Buchanans denn vor dem Tod des Jungen damit einverstanden, das Land zurückzugeben?«

»Sie hatten gar keine Zeit, darüber nachzudenken. Als sie hörten, dass der Junge ermordet worden war, sammelten sie ihre Truppen und zogen in die Schlacht. Sie kämpften ständig mit den MacKennas, aber dieses Mal war es anders. Der Laird der MacKennas wusste, dass er Mist gebaut hatte, und rief alle seine Verbündeten zu Hilfe. Die Zahl der Clans wird nicht erwähnt, aber drei sind namentlich aufgeführt.«

»Was ist mit den Buchanans?«

Jordan blickte auf die Seite, die sie in der Hand hielt.

»Sie riefen nur einen Verbündeten zu Hilfe. Ich weiß nicht genau, ob sie nur einen hatten oder nur einen brauchten. Das war der Clan der MacHughs. Der Name allein entsetzte den Clan der MacKennas. Die MacHughs galten als grausam und unbesiegbar. Sie waren viel skrupelloser als die Buchanans, heißt es. Die Schlacht fand auf einem Feld in der Nähe von Hunter Point statt. Die Buchanans und die MacHughs waren hoffnungslos in der Minderzahl, und die MacKennas glaubten, sie könnten die beiden Clans schnell besiegen.«

Jordans Rücken schmerzte. Sie lehnte sich an Noahs Schulter und fuhr fort.

»Aber da irrten sich die MacKennas und ihre Verbündeten leider. Der Clan der MacHughs war erbarmungslos, schließlich hatten die MacKennas ein Kind ermordet. Auch die Buchanans zeigten keine Gnade«, fügte sie hinzu. »Nach der Schlacht war der ganz Boden mit Blut durchtränkt. Noch heute nennt man die Gegend Blutfeld.«

»Was ist danach mit den MacKennas passiert?«, fragte Noah.

»Diejenigen, die überlebt hatten, flohen«, antwortete Jordan. »Am nächsten Tag kehrten sie zum Feld zurück und bargen ihre Toten, um sie anständig zu beerdigen, aber die Leichen waren verschwunden. Sie waren alle weg. Und deshalb konnte es kein würdiges Kriegerbegräbnis geben.«

»Haben sie sie jemals gefunden?«

»Nein«, erwiderte Jordan. Sie stützte sich auf einen Ellbogen und blickte ihn an. »Und wenn damals ein Krieger nicht ordnungsgemäß beerdigt wurde, konnte er nicht ins Jenseits gehen. Er war dazu verdammt, in alle Ewigkeit durch das Zwischenreich zu ziehen, für immer allein und vergessen.«

»Wie viele wurden getötet? Steht das da?«

»Nein«, erwiderte sie. »Aber wenn auch nur ein Bruchteil von dieser Geschichte wahr ist – wie furchtbar mag es gewesen sein, über dieses blutgetränkte Schlachtfeld zu gehen und Leichenteile aufzusammeln? Hier ein Arm und da ein Bein …«

»Ein Kopf …«

Jordan verzog das Gesicht. »Ich bin froh, dass ich nicht damals gelebt habe.«

»Ich weiß nicht«, sagte Noah. »So schlecht war es vielleicht gar nicht. Du brauchtest Kriminellen ihre Rechte nicht zu verkünden und musstest auch nicht dabei zuschauen, wie ein Richter sie laufen lässt. Wenn du damals wusstest, dass jemand schuldig war, dann wurde kurzer Prozess gemacht. Und weißt du was? Mir ist es egal, wie viele Krieger auf diesem Schlachtfeld umgekommen sind. Es können gar nicht genug sein, um den Mord an einem Kind zu sühnen.«

Er hielt die Augen immer noch geschlossen, deshalb konnte sie ihn anstarren. Er sah so sexy aus, aber sie zwang sich, wegzuschauen. Es hatte keinen Zweck. Er würde ihr ja doch nur das Herz brechen. Nein, danke.

Sie gehörte nicht zu seinen Groupies. Nein, über dieses Stadium war sie bereits weit hinaus. Sie hatte sich in ihn verliebt.

Auf einmal stieg Panik in ihr auf. Sie erhob sich, sammelte die Unterlagen ein und trug sie zum Tisch. Dann trat sie wieder an ihr Bett und stupste ihn vorsichtig an.

»Noah?«, flüsterte sie. »Schlaf bloß nicht ein.«

Er antwortete nicht. Erneut stupste sie ihn an.

»Ich möchte ins Bett gehen.«

Gerade wollte sie ihn fester anstoßen, als er plötzlich ihr Handgelenk packte und sie auf sich zog. Er schlang seine Arme um sie und rollte sie auf den Rücken. Mit dem Knie drückte er ihre Beine auseinander, dann streckte er sich auf ihr aus. Er stützte sich auf die Ellbogen und betrachtete sie.

Jordans Herz raste. Sie lag ganz still da und wartete, was er tun würde.

Geh nicht weg, dachte sie.

»Geh nicht weg.«

»Nein, das tue ich nicht, Süße.«

Sie kniff die Augen zusammen und stöhnte. »Habe ich das jetzt etwa laut gesagt?«

Sanft setzte er ihr die Brille ab, und sein Oberkörper streifte ihre Brust, als er sich vorbeugte, um die Brille auf den Nachttisch zu legen. Er begann, sie auf den Hals zu küssen, und Jordan lief ein Schauer über den Körper. Sein Atem glitt süß und warm über ihre Haut, als er an ihrem Ohrläppchen zupfte. Erregung stieg in ihr auf.

»Das ist keine gute Idee«, flüsterte sie, neigte aber ihren Kopf, damit er besser herankam. Sie streichelte über seinen

Nacken, seine Haare. Wenn er sie doch endlich auf den Mund küssen würde.

»Er blickte sie an. »Soll ich aufhören?«

»Nein.« Sie küsste ihn aufs Kinn. »Ich habe nur gesagt, es sei keine gute Idee.«

Sie blickte in seine schönen blauen Augen und zog ihn an sich.

Mehr Ermutigung brauchte er nicht. Seine Lippen senkten sich auf ihre in einem sanften, zärtlichen Kuss. Es war wundervoll. Er ließ sich Zeit, ihren Mund ausgiebig zu erkunden, und der Kuss wurde immer leidenschaftlicher.

Plötzlich zog sie an seinem T-Shirt. Sollte er aufhören? Stöhnend hob er den Kopf.

»Sag mir, was du willst.« Seine Stimme war rau.

»Alles«, flüsterte sie. »Ich will deine Haut spüren.«

Sie erschauerte, als sein Daumen über ihre Unterlippe glitt. »Du schmeckst gut, weißt du das?«

»Wie Zucker?«

»Besser«, grollte er.

Er zog ihr das T-Shirt hoch und versuchte gleichzeitig, auch sein T-Shirt auszuziehen. Plötzlich war er so heiß, als wäre es sein erstes Mal. Er wusste, wie man eine Frau befriedigt – er hatte seine Technik über die Jahre weiß Gott perfektioniert. Aber das hier war anders. Jordan war anders. Das Verlangen, bei ihr zu sein, schmerzte beinahe. So hatte er noch nie empfunden.

Rasch hatten sie sich ihrer T-Shirts entledigt. Sie streichelte seinen Rücken, seine Schultern, seine Arme. Er spürte, wie ihr Herz klopfte, und als er ihre Brüste berührte, bog sie sich ihm entgegen und stöhnte leise.

Er küsste sie auf den Hals, und langsam glitten seine Lippen tiefer. Sanft kitzelte seine Zunge ihr Schlüsselbein, und als er endlich ihre Brust erreichte, wand sie sich unter ihm.

Jordan hatte nicht gewusst, wie empfindlich ihre Brüste waren, aber mit jedem Schlag seiner Zunge hatte sie das Gefühl, vor Lust den Verstand zu verlieren.

Und auch er verlor die Kontrolle. Leidenschaftlich küsste er sie. Seine Hände zitterten, als er sich plötzlich zurückzog.

»Bin gleich wieder bei dir.« Ein rascher Kuss, und er stand auf. »Ich will dich schützen.«

Ihr Herz raste. Ein Kuss, dachte sie, und sie war dahingeschmolzen. Sie seufzte. Vom Küssen verstand Noah etwas. Bei keinem anderen Mann hatte sie so viel empfunden wie bei ihm.

Als er wieder ins Bett kam, drehte sie sich auf den Rücken. Er zog ihr die Shorts herunter und nahm sie in die Arme.

Ihre Hände streichelten über seinen Rücken, und erneut küsste er sie. Seine Bewegungen wurden drängender, und sie klammerte sich an seine Schultern.

»Noah.«

Sie wusste nicht, ob sie seinen Namen schrie oder seufzte. Seine Hand glitt zwischen ihre Schenkel, und sie konnte keinen klaren Gedanken mehr fassen. Er wusste genau, wo er sie berühren musste. Sie wand sich in seinen Armen und flehte ihn an, in sie einzudringen.

Sie wollte ihn ganz spüren, sie wollte ihn in sich haben und mit ihrer Wärme umschlingen. Sein Atem kam jetzt stoßweise, und das erregte sie nur noch mehr. Sie würde sterben, wenn er in diesem Augenblick aufhören würde, sie zu quälen.

Noah zögerte es so lange wie möglich hinaus, um ihr so viel Lust zu bereiten wie sie ihm. Aber dann konnte er nicht mehr warten. Ihre Nägel bohrten sich in seine Schultern, und er stieß in ihre feuchte Wärme hinein. Sie war so eng, so heiß, er stöhnte vor Lust auf. Einen Moment lang war er ganz still, dann flüsterte er keuchend ihren Namen.

Sie schrie auf, als er in sie eindrang. Die Ekstase war überwältigend.

»Ah, Jordan«, hauchte er.

Sie ließ ihn nicht zu Atem kommen. Jeder Nerv ihres Körpers sehnte sich nach Erlösung. Sie zog die Knie an, um ihn tiefer in sich hineinzulassen. Keuchend biss sie ihn in die Schulter, und als er tief in sie hineinstieß, traten ihr Tränen in die Augen, so überwältigt war sie von der Intensität ihrer Gefühle. Immer kraftvoller, immer fordernder wurden seine Stöße. Es war einfach wunderbar.

Selbst in der größten Leidenschaft war Noah immer Herr über seine Reaktionen gewesen, aber was nun mit ihm geschah, konnte er nicht kontrollieren. Immer schneller stieß er in sie hinein, unfähig, sein Tempo zu verlangsamen.

Sie reagierte genauso leidenschaftlich wie er. Spannung baute sich in ihr auf, und dann überwältigte sie der Orgasmus. Wellen der Lust schlugen über ihr zusammen. So etwas hatte sie noch nie erlebt.

Noah küsste sie und verbarg sein Gesicht an ihrem Hals. »Verdammt«, flüsterte er keuchend.

Ein Fluch – und doch erschien er ihr wie eine Liebkosung.

Jordan wollte ihn nie wieder loslassen. Nie mehr.

Er rollte sich zur Seite und zog sie an sich. Zärtlich hielt er sie im Arm und streichelte sie. Keiner von beiden sagte etwas, sie genossen nur den Augenblick. Schließlich schlief sie in seinen Armen ein.

Mitten in der Nacht wachte sie auf. Er war noch da.

24

Ein donnerndes Krachen weckte Jordan aus tiefem Schlaf. Erschreckt fuhr sie hoch. Um sie herum war pechschwarze Nacht. Verschlafen und desorientiert wusste sie zuerst nicht, was los war.

Rumpelnder Donner ließ das Haus erbeben. Jordan zuckte zusammen, aber dann entspannte sie sich. Es war nur ein Gewitter. Ein Blitz zuckte über das Fenster, und erneut donnerte es. Der Wecker auf dem Nachttisch zeigte fünf Uhr morgens an. Zu früh, um aufzustehen.

Das Gewitter schien immer heftiger zu werden. Der Regen rauschte gegen die Fensterscheiben, und dann frischte auch der Wind auf.

War das ein Tornado? Sie hatte noch nie einen erlebt. Würde eine Sirene sie warnen? Gab es in Serenity überhaupt eine Sirene?

Erneut grollte der Donner. In Texas war alles groß, selbst die Gewitter, dachte sie.

»Alles okay«, flüsterte Noah. »Schlaf weiter.« Sanft zog er sie an sich, und sie kuschelte sich an seine Brust.

Weiterschlafen? Unmöglich. Sie war splitternackt und lag mit Noah im Bett. Schlaf war das Letzte, was ihr dazu einfiel. Mein Gott, sie hatte Sex mit Noah gehabt, immer und immer wieder. Sie seufzte leise.

Es war wundervoll gewesen – erstaunlich – und perfekt. Wer hätte gedacht, dass Sex so erfüllend sein konnte? Sie hatte es jedenfalls erst durch Noah erfahren. Und wenn sie nur daran dachte, wie er sie berührt hatte, dann überlief ein Schauer ihren Körper – und sie sehnte sich nach mehr.

Es schien ihr das Natürlichste von der Welt zu sein, in seinen

Armen einzuschlafen. Sie hatte sich so sicher und beschützt gefühlt. Und geliebt. Sie hatte sich geliebt gefühlt. Vielleicht gab es Noahs Liebe nur in ihrer Fantasie, aber sie wollte sie genießen, und wenn es nur für eine Nacht war. Wem schadete das schon? Sie war ein großes Mädchen. Sie konnte auf sich aufpassen.

Sie dachte an die wundervollen Dinge, die sie gemacht hatten, die unterschiedlichen Arten, wie sie sich geliebt hatten, und ihr Herz schlug schneller. Er war ein unersättlicher Liebhaber, der keine Scheu hatte, alles auszuprobieren. Gegen zwei heute früh hatte er sie geweckt – oder hatte sie ihn geweckt? Es gab keinen Millimeter ihres Körpers, den er nicht berührt und geküsst hatte.

Aber auch sie war unersättlich. Er hatte die Wildheit in ihr geweckt, und die würde sie nie mehr verlieren.

Sie drehte sich zu ihm und küsste ihn auf den Hals. Ihr Mund lag auf seiner Halsschlagader. Sie liebte seinen Duft – so sexy, so männlich – und den Geschmack seiner warmen Haut. Erneut küsste sie ihn, und als er nicht reagierte, begann sie ihn zu streicheln. Ihre Lippen und ihre Fingerspitzen glitten über seinen Brustkorb zu seinem Nabel, und dann tiefer.

Er stöhnte. »Du bringst mich um, Süße.«

Sollte sie etwa aufhören? Sie zog sich zurück. »Möchtest du …«

»Oh ja, ich möchte!«

Er drückte sie auf den Rücken und legte sich auf sie. Hungrig küsste er sie und zeigte ihr, wie sehr er sie begehrte. Sie liebten sich so heftig wie das Gewitter, das draußen tobte.

Schließlich brach Jordan befriedigt auf ihm zusammen und schlief sofort ein.

Als Noah sie weckte, war es neun Uhr. Sie drehte sich um, um ihn zu küssen. Er war bereits angezogen.

»Beeil dich, Jordan«, sagte er. »Wir müssen los.«

Kein Kuss. Kein liebes Wort. Noch nicht einmal ein »Guten Morgen«. Sie blickte ihm nach, als er in seinem Zimmer verschwand, dann rollte sie sich auf den Rücken und starrte an die Decke. Warum hatte er sie nicht geküsst?

Hör auf, sagte sie sich. Mach dir keine falschen Vorstellungen – und verlieb dich vor allem nicht hoffnungslos in einen Mann, der auf gar keinen Fall an einer dauerhaften Beziehung interessiert ist. Gestern Nacht mochte die Erde gebebt haben, aber im hellen Tageslicht sah vieles anders aus.

Laut stöhnend räkelte sie sich und zwang sich dann, aufzustehen und ins Bad zu gehen.

Unter der Dusche bekam sie einen klaren Kopf. Noah hatte sich fast gleichgültig verhalten. Er hatte ihr zwar gesagt, sie müssten los, aber er hatte sich noch nicht einmal die Mühe gemacht, ihr zu sagen, wohin sie denn eigentlich mussten. Verließen sie die Stadt? Sie schlüpfte in einen Rock und eine hellblaue Bluse. Hoffentlich reisten sie ab. Sie musste endlich Serenity und diesen Mann hinter sich lassen, bevor sie sich emotional zu stark an ihn band.

Als sie sich geschminkt hatte, wusste sie genau, was sie wollte. Sie ging zurück ins Schlafzimmer. Noah war am Telefon.

Sie wartete an der Tür, bis er zu Ende telefoniert hatte.

»Wohin fahren wir? Soll ich packen und auschecken?«

Er schüttelte den Kopf und blickte nicht auf, während er sein Pistolenhalfter umschnallte.

»Wir treffen Sheriff Randy um zehn«, sagte er. »Auschecken können wir, wenn wir zurückkommen.«

»Lass mich nur noch schnell meinen Schlüssel und meine Brille holen.«

»Sie liegen auf dem Nachttisch«, bemerkte er.

Damit gab er zumindest zu erkennen, dass er die Nacht in ihrem Bett verbracht hatte.

»Bist du fertig?«, fragte er und wandte sich zum Gehen.

Jordan ergriff ihre Tasche. Wie konnte er nur so gefühllos sein? Und wieso war sie so schrecklich gefühlvoll? Ihr Herz sank, aber sie wappnete sich und folgte ihm schweigend.

Sie wusste, was Kate sagen würde. Ihre Freundin würde sie nur darauf hinweisen, dass das eben der Unterschied zwischen Männern und Frauen war. Und vielleicht hatte sie ja sogar recht. Aber das spielte keine Rolle. Noahs Benehmen ärgerte sie trotzdem, und sie fand sein Verhalten nicht nur unsensibel, sondern richtig gemein.

Blödmann!

Okay, jetzt ging es ihr besser. Noah hatte ein Problem, nicht sie! Sie bedachte ihn mit einem finsteren Blick, aber er schien es gar nicht zu bemerken.

Sie frühstückten in einem heruntergekommenen Diner im Osten der Stadt. Alles sah schmierig aus, selbst der Orangensaft. Jordan begnügte sich mit Tee und einer Scheibe Toast, Noah hingegen nahm ein großes texanisches Frühstück zu sich.

Sie knabberte an ihrem Toast und starrte ihn über den Tisch an.

»Hast du was?«, fragte er.

Sie nickte langsam.

Er lächelte. »Willst du es mir sagen, oder muss ich es erraten?«

»Wir hatten Sex letzte Nacht. Viel Sex.«

Leider gab sie diese Erklärung von sich, als die Kellnerin gerade die Rechnung brachte. Die ältere Frau mit den toupierten Haaren kicherte wie ein Teenager. Jordan schwieg verlegen. Sie spürte förmlich, wie sie rot wurde. Noahs Lächeln verwandelte sich in ein breites Grinsen, und seine Augen funkelten. Er genoss ihr Unbehagen. Als die Kellnerin wegging, wahrscheinlich um ihren Kolleginnen von dem Flittchen an Tisch drei zu erzählen, antwortete er: »Ja, das stimmt.«

Sie lehnte sich zurück. »Okay.«

»Okay?«, wiederholte er.

Jordan nickte. »Das wollte ich wissen. Ich wollte es nur noch einmal aus deinem Mund hören.«

Was sie betraf, war das Thema damit beendet. Sie faltete ihre

Serviette, legte sie auf den Tisch und schaute auf ihre Armbanduhr.

»Wir sollten uns besser beeilen«, sagte sie. »Es ist schon fast zehn.«

Der Koch starrte sie durch das Bestellfenster an, ebenso wie die beiden Kellnerinnen, die hinter dem Tresen standen. Jordan ging mit hoch erhobenem Kopf hinaus.

Sie wusste, dass Noah nicht verstand, warum sie die Nacht von ihm bestätigt haben wollte, aber das war ihr egal. Ab jetzt konnte alles wieder so sein wie früher. Er würde wieder der Freund und Partner ihres Bruders sein, und sie eine langweilige, aber entschieden glückliche Frau, die ein bequemes Leben führte.

Noah setzte sich ans Steuer und blickte sie stirnrunzelnd an. »Was ist eigentlich los mit dir?«

»Mir ist gerade etwas klargeworden«, erwiderte Jordan.

»Ja? Was denn?«

»Ich habe über mein bequemes Leben nachgedacht. Du weißt schon, das, was du so langweilig gefunden hast.«

»Ja, ich weiß, was ich gesagt habe. Es ist ja auch langweilig.«

»Und ich habe mich gefragt: Was hat meinem öden, langweiligen Leben gefehlt?«

»Sex.«

Okay, das auch, musste sie zugeben.

»Nein, abgesehen vom Sex«, sagte sie.

»Spaß? Lachen? Heißer Sex?«

Er konnte einen wahnsinnig machen.

»Sex hast du schon gesagt«, erinnerte sie ihn.

»Oh, Verzeihung.«

Sie ignorierte seinen Sarkasmus. »

»Ich sage dir, was gefehlt hat: Leichen, Noah. In meinem bequemen Leben gab es keine toten Menschen.«

25

J. D. hatte seinem Bruder gegenüber immer geprahlt, dass ihn niemand finden würde, wenn er nicht gefunden werden wollte. Er kannte die besten Verstecke in und um Serenity.

Ein paar dieser Verstecke kannte auch Randy, aber nicht alle. Von der verlassenen Mine, die er letztes Jahr zufällig auf Eli Whitakers Land entdeckt hatte, hatte J. D. Randy zum Beispiel nie etwas erzählt. Er wusste, dass er sich auf Privateigentum befand, aber Eli hatte ja noch nicht einmal einen Zaun um sein Land gezogen, also war es vermutlich in Ordnung, vor allem, wenn er es niemandem erzählte.

Die Mine war seine private Zuflucht geworden. Wenn er sich dort aufhielt, hatte er das Gefühl, Eli etwas wegzunehmen, und das fand J. D. gut. Es schien ihm nicht richtig, dass Eli sich das gesamte Land einverleibt hatte und so reich war.

J. D.s zweites Zuhause machte zwar nicht besonders viel her, aber ihm gefiel es. Er hatte ein paar alte Schlafsäcke und irgendwann auch einen Kühlschrank angeschleppt, den er ab und zu mit Eis und Bier bestückte. Die einzigen anderen Einrichtungsgegenstände waren zwei Taschenlampen und ein Karton mit Batterien. Er wollte schließlich nicht auf einmal im Dunkeln sitzen, wenn er seine Zeitschriften mit den Mädchen anschaute. Er war stolz darauf, dass er die Artikel nicht las. Ihm reichte es, die nackten Mädchen anzugucken.

Er überlegte sogar, ob er nicht einmal zwei Mädchen aus dem *Lux* mit herbringen sollte. Aber er tat es dann doch nicht. Es war besser, wenn er einen geheimen Ort hatte, von dem niemand etwas wusste.

Das Versteck war perfekt. Die Mine lag so weit außerhalb von Serenity, dass sie keiner mehr im Sinn hatte, aber doch nahe genug für einen ordentlichen Handy-Empfang. In den letzten beiden Tagen musste er ununterbrochen erreichbar bleiben, für den Fall, dass sein Auftraggeber etwas brauchte.

Ein paarmal überlegte er, ob er Randy anrufen und ihn fragen sollte, ob ein Haftbefehl gegen ihn vorlag, aber jedes Mal besann er sich eines Besseren. Er wollte sich einfach nicht schon wieder einen Vortrag von seinem Bruder anhören. Außerdem würde auch der Boss herausfinden, ob es einen Haftbefehl gab. Er hatte überall in der Stadt Beziehungen, und es kostete ihn sicher nur ein paar Anrufe, um zu erfahren, ob diese Schlampe beschlossen hatte, J. D. anzuzeigen.

Zum Glück stand die Nummer des Handys, das er aus Professor MacKennas Haus gestohlen hatte, auf einem Klebeband auf der Rückseite. Der Boss war die einzige Person, die sie kannte.

J. D. erwartete unruhig seinen Anruf. Er würde von ihm nicht nur erfahren, ob die Polizei nach ihm suchte, sondern heute war auch Zahltag. Er konnte ein bisschen Bargeld gut gebrauchen.

Er zuckte zusammen, als das Handy klingelte.

»Ja, Sir.«

»Ich bin auf dem Weg«, sagte der Boss.

»Zum Haus?«, fragte J. D.

Eine lange Pause entstand.

»Ja. Dort wollten wir uns doch treffen.«

»Ja, Sir. Ich fahre gleich los.«

»Denk dran, den Wagen mindestens drei Blocks entfernt zu parken und den Rest zu Fuß zu gehen.«

»Ja, mach ich«, versprach J. D. »Haben Sie daran gedacht, dass heute Zahltag ist?«

»Natürlich. Wir haben eine Menge zu erledigen vor Einbruch der Dunkelheit.«

»Ich weiß«, antwortete J. D. »Haben Sie etwas von einem Haftbefehl gehört?«

»Noch nicht.«

»Der neue Polizeichef wird die beiden Mordfälle nicht ungelöst lassen. Ich habe mir überlegt, dass wir ein paar Namen ins Spiel bringen sollten. Wenn es einen Weg gäbe, diese Morde einem anderen anzuhängen …«

»Ich habe schon jemanden ins Auge gefasst, aber dazu brauche ich deine Hilfe. Innerhalb einer Woche müsste alles erledigt sein.«

»Ich wusste, dass Ihnen etwas einfällt. Sie sind in solchen Sachen so schlau.«

»Ich habe auch lange genug geübt. Und jetzt beeil dich. Wir haben viel zu tun.«

26

Als Jordan und Noah die Polizeiwache betraten, ging Sheriff Randy vor Chief Davis' Schreibtisch auf und ab. Zumindest versuchte er das, aber da das Büro so klein war, gelangen ihm nie mehr als zwei Schritte hintereinander.

Noah schob Jordan beim Eintreten hinter sich. Wahrscheinlich wollte er J.D. keine Gelegenheit geben, sie noch einmal zu schlagen.

Aber J.D. war nirgendwo zu sehen.

Joe winkte ihnen zu.

»Kommt herein«, rief er.

Noah verschwendete keine Zeit mit der Begrüßung. »Wo ist Ihr Bruder?«

»Ich weiß nicht, wo er ist«, erwiderte Randy. »Ich schwöre, ich habe überall nach ihm gesucht. Ich habe mindestens fünf Nachrichten auf seinem Telefon zu Hause hinterlassen und doppelt so viele auf seinem Handy. Ich habe ihm gesagt, es sei okay, er könne nach Hause kommen, weil Miss Buchanan keine Anzeige erstattet.«

Er versuchte, an Noah vorbei zu blicken.

»Das stimmt doch, Miss Buchanan, oder? Sie wollten doch keine Anzeige erstatten?«

»Nein«, bestätigte Jordan.

»Danke«, sagte der Sheriff. »Ich tue mein Bestes, damit J.D. vernünftige Entscheidungen trifft, aber anscheinend kämpfe ich auf verlorenem Posten.«

Er klang aufrichtig und angespannt, und auf einmal tat er Jordan leid. Es musste furchtbar sein, so einen Bruder ständig im Zaum zu halten.

Randy wandte sich wieder an Noah.

»Ich weiß, dass er Mist gebaut hat, aber er ist mein Bruder und alles, was ich noch an Familie habe. Ich versuche wirklich, ihm dabei zu helfen, ein anständiges Leben zu führen. Eigentlich hatte ich gedacht, er wäre auf dem richtigen Weg. Das *Lux* ist wirklich gut für ihn.«

Noah war das alles egal. »Woher wusste er, dass eine Leiche im Kofferraum von Jordans Wagen lag?«

»J.D. hat mir gesagt, er habe einen Tipp über Handy bekommen.«

»Was genau hat er zu Ihnen gesagt?«

»Wir wollten angeln gehen, und ich bin bei ihm vorbeigefahren, um ihn abzuholen. Er kam aus seinem Haus gerannt und erzählte mir von dem Tipp.«

»Wer hat ihn denn angerufen?«, wollte Noah wissen. »Von wem kam der Tipp?«

»Von einer Frau«, antwortete Randy. »Und um das aus ihm herauszubekommen, habe ich lange gebraucht. Er wollte mir allerdings auf keinen Fall ihren Namen sagen. Er sagte, er habe versprochen, sie zu schützen. Ehrlich gesagt weiß ich nicht, ob er die Wahrheit gesagt hat.« Inbrünstig fügte er hinzu: »Ich hoffe bei Gott, dass es so war.«

Er lehnte sich an den Schreibtisch.

»J.D. träumt vom großen Wurf. Er will sich eine Ranch kaufen. Zwar hat er keine Ahnung von der Viehzucht, aber das ist ihm egal. Er hält sich für klug, das ist er aber nicht. Deshalb gerät er auch immer wieder in Schwierigkeiten. Er hat ein paar wirklich dumme Sachen gemacht, und er ist auch jähzornig, aber er würde niemanden umbringen.«

»Soweit ich weiß, war er immerhin im Gefängnis, weil er jemanden getötet hat.«

»Dabei handelte es sich um eine Schlägerei in einer Bar. J.D. hatte nicht angefangen. Es war einfach Pech.«

»Na, das Pech scheint ihn ja zu verfolgen, was?«, warf Joe ein. »Die Hilfssheriffs durchkämmen den gesamten Bezirk nach ihm«, sagte er zu Noah. Plötzlich bemerkte er Jordan.

»Wo bleiben meine Manieren? Kommen Sie herein, Jordan, und setzen Sie sich.«

»Nein, es ist schon okay«, erwiderte sie.

»Na gut. Noah, ich habe über die Frau nachgedacht, die J.D. angeblich angerufen hat. Das sähe Maggie Haden ähnlich. Die brächte so etwas fertig.«

»An sie habe ich auch zuerst gedacht«, gab Randy zu. »Sie hat sich mit J.D. eingelassen, als ich geheiratet hatte. Sie war von Hass zerfressen.«

»Das war sie immer schon, Randy«, sagte Joe. »Du hast es nur nicht gemerkt.«

Randy zuckte mit den Schultern. »Nach ihr habe ich auch gesucht. Bei ihrem Handy springt die Mailbox an, und zu Hause hat sie keinen Anrufbeantworter.«

»Warum wolltest du sie sprechen?«, fragte Joe.

»Was glaubst du?«, antwortete der Sheriff. »Sie weiß vielleicht, wo J.D. ist. Das ist der einzige Grund für mich, sie anzurufen.«

Randy stand auf.

»Ich muss wieder ins Büro, suche aber weiter nach J.D. Wenn ihr ihn findet, ruft mich an. Ich mache mir ernsthaft Sorgen um ihn.«

Noah machte Platz, damit Randy hinausgehen konnte.

An der Tür blieb der Sheriff stehen und zögerte, dann drehte er sich um und blickte Noah an.

»Könnte ich kurz unter vier Augen mit Ihnen sprechen?«

»Klar«, sagte Noah.

Er folgte Randy zu seinem Auto, und die beiden Männer redeten ein paar Minuten lang.

Joe bekam einen Anruf, während Jordan darauf wartete, dass Noah wieder in die Polizeiwache kam.

»Wo ist Carrie?«, fragte sie, als Joe aufgelegt hatte. »Hat sie frei?«

»Nein, sie ist wieder im Gefängnis«, erwiderte Joe. »Sie wollen mir morgen einen Ersatz schicken, aber bis dahin werden alle Anrufe, die ich nicht annehmen kann, nach Bourbon umgeleitet.«

Jordan lehnte sich an den Türrahmen. »Warum ist sie wieder im Gefängnis? Sie hat doch an einem Bewährungsprogramm teilgenommen, oder nicht?«

»Ja, genau«, sagte Joe.

Er schob die Papiere auf seinem Schreibtisch beiseite und stützte sich mit den Ellbogen auf. »Das war Maggies Rache. Sie hat im Gefängnis angerufen und Carrie eine schlechte Bewertung gegeben. Sie behauptete, sie sei unfähig.«

»Glauben Sie das auch?«

Joe schüttelte den Kopf. »Carrie hatte vielleicht Probleme mit dem Computer, aber mit dem Telefon konnte sie gut umgehen.«

»Warum holen Sie sie dann nicht zurück?«

»Maggie hat sie auch beschuldigt, Büromaterial gestohlen zu haben, aber das glaube ich nicht.«

»Joe, Sie müssen etwas unternehmen.«

»Ich versuche es«, erwiderte er.

Aber das reicht nicht, dachte Jordan.

Als Noah wieder in die Polizeiwache kam, erzählte sie ihm von Carrie. Bei ihm konnte sie sicher sein, dass er etwas unternahm.

»So«, sagte Noah schließlich, »wir bezahlen jetzt im Motel und machen uns auf den Heimweg. Hier gibt es für uns nichts mehr zu tun. Jordan muss endlich wieder nach Boston. Wenn du etwas brauchst …«

»Kommst du wieder zurück?«

»Chaddick und Street kommen her, wenn du sie brauchst. Du musst sie nur darum bitten.«

Sie schüttelten sich zum Abschied die Hand.

Joe sagte: »Noah, ich wünschte, du könntest bleiben, aber ich kann natürlich verstehen, dass du endlich wieder nach Hause möchtest.«

Er wandte sich an Jordan.

»Irgendwann wird es einen Prozess geben. Dann müssen Sie uns noch einmal besuchen.«

»Ja, das mache ich«, versprach sie.

Erleichtert verließ Jordan die Polizeiwache. Endlich ging es wieder nach Hause.

Sie brauchten nicht lange, um ihre Sachen zu packen und das Motelzimmer zu räumen.

Noah wollte gerade die Koffer ins Auto bringen und bei Amelia Ann die Rechnung bezahlen, als sein Handy klingelte.

»Noah, ich bin es, Joe. Das Haus von MacKenna brennt.«

27

Was um alles in der Welt ist hier nur los?« Joes Stimme zitterte, als er die Frage stellte. Er stand mit Jordan und Noah auf dem Bürgersteig gegenüber dem Haus, in dem MacKenna gewohnt hatte und sah zu, wie es niederbrannte.

Er steckte die Hände in die Taschen.

»Letzte Nacht hat es tüchtig geregnet. Eigentlich müsste das Dach viel zu nass sein, um so abzufackeln. Aber guck es dir an!«

Jetzt könnten sie ein Gewitter gebrauchen, dachte Jordan. Sie beschirmte die Augen mit der Hand und blickte zum Himmel. Die Sonne brannte gnadenlos herunter.

»Nein«, murmelte Joe. »So etwas habe ich noch nicht erlebt.«

Er war sich zwar ganz sicher, dass es sich um Brandstiftung handelte, aber trotzdem wollte er es von Noah bestätigt haben.

»Es sieht doch so aus, als ob das Haus an allen vier Ecken gleichzeitig angezündet worden wäre.« Joe blickte Noah an. »Das muss doch Brandstiftung sein.«

»Sieht wirklich so aus«, erwiderte Noah. »Und ich würde auch sagen, dass eine Menge Brandbeschleuniger verwendet worden ist.«

»So schnell habe ich noch nie ein Haus niederbrennen sehen«, erklärte Joe sichtlich beeindruckt. »Aber ich kapiere es nicht. Warum brennt es gerade jetzt? Die Spurensicherung aus Bourbon hat das ganze Haus untersucht und jeden Beweis, den sie gefunden haben, eingetütet und ins Labor gebracht. Du warst auch drin, du hast ja gesehen, was übrig geblieben ist. Nur alte Zeitungen und kaputte Möbel. Es lohnt sich doch nicht, das anzuzünden.«

Er blickte Jordan an. »Tut mir leid wegen dieser Kartons mit den Unterlagen. Ich weiß, dass Sie sie haben wollten.«

Jordan berichtigte ihn nicht. Joe hatte anscheinend vergessen, dass sie sich Kopien gemacht hatte. Aber es war auch egal. Sie hatte, was sie wollte.

»Ich kann mir gar nicht vorstellen, dass jemand sich die Mühe macht, ein Haus abzufackeln, nur um historische Forschungsunterlagen zu vernichten«, sagte Joe.

Jordan beobachtete die Feuerwehrleute. Sie hatten die Rettung des Gebäudes aufgegeben und kämpften darum, dass die Flammen nicht auf die Häuser in der Nachbarschaft übergriffen. Wenn der Wind auffrischte, konnte der gesamte Block Feuer fangen.

»Haben Sie dafür gesorgt, dass alle Nachbarn ihre Häuser verlassen?«, fragte sie.

Joe nickte. »Die alte Scott war die Einzige, die mir Probleme gemacht hat. Sie wollte sich nicht die Treppe herunterhelfen lassen und hat um sich geschlagen und getreten, als ein Feuerwehrmann sie aus dem Haus getragen hat. Wissen Sie, was sie gesagt hat? Sie wolle ihre Serie im Fernsehen nicht verpassen.«

»Warum lässt sie denn keinen in ihre Nähe?«

»Sie glaubt, alle wollen ihr was. Einen Tag ruft sie Sheriff Randy an und am nächsten mich, um sich über irgendetwas zu beschweren. Ihr ist es egal, wer zuständig ist. Wenn jemand aus Versehen einen Fuß in ihren Vorgarten setzt, kriegt sie einen Anfall und schreit Hausfriedensbruch. Erst vorgestern hat sie mich angerufen, weil irgendwelche Kinder angeblich die Blumen vor ihrer Veranda zertrampelt haben.«

Er zeigte nach rechts.

»Ihr Haus ist das übernächste. Und jetzt frage ich Sie: Würden Sie dieses Unkraut als Blumen bezeichnen?«

Noah unterbrach seinen Redeschwall. »Hast du mit den Nachbarn geredet? Hast du sie gefragt, ob sie irgendjemanden in der Nähe des MacKenna-Hauses bemerkt haben?«

»Mit allen habe ich noch nicht gesprochen«, gab Joe zu. »Ich bin erst kurz vor euch gekommen, und wir waren mit der Evakuierung beschäftigt. Ich fange jetzt mit der Befragung an. Willst du mir dabei helfen?«

Er ging auf die Gruppe von Menschen zu, die sich an der Ecke versammelt hatten, aber plötzlich blieb er stehen.

»Ich weiß gar nicht, was ich machen soll«, sagte er. »Ich habe einfach nicht genug Erfahrung, und ich kann nicht überall gleichzeitig sein. Ich könnte vielleicht doch ein bisschen Hilfe von deinen FBI-Freunden brauchen. Kannst du sie für mich anrufen?«

Das wurde aber auch Zeit, dachte Noah.

»Na klar«, sagte er und hinterließ auf Chaddicks Mailbox eine Nachricht.

Als sie auf die Nachbarn zugingen, fragte Jordan: »Wo sind denn eigentlich die Hilfssheriffs? Ich weiß ja, dass der Sheriff von Grady auf Hawaii ist, aber hatten Sie nicht die Hilfssheriffs gebeten, Ihnen zu helfen?«

»Das tun sie auch«, erwiderte Joe. »Im Moment suchen sie in zwei Bezirken nach J. D. Er könnte sich zwar überall verstecken, aber sie werden nicht aufgeben, bis sie ihn gefunden haben, und dann bringen sie ihn mir zum Verhör.«

MacKennas Nachbarn gaben bereitwillig Auskunft, aber leider hatte keiner von ihnen etwas Ungewöhnliches bemerkt. Eine Frau hatte einen Lieferwagen die Straße entlangfahren sehen, aber sie war sich ziemlich sicher, dass er erst am nächsten Block angehalten hatte.

Mrs Scott schien etwas zu wissen, aber jedes Mal, wenn Joe versuchte, mit ihr zu reden, drehte sie ihm den Rücken zu und blickte zum Himmel. Schließlich jedoch erlag sie Noahs Charme und begann zu reden.

»Ich habe in der Tat heute jemanden gesehen«, sagte sie. »Ich habe diesen Nichtsnutz von Dickey dabei beobachtet, wie er durch meinen Garten geschlichen ist. Ich stand gerade an der Spüle in meiner Küche und habe mir meinen Fruchtsaft gemixt, den ich beim Fernsehen immer gerne trinke.«

Sie warf Joe einen finsteren Blick zu.

»Da habe ich den Dickey-Jungen vorbeischleichen gesehen. Er hatte etwas bei sich, was wie eine große Gasflasche aussah. Ich wollte schon die Hintertür aufreißen und ihn von meinem Grundstück jagen, aber er hat sich so schnell bewegt, dass er weg war, als ich endlich den Riegel aufgeschoben hatte. Und keine fünf Minuten später höre ich jemanden ›Feuer!‹ schreien, und die Leute haben so laut an meine Haustür geklopft, dass ich den Ton am Fernseher lauter stellen musste.«

Erneut warf sie Joe einen finsteren Blick zu.

»Und Sie sind sicher, dass es J. D. war?«, fragte Joe.

»Ich bin mir sicher, dass ich nicht mit dir rede«, fuhr sie ihn an. »Aber wenn dieser nette Herr mich fragen würde, würde ich sagen, ja, es war Julius Dickey. Diese mächtige Gürtelschnalle, die er immer trägt, ist nicht zu übersehen.«

Jordan hatte mit einigen Frauen gesprochen, als Noah zu ihr trat und meinte, sie müssten fahren.

»Willst du Serenity verlassen oder nur die Straße hier?«, fragte Jordan.

Er wusste es nicht. Er hätte Jordan zwar am liebsten sofort ins Flugzeug gesetzt und nach Boston zurückgeschickt, aber solange er nicht wusste, warum der Mörder so wild entschlossen war, sie in das Geschehen zu verwickeln und in Serenity zu behalten, würde er sie keinen Moment aus den Augen lassen.

Kurz schoss ihm der Gedanke durch den Kopf, dass er sie eigentlich für den Rest seines Lebens nicht mehr aus den Augen lassen wollte. Verwirrt schüttelte er den Kopf, um ihn wieder klar zu bekommen.

»Weißt du, was Mrs Scott zu mir gesagt hat?«, fragte Jordan.

»Nein. Was?«

»Hey, Sie da …«

Noah lächelte.

»Und?«

»Sie wollte wissen, warum ich nach Serenity gekommen bin.«

»Und was hast du gesagt?«

»Um Chaos anzurichten.«

»Gute Antwort.«

»Früher war Serenity ein friedlicher kleiner Ort.«

»Bis du gekommen bist.«

»Sie wollte auch wissen, wann ich wieder fahre. Ich glaube, so lange will sie sich im Haus einschließen.«

Noah lachte.

»Bald«, versprach er ihr. »In zwei Stunden brechen wir auf. Joe hat mich gebeten zu bleiben, bis Chaddick und Street da sind. Er ist nervös. Es ist ein großer Fall, und er will es nicht vermasseln. Ich weiß, dass du gerne weg möchtest ...«

»Ich bin ... im Zwiespalt«, erwiderte Jordan zögernd.

»Ja? Wieso das denn?«

»Ich möchte zwar weg, aber ich möchte auch herausfinden, wer dahintersteckt und warum. Und ich habe das komische Gefühl, die Antwort liegt direkt vor mir.«

»Du kannst ja die Zeitungsartikel lesen, wenn es vorbei ist.«

Die Erwähnung von Zeitungen erinnerte Jordan an etwas, aber es war nur ein flüchtiger Gedanke.

»Willst du denn wieder zurückkommen, wenn du mich am Flughafen abgesetzt hast?«

»Süße, ich setze dich nirgendwo ab.«

Er zog sie zum Auto. Jordan blickte sich um und sah, dass Joe mitten auf der Straße stand und mit einem Feuerwehrmann redete.

»Was hast du vor?«, fragte sie.

»Ich begleite dich nach Boston. Und so gerne ich auch helfen möchte, ich komme nicht mehr hierher. Außerdem ist das nicht mein Fachgebiet. Chaddick übernimmt die Verantwortung, und er weiß, was er tut. Er ist schon lange beim FBI, und er hat viel Erfahrung.«

Er reichte ihr die Schlüssel, als sie am Auto standen.

»Kannst du den Motor anlassen und die Klimaanlage einschalten? Ich bin gleich wieder da.«

Jordan setzte sich ans Steuer, ließ den Motor an und stellte die Klimaanlage auf die richtige Temperatur. Im Seitenspiegel sah sie, dass Noah ebenfalls zu Joe und dem Feuerwehrmann getreten war. Joe zog sein Handy heraus und machte einen Anruf, während Noah zum Auto gelaufen kam. Er wirkte frustriert.

Er wollte sich auf den Beifahrersitz setzen, aber Jordan rutschte hinüber und bedeutete ihm, er solle fahren. Der Schweiß tropfte ihm in den Nacken, deshalb richtete sie die Düse des Gebläses direkt auf ihn.

»Wieso willst du eigentlich nicht fahren?«, fragte er.

»Wegen des Verkehrs«, erwiderte sie. »Ich fahre nicht gerne Auto, wenn so viel Verkehr ist.«

Noah lachte. »Verkehr? In Serenity? Hier begegnest du doch nie mehr als drei oder vier Autos auf einmal.«

»Ja, okay, ich fahre überhaupt nicht gerne Auto. Mit wem hat Joe denn gerade telefoniert?«

»Er will einen Durchsuchungsbefehl für J. D.s Haus haben. Er redet gerade mit einem Richter in Bourbon.«

»Da will ich auch rein«, sagte Jordan. »Ich könnte wetten, dass er mein Notebook hat. Und wenn ich ihn finde …«

»Was dann?«

»Ich weiß noch nicht, was ich dann mache«, sagte sie. »Aber alle meine Daten sind darauf, alle Bankverbindungen …«

»Hast du Angst, dass jemand an private Informationen herankommt?«

»Nein«, erwiderte sie. »Meine Dateien sind verschlüsselt, da kann keiner ran.«

»Was beunruhigt dich dann so?«

»Ich brauche meine Informationen und Daten einfach.«

Joe kam auf den Wagen zugelaufen.

»Ich habe den Durchsuchungsbefehl«, rief er Noah zu. »Aber wir können so oder so ins Haus hinein. Ein Nachbar hat gerade angerufen. J. D.s Haustür steht weit offen.«

Kurz darauf waren sie auf dem Weg dorthin.

»Sollte nicht jemand Sheriff Randy Bescheid sagen?«

Noah zuckte mit den Schultern. »Das überlasse ich Joe.«

»Der Sheriff war völlig verwandelt«, sagte Jordan nachdenklich. »Auf der Polizeiwache war er fast unterwürfig, aber zusammen mit seinem Bruder auf dem Parkplatz verhielt er sich ziemlich widerlich.«

»Er will seinen Bruder aus einer misslichen Lage befreien. Er weiß ja, dass J. D. im Unrecht ist. Aber ich kann seine Einstellung verstehen. Schließlich ist es sein Bruder.«

»Ob J. D. ihm gegenüber auch so loyal ist? Ich wette, das ist er nicht. Sheriff Randy wäre bestimmt besser dran, wenn J. D. wieder im Gefängnis säße.« Jordan rieb sich über die Arme, als ob ihr plötzlich kalt wäre. »Falls J. D. im Haus ist, solltest du besser vorsichtig sein. Er hatte so etwas Irres im Blick. Ich weiß nicht, wie ich es erklären soll. So hasserfüllt und ... unheimlich.«

»Ich kann es kaum erwarten, ihm zu begegnen. Ich kann auch ziemlich hasserfüllt gucken.«

»Denk daran, solange nicht das Gegenteil bewiesen ist, ist er unschuldig.«

»Er hat dich geschlagen. Das ist das Einzige, woran ich mich erinnere.«

Joe bog in die Einfahrt von J. D.s Haus. Noah parkte hinter ihm.

»Du wartest. Und halt die Türen verschlossen«, sagte er zu Jordan.

Er bewegte sich schnell. Er zog die Pistole aus dem Halfter und trat neben Joe an die Haustür.

»Wir gehen jetzt hinein, du links, ich rechts.«

Jordan blieb fast das Herz stehen, als Noah mit der Pistole in der Hand ins Haus eilte. Aber es würde schon alles gut gehen, immerhin war er FBI-Beamter und hatte gelernt, auf sich aufzupassen. Sie nickte, um diesen Gedanken zu bekräftigen. Er wusste, was er tat. Aber es gab ja immer wieder Unfälle und Überraschungen ...

Aber gerade, als sie sich aufregen wollte, kam Noah schon wieder aus dem Haus heraus. Es war so klein, dass es nur wenige Minuten gedauert hatte, um festzustellen, dass sich drinnen niemand befand.

Jordan entriegelte die Tür.

Er öffnete sie und sagte: »Es sieht so aus, als habe J. D. das Haus so eilig verlassen, dass die Tür nicht ins Schloss gefallen ist. Warte nur, bis du …«

Joe unterbrach ihn. Er kam über den Rasen aufs Auto zuge-rannt und schrie: »Sie haben J. D. gefunden!«

28

Nun gab es drei Leichen.

Man hatte J. D. Dickey im ausgebrannten Haus gefunden. Die Feuerwehrleute entdeckten seine verkohlte Leiche unter einem Haufen glimmender Asche in der Nähe der Hintertür. Man konnte ihn nur noch an seiner großen Gürtelschnalle erkennen. Sie war an den Kanten geschmolzen und schwarz, aber die Initialen aus Halbedelsteinen waren noch lesbar.

Jordan saß im Auto und beobachtete Noah, der vor den rauchenden Ruinen des Hauses mit Agent Chaddick und Joe redete, während sie auf die Spurensicherung des FBI warteten. Ab und zu blickte er zu Jordan herüber, um sich zu vergewissern, dass es ihr gut ging.

Drei Leichen in einer Woche. Professor MacKenna. Lloyd. Und jetzt J. D. Dickey. Als sicheren und friedlichen Ort konnte man Serenity weiß Gott nicht mehr bezeichnen. Und die ganze Stadt gab Jordan die Schuld. Schließlich war sie das einzige Bindeglied zwischen den Morden und dem Brand. Sie wäre nicht überrascht gewesen, wenn die Einwohner mit Forken und Fackeln bewaffnet vor ihrem Motelzimmer aufgetaucht wären, um sie zu verjagen.

Sie hatte die Anschuldigungen der alten Scott im Ohr. Bevor sie in die Stadt gekommen war, hatte es noch nie einen Mord gegeben, nie zuvor eine Brandstiftung. Oh, und nie zuvor waren ständig Leichen in Kofferräumen gefunden worden.

Statistiken logen nicht. Das hier war mehr als eine Pechsträhne. Es handelte sich um einen Fluch biblischen Ausmaßes. Jordan war nicht abergläubisch, aber eins schien offensichtlich: Seit ihrer Begegnung mit dem Professor pflasterten Leichen ihren Weg.

Keiner konnte vorhersagen, was als Nächstes passieren würde, aber während Jordan auf Noah wartete, versuchte sie eben dieses zu tun. Es erwies sich allerdings als eine frustrierende Übung, weil ihr keine exakten Informationen zur Verfügung standen und die schrecklichen Bilder der letzten Tage immer wieder vor ihrem inneren Auge auftauchten.

Um klar denken zu können, musste sie erst einmal diese Bilder loswerden. Sie griff nach hinten, nahm eine Mappe mit Forschungsergebnissen des Professors vom Rücksitz und begann zu lesen.

Noah sah, wie sie sich konzentriert über die Papiere beugte. Er hatte ihr gesagt, sie solle im Auto bleiben, weil er nicht wollte, dass sie die verschmorten Überreste von J. D. sah. Sie hatte ihn ganz erstaunt angeschaut und dann leise erwidert: »Warum in Gottes Namen sollte ich den Wunsch haben, eine verbrannte Leiche zu betrachten?«

Ja, warum? Es war ein grauenhafter Anblick. Sowohl Noah als auch Chaddick waren an so etwas gewöhnt, aber Joe hatte Mühe, sich aufrecht zu halten. Sein Gesicht war aschfahl, und er gab würgende Laute von sich.

Noah hatte Mitleid mit ihm. »Joe, es wird dir besser gehen, wenn du ihn einfach nicht ansiehst.«

»Ja, aber das ist wie bei einem Autounfall. Ich will zwar nicht hinsehen, tue es aber trotzdem.«

Chaddick war empört.

»Sie sind Polizist«, erinnerte er ihn. »Also müssen Sie hinsehen.«

»Sie wissen doch, wie ich das meine.«

Einer der Feuerwehrleute winkte sie in den Vorgarten. Sein Name war Miguel Moreno, und er war früher einmal bei der Berufsfeuerwehr in Houston gewesen. Jetzt war er pensioniert und besaß eine Ranch. Er hatte die Freiwilligen ausgebildet, und deshalb waren sie äußerst gut organisiert, schnell und effizient. Da er die Verantwortung trug, war keiner der Feuerwehrleute verletzt worden. Er war schon ein paarmal durch die rauchenden Trümmer gegangen und wollte Noah sagen, wie er die Sache sah.

»Es besteht kein Zweifel, dass J.D. das Feuer gelegt hat, aber ich könnte wetten, dass er mit dem Brandbeschleuniger nicht umgehen konnte, denn sonst hätte er den Brand nicht gelegt, während er noch im Haus war.«

Joe trat zu ihnen.

»Möglicherweise hat er ja das Feuer aus Versehen zu früh angezündet«, sagte er. »Ich denke mir, er ist hineingegangen, hat alles getränkt und wollte dann auf dem gleichen Weg wieder hinaus, wie er hineingekommen ist – durch die Hintertür. Von draußen wollte er dann irgendwas ins Innere werfen, das er angezündet hatte, vielleicht ein in Kerosin getränktes Stück Stoff oder auch nur ein zusammengerolltes Stück Papier.«

Moreno nickte.

»Das ist möglich«, sagte er. »Um das Feuer zu entzünden, brauchte es nur einen Funken.«

»Ja, und vielleicht ist dieser Funke entstanden, als er hinausgegangen ist und seine Stiefel sich an der Metallkante der Tür gerieben haben«, fuhr Joe eifrig fort. »Das hätte doch schon gereicht.«

»Die genaue Ursache kann nur ein Brandexperte feststellen«, erklärte Moreno. »Kommt so jemand nach Serenity, Agent Chaddick?«

»Ja, sicher«, bestätigte Chaddick. »Joe, glauben Sie, Sie werden mit der Situation fertig, wenn Ihnen Moreno hilft? Sperren Sie den gesamten Bereich ab, bis meine Leute da sind. Ich möchte mit Noah zu Dickeys Haus fahren.«

»Ja, klar, das schaffe ich schon«, versicherte Joe ihm. »Hat Agent Street etwas Interessantes gefunden?«

»Das werde ich erfahren, wenn wir dort sind.«

Joe folgte Noah. »Noah, hast du eine Sekunde Zeit für mich?«

Noah drehte sich zu ihm um. »Ja?«

»Meinst du, das FBI will, dass ich mich raushalte, weil sie

übernommen haben?«, fragte er leise. »Ich will ihnen ja nicht in die Quere kommen, aber …« Er zuckte mit den Schultern.

Noah wies auf Chaddick. »Wir sollten ihn gleich fragen.«

Verlegen stand Joe daneben, als Noah dem Bundespolizisten die Frage vorlegte. Chaddick war eindeutig der diplomatischere der beiden Agenten.

»Sie haben sicher Geschichten darüber gehört, dass wir die Polizei vor Ort an die Wand drängen, wenn wir übernehmen«, sagte er zu Joe. »Die meisten dieser Geschichten stimmen sicher auch«, fügte er grinsend hinzu. »Wir mögen es nicht so gerne, wenn sich die Einheimischen einmischen. Aber Noah hat mir gesagt, dass die Situation hier eine andere ist. Street und ich werden mit Ihnen zusammenarbeiten.«

Joe nickte. »Ich bin Ihnen sehr dankbar«, sagte er. »Dies ist eine großartige Gelegenheit für mich, um von Experten zu lernen.«

Noah eilte zu seinem Auto. Die Fenster waren geöffnet, und Jordan las in ihren Unterlagen, wobei sie ab und zu einen Schluck lauwarmes Wasser aus der Flasche trank, die sie sich mitgenommen hatte. Die arme Jordan hatte lange auf ihn warten müssen, aber sie hatte sich nicht beschwert.

Rasch sammelte Jordan die Papiere ein, die sie auf dem Sitz verteilt hatte. Ihr war so heiß, dass sie das Gefühl hatte, gleich einen Hitzschlag zu bekommen. Die Klimaanlage war aus, weil sie nicht die ganze Zeit den Motor laufen lassen wollte, und deswegen war es unerträglich heiß.

Vorhin war sie einmal kurz aus dem Auto geschlüpft, um sich in den Schatten eines Walnussbaumes zu setzen, aber die Blicke aus der Menge, die sich auf der anderen Straßenseite versammelt hatte, bereiteten ihr Unbehagen. Sie tuschelten miteinander und ließen sie nicht aus den Augen. Was mochten sie über sie sagen? Bestimmt nichts Schmeichelhaftes.

Als sie mit Noah von J. D.s Haus zurück zum Haus des Professors gefahren war, hatte sie ihm angeboten, ins Motel zurückzukehren und dort auf ihn zu warten, aber davon hatte er nichts wissen wollen. Sie sollte in seiner Nähe bleiben, das hatte er ihr unmissverständlich klargemacht.

Noah setzte sich hinter das Lenkrad, ließ den Motor an und schaltete die Klimaanlage ein. Dann wandte er sich zu ihr. Ihr Gesicht war gerötet, und obwohl sie die Haare hochgesteckt hatte, waren sie am Hinterkopf feucht. Ihre Kleidung klebte ihr am Körper, und auf ihrer Haut lag ein dünner Schweißfilm. Sie sah wunderschön und sehr erschöpft aus. Schuldbewusstsein stieg in ihm auf.

»Wie geht es dir?«, fragte er.

»Gut«, antwortete sie. »Es geht mir gut.«

»Ich hasse es, dich darum zu bitten, aber ich muss noch einmal zu Dickeys Haus. Ich möchte mir an …«

Jordan unterbrach ihn.

»Das ist okay. Du brauchst es mir nicht zu erklären. Das ist dein Job, und es ist in Ordnung, wirklich.«

Sie drängte ihn nicht, sie am Motel abzusetzen. Er würde ja doch ablehnen. Er hatte darauf bestanden, dass sie immer in seiner Nähe blieb, und wenn das wichtig war, dann würde sie sich daran halten.

Wie spät es war, bemerkte Noah erst, als er in die Einfahrt von J.D.s Haus einbog. Die Zeit rann ihm durch die Finger. Es war nicht zu fassen, wie lange er sich bei MacKennas Haus aufgehalten hatte, und mit J.D.s Heim würden sie mit Sicherheit nicht schneller fertigwerden.

»Wir müssen wahrscheinlich noch eine Nacht hier übernachten«, sagte er, als er hinter Chaddicks Auto parkte.

»Ich weiß.«

»Ist das für dich in Ordnung?«

»Ja«, versicherte sie ihm. »Wir können ja gleich morgen früh aufbrechen.«

Chaddick kam an die Haustür und rief ihm entgegen: »Das wird dir gefallen.«

Noah nickte ihm zu, dann sagte er zu Jordan: »Wenn du willst, kannst du mit hineinkommen. Aber fass nichts an.«

29

So viel Überwachungstechnik auf einem Haufen hatte Noah nicht mehr gesehen, seit er im Forschungszentrum des FBI in Quantico gewesen war.

Agent Street geriet vor Entzücken förmlich außer sich: »Nach dem, was ich über ihn gehört habe, habe ich diesen Typ für einen Idioten gehalten. Aber jetzt …« Er schaute sich begeistert im Zimmer um. »Einige der Geräte sind echt kompliziert zu bedienen, aber so wie es aussieht, konnte er damit umgehen.«

»Und was genau hat er damit gemacht?« Jordan stand in der Tür und betrachtete die elektronischen Teile, die Chaddick aus einer Kiste genommen und auf den Fußboden gelegt hatte.

Street warf Noah ein Paar Handschuhe zu. Dann beantwortete er Jordans Frage. Er zeigte auf etwas, das aussah wie eine winzige Satellitenschüssel. »Das ist ein Parabol-Mikrofon. Damit kann man Gespräche abhören, die Hunderte von Metern vom eigenen Standpunkt entfernt stattfinden.«

Noah betrachtete das Teil genauer. »Es besitzt ein eingebautes Aufzeichnungsgerät mit Lautsprecher.«

»Wie viele vertrauliche Gespräche mag er wohl abgehört haben?«, fragte Jordan.

»Er hat nicht nur zugehört«, sagte Street. »Ihr müsst euch mal seine Videosammlung ansehen. In diesem schmierigen Motel, das ihm gehörte, waren in jedem Zimmer Kameras installiert, mit denen er die Mädchen mit ihren Kunden gefilmt hat. Die Kameras sind wahrscheinlich in den Rauchmeldern oder den Deckenlampen versteckt.«

Chaddick nickte. »Hast du dir was angesehen?«

»Nur eins«, antwortete Street. »Gute Qualität. Der Film war

gestochen scharf. Ließ an Deutlichkeit nichts zu wünschen übrig.«

»Reizend«, flüsterte Jordan.

»Seht euch dieses Fernglas an.« Noah betrachtete das Gerät. »Es besitzt einen Restlichtaufheller. Neueste Technik.«

»Ja«, stimmte Chaddick zu. »J. D. konnte zuschauen und zuhören zugleich.«

»Und aufnehmen«, ergänzte Street. »Ein paar von den Sachen sind brandneu. Die Batterien sind noch nicht einmal ausgepackt. Ich würde sagen, er hatte ernsthaft was damit vor. Er hat bestimmt Leute erpresst. Und bei dieser ganzen Ausrüstung muss es doch auch eine Kundenliste geben, oder? Wie sonst sollte er im Kopf behalten, wer schon bezahlt hat und wer nicht?«

»Vielleicht«, meinte Chaddick. »Hast du Notizbücher oder sonstige Unterlagen gefunden?«

Street schüttelte den Kopf. »Er hat wahrscheinlich alles in seinem Computer gespeichert.«

Chaddick blickte ihn überrascht an. »Er besitzt einen Computer? Wo denn?«

»In der Kammer hinter der Küche. Hast du ihn nicht gesehen?«

»Ich habe nur auf das Überwachungszeug geachtet.«

Jordan war in ihre eigenen Gedanken versunken. Sie dachte an das Geld, das J. D. auf sein Konto eingezahlt hatte. Auch der Professor hatte große Mengen Bargeld eingezahlt, aber bei J. D. waren es nie mehr als 1000 Dollar gewesen. Hatte er gerade erst mit den Erpressungen begonnen? Und wo hatte er das Geld hergenommen, um diese ganzen Geräte zu bezahlen? Sie waren doch bestimmt teuer.

Sie trat ans Fenster und blickte auf die Straße, während sie versuchte, sich die Beziehung zwischen J. D. und Professor MacKenna vorzustellen.

Als Noah die letzte Kiste untersucht hatte, fragte er Street, ob er schon in den Computer geschaut hätte.

221

»Ich habe ihn zwar hochgefahren, aber ich komme an die Dateien nicht heran. Er hat den Zugang geschützt. Wir müssen den Rechner wohl mitnehmen und einen unserer Techniker daransetzen. Das wird viel Zeit in Anspruch nehmen.«

Noah lächelte.

»Vielleicht nicht.« Er wandte sich zum Fenster. »Jordan, hättest du Lust, für uns ein Computerpasswort zu knacken?«

Sie blickte ihn an.

»Aber gerne«, erwiderte sie, froh darüber, dass sie von Nutzen sein konnte. »Es ist nicht zufällig ein Notebook, oder?«

»Süße, wir haben doch gesagt, dass das Thema ausgereizt ist.«

Sie lächelte. »Es war ja nur eine Frage.«

»Glauben Sie wirklich, dass Sie das können?«, fragte Street.

»Ja, das glaube ich wirklich.«

Sie folgte Noah in die Kammer. Der Computer erwies sich als nagelneues Modell. Jordan war tief beeindruckt. Carrie hatte ihr erzählt, dass im Gefängnis Computerkurse angeboten worden seien, aber sie hätte kein Interesse gehabt. Vielleicht hatte es in J. D.s Haftanstalt ähnliche Kurse gegeben. Und anscheinend hatte er gut aufgepasst.

Sie brauchte bloß ein paar Sekunden, um J. D.s Dateien aufzurufen. Sie zu öffnen würde allerdings ein bisschen länger dauern.

»Sag mir Bescheid, wenn du drin bist«, meinte Noah und ging mit Chaddick wieder in den Wohnraum.

Street blieb bei ihr und beobachtete, wie Jordans Finger über die Tasten flogen. Symbole und Zahlen füllten den Bildschirm. Er verstand nichts davon, aber sie wusste anscheinend genau, was sie tat.

Jordan konzentrierte sich nur auf ihre Aufgabe. Schließlich hatte sie es geschafft.

»Ich bin drin!«, rief sie.

Sie öffnete gerade eine Datei, als Noah ihr die Hände auf die Schultern legte. »Was hast du gefunden?«

»Eine Liste«, antwortete sie. Sie beugte sich dichter zum Bildschirm. »Er hat Buch geführt.«

Sie stand auf, damit Street ihren Platz einnehmen konnte. Ihr Rücken war ganz steif, und sie stellte fest, dass es draußen schon dunkel wurde. Wie lange hatte sie am Computer gesessen? Sie streckte sich.

Chaddick lehnte sich an die Seite des Schreibtischs. »Können wir mit den Listen etwas anfangen?«

»Ja, das würde ich schon sagen«, erwiderte Street. »Ich habe Vornamen, Wochentage, Vergehen, Bezahlung und ein paar Orte.« Er begann zu lachen. »Wenn diese Leute alle in Serenity wohnen, dann ist hier aber schwer was los.«

»Wer steht denn auf der Liste?«, fragte Noah.

»Ich habe eine Charlene, die freitags in einem Versicherungsbüro vierhundert Dollar bezahlt.«

»Charlene? Warum zahlt sie J. D. vierhundert Dollar?«, fragte Jordan.

Street grinste. »Es gibt ein Video von ihr beim Liebesspiel.«

»Mit ihrem Verlobten?«

Alle drei Agenten blickten sie an, und ihr wurde klar, wie blöd ihre Frage war. Wenn Charlene mit ihrem Verlobten geschlafen hätte, hätte J. D. sie nicht erpressen können.

»Okay«, sagte sie, »sie hat also ihren Verlobten betrogen.« Wut stieg in ihr auf. »Ich habe ihr Porzellan geschenkt! Vera Wang!«

Chaddick blickte wieder auf den Bildschirm. »Sie bezahlt seit einer ganzen Weile.«

»Sie betrügt auch schon seit einer ganzen Weile«, fügte Street hinzu. »Es scheint ihr nichts auszumachen zu bezahlen.«

»Mit wem hat sie denn geschlafen?«, fragte Jordan. »Nein, sagen Sie es mir nicht. Ich will es gar nicht wissen. Doch. Wer war es?«

»Ein Typ namens Kyle …«

Jordan fasste sich an den Hals. »Nicht Kyle Heffermint!«

Noah fand Jordans Reaktion albern. Er trat zu ihr und legte

den Arm um sie. »Das war doch der, der es auf dich abgesehen hat?«

»Ja«, bestätigte sie mit schwacher Stimme.

»Hier ist auch noch ein Steve N.«, fuhr Street fort.

»Das könnte Nelson sein«, sagte Noah. »Ich habe ihn im Restaurant kennengelernt. Er leitet die Versicherungsagentur.«

»Charlenes Chef«, warf Jordan ein.

Street grinste. »Nicht nur das.«

»Ach, du lieber Himmel, ist sie mit Steve etwa auch ins Bett gegangen? Ich fasse es nicht.«

»Wollen Sie das Video sehen?«

»Oh Mann. Und Steve ist verheiratet.«

»Ja«, sagte Noah trocken. »Deshalb lohnt es sich ja auch, ihn zu erpressen.«

»Ich drucke das aus«, erklärte Street. »Mit zwei Kopien. Eine bekommst du, Noah.«

»Das kann ich euch sagen – bevor ich Serenity verlasse, möchte ich diese Charlene kennenlernen«, sagte Chaddick.

Noah hörte, dass draußen ein Auto vorfuhr. Er trat ans Fenster. »Die Spurensicherung ist da.«

»Gut«, sagte Street. »Sie können das alles einpacken.« Er trat an den Drucker, nahm die Kopien heraus und reichte Noah ein Set.

»Wir brechen morgen früh auf«, sagte Noah zu ihm. »Wenn du etwas brauchst, sag Bescheid. Und halt mich bitte auf dem Laufenden.«

Jordan war froh, Dickeys Haus verlassen zu können. Als sie losgefahren waren, sagte sie: »Da glaubst du, jemanden zu kennen, und dann findest du heraus, dass sie eine Nymphomanin ist.«

»Du kanntest doch Charlene gar nicht richtig, oder? Du hast sie doch gerade erst getroffen«, entgegnete Noah.

»Ja, das stimmt. Aber es ist trotzdem schrecklich.«

»Wenn dir kein anderes Lokal einfällt, fahren wir am besten wieder zu *Jaffee's*. Ist das okay?«

»Kommt darauf an«, erwiderte sie. »Steht er auch auf der Liste?«

Noah lachte. »Willst du nachschauen?«

»Tu du es lieber.«

Noah hielt am Straßenrand und überflog rasch die Liste. Er sah Amelia Anns Name und fragte sich, wie Jordan wohl reagieren würde, wenn sie es wüsste.

»Kein Jaffee«, sagte er.

Sie seufzte. »Gut.«

Das war ein langer, anstrengender Tag gewesen, dachte Noah.

»Du bist ein tapferer kleiner Soldat, weißt du das?« Er blickte sie an, dann umfasste er ihren Hinterkopf mit der Hand und zog sie zu sich heran.

»Was …?«, begann sie.

Aber seine Lippen verschlossen bereits ihren Mund. Sie hatte mit diesem Kuss nicht gerechnet, und das nutzte er zu seinem Vorteil. Als er sich schließlich von ihr löste, raste ihr Herz, und sie rang nach Atem.

Noah hingegen wirkte völlig entspannt. Er ließ den Motor an und fuhr weiter.

»Ich hätte Appetit auf Fisch«, sagte er, »und auf ein kaltes Bier.«

Den Kuss erwähnte er nicht.

Noah warf ihr einen Blick zu.

»Ist irgendwas?«, fragte er, obwohl er ganz genau wusste, was war. Jordan blickte ihn böse an. »Du wirkst ein bisschen irritiert.«

Ach ja?

»Nein, es ist alles in Ordnung.«

»Dann ist es ja gut.«

»Ich habe mich nur gefragt, wie du so entspannt sein kannst. Du hast mich doch gerade geküsst.« Da, jetzt hatte sie es laut ausgesprochen, und das Thema lag sozusagen auf dem Tisch.

»M-hm, klar.«

»Mehr hast du dazu nicht zu sagen?«

Sie klang so wütend, dass er lächeln musste. Jordan war süß, wenn sie sich so aufregte.

»Was willst du mir denn sagen?«

Er machte bestimmt Witze. Er wusste doch ganz genau, was sie ihm sagen wollte. Dass dieser Kuss etwas bedeutet hatte. Aber das stimmte anscheinend nicht. Er hatte schon viele Frauen geküsst. War das für ihn immer das Gleiche?

Sie überlegte, ob sie ihn an letzte Nacht erinnern sollte. Sie konnte ihn auch darauf hinweisen, dass er sich heute früh benommen hatte, als sei nichts Besonderes vorgefallen. Aber wenn er noch einmal fragen würde, was sie ihm eigentlich sagen wollte, dann konnte es sehr gut sein, dass sie zuschlug. Andererseits war Gewalt natürlich keine Lösung.

Sie hielten an einer roten Ampel, und Noah blickte sie an. »Na, was geht dir im Kopf herum, Süße? Du wirkst irgendwie verwirrt.«

»Gewalt«, antwortete sie. »Ich habe gerade an ein paar Fausthiebe gedacht.«

Sie steckte voller Überraschungen.

»Was ist damit?«

»Gewalt ist nie eine Lösung. Das haben meine Eltern Sidney und mir beigebracht.«

»Und deine Brüder?«

»Sie haben sich ständig geprügelt. Deshalb waren sie wahrscheinlich auch alle so gut im Sport, weil sie andere Mannschaften schlagen mussten.«

»Und wie bist du deine aggressiven Tendenzen losgeworden?«, fragte er neugierig.

»Ich habe Sachen kaputt gemacht.«

»Ach ja?«

»Es war keine Zerstörungswut«, erklärte sie. »Ich habe Sachen kaputt gemacht, damit ich sie wieder zusammensetzen konnte. Es war eine … Lernerfahrung.«

»Du musst deine Eltern wahnsinnig gemacht haben.«

»Wahrscheinlich«, stimmte sie ihm zu. »Aber sie hatten Geduld mit mir, und nach einer Weile haben sie sich daran gewöhnt.«

»Was für Sachen hast du denn so kaputt gemacht?«

»Du musst bedenken, dass ich ein Kind war, deshalb habe ich klein angefangen. Einen Toaster, einen alten Ventilator, einen Rasenmäher …«

»Einen Rasenmäher?«

Sie lächelte.

»Das Thema darf ich bei meinem Vater immer noch nicht anschneiden. Eines Tages kam er von der Arbeit nach Hause, und alle Teile seines Rasenmähers, sämtliche Schrauben und Muttern, lagen in der Einfahrt ausgebreitet. Er war nicht gerade glücklich darüber.«

Noah konnte sich nur schwer vorstellen, wie sie mit ölverschmierten Händen Maschinen zusammenschraubte. Jordan war so weiblich. Das Bild wollte ihm einfach nicht in den Kopf.

»Hast du denn den Rasenmäher wieder zusammenbekommen?«

»Ja, mithilfe meiner Brüder, die ich im Übrigen nicht gebraucht hätte. In der Woche darauf brachte mein Vater einen alten, kaputten Computer mit nach Hause. Er sagte, ich könne ihn haben, müsse ihm aber versprechen, keine anderen Geräte, Rasenmäher oder Autos anzufassen.«

»Autos?«

»Die habe ich sowieso nie angerührt. Kein Interesse. Und als ich erst einmal den Computer hatte …«

»Hattest du deine Berufung entdeckt.«

»Ja, vermutlich. Was ist mit dir? Wie warst du denn so als kleiner Junge?«

»Störrisch. Ich habe mich auch geprügelt, aber wir wohnten in Texas«, erwiderte er, »und das bedeutete Footballspielen in der Highschool. Ich war ganz gut und habe ein Sportstipendium fürs College bekommen. Die ganze Schulzeit über war ich ein Musterschüler.« Er konnte lügen, ohne rot zu werden. »Ich mochte damals keine Regeln.«

»Das ist heute noch so.«

»Ja, wahrscheinlich.«

»Du bist ein Aufrührer.«

»Das sagt Dr. Morganstern auch immer.«

»Darf ich dich etwas fragen?«

Er fuhr auf den Parkplatz des Motels. »Klar. Was willst du wissen?«

»Hattest du jemals eine Beziehung, die länger als ein oder zwei Wochen gedauert hat? Warst du jemals fest mit einer Frau zusammen?«

Er brauchte nicht nachzudenken. »Nein.«

Er irrte sich, wenn er glaubte, dass sie sich durch seine abrupte Antwort abschrecken lassen würde.

»Ach, du liebe Güte. Was bist du doch für ein empfindsamer Mensch.«

Er parkte den Wagen und öffnete die Tür. »Süße, ich habe nicht einen empfindsamen Knochen im Leib.«

Er irrte sich, aber sie wollte ihm nicht widersprechen.

»Was ist mit dir?«, fragte er. »Hattest du schon eine lange Beziehung?«

Bevor sie antworten konnte, stieg er aus und kam auf ihre Seite, um ihr die Tür aufzumachen. Er ergriff ihre Hand und ging mit ihr zur Straße. Eine einsame Laterne am anderen Ende des Parkplatzes warf einen schwachen Lichtschein, und es war totenstill.

Noah blieb einen Moment stehen und blickte ihr in die Augen. »Ich weiß, worauf du aus bist, Jordan Buchanan.«

»Würdest du mir das bitte erklären?«

»Nein.«

Ende der Ansage.

30

Bei Jaffee ist es bestimmt voll, ich gehe durch die Hintertür und esse in der Küche.«

»Warum?«, fragte Noah.

Die Antwort lag doch auf der Hand, fand Jordan.

»Ich will nicht schon wieder in die Mangel genommen werden. Und außerdem möchte ich in Ruhe essen, ohne dass die Leute mich anstarren. Das ist schlecht für die Verdauung.«

»Die Leute sind eben neugierig, Süße«, erwiderte Noah. »Und du bist neu und aufregend.«

»Ja, klar, aufregend vor allem«, sagte Jordan. »Seit ich hier bin, sind drei Personen gestorben. Die reinste Epidemie.«

Er legte den Arm um sie und zog sie an sich.

»Braves Mädchen«, knurrte er.

»Das ist nicht lustig.«

»Doch, Süße, irgendwie schon.«

Sie seufzte.

»Okay, vielleicht ist das ja ein bisschen irrational, was ich sonst im Übrigen nie bin. Ich bin immer ganz rational. Aber in diesem Fall – ich habe das Gefühl, ich kann keinen klaren Gedanken mehr fassen.« Vor allem in deiner Gegenwart, setzte sie im Stillen hinzu.

Sie gingen um die Ecke und überquerten die Straße. Das *Jaffee's* lag direkt vor ihnen.

Jordan sah ein paar Gäste im Lokal, aber die meisten Tische waren leer.

»Wir essen etwas und gehen wieder. Okay?«

»Das klingt wundervoll. Können wir uns an einen Tisch setzen oder müssen wir im Stehen essen?«, fragte Noah und öffnete die Tür.

Angela machte ein erfreutes Gesicht, als sie sie sah. »Hey, Jordan«, rief sie.

»Hey, Angela. Du erinnerst dich doch noch an Noah?«

»Ja klar«, erwiderte sie lächelnd. »Euer Tisch ist schon bereit. Ihr seid sicher hungrig nach all den aufregenden Ereignissen heute.« Sie nahm die Getränkebestellung auf. »Ihr seid im letzten Moment gekommen, ich wollte gerade die Tischtücher abnehmen.«

»Ist wenig zu tun heute Abend?«, fragte Jordan.

»Das ist am Pokerabend immer so«, erwiderte Angela. »Wir schließen dann eine Stunde früher, damit Jaffee die Küche aufräumen kann. Er hasst es, zum Pokern zu spät zu kommen.«

Noah ging zur Toilette, um sich die Hände zu waschen, und als er zurückkam, standen die Getränke bereits auf dem Tisch und Angela wartete auf die Bestellung.

»Ich hasse es, euch anzutreiben, und ich kann euch versprechen, dass ihr euch Zeit lassen könnt, wenn ich erst einmal die Essensbestellungen weitergegeben habe, aber Jaffee möchte wirklich gerne fertig werden.«

Sie bestellten rasch, und Angela eilte in die Küche.

Jordan entspannte sich. Der letzte Tisch war abgeräumt, sie und Noah waren die einzigen Gäste im Lokal. Weder Angela noch Jaffee störten sie.

Noah hob seine Bierflasche. »Auf unsere letzte Nacht in Serenity.«

Zögernd prostete sie ihm mit ihrem Glas Eiswasser zu. »Hoffentlich unsere letzte Nacht in Serenity.«

Er trank einen Schluck. »Wenn es noch mehr Morde gibt, müssen sie den Ortsnamen ändern.«

Jordan lächelte.

»Ich habe wahrscheinlich überreagiert, oder? Ich war mir ganz sicher, dass wieder eine Menschenmenge auf mich wartet und mich mit Fragen bestürmt. Aber stattdessen sitzen wir gemütlich am Tisch, haben das ganze Restaurant für uns und essen in Ruhe zu Abend. Das ist doch nett, nicht wahr?«

Noah erwiderte ihr Lächeln, sagte aber nichts. Angela war damit beschäftigt, die Tischtücher zu falten, aber er bemerkte, dass sie ein Tablett mit Spielkartenpäckchen auf einen Tisch gestellt hatte. Anscheinend fand die Pokernacht bei Jaffee statt. Wie lange mochte es noch dauern, bis auch Jordan das mitbekam?

Jordan achtete gar nicht auf Angela. Sie dachte über die Liste nach, die Agent Street ihnen mitgegeben hatte.

»Was passiert denn eigentlich mit den Aufzeichnungen, die J. D. gemacht hat?«, fragte sie im Flüsterton. »Werden sie veröffentlicht?«

»Wahrscheinlich nicht.«

»Weißt du, was ich nicht verstehe? Hier weiß doch jeder über jeden Bescheid. Wie konnte Charlene dann ihr kleines Hobby geheim halten?«

Noah lachte. »Hobby? Netter Ausdruck dafür.«

»Wie konnte überhaupt jemand seine außerplanmäßigen Aktivitäten verbergen?«, fuhr sie fort.

Noah zuckte mit den Schultern. »Wenn man etwas unbedingt will, dann überlegt man sich eben einen Weg.«

Sie legte den Kopf schräg und blickte ihn forschend an. »Hast du jemals etwas so sehr gewollt, dass du dafür alles riskiert hättest?«

Noah blickte sie einen Moment lang an. »Ja, ich glaube schon«, sagte er ruhig.

Sie schwiegen, als Angela ihren Tisch abräumte und das Geschirr in die Küche brachte. Jaffee kam heraus, um sie zu begrüßen und um Jordan zu bitten, rasch einen Blick auf Dora zu werfen.

Noah stand auf, als sie sich erhob. »Wer ist Dora?«, fragte er.

»Der Computer«, erwiderte Jordan. »Ich bin gleich wieder da. Trink in Ruhe aus.«

»Ich leiste ihm Gesellschaft«, versprach Angela. »Wollen Sie noch ein Bier?«

»Nein, danke«, erwiderte Noah. »Wann beginnt die Pokerrunde?«

»In einer Viertelstunde. Gleich kommen die ersten Männer. Ja, dort, sehen Sie. Dave Trumbo steigt gerade aus seinem Wagen, und er hat Eli Whitaker dabei. Sie kommen immer als Erste. Sie sind gut befreundet«, fügte sie hinzu. »Eli ist der reichste Mann in Serenity. Manche behaupten sogar, er sei der reichste Mann in ganz Texas.«

Sie stemmte die Hände in die Hüften.

»Sie fragen sich bestimmt, wie er zu all dem Geld gekommen ist. Das weiß niemand so genau, aber wir spekulieren gerne. Vielleicht hat er es geerbt. Allerdings würde keiner von uns wagen, ihn danach zu fragen. Er kommt auch nicht oft in die Stadt und bleibt gerne für sich. Er ist echt schüchtern, und Dave ist sein genaues Gegenteil. Er mag alle Menschen, sagt er immer.«

»Spielt denn keine von den Frauen Poker?«

»Doch, schon«, erwiderte Angela. »Aber wir spielen nicht gerne mit den Männern. Wir haben unsere eigene Pokernacht. Ah, da kommt Steve Nelson. Sie haben ihn ja schon kennengelernt. Er leitet die Versicherungsagentur im Ort.«

Jordan saß an Jaffees Computer, ohne zu ahnen, dass die Pokerspieler eintrafen. Es dauerte nicht lange, und das Restaurant war voll.

Jordan löste Jaffees neuestes Problem schnell. Er hatte nur zwei Eingabemenüs verwechselt. Sie hörte zwar Stimmengewirr, achtete jedoch nicht darauf, weil sie sich darauf konzentrierte, Jaffee zu erklären, was er tun musste, damit er den Fehler nicht wiederholte.

»Denken Sie daran«, sagte sie zu Jaffee. »Dora beißt nicht.«

Jaffee trocknete sich die Hände an einem Handtuch ab und nickte. »Aber wenn ich Probleme bekomme?«

»Sie können mich anrufen oder mir mailen«, versicherte Jordan ihm.

Sie erläuterte ihm noch ein paar Methoden, mit denen er Fehler beheben konnte, aber sie sah seinem Gesicht an, dass er sie nicht verstand. Hoffentlich würde er sie nicht jeden Tag an-

232

rufen. Lächelnd trat sie an die Tür, blieb jedoch abrupt stehen, als sie sah, wie voll es im Lokal mittlerweile geworden war.

Noah beobachtete sie. Er fand ihren Gesichtsausdruck unbezahlbar.

Als sie zu ihm an den Tisch trat, wurde es still im Lokal, und alle Blicke folgten ihr.

»Was ist hier los?«, flüsterte Jordan.

»Pokernacht.«

»Hier? Die Pokernacht findet hier statt? Ich hatte geglaubt … Meinst du, wir können einfach gehen?«

»Das bezweifle ich.«

»Wir könnten uns hinten rausschleichen.«

Noah schüttelte den Kopf. »Ich glaube nicht, dass das geht.«

Sie begriff, was er meinte, als sie sich umdrehte. Alle Männer waren aufgestanden, und die, die sie noch nicht kennengelernt hatte, warteten darauf, ihr vorgestellt zu werden.

Jaffee übernahm das. Es waren so viele, dass sie sich kaum an die Hälfte der Namen erinnern konnte. Jeder Einzelne von ihnen begrüßte sie mit einem »Hey«. Anschließend bombardierten sie sie mit Fragen.

Sie wollten nicht nur etwas über das Feuer und J.D.s schrecklichen Tod erfahren, sondern auch noch einmal hören, wie sie den Professor und später Lloyd in ihrem Wagen gefunden hatte. Jordan wäre nicht überrascht gewesen, wenn sie jemand darum gebeten hätte, ihm die Szene vorzuspielen. Sie beantwortete geduldig jede Frage, manche sogar zweimal, und konnte sogar ab und zu lachen. Zwischendurch versuchte Dave, der geborene Verkäufer, ihr ein neues Auto anzudrehen.

Auch Noah musste Fragen beantworten.

»Glaubt Joe, dass J.D. die beiden Morde begangen hat?«, wollte Jaffee wissen.

»Er ist ein schlauer Bursche«, warf Dave ein. »Er denkt es bestimmt.«

»Ich habe gehört, J.D. war verschwunden«, sagte ein Mann namens Wayne.

»Hatte Joe denn genug Beweise, um ihn zu verhaften?«, fragte Dave.

»Das spielt doch keine Rolle mehr, oder? Der Mann ist tot«, rief Steve Nelson der Gruppe ins Gedächtnis. »Sagen Sie, Agent Clayborne, waren Sie und Joe in J. D.s Haus?«

Noah musste sich zusammenreißen, um nicht zu lächeln. Er wusste, worauf Steve hinauswollte. Er wollte wissen, ob J. D. Buch geführt hatte.

»Ja, wir waren dort. Zwei andere FBI-Beamte haben alles zusammengepackt und weggebracht. Allerdings war nicht besonders viel zu holen.«

Steve hatte kein Pokerface. Noah sah ihm die Erleichterung an und konnte ihn verstehen. Er hatte Steves Namen auf der Liste gesehen.

J. D. hatte ihn offenbar nicht nur erpresst, weil er mit Charlene schlief, sondern auch wegen fragwürdiger Versicherungspraktiken.

»Glauben Sie, wir werden jemals erfahren, warum J. D. diese Männer getötet hat?«, fragte Dave.

»Joe wird es uns bestimmt sagen, wenn er es weiß«, erklärte Steve überzeugt.

»Mir tut nur Randy Dickey leid. Er ist ein ganz anständiger Sheriff geworden. Das ist ein schwerer Schlag für ihn. Ich glaube, J. D. war sein einziger Verwandter«, stellte Dave fest.

Noah fiel auf, dass Eli Whitaker sich nicht an der allgemeinen Unterhaltung beteiligte.

»Wovon leben Sie eigentlich, Eli?«, fragte er.

»Ich züchte Pferde und habe ein paar Rinderherden«, antwortete der Rancher.

»Was für eine Rasse?«

»Hauptsächlich Langhornrinder«, erwiderte Eli. »Sie vertragen das Klima am besten.«

Noah stellte noch weitere Fragen, und binnen Kurzem standen die beiden Männer ein wenig abseits und unterhielten sich über Viehzucht.

Dave grinste. »So viel hat Eli noch nie mit einem Neuankömmling geredet.«

Die anderen Männer in der Gruppe nickten zustimmend. Steve wandte sich erneut an Jordan. »Ich weiß ja, dass Sie noch nicht lange hier sind, aber wie Neuankömmlinge kommen Sie mir nicht vor. Sie haben eine Menge Aufregung in unsere kleine Stadt gebracht. Wann fahren Sie und Noah wieder?«

»Morgen«, antwortete Jordan.

»Es war mir wirklich ein Vergnügen, Sie kennenzulernen«, sagte Dave.

»Ich glaube, die beiden haben für den Moment genug Fragen beantwortet«, meinte Jaffee. »Wollt ihr euch nicht langsam etwas zu trinken holen und euch hinsetzen?«

Während die meisten Männer seinem Rat folgten, traten Dave und Eli neben Jaffee, um sich von Jordan zu verabschieden.

»Sie werden mir fehlen«, erklärte Jaffee. »Und es tut mir so leid, dass Sie Ihre ganzen Forschungsunterlagen verloren haben. Ich habe gehört, Sie mussten sie im Haus des Professors lassen. Da machen Sie sich die Mühe, alles zu kopieren, und dann geht es in Flammen auf.«

»Ja, es ist wirklich eine Schande. Haben Sie uns nicht erzählt, dass Sie deswegen extra aus Boston hierhergekommen sind?«, sagte Dave.

»Es ist tatsächlich alles verbrannt?«, staunte Eli.

»Nein, ich habe die Kopien«, erwiderte Jordan. »Sie sind nicht verbrannt. Ich hatte den größten Teil bereits nach Hause geschickt, bevor die Originale in Flammen aufgegangen sind. Wenn Joe und die beiden FBI-Beamten sie noch einmal sehen wollen, muss ich sie ihnen zuschicken.«

»Ach, das sind ja gute Neuigkeiten«, sagte Jaffee. »Dann war Ihre Reise nicht umsonst. Das Essen heute Abend geht aufs Haus, und ich dulde keinen Widerspruch. Dora und ich sind Ihnen für Ihre Hilfe zu tiefstem Dank verpflichtet. Ich hoffe wirklich, Sie kommen eines Tages wieder.«

Er umarmte sie zum Abschied und schüttelte Noah die Hand.

»Wenn einer von Ihnen ein neues Auto braucht, denken Sie an mich. Ich fahre es für Sie auch bis nach Boston«, bot Dave an.

»Das macht er«, rief Eli und ging zu seinem Tisch.

Noah ließ für Angela ein großzügiges Trinkgeld da und dirigierte Jordan zur Tür.

Keiner von beiden sagte ein Wort, bis sie einen Block weit entfernt waren. Jordan durchbrach das Schweigen. »Hm. Pokernacht. Damit hatte ich nicht gerechnet.«

Noah lachte.

»Dein Gesichtsausdruck war zum Schreien komisch!«

»Na ja, so schlimm war der Abend gar nicht. Wir haben schön gegessen, ohne Unterbrechungen, und wir haben ein paar reizende Herren kennengelernt«, sagte sie. »Reizend – und interessant«, fügte sie hinzu.

»Weißt du, was noch interessant ist?«

»Was?«

»Die Hälfte dieser reizenden Herren stand auf der Liste.«

31

Jordan stand unter der Dusche und spülte die Hitze des Tages ab. Während sie Shampoo in ihre Haare einmassierte, wurde ihr auf einmal klar, dass sie nicht nach Hause wollte. Sofort verdrängte sie den lächerlichen Gedanken. Natürlich wollte sie nach Hause.

Schließlich wollte sie ihr organisiertes Leben zurück, oder etwa nicht? Sie musste sich langsam überlegen, was sie mit dem Gewinn aus dem Verkauf ihrer Firma anstellen wollte. Sie hatte mit dem Gedanken gespielt, etwas von dem Geld in die Entwicklung eines neuen Computerprozessors zu stecken, der so schnell war, dass er selbst mit der rechenintensivsten Multimedia-Software fertig wurde. Design und Prototyp standen ihr bereits vor Augen. Es gab nur ein Problem: Sie hatte keine Lust. Sollte doch jemand anderer etwas entwerfen, damit die Welt sich schneller drehte.

Und das war nicht die einzige verblüffende Erkenntnis. Sie hatte es auch nicht mehr eilig, ein neues Notebook und ein neues Handy zu kaufen. In der Vergangenheit hatten diese Geräte zu ihr gehört wie ihre Gliedmaßen, aber auf einmal war sie nicht mehr computersüchtig und fand es zudem außerordentlich angenehm, nicht alle fünf Minuten ans Handy zu müssen.

»Ich kriege Angst vor mir selbst«, flüsterte sie.

Was passierte nur mit ihr? Sie hatte das Gefühl, sich in eine völlig andere Person zu verwandeln. Vielleicht schmolz ihr Gehirn langsam in der Hitze. Oder vielleicht hatte sie zu oft geduscht, und jetzt waren alle ihre Gehirnzellen in den Abfluss geflossen.

Dehydrierung durch Sonneneinstrahlung. Das war es.

Sie schlüpfte in T-Shirt und Boxershorts und putzte sich die

Zähne. Mit der Zahnbürste im Mund betrachtete sie sich im Spiegel. Fleckige Haut und Sommersprossen. Sie war wirklich eine Trophäe, vor allem in ihrem Pyjama.

Jordan legte die Zahnbürste weg, griff nach einer Dose von Kates Bodylotion und öffnete die Tür. Sie hatte sich nie Gedanken darüber gemacht, wie sie aussah, aber auch das hatte sich geändert.

Jordan wusste, was das wirkliche Problem war. Bis zu diesem Moment hatte sie es nicht zugeben wollen. Noah. Oh ja, er war das Problem. Er hatte Schuld, und sie wusste nicht, was sie dagegen machen sollte.

Sich Gedanken darüber zu machen, würde ihre Situation nicht verbessern. Wenn sie klug wäre, würde sie so schnell sie konnte weglaufen. Aber sie war wohl nicht besonders klug, denn im Moment konnte sie nur daran denken, wieder mit ihm ins Bett zu gehen.

Sie brauchte eine Ablenkung, um nicht ständig an Sex zu denken, und beschloss, sich mit den Papieren des Professors ins Bett zu legen und eine weitere gruselige Geschichte über Blutvergießen, Enthauptungen, Verstümmelungen und die Folgen des Aberglaubens zu lesen. Dadurch würde sie bestimmt auf andere Gedanken kommen.

Wo war ihre Brille? Sie hatte sie neben dem Kontaktlinsenkästchen im Badezimmer vermutet, aber da war sie nicht. Sie trat an den Schreibtisch und stieß sich dabei den Zeh am Stuhl. Stöhnend hüpfte sie auf einem Bein herum, während sie in ihrem Beutel kramte.

»Noah«, fragte sie, »hast du meine …«

»Auf dem Tisch«, rief er durch die offene Verbindungstür zwischen ihren Zimmern.

Woher wusste er, was sie wollte? Konnte er Gedanken lesen? Ihre Brille lag tatsächlich auf dem Tisch.

»Woher wusstest du …«

»Du blinzelst«, antwortete er, bevor sie die Frage zu Ende bringen konnte. »Und du hast dich am Stuhl gestoßen.«

238

»Ich habe nicht aufgepasst.«

Er lachte. »Du hast nicht gesehen, wo du langgegangen bist.«

Auf den Brillengläsern waren Wassertropfen, und Jordan ging wieder ins Badezimmer, um sie zu putzen. Sie glaubte, es hätte an ihrer Tür geklopft, und rief: »Noah, kannst du bitte aufmachen?«

Ein paar Sekunden später hörte sie eine Frauenstimme aus Noahs Zimmer. Anscheinend hatte es an seiner Tür geklopft, nicht an ihrer. Neugierig setzte sie die Brille auf und ging ins Schlafzimmer. Na toll. Amelia Ann versuchte mal wieder, ihn zu verführen. Noah lehnte an der Tür, aber als er Jordan hörte, drehte er sich zu ihr um und zwinkerte ihr zu.

Ihm gefiel diese Vorzugsbehandlung natürlich. Jordan allerdings nicht. Sie starrte die Frau an. Amelia Ann war angezogen, als ob sie in einer anrüchigen Cocktailbar bedienen würde: superkurze Shorts, rote offene Pumps mit Stiletto-Absätzen und eine tief ausgeschnittene Bluse, die zuzuknöpfen sie anscheinend vergessen hatte. Es sah schon fast komisch aus, wie sie sich über das Bett beugte, um die Laken glatt zu ziehen, aber Jordan konnte nicht darüber lachen. Amelia Anns Benehmen war peinlich.

Leise vor sich hin murmelnd schlug Jordan ihr Bett selbst auf. Sie legte einen Stapel Papiere auf das Bett, holte sich eine Flasche Wasser und setzte sich hin, um zu lesen.

Das Telefon im Zimmer klingelte. Ihre Schwester Sidney rief an. »Du errätst nie, wo ich bin.«

»Ich will nicht raten«, erwiderte Jordan. »Sag es mir.«

»Siehst du die Nummer nicht auf dem Display?«

»Du hast mich in meinem Motelzimmer angerufen, Sidney. Das Telefon hat kein Display.«

»Ich bin in Los Angeles und sitze auf Kisten. Da ich erst in anderthalb Wochen in mein Wohnheim ziehen kann, musste ich in einem Hotel absteigen. Es ist ein sehr schönes Hotel«, gestand sie. »Der Portier hat mir das gesamte Gepäck hinaufgetragen.«

»Ich dachte, Mutter wollte nächste Woche mit dir fahren. Warum bist du denn schon so früh dort?«

»Alles hat sich plötzlich geändert«, erwiderte Sidney. »Ich war eine Nacht bei meiner Freundin Christy, und als ich am nächsten Morgen nach Hause kam, hatte Mom schon meinen Flug gebucht. Sie hatte es auf einmal sehr eilig, mich loszuwerden. Ich glaube, ich habe sie wahnsinnig gemacht, weil ich ständig davon gesprochen hatte, dass ich mir große Sorgen um Dad mache.«

»Und nun bist du auf dich allein gestellt?«

»Ja, und ich liebe es«, sagte Sidney. »Dieser Zimmerservice ist natürlich wahnsinnig teuer, aber was soll ich machen? Schließlich komme ich nicht in mein Wohnheim. Hoffentlich kriegt Dad keinen Anfall, wenn die Rechnung von seiner Kreditkarte abgebucht wird.«

»Wie geht es Dad?«

»Ich glaube, ganz gut. Du kennst ja Dad. Morddrohungen scheinen ihm nichts auszumachen. Mit Mutter ist es allerdings etwas anderes. Sie ist mit den Nerven am Ende, versucht aber, sich nichts anmerken zu lassen. Dieser Prozess stresst alle.«

»Gibt es irgendwelche Erkenntnisse, wann das alles vorbei sein wird?«, fragte Jordan.

»Nein«, antwortete Sidney. »Dads Personenschützer werden langsam Dauergäste in Nathan's Bay. Sie sind überall: Eine ständige Erinnerung daran, dass jemand unserem Vater den Tod wünscht.«

»Nach der Urteilsverkündung wird das aufhören.«

»Woher willst du das wissen? Das sagt natürlich jeder, aber es geht schließlich um das organisierte Verbrechen. Das ist ein großer Fall.«

Jordan hörte die Angst in Sidneys Stimme. »Ja, ich weiß.«

»Und selbst wenn dieser schreckliche Mann verurteilt wird, dann sind bestimmt seine Familie und seine Partner hinter Dad her. Und wenn er nicht verurteilt wird, die andere Seite.«

Jordan unterbrach ihre Schwester. »Du machst dich nur verrückt, wenn du die ganze Zeit darüber nachdenkst. Du musst einfach das Beste hoffen.«

»Leichter gesagt als getan«, erwiderte Sidney. »Ich bin froh, dass ich so früh abgereist bin. Ich habe es Mom schwer gemacht. Wo sie sich im Moment auch noch um Laurant Sorgen machen muss – und Nick ist so nervös.«

»Warte mal. Was hast du gerade gesagt? Was ist denn los mit Nick und Laurant?«

»Mit Nick ist gar nichts. Es geht um seine Frau. Ich dachte, du wüsstest …«

»Was?«, unterbrach Jordan sie ungeduldig.

»Laurant hat Wehen bekommen, und ihr Arzt hat sie ins Krankenhaus gesteckt. Sie kann das Kind noch nicht bekommen. Sie ist doch erst im sechsten Monat.«

»Wann ist das denn passiert?«

»Nick hat sie gestern in die Klinik gebracht. Ich war schon auf dem Weg nach L. A.«

Hatte Jordan seitdem mit ihrem Bruder telefoniert? Sie konnte sich nicht erinnern.

»Es ist gut, dass Noah bei dir geblieben ist und Nick früher nach Hause kommen konnte. Stell dir vor, er wäre gar nicht da gewesen, als Laurant Wehen bekam.«

»Die arme Laurant. Was sagt denn der Arzt?«

»Ich weiß nicht«, antwortete Sidney. »Mom hat mir nur gesagt, dass sie Infusionen bekommt. Dadurch werden die Wehen verlangsamt, aber sie haben wohl noch nicht vollständig aufgehört. Hör mal, wann kommst du denn nach Hause? Mom könnte ein wenig Hilfe gut gebrauchen. Du bist immer so ruhig und cool. Dich kann doch nichts erschüttern.«

Das ist vorbei, dachte Jordan. Dank Noah erschütterte sie mittlerweile alles.

Aus den Augenwinkeln sah sie ihn auf sich zukommen und verlor prompt den Gesprächsfaden. Er trug Jeans und ein sauberes T-Shirt. Er legte Pistole und Halfter auf ihren Nachttisch und streckte sich neben ihr auf dem Bett aus.

»Jordan? Hast du mich nicht gehört? Ich habe gefragt, wann du nach Hause fährst.«

»Was … äh … ich …« Nein, sie war wirklich durch nichts zu erschüttern. »Morgen«, stammelte sie. Noah zog sie an sich. »Wir brechen ganz früh auf. Es ist eine lange Fahrt bis Austin Airport.« Sie schob Noahs Hand weg und flüsterte: »Hör auf.«

»Mit was soll ich aufhören?«, fragte Sidney.

»Mit nichts. Ich muss jetzt auflegen.«

»Warte. Meinst du, ich sollte wieder nach Hause fliegen?«, fragte Sidney. »Ich könnte vielleicht helfen …«

»Nein, nein, du bleibst, wo du bist. Zu Hause kannst du gar nichts tun. Ich rufe dich an, sobald ich da bin.«

»Leg nicht auf. Ich habe dich noch gar nicht gefragt, wie es dir geht.«

Noah kitzelte ihren Nacken, und sie bekam Gänsehaut.

»Gut. Es geht mir gut«, stieß Jordan hervor.

»Hat man den Irren gefasst, der die Leichen in dein Auto gepackt hat?«

»Ja. Ich rufe dich morgen an. Mach's gut. Tschüs.«

Sie legte auf, bevor Sidney sie daran hindern konnte. Dann wandte sie sich zu Noah.

»Du versuchst, mich abzulenken.« Weiter kam sie nicht, weil Noah in der Zwischenzeit sein T-Shirt ausgezogen hatte. Er hatte einen wundervollen Körper. Seine Oberarme waren muskulös, und seine Bauchmuskeln …

Energisch riss sie sich aus der Erstarrung.

»Was machst du da?«

»Ich mache es mir bequem.«

Sie hielt seine Hände fest, als er begann, sich die Jeans auszuziehen.

»Um Himmels willen – lass besser die Hose an.«

»Ist es dir peinlich?« Verwirrt blickte er sie an. »Süße, du hast jeden Körperteil von mir gesehen und …«

»Ja, das weiß ich«, unterbrach sie ihn. Plötzlich musste sie lachen. »Dir ist gar nichts peinlich, oder? Ich wette, du könntest splitternackt über die Newbury Street in Boston laufen, und es würde dir nichts ausmachen.«

Er grinste. »Das kommt drauf an.«

»Worauf?«

»Ob es Sommer oder Winter ist.«

Jordan verdrehte die Augen.

»Du brauchst nicht zu glauben, dass du einfach so hereingeschneit kommen und mit mir schlafen kannst.«

Er schob sich das Kissen hinter den Kopf.

»Ich komme nirgendwo hereingeschneit, und ich habe auch nicht vor zu schlafen, jedenfalls nicht in den nächsten Stunden. Soll ich wieder gehen?«

»Nein.«

Sie stützte sich auf seinem Brustkorb ab und küsste ihn. Dann kniff sie ihn in die Schulter und richtete sich wieder auf.

»Ich weiß, dass du mit Nick gesprochen hast«, sagte sie anklagend. »Warum hast du mir nicht gesagt, was los ist?«

Er blickte sie überrascht an.

»Hat Sidney es dir erzählt? Ich dachte, sie wüsste es gar nicht. Deine Mutter hat sie extra früher weggeschickt, damit sie nichts mitbekommt.«

»Nick hätte mich anrufen sollen.«

»Nick wollte nicht, dass du dir Sorgen machst, und außerdem wusste er ja, dass du es sowieso erfährst, wenn du wieder in Boston bist.«

»Was erfahren?« Jordan hockte sich hin.

Noah runzelte die Stirn. »Was hat Sidney dir eigentlich erzählt?«

»Nein, ich will deine Version hören.«

»Jemand ist ins Haus deiner Eltern eingebrochen und hat eine Nachricht für deinen Vater in der Bibliothek hinterlassen. Der Zettel war mit einem Messer an die Wand geheftet.«

»Wann hat er ihn gefunden?«

»Deine Mutter hat ihn gefunden.« Seufzend fügte Noah hinzu: »Er muss in der Nacht ins Haus gekommen sein. Sie hat die Nachricht am nächsten Morgen entdeckt, bevor dein Vater aufgestanden ist.«

Jordan stellte sich vor, wie ein Irrer mit einem Messer durchs Haus schlich. Ihr lief ein Schauer über den Rücken. »Sie haben geschlafen? Wo waren die Personenschützer?«

»Gute Frage«, sagte Noah. »Es waren zwei Mann, einer draußen und einer drinnen. Keiner von ihnen hat etwas gehört oder gesehen.«

Jordan wurde es übel. »Er hätte in ihr Schlafzimmer gehen können. Und Sidney …«

»Sie war nicht da«, sagte Noah. »Sie war bei einer Freundin.«

Jordan nickte. »Sie könnten jederzeit zu meinem Vater vordringen, oder?«

»Nein. Deine Brüder kümmern sich darum, und sie haben die Sicherheitsmaßnahmen verstärkt. So nahe wird keiner mehr an ihn herankommen.«

Sie glaubte ihm nicht. »Was für eine Nachricht stand auf dem Zettel?«

»Ich weiß nicht mehr genau.«

»Sag es mir«, drängte sie.

»Jordan, es sollte ihm bloß Angst einjagen.«

»Ich will wissen, was dort stand, Noah. Sag es mir.«

»Okay«, antwortete er zögernd. »Da stand: ›Wir beobachten dich.‹«

32

Jordan hatte schreckliche Angst um ihre Familie. Sie musste die ganze Zeit daran denken, wie ihre Eltern schliefen, während ein kaltblütiger Killer durchs Haus schlich. Noch beängstigender war die Tatsache, dass der Mann an zwei Personenschützern vorbeigekommen war, die eigentlich aufpassen sollten.

Noah hielt sie in den Armen und hörte ihr zu, während sie alle möglichen Szenarien durchspielte: Was hätte passieren können, was nicht passiert war und was in Zukunft möglicherweise passieren konnte. Nick kam auf dieselben Ideen.

»Das mit Laurant wusstest du auch, oder?«, fragte Jordan. Als er nicht schnell genug antwortete, kniff sie ihn in den Arm.

»Au! Hör auf, mich zu kneifen. Ja, ich wusste es.«

»Und warum hast du es mir nicht erzählt?«

»Nick wollte das nicht.« Er hielt ihre Hand fest, bevor sie ihn erneut kneifen konnte.

»Lass mich raten. Er wollte nicht, dass ich mir Sorgen mache.«

»Genau.«

Sie setzte sich auf. »Mein Vater und Laurant – welche Geheimnisse gibt es noch?«

»Keins, von dem ich wüsste«, erwiderte Noah. »Und es nützt gar nichts, wenn du dich aufregst.«

Seine ruhige Art ärgerte sie. »Nun, ich habe mich aber bereits aufgeregt.«

»Sei nicht so hart mit Nick. Er wollte dich nur schützen.«

»Verteidige ihn nicht.«

»Ich sage ja nur, dass Nick fand, du hättest sowieso schon genug um die Ohren. Er wollte dir alles erzählen, wenn du wieder in Boston bist. Und Laurant geht es gut.«

»Sie ist im Krankenhaus. Es geht ihr nicht gut.«

»Sie ist bestens versorgt.«

Jordan schüttelte den Kopf. »Wenn du mein Bruder wärst und ich so etwas vor dir geheim halten würde, wie würdest du dich dann fühlen?«

Er warf ihr einen Blick zu. »Süße, wenn ich dein Bruder wäre, hätten wir ein viel größeres Problem.«

Seine Hand schlüpfte unter ihr T-Shirt, und er zupfte am Bund ihrer Boxershorts, um zu verdeutlichen, was er meinte.

»Okay, das war ein schlechtes Beispiel.« Sie ergriff ihren Papierstapel. »Ich hasse Geheimnisse«, murmelte sie.

»Ach ja? Dafür kannst du aber selbst ganz gut Geheimnisse bewahren.« Er klang ärgerlich.

Überrascht von seinem Stimmungsumschwung, fragte sie: »Was soll das denn heißen? Ich habe keine Geheimnisse.«

»Willst du mir was über die kleine Narbe an deiner rechten Brust erzählen?«

»Was ist damit?«

»Ich meine mich zu erinnern, etwas von einer Operation gehört zu haben.«

»Das ist … schon eine Zeitlang her«, erwiderte sie. Wie sollte sie nur aus der Falle wieder herauskommen, in die sie sich selbst hineinmanövriert hatte? »Es war keine große Sache.«

»Hattest du nicht einen Knoten in der Brust?«

»Ja, aber nur einen ganz kleinen.«

Er ignorierte ihren Einwand und fuhr fort: »Und hast du ihn nicht im Krankenhaus entfernen lassen, ohne deiner Familie auch nur einen Ton davon zu sagen?«

Jordan holte tief Luft. »Das war doch nur eine Biopsie.«

»Das spielt keine Rolle. Du wolltest nicht, dass sich jemand Sorgen macht, oder? Wenn nun etwas schief gegangen wäre? Wenn aus der Biopsie nun plötzlich eine große Operation geworden wäre?«

»Kate hat mich ins Krankenhaus gefahren. Sie hätte alle angerufen.«

»Und das findest du okay?«

»Nein«, gab Jordan zu. »Es war falsch. Aber ich hatte Angst. Und wenn ich allen davon erzählt hätte, wäre es irgendwie realer geworden.«

Es war seltsam, aber er verstand sie. Er ergriff ihre Hand.

»Ich sage dir eins: Wenn du so eine Nummer jemals bei mir abziehst, mache ich dir die Hölle heiß.« Schon bei dem Gedanken daran, dass sie so etwas Ernstes vor ihm verheimlichen könnte, wurde er wütend.

»Keine Geheimnisse«, versprach sie.

»Genau.«

Sie versuchte aufzustehen.

»Was hast du vor?«, fragte er.

»Ich wollte eigentlich ein bisschen weiterlesen, aber ich habe keine Lust auf Berichte über uralte Fehden.«

Er zog sie wieder an sich.

»Lies mir etwas vor. Vielleicht über eine Schlacht«, schlug er vor. »Das wird dich entspannen.«

Sie beschloss, ihm den Gefallen zu tun. Sie lehnte sich an seine Brust und legte den Stapel Papiere in ihren Schoß.

Er blickte über ihre Schulter. »Wie weit bist du eigentlich schon gekommen?«

»Ich weiß nicht genau. Ich habe willkürlich ein oder zwei Geschichten aus jedem Jahrhundert ausgewählt. Wenn ich wieder zu Hause bin, lese ich alles einmal komplett durch. Und dann recherchiere ich auf eigene Faust. Ich will schließlich die Wahrheit herausfinden.« Sie fügte hinzu: »Allerdings bin ich mir sicher, dass in jeder Geschichte eine Spur Wahrheit enthalten ist. Zum größten Teil wurden sie von Generation zu Generation weitergegeben.«

Sie hielt ihm den Stapel hin.

»Such du eine aus.«

Sie sah ihm zu, als er die Seiten durchblätterte.

»Warte mal«, sagte sie auf einmal. »Ich habe gerade etwas gesehen – da ist es wieder.«

Sie zog die Seite heraus und hielt sie hoch.

»Siehst du? Der Professor hat das Datum 1284 an den Rand geschrieben. Ich habe es auch schon auf zwei anderen Seiten gefunden. Und was ist das? Eine Krone? Ein Schloss? Anscheinend hat 1284 die Fehde begonnen. Glaubst du nicht auch?«

»Vielleicht«, erwiderte er. »Die Schrift ist ganz dick, als wenn er die Zahlen mehrmals umrandet hätte, um sie nicht zu vergessen.«

»Oh nein, er musste die Zahl nicht mehrmals aufschreiben, um sie nicht zu vergessen. Er hat mir gegenüber damit geprahlt, er besäße ein fotografisches Gedächtnis. Wahrscheinlich hat er sie eher geistesabwesend hingekritzelt, während er an etwas anderes gedacht hat.«

»Was hat er über sein Gedächtnis gesagt?«

»Er sagte, sein Gedächtnis sei außergewöhnlich gut. Er würde nie ein Gesicht oder einen Namen vergessen, ganz gleich, wie viel Zeit verstrichen wäre. Er hat diese Geschichten nur aufgeschrieben, um sie für die Nachwelt zu erhalten, er selbst kannte sie auswendig. Er war ein besessener Leser. Wenn er eine Zeitung nicht bekommen konnte, las er sie im Internet.«

Noah dachte an die Zeitungsstapel im Haus des Professors.

»Sieh dir die restlichen Seiten an«, schlug er vor. »Vielleicht hat er ja noch etwas an den Rand geschrieben.«

Jordan fand in ihrem Teil des Stapels nichts, aber Noah stieß auf weitere Zeichen.

»Wonach sieht das deiner Meinung nach aus?« Er zeigte auf etwas, das oben auf die Seite gemalt war.

»Vielleicht ein Hund oder eine Katze – bei der langen Mähne vielleicht ein Löwe. Ich wette, es ist ein Löwe.«

Die letzte Zeichnung, auf die er stieß, war leichter zu erkennen. Schon wieder eine Krone. Die schlechte Zeichnung einer schiefen Krone.

»Weißt du, was ich glaube?«, sagte Noah. »Professor Mac-Kenna war verrückt.«

248

»Ich muss zugeben, dass er sehr seltsam war, und er war auch besessen von seiner Arbeit.«

»Ich glaube, er hat alles nur erfunden.«

Jordan schüttelte den Kopf. »Nein. Vielleicht bin ich ja verrückt, aber ich glaube wirklich an den verborgenen Schatz.«

Noah blätterte weiter durch die Seiten. »Manche Seiten sind nicht datiert.«

»Vielleicht ist es ein Ratespiel. Vielleicht wird der Name eines Königs erwähnt oder eine neue Waffe, wie eine Armbrust zum Beispiel. Das wäre ein ungefährer Hinweis auf die Zeit, aber der Rest ist nur Vermutung.«

»Lies das mal.« Er reichte ihr ein paar Seiten und lehnte sich zurück.

Als ob es das Natürlichste von der Welt wäre, legte er den Arm um sie und zog sie an sich.

Sie begann mit ihrer weichen, klaren Stimme zu lesen.

Unser geliebter König ist tot, und in dieser Zeit unserer tiefen Trauer müssen die Clans Schlacht auf Schlacht um die Macht kämpfen. Ein Anwärter auf den Thron streitet für seine Vorherrschaft, und es herrscht politischer Aufruhr.

Gier hat sich in den Herzen unserer Anführer eingenistet. Wir wissen nicht, wie dies alles enden wird, und haben Angst um unsere Kinder. Die Erde ist blutgetränkt, jede Höhle eine Grabstätte nicht nur für Alte, sondern auch für Junge. Wir sind Zeugen von Mord und Untreue geworden und von Verrat.

Die MacDonalds bekriegen die MacDougals, die Westküste ist ihr Schlachtfeld. Im Süden kämpfen die Campbells gegen die Fergusons. Die MacKeyes und die Sinclairs vergießen ihr Blut im Osten. Es gibt kein Entkommen.

Aber es ist der Verrat im Norden, den wir am meisten fürchten. Die MacKennas haben nun Verbündete vom anderen Ende der Welt, die ihnen beistehen, ihren Feind, die Buchanans, zu vernichten.

Der Laird der MacKennas will nicht einfach das Land der

Buchanans stehlen und die Krieger unter seine Herrschaft zwingen. Das würde ihm nie gelingen. Nein, das war vielleicht in der Vergangenheit seine Absicht, aber nun nicht mehr. Er will sie alle vernichten, jeden Mann, jede Frau, jedes Kind. Seine Wut ist gewaltig.

Obwohl wir nicht offen darüber sprechen, noch nicht einmal im Flüsterton, glauben wir, dass der Laird der MacKennas einen bösen Pakt mit dem König von England geschlossen hat. Der König hat einen Gesandten zu ihm geschickt, einen jungen Prinzen aus einem fernen Reich, das der König regiert. Ein Zeuge beobachtete dieses geheime Treffen, er ist einer der Unseren. Wir glauben seinem Wort, denn er ist ein Mann Gottes.

Der englische König möchte einen Brückenkopf im Norden besitzen, und er hat sein Augenmerk auf das Land der Buchanans in den Highlands gerichtet. Besitzt er erst einmal dieses Land, wird er ganz Schottland erobern, einen Clan nach dem anderen bezwingen. Und wenn sie alle unter seiner Herrschaft stehen, wird er eine riesige Streitkraft sammeln und nach Norden in das Land der Hünen ziehen.

Der Prinz hat dem Laird berichtet, der König habe von den Feindseligkeiten zwischen den Buchanans und den MacKennas gehört. Obwohl er denkt, es sei schon Belohnung genug, wenn die Buchanans mit seiner Hilfe vernichtet werden, so will er doch diesen Pakt versüßen, indem er dem Laird einen Titel und einen Silberschatz gibt. Der Schatz alleine würde den Laird über alle anderen Clans erheben, denn er besitzt mystische Kräfte. Mit diesem Schatz würde der Laird unbesiegbar. Er besäße die Macht, nach der er sich gesehnt hat, und könnte sich an den Buchanans rächen.

Gier stieg im Laird auf, und er konnte diesem Teufelspakt nicht widerstehen. Er rief seine Verbündeten zu Hilfe, aber er erzählte ihnen nichts von seinem Treffen mit dem Abgesandten des englischen Königs und von dem Pakt, den er geschlossen hatte. Er erfand eine Geschichte von Untreue und Mord und verlangte von ihnen, mit ihm in die Schlacht zu ziehen.

Auch wir fürchten den Zorn der Buchanans, aber dieses Gemetzel können wir nicht zulassen. So haben wir beschlossen, dass *einer von uns zum Laird der Buchanans geht und ihm von diesem Plan berichtet. Der König von England sollte keine Macht in unserem Land haben. Der Laird der MacKennas mag seine Seele verkaufen, aber nicht wir.*

Zitternd vor Angst ging unser mutiger Freund Harold alleine zum Laird der Buchanans. Als er nicht zurückkehrte, glaubten wir, die Buchanans hätten ihn getötet. Aber Harold war nichts geschehen. Er kehrte zu uns zurück, und sein Körper war unversehrt, aber Entsetzen hatte seinen Geist ergriffen, denn er erzählte uns, er habe ihn gesehen. Harold hatte den Geist gesehen. Er hatte den Löwen im Nebel gesehen.

Noah unterbrach Jordan. »Was hat er gesehen?«

»Harold hatte den Geist gesehen. Er hatte den Löwen im Nebel gesehen«, wiederholte Jordan.

Noah lächelte. »Ein Löwe in Schottland?«

»Vielleicht ist es nur ein Löwe im übertragenen Sinn«, meinte Jordan. »Schließlich gab es ja auch Richard Löwenherz.«

»Lies weiter«, erwiderte Noah.

Wir fragten ihn, ob der Laird der Buchanans seine Verbündeten gerufen habe. Harold verneinte und sagte, dieser hätte Boten in den Norden geschickt, um einen einzigen Krieger zu rufen. Das sei alles. So werden sie alle sterben. Der englische König ist siegesgewiss, weil er eine ganze Legion geschickt hat …

Erneut unterbrach Noah sie. »Eine Legion? Ach komm. Weißt du, wie groß eine Legion ist?«

»Noah, ich habe schon etwas über einen Geist und einen Löwen im Nebel gelesen. Glaubst du, da beeindruckt mich eine Legion?«

Er lachte. »Da hast du recht.«

»Soll ich jetzt weitermachen oder nicht?«

»Lies weiter«, erwiderte er. »Ich verspreche auch, dich nicht mehr zu unterbrechen.«

251

»Wo war ich stehengeblieben? Oh, ja, die Legion.« Sie fand die Stelle und las weiter.

Der englische König ist siegesgewiss, weil er eine ganze Legion geschickt hat, mit Soldaten, die den Schatz zu Laird MacKenna bringen sollen. Er befahl seinen Soldaten, mit den MacKennas gegen die Buchanans zu kämpfen. Der Laird der MacKennas erfuhr erst kürzlich von diesem Heer. Er kann die Legion nun nicht mehr aufhalten, und er weiß, dass seine Verbündeten sich gegen ihn wenden werden, wenn sein Pakt mit dem englischen König offenbar wird. Sie werden nicht Seite an Seite mit englischen Soldaten kämpfen.

Jordan ließ die Seite sinken. »Das hat er absichtlich gemacht«, sagte sie.

»Wer?«, fragte Noah.

»Der König. Er schickte seine Soldaten, weil er wusste, dass MacKennas Verbündete sich dann von dem Laird abwenden. Er wusste auch, dass sie von dem Pakt erfahren würden. Die Clans würden wissen, dass MacKenna sich mit dem König verbündet hatte. Wegen des Silberschatzes. Das war der Verrat.«

»Und am Ende bringen sie sich alle gegenseitig um.«

»Ja«, sagte Jordan. »Und genau das wollte der König. Wie konnte der Laird der MacKennas nur glauben, dass der König von England sein Wort halten würde?«

»Er war blind vor Gier. Hat er den Schatz denn bekommen?«

Jordan ergriff die Seite erneut. »Die Buchanans siegten.«

»Ich habe auch die Daumen für sie gedrückt«, knurrte Noah. »Außerdem liege ich mit einer Buchanan im Bett, da sollte ich wohl loyal sein.«

Jordan antwortete nicht. Sie las weiter, blickte dann aber auf. »Oh nein, diese ganzen Schlachtbeschreibungen lese ich nicht. Es hat viele Tote und Verwundete gegeben, und die englischen Soldaten, die überlebt haben, sind nach England zurückgekehrt. Ich wünschte, ich wüsste, unter welchem König das war«, sagte sie.

»Was ist mit dem Laird der MacKennas passiert?«

Sie überflog eine Seite. »Ah, da steht es. Er verlor seinen Schatz, und den Titel hat er auch nicht bekommen.«

»Was für einen Titel eigentlich?«

»Das steht da nicht. Aber auf jeden Fall fiel er in Ungnade und verlor ihn. Und weißt du was? Der Clan gab den Buchanans die Schuld daran. Ich wette, Professor MacKenna hat die Tatsachen so lange verdreht, bis er diesen Umstand ebenfalls den Buchanans zur Last legen konnte.«

»Der Laird muss ja die Fakten ganz schön verfälscht haben, damit sein Clan ihm glaubte.«

Jordan stimmte ihm zu. »In dieser Legende findest du alles. Gier, Verrat, geheime Absprachen, Mord und wahrscheinlich auch Untreue. Ja, ja, ich habe auch etwas von Untreue gelesen.«

»Viel hat sich über die Jahrhunderte nicht verändert. Mit der Erpressungsliste von J. D. verhält es sich genauso. Untreue, Gier, Verrat. Ganz gleich, welches Laster du nennst, du findest es auf der Liste.«

»Ich kann nur hoffen, dass du übertreibst. Ich weiß zwar, dass Charlene ihren Verlobten betrogen hat, aber es ist vielleicht nur einmal vorgekommen. Könnte ich die Liste mal sehen?«

Er wollte aufstehen, aber sie zog ihn zurück. »Ach, nein, lieber nicht. Erzähl es mir einfach. Steht Amelia Ann auf der Liste?«

»Ja. Aber sie hat nicht Illegales gemacht. Sie ist wegen einer Geschlechtskrankheit behandelt worden, und J. D. wusste davon. Sie hat ihm hundert Dollar bezahlt, damit er es nicht ihrer Tochter erzählt.«

»Das war wahrscheinlich viel Geld für sie. Aber sie will ihre Tochter sicher nicht enttäuschen. Es könnte schlimmer sein.«

»Es kommt noch besser. Erinnerst du dich an die Videos, die Street in J. D.s Haus gefunden hat?«

»Ja.«

»Er hat nicht nur seine Opfer gefilmt. Anscheinend hat er auch sich selbst bei seinen sexuellen Eskapaden ganz gerne beobachtet. Und auf einem der Videos stand ›Amelia Ann‹.«

Jordan blieb der Mund offen stehen.

»Im Ernst? Amelia Ann und J.D.?«

Sie ließ die Neuigkeit auf sich wirken und sagte dann: »Das könnte doch bedeuten, dass sie sich die Geschlechtskrankheit bei J.D. geholt hat, oder?«

»Das ist durchaus möglich«, erwiderte Noah.

»Hoffentlich findet Candy das nie heraus. Was ist bloß mit den Leuten in dieser Stadt los? Haben die kein Kabelfernsehen?«

»Süße, Sex ist allemal besser als Kabelfernsehen.«

Jordan schüttelte den Kopf. »Aber nicht mit J.D.«

Sie hatte genug über das geheime, schmutzige Leben der Einheimischen gehört. Sie packte die Papiere zusammen, steckte sie in ihre Tasche und kam wieder ins Bett.

Noah hatte die Augen geschlossen.

»Noah?«

»Hm?«

»Findest du Frauen in Hotpants und mit Stilettoabsätzen attraktiv?«

Er stützte sich auf den Ellbogen und blickte sie an.

»Wie kommst du denn darauf? Wer trägt denn Hotpants und Stilettos?«, fragte er.

»Amelia Ann.«

»Ach ja?«

»Oh, bitte. Sag bloß nicht, dass du das nicht bemerkt hättest.«

»Sie ist nicht mein Typ.«

Lächelnd griff sie über seinen Brustkorb, um das Licht auszuschalten.

»Gute Antwort.«

33

Ich gebe es ungern zu, aber ich werde Serenity tatsächlich vermissen.«

Noah und Jordan fuhren gerade an *Jaffee's Bistro* vorbei. Es begann zu dämmern, und ein leichter goldener Schimmer lag auf allen Gebäuden. Im Restaurant war es dunkel. Jaffee würde erst in ein paar Stunden aufmachen.

»Was genau wird dir fehlen?«, fragte Noah.

»Ich habe hier eine lebensverändernde Erfahrung gemacht.«

Er konnte nicht widerstehen. »Der Sex war also in Ordnung, was?«

Empört schüttelte sie den Kopf. »Das habe ich nicht gemeint. Aber da wir gerade von Sex sprechen …«

»Es war ziemlich gut letzte Nacht, oder? Du hast mich fertig gemacht.«

Es war nicht nur gut, dachte sie. Es war wundervoll und unglaublich gewesen, aber wenn sie ihm das sagte, würde Noah nur noch arroganter werden.

»Hör auf, mich in Verlegenheit zu bringen. Das funktioniert nicht«, warnte sie ihn.

Er widersprach nicht. Aber sie hatte unrecht. Es funktionierte doch. Sie wurde nämlich rot.

»Was war denn deine lebensverändernde Erfahrung?«, fragte er.

»Es war eher eine lebensverändernde Entscheidung. Mir ist klar geworden, dass ich eine Sklavin der Technologie war, und das wird sich ändern. Es gibt andere Dinge im Leben als Computer zu bauen und sie größer, besser und schneller zu machen.«

Sie seufzte. »Ich will mehr vom Leben haben.«

Er lächelte sie an. »Gut zu wissen.«

»Wenn ich nach Hause komme, mache ich als Allererstes eine Liste aller Dinge, die ich tun möchte. Ganz oben steht Kochen.« Jordan nickte bekräftigend. »Ich werde einen Kochkurs belegen. Keine Fertiggerichte mehr.«

Die Fahrt zum Flughafen in Austin war lang, und sie unterhielten sich über alles Mögliche, unter anderem darüber, wie unterschiedlich sie aufgewachsen waren.

Noah war ein Einzelkind, während Jordan einen ganzen Haufen Geschwister hatte. Sie erzählte ihm, wie sehr sie sich immer nach ein wenig Privatsphäre gesehnt hatte. Am schlimmsten war gewesen, dass ihre Brüder sie ständig geneckt hatten.

Noah lachte, als sie ihm erzählte, was für Streiche sie ihr und ihrer Schwester gespielt hatten, als sie klein waren. Er fand es wunderbar, in so einer großen Familie aufzuwachsen – es war immer etwas los.

Gelegentlich schwiegen sie auch, aber es war ein behagliches Schweigen, weil sie sich in der Gesellschaft des anderen wohlfühlten.

»Was hast du eigentlich gemeint, als du gesagt hast, du wüsstest, worauf ich aus wäre?«, fragte sie ihn irgendwann. Die Bemerkung hatte sie in den letzten Tagen beschäftigt.

Noah warf ihr einen Blick zu. »Bist du sicher, dass du das wirklich wissen willst?«

»Ja, klar.« So schlimm würde es schon nicht sein.

»Ich kenne dich schon lange, und ich weiß, wie du tickst, vor allem, wenn es um Männer geht. Du hast gerne alles unter Kontrolle.«

»Das stimmt nicht.«

Er ignorierte ihren Einwand.

»Und vor allem die Männer, mit denen du zusammen bist, willst du im Griff haben. Ich kenne ein paar von ihnen, Süße, und ich weiß, wovon ich rede. Du suchst dir am liebsten die Schwachen aus. Aber wenn sie dann wie Wachs in deinen Händen sind, willst du sie nicht mehr. Ich wette, du hast mit keinem von ihnen geschlafen. Vielleicht suchst du dir diesen Männertyp ganz bewusst aus, damit du dich nicht auf sie einlassen musst. Habe ich recht?«

»Nein«, widersprach sie. »Das stimmt nicht. Ich mag sensible Männer.«

»Aber mit mir bist du ins Bett gegangen. Und sensibel bin ich nun weiß Gott nicht.«

»So wie sich das bei dir anhört, bin ich ja ganz schrecklich«, begehrte sie auf.

»Du bist schrecklich, du bist sehr süß. Süß und tyrannisch«, fügte er grinsend hinzu.

»Nein, ich will gar niemanden kontrollieren«, erwiderte sie vehement.

»Das macht mir auch keine Sorgen. Mich kannst du nicht kontrollieren.«

Jordan verschränkte die Arme. »Warum sollte ich auch? Erklär mir bloß nicht, ich könne es einfach nicht lassen.«

»Du regst dich ja auf.«

»Und was den Sex angeht …«, begann sie.

»Was ist mit dem Sex?«

»Ich würde vorschlagen, dass das, was zwischen uns passiert ist, auf Serenity beschränkt bleibt. Natürlich werden wir uns ab und zu in Nathan's Bay begegnen. Du gehst ja regelmäßig mit meinen Brüdern angeln, und ich komme die Familie besuchen. Ich möchte nicht, dass es dir peinlich ist, mir zu begegnen.«

Sie brach ab, als ihr klar wurde, was sie da redete.

»Okay, dir ist es wahrscheinlich sowieso nicht peinlich, aber du brauchst dir auch keine Gedanken zu machen, dass es mir vielleicht peinlich sein könnte.« Was redete sie da für einen Unsinn? »Verstehst du, was ich sagen will?«

»Ja«, erwiderte er. »Warum machst du dir darüber Gedanken?«

»Das ist eben so«, sagte sie. »Abgemacht?«

»Wenn es dich glücklich macht.«

»Abgemacht?«

»Ja.«

Es schien vielleicht übertrieben, die Abmachung mit einem Händedruck zu besiegeln, aber sie war froh, dass sie das Thema angeschnitten hatte. Es kam ihr nicht allzu schwierig vor, so zu tun, als sei nichts Außergewöhnliches vorgefallen. Darin war sie Profi.

Sie konnte sogar so tun, als hätte sie sich nicht in ihn verliebt – oder?

34

Als Jordan endlich zu Hause ankam, war es schon weit nach Mitternacht. Noah trug ihre Koffer in ihre Wohnung, schaute in jedem Zimmer nach, um sich zu vergewissern, dass alles in Ordnung war, gab ihr einen Abschiedskuss und fuhr weg, ohne sich noch einmal umzusehen.

Er lebt schon wieder sein Leben, dachte sie. Und sie musste das auch tun.

Müde fiel sie ins Bett und schlief sofort ein. Als sie am nächsten Morgen aufwachte, tastete sie instinktiv neben sich nach Noah, aber er war nicht da. Verschlafen stand sie auf, schlüpfte in ihren alten Morgenmantel und tapste auf bloßen Füßen in die Küche. Sie drückte auf die Abruftaste an ihrem Anrufbeantworter, und während sie sich eine Tasse Tee machte, lauschte sie den hinterlassenen Nachrichten. Es waren neunundvierzig.

Drei Nachrichten waren von Jaffee. Er wollte wissen, wie ernst er die Löschen-Taste nehmen musste, weil er versehentlich darangekommen war, als er seine Rezepte speichern wollte, und nun waren sie weg. Ob sie wohl so nett sein und ihm einen hilfreichen Hinweis schicken könnte, wenn überhaupt etwas getan werden konnte?

»Das mit den E-Mails funktioniert gut«, erklärte er, »und ich bekomme Ihre Antwort bestimmt. Ich habe Ihnen schon zwei Nachrichten auf dem Anrufbeantworter hinterlassen, und das ist die dritte, deshalb nehme ich an, dass Sie noch nicht zu Hause sind. Bitte rufen Sie auch Ihre E-Mails ab.«

Wie ernst war die Löschen-Taste zu nehmen? Jordan lächelte. Sie würde Jaffee später anrufen. Sie hörte die restlichen Nachrichten ab und löschte sie, dann ging sie mit ihrer Tasse

Tee ins Wohnzimmer und setzte sich auf die breite Fensterbank, von der aus man auf den Charles River blickte.

Wie lange würde sie leiden?, dachte sie, während sie aus dem Fenster starrte.

Sie hatte keine Vergleichsmöglichkeiten, da sie noch keinen so geliebt hatte wie Noah. Sie konnte nur hoffen, dass die erste Erholungsphase mit Selbstmitleid begann, denn dann war sie auf dem besten Weg, über ihn hinwegzukommen.

Bis zum frühen Nachmittag lief sie im Pyjama herum, weil sie nicht die Energie aufbrachte, sich anzuziehen. Als sie sich zufällig im Vorbeigehen im Spiegel sah, zuckte sie zusammen und ging unter die Dusche.

Nick rief an, als sie dabei war, ihre Kontaktlinsen einzusetzen.

»Ich wollte dich auch gleich anrufen«, sagte sie. »Wie geht es Laurant? Ich will nicht im Krankenhaus anrufen. Am Ende schläft sie gerade. Darf sie Besuch bekommen?«

»Es geht ihr ganz gut«, erwiderte ihr Bruder. »Der Arzt will sie mindestens noch einen Tag dabehalten, und ich beschränke die Besuche auf ein Minimum, damit sie sich ausruhen kann.«

»Heute komme ich sowieso nicht mehr vorbei«, sagte Jordan. »Gib ihr einen Kuss von mir und sag ihr, wir sehen uns morgen.«

»Du kannst dich schon mal darauf einrichten, viele Fragen zu beantworten«, sagte Nick.

Oh Gott, was wusste Laurant?

»Warum?«, fragte sie nervös. »Was für Fragen? Worüber will Laurant mir Fragen stellen?«

»Jordan, was ist denn los mit dir?«

»Nichts«, erwiderte sie. »Nichts ist los. Ich habe nur überlegt, was deine Frau mich wohl fragen will.«

»Ach, ich weiß nicht. Vielleicht will sie etwas über die Leichen wissen, die du gefunden hast«, erwiderte er sarkastisch.

»Oh ja, die Leichen.« Sie hatte sie tatsächlich vergessen. »Okay. Ich werde ihre Fragen beantworten.«

»Bist du böse auf mich? Benimmst du dich deshalb so komisch?«

Mit den detektivischen Fähigkeiten ihres Bruders war es auch nicht allzu weit her.

»Äh, ja. Das stimmt.«

»Sag mir warum.«

»Du kennst den Grund«, wich sie aus.

»Du bist sauer, weil ich dich in Serenity alleingelassen habe, oder? Du warst zwar bei Noah gut aufgehoben, aber ich bin dein Bruder, und ich hätte bleiben sollen. Ich habe recht, oder? Deshalb bist du böse auf mich.«

Sie würde nicht nur wegen dieser Lüge im Fegefeuer brennen. »Ja, genau das ist der Grund.«

»Dr. Morganstern hat mich nach Boston zurückbeordert, und es ist mein Job, Jordan. Und außerdem war ich so bei Laurant, als sie Wehen bekommen hat.«

»Ja, okay. Ich verzeihe dir.«

»Das ging aber schnell.«

»Ja, du hast nur getan, was du tun musstest«, erwiderte sie schnell. »Hör mal, ich muss auflegen. An der Tür hat es geläutet.«

Es hatte tatsächlich geläutet. UPS brachte die Kartons mit den Kopien der Forschungsunterlagen, die sie in Serenity aufgegeben hatte. Sie stapelte sie an der Garderobe, ging an ihren Computer und schaltete ihn ein. Sie wollte ihre E-Mails lesen, bevor sie eine Rundmail verschickte, dass sie eine Zeitlang nicht per E-Mail zu erreichen wäre. Wie lange das sein würde, schrieb sie nicht.

Den Rest des Nachmittags verbrachte sie damit, ihre Mails zu bearbeiten. Jaffee hatte sie immer noch nicht zurückgerufen, und sie machte sich im Geiste eine Notiz, das gleich morgen früh zu erledigen.

Ihr Abendessen bestand aus Popcorn, das sie in der Mikrowelle warm machte. Sie legte sich aufs Sofa und zappte durch sämtliche Kanäle, während sie versuchte, Noah aus ihren

261

Gedanken zu verdrängen. Aber sie musste ständig an ihn denken. Was mochte er heute gemacht haben? Was tat er gerade?

»Oh, das muss endlich aufhören!«

Entschlossen richtete sie ihre Gedanken auf andere Aspekte ihrer ereignisreichen Reise nach Texas. Aus einem kleinen Ausflug war ein Großereignis geworden. Drei Menschen waren tot, und eine kleine Stadt war völlig aus den Fugen geraten. Hätte jemand ihr vorher gesagt, was auf sie zukäme, sie hätte es nicht geglaubt. Es gab noch so viele unbeantwortete Fragen, und sie konnte nur hoffen, dass die FBI-Beamten den Dingen auf den Grund gehen würden. Von all diesen Intrigen und Enttäuschungen drehte sich Jordan der Kopf. Sie musste unbedingt eine Art Ordnung hineinbringen.

Professor MacKennas Geschichte von der Erbschaft hatte sich als Lüge erwiesen. Offensichtlich war er doch nach Serenity gezogen, weil er dort Geld bekam. Aber von wem? Hatte er mit J. D. zusammengearbeitet? Hatte J. D. den Professor umgebracht, weil er erfahren hatte, dass er große Summen kassierte, während für ihn nur kleine Beträge blieben? Es war durchaus möglich, dass J. D. ihn getötet hatte. Und dann war er beim Legen des Brandes umgekommen.

Wenn sie zusammengearbeitet hatten. Damit wäre ein Teil des Rätsels sicher gelöst, aber Jordan konnte keine Verbindung zwischen den beiden herstellen. Der Professor war ein seltsamer Typ, ein Einzelgänger. Warum hätte er sich mit J. D. zusammentun sollen?

Das passte irgendwie nicht.

Es gab noch eine zweite Möglichkeit. Der Erpresser J. D. hatte von dem Geld erfahren, das der Professor von einer dritten Partei bekam, und dann versucht, ihn zu erpressen. Aber der Professor ließ das nicht zu. Wenn MacKenna damit gedroht hatte, zur Polizei zu gehen, dann musste J. D. fürchten, wieder ins Gefängnis zu kommen. Das konnte er nicht riskieren, deshalb ermordete er den Professor.

Aber auch das kam Jordan nicht stimmig vor, schließlich

war der Professor bestimmt auch in etwas Illegales verwickelt gewesen.

Woher hatte er das Geld bekommen? Das schien ihr die wichtigste Frage.

Manchmal musste man einfach aufhören, über etwas nachzudenken, dann löste sich alles von selbst. Jordan beschloss, eine Nacht darüber zu schlafen.

Aber als sie am nächsten Morgen aufstand, wusste sie immer noch nicht, was genau passiert war. Und mittags gab sie schließlich auf.

Sie ergriff ihre Autoschlüssel und wollte sich gerade auf den Weg zu Laurant machen, als das Telefon klingelte.

»Jordan, Agent Chaddick hier. Ich habe interessante Neuigkeiten. Wir haben Ihr Notebook gefunden.«

»Ja? Wo denn?«

»Bei einem Internet-Auktionshaus.«

»Wie bitte?«

»Maggie Haden hatte es an sich genommen und versuchte, es übers Internet zu versteigern. Jetzt kann sie wohl jede Hoffnung aufgeben, noch einmal auf ihren Posten zurückzukehren.«

Jordan sank auf einen Stuhl. Maggie Haden. So eine Frechheit!

Erneut klingelte ihr Telefon.

»Jordan, noch mal Chaddick. Hören Sie, es gibt weitere Neuigkeiten, allerdings sind sie dieses Mal nicht so gut.«

»Ja?«, fragte sie zögernd.

»Wir haben gerade den vorläufigen Autopsiebericht von J. D. Dickey erhalten. Es war Mord.«

Jordans Theorien stürzten in sich zusammen wie ein Kartenhaus. Es gab ein neues, beunruhigendes Szenario: Der Mörder lief noch frei herum.

35

Paul Newton Pruitt würde sich von niemandem sein neues Leben zerstören lassen. Er hatte hart gearbeitet, um so weit zu kommen, und er würde nicht wieder weglaufen und sich verstecken. Dieses Mal nicht mehr.

Zu morden machte ihm nichts mehr aus. Zuerst war da dieses schottische Würstchen gewesen, dann Lloyd, dieser Idiot, und schließlich sein eifriger, aber dummerweise zu gieriger Gehilfe J. D.

Es hatte ihm überhaupt nichts ausgemacht, sie alle umzubringen. Er hatte auch kein schlechtes Gewissen deswegen. Pruitt hatte schon einmal getötet und dabei eine wertvolle Lektion gelernt. Er würde alles tun, um sich zu schützen.

Eigentlich hatte er geglaubt, in J. D. den perfekten Sündenbock gefunden zu haben. Dass er die Leichen in den Autos dieser Buchanan untergebracht hatte, verschaffte ihm Zeit. Und nachdem die Sache mit J. D. erledigt war, hatte er die letzte Verbindung zum Namen Pruitt getilgt.

Das hatte er zumindest geglaubt.

Er erfuhr als einer der Ersten vom Ergebnis der Autopsie.

Eigentlich hätte nichts mehr von J. D. übrig sein dürfen, das untersucht werden konnte, aber das war offensichtlich nicht der Fall. Der Schädelbruch hatte ihn verraten, und J. D.s scheinbar zufälliger Tod erwies sich auf einmal als Mord.

Nun musste er sich dringend die Kopien von Professor Mac-Kennas Forschungsunterlagen besorgen.

36

Noah hatte in den letzten zwei Tagen ständig mit Dr. Morganstern in irgendwelchen Seminaren gesessen. Er hasste es. Er war nicht der Typ für Seminare, erklärte er immer wieder, aber seine Klagen prallten an Dr. Morganstern ab.

Morganstern wollte ein größeres Budget für seine Abteilung. Das Suchprogramm, das er vor ein paar Jahren ins Leben gerufen hatte, erwies sich als äußerst erfolgreich. Noah und Nick mit ihrer guten Aufklärungsrate waren die beste Werbung für ihren Chef, wenn er das Programm erweitern wollte.

Jede der quälend langen Sitzungen endete mit einer Fragerunde für die Teilnehmer, und Noah musste alleine Rede und Antwort stehen. Nick war wesentlich diplomatischer und geübter im Beantworten schwieriger Fragen, aber durch den Krankenhausaufenthalt seiner Frau von der Teilnahme befreit.

Der Glückliche.

Am zweiten Tag schaffte es Noah nur noch mit Mühe, höflich mit den anderen Seminarteilnehmern umzugehen. Er saß mit dem Doktor an einem Tisch am Ende eines langen Ganges und wartete darauf, dass das nächste Seminar anfing. Morganstern wirkte völlig entspannt, aber er ließ auch selten etwas wirklich an sich herankommen.

Der ehrwürdige Dr. Peter Morganstern hatte Nick und Noah aufgefordert, ihn beim Vornamen zu nennen, aber das taten sie nur, wenn sie alleine mit ihm waren.

Jetzt flüsterte Noah: »Hey, Pete, ich möchte Sie etwas fragen. Glauben Sie, Ihr Budget wird auch erhöht, wenn ich anfange, Leute zu erschießen? Wenn ich noch einem weiteren langweiligen Vortrag zuhören muss, dann werde ich den Redner nämlich abknallen, das schwöre ich – und danach erschie-

265

ße ich mich selbst. Vielleicht reiße ich Sie auch mit in den Tod, weil Sie mich zwingen, Anzug und Krawatte zu tragen.«

»Als Psychiater habe ich gelernt, subtile Hinweise zu verstehen, und wahrscheinlich sollte ich alarmiert …«

»Subtile Hinweise?« Noah begann zu lachen.

Pete lächelte.

»Da ich jedoch hinsichtlich der Redner ähnlich empfinde wie Sie, bin ich nicht allzu besorgt, auch wenn einige Ihrer Kommentare bei unseren letzten Plaudereien mich nachdenklich gemacht haben.«

Noah wusste, dass Morganstern mit »Plaudereien« ihre privaten Sitzungen meinte. Als Psychiater wusste er gerne, was in den Köpfen seiner Mitarbeiter vorging.

»Machen Sie sich Sorgen um mich?«, fragte Noah.

»Nein, nicht im Geringsten. Wie war Ihre Reise nach Texas?«

Noah zuckte mit den Schultern. »Jordan hat überlebt. Ich nehme an, Sie haben gehört, was vorgefallen ist.«

»Ja.«

»Chaddick und Street haben die Ermittlungen übernommen.«

»Es ist ja auch ihr Bezirk«, erwiderte Morganstern.

»Aber ich hätte lieber selbst weitergemacht.«

»Was ist mit Jordan?«

»Was soll mit ihr sein?«

Pete zog eine Augenbraue hoch. »Ich habe mich gefragt, wie sie mit dem Stress fertiggeworden ist.«

»Ach, es ging schon. Es war okay.«

»Jordan ist für meine Frau und mich etwas ganz Besonderes. Wir bevorzugen eigentlich niemanden, aber wenn … Sie ist wundervoll, nicht wahr?«

»Ja, das ist sie«, entgegnete Noah leise.

»Haben Sie schon mit ihr gesprochen, seit Sie zurück sind?«

»Nein.«

Die knappe Antwort blieb nicht unbemerkt, aber Pete sagte

nichts. Er ergriff einen Bleistift und drehte ihn zwischen den Fingern, während er darauf wartete, dass Noah weiterredete. Es dauerte nicht lange.

»Was wollen Sie von mir?«, fragte Noah.

Pete schwieg. Irritiert wiederholte Noah seine Frage.

»Mir ist aufgefallen, dass Sie seit Ihrer Rückkehr ziemlich nervös sind«, sagte Pete. »Ich möchte gerne wissen, warum.«

»Ich dachte, das hätte ich deutlich zum Ausdruck gebracht. Ich hasse Seminare.«

»Aber das ist nicht der Grund für Ihre Nervosität, oder?«

»Ach, zum Teufel, Pete, was soll das?«

Pete lächelte. »Wenn Sie bereit sind, mit mir zu reden, Noah, stehe ich jederzeit zur Verfügung.«

Er ließ ihn vom Haken. Noah hätte aufstehen und weggehen können, aber das tat er nicht. Er lehnte sich auf seinem Stuhl zurück und blickte Pete an, der etwas auf seinen Notizblock kritzelte.

»Was zeichnen Sie da?«, fragte Noah schließlich.

Pete war mit den Gedanken ebenfalls woanders gewesen. Geistesabwesend betrachtete er seinen Block.

»Ich weiß nicht. Es könnte ein Kalender sein.« Er nickte. »Wahrscheinlich will mein Unterbewusstsein mir dabei helfen, mich an ein Datum zu erinnern.«

»Typen wie Sie glauben immer, alles hätte etwas zu bedeuten, oder?«

»Nein, nicht unbedingt«, erwiderte Morganstern. »Aber wenn ein Motiv immer wiederkehrt – na ja, das würde ich mir genauer ansehen.« Er blickte auf die Uhr. »Ich glaube, an der letzten Sitzung brauchen wir nicht mehr teilzunehmen.«

Noah hatte das Gefühl, er wäre kurz vor dem Galgen vom Gouverneur begnadigt worden. Er ging mit Pete zum Parkhaus, wo sie sich auf der dritten Etage voneinander verabschiedeten.

Pete hatte gerade seine Schlüssel in der Hand und wollte sein Auto öffnen, als Noah ihn rief.

Pete blickte auf. »Ja?«

»Warum haben Sie eigentlich gerade mich in Serenity gelassen und Nick zurückgeholt? Brauchten Sie Nick so dringend, oder hatte es einen anderen Grund?«

»Was glauben Sie?« Grinsend setzte Pete sich hinter das Lenkrad und schlug die Tür zu.

Noah stand in der Ecke des Parkhauses und blickte Pete nach. Die Wahrheit haute ihn beinahe um. Pete hatte ihn manipuliert – und dabei war er ein hochtrainierter, scharfsinniger und äußerst aufmerksamer Agent. Na ja, so viel zu diesem Thema.

»Mistkerl«, murmelte er. Pete hatte den Kuppler gespielt.

Noah rief Nick aus dem Auto heraus an. Als Nick abnahm, hörte er Samantha, Nicks zweijährige Tochter, im Hintergrund lachen.

»Ich fahre ins Krankenhaus, um deine Frau zu besuchen«, sagte er zu Nick.

»Komm bei mir vorbei und nimm mich mit«, sagte Nick. »Sam, leg das weg.« Noah hörte ein Krachen, dann seufzte Nick. »Ich schwöre dir, ich habe keine Ahnung, wie Laurant das durchhält. Geiselverhandlungen sind eine Kleinigkeit dagegen.«

Es herrschte viel Verkehr, aber das war für Boston normal. Noah dachte an Serenity. Dort gab es kaum Verkehr, dafür aber Mord und Totschlag.

Nick wartete auf der vorderen Veranda, die süße kleine Sam auf dem Arm. Eine attraktive Brünette nahm ihm das Kleinkind ab, als Noah in die Einfahrt einbog.

»Das ist unser Babysitter«, erklärte Nick.

»Mag Sam sie?«

»Ja.« Nick wartete eine Minute, dann fragte er verwirrt: »Willst du gar nicht wissen, ob sie verheiratet ist? Ist sie nicht. Soll ich dir ihre Telefonnummer geben?«

Noah schüttelte den Kopf. »Sie ist nicht mein Typ.«

Nick war zwar glücklich verheiratet und seiner Frau treu,

aber es war ihm natürlich nicht entgangen, wie attraktiv der Babysitter war.

»Nicht dein Typ?«, fragte er entgeistert.

»Nein, sie ist einfach nicht mein Typ«, erwiderte Noah. »Nick, du siehst aus, als hättest du einen Monat lang nicht geschlafen. Hält Sam dich wach?«

»Nein. Ich lese ihr nur eine Geschichte vor, und schon schläft sie ein. Ich habe Schlafprobleme. Es ist seltsam. Wenn zu Hause Laurant nicht neben mir liegt, kann ich einfach nicht schlafen. Das ist eben so.«

Noah konnte ihn gut verstehen. Er hatte auch nicht mehr gut geschlafen, seit er wieder zu Hause war.

»Wie war eigentlich das Seminar?«, fragte Nick. Er wusste, wie sehr Noah alles verabscheute, was auch nur im Entferntesten mit Bürokratie zu tun hatte. »Es hat mir wirklich leid getan, dass ich nicht teilnehmen konnte.«

»Sehr witzig.«

Nick lachte. Dann fragte er: »Warum hast du eigentlich noch gar nichts zum Urteil im Prozess meines Vaters gesagt?«

»Was? Es gibt ein Urteil?«

»Die Nachrichten sind voll davon. Schuldig in allen Anklagepunkten.«

»Ich habe heute noch keine Nachrichten gehört. Dein Vater ist bestimmt erleichtert.«

»Ja, und es gibt noch eine gute Nachricht. Einer der Kriminalbeamten hat angerufen – sie haben wegen des Einbruchs in Nathan's Bay den Vetter von einem der Personenschützer im Verdacht.«

»Wie sicher sind sie sich?«

»So sicher, dass sie ihn festgenommen haben.«

Sie redeten über den Fall, bis Nick den Wagen in der Tiefgarage des Krankenhauses parkte.

»Dein Vater wird froh sein, wenn er die ganzen Bewacher los ist. Sie haben ihn bestimmt verrückt gemacht, weil sie ihm überallhin gefolgt sind«, bemerkte Noah.

»Ich wette, er hat sie schon entlassen.«

Noah zog Jackett und Krawatte aus und ließ sie im Auto. Beim Gehen rollte er die Hemdsärmel auf.

Eine große, langbeinige Blondine kam ihnen entgegen. Sie wurde langsamer, als ob sie auf eine Reaktion wartete, lächelte Noah an, blickte auf die Pistole an seinem Gürtel und ging weiter.

Nick war aufgefallen, dass Noah gar nichts mitbekommen hatte. Er war einfach weitergegangen.

»Bist du krank?«, fragte Nick.

»Ich habe sie schon gesehen.« Noah zuckte mit den Schultern. »Sie ist auch nicht mein Typ.«

Der Aufzug befand sich direkt gegenüber der Ambulanz. Nick drückte auf den Knopf.

Noahs Handy klingelte.

»Chaddick«, sagte er, als er es aufklappte.

Eine Krankenschwester und ein Wachmann warfen ihm missbilligende Blicke zu. Auf einem Schild neben den Aufzugknöpfen stand zu lesen, dass Handys nicht erlaubt waren. Außerdem war dort eine Abbildung von einem Handy, das mit einem roten X durchgestrichen war.

»Ja?«, sagte Noah ins Telefon.

Der FBI-Beamte kam direkt auf den Punkt. »Noah? Chaddick hier. J. D. Dickey ist ermordet worden.«

Noah fluchte laut. Der Wachmann machte einen Schritt auf ihn zu, deshalb zog er seinen FBI-Ausweis aus der Tasche und hielt ihn ihm hin. Der Mann wich sofort zurück.

Noah klappte das Telefon zu. Seine Gedanken überschlugen sich. Auf J. D.s Erpressungsliste standen Dutzende von Verdächtigen, und Serenity war fast fünfzehnhundert Kilometer weit weg. Aber Noah hatte gelernt, auf seinen Instinkt zu vertrauen, und plötzlich stieg Unbehagen in ihm auf.

Da draußen lief ein Mörder frei herum. Wo war Jordan?

37

Jordan wurde schwach und kaufte sich ein neues Handy, identisch mit dem, das J. D. Dickey bei ihrer ersten Begegnung zerschmettert hatte. Sie hätte ein neueres Modell aussuchen können, aber sie besaß bereits ein zusätzliches Ladegerät, das auf ihrem Schreibtisch stand, und das Kabel in ihrem Auto passte genau zu diesem Handy.

Sie würde nicht wieder technologiesüchtig werden, schwor sie sich. Sie handelte nur klug. Schließlich diente ein Handy ihrer Sicherheit, wenn sie alleine joggen war oder Auto fuhr. Passierte etwas, konnte sie jederzeit Hilfe rufen – vorausgesetzt natürlich, sie hatte Empfang.

Sie behielt ihre alte Handynummer, und als sie nach Hause kam, nahm sie das neue Gerät sofort in Betrieb und lud den Akku auf. Als sie sich umgezogen, ihre Haare gebürstet und ein wenig Make-up aufgelegt hatte, war das neue Handy betriebsbereit.

In anderthalb Stunden endete die Besuchszeit im Krankenhaus – sie musste sich beeilen. Um dem Stoßverkehr zur Rushhour zu entgehen, fuhr Jordan über Seitenstraßen. Unglücklicherweise hatten andere Leute dieselbe Idee. Endlich parkte sie ihr Auto in der Tiefgarage neben dem Eingang zur Notaufnahme. Der Platz davor war hell erleuchtet, und ständig kamen und gingen Menschen.

Vor dem Eingang saß eine Krankenschwester auf einer Bank und aß einen Schokoriegel. Jordan fiel Jaffees Schokoladenkuchen ein. Sie hatte ihn immer noch nicht angerufen. Rasch zog sie ihr Handy heraus. Sie hatte Empfang und könnte ihn gleich anrufen. Aber später war vielleicht doch besser. Wenn Jaffee zu viele Fragen hätte, würde er sie zu lange aufhalten, und die Besuchszeit wäre vorbei. Also zuerst zu Laurant und dann Jaffee anrufen.

Laurant lag im fünften Stock in einem Einzelzimmer. Als Jordan eintrat, stellte sie überrascht fest, dass sich eine kleine Menschenmenge im Zimmer aufhielt. Ihr Vater war offensichtlich gerade gekommen und küsste seine Schwiegertochter auf die Wange. Auch Nick war da und lag halb schlafend in einem Sessel.

Und an der Fensterbank lehnte Noah. Er hatte die Arme vor der Brust verschränkt und wirkte völlig entspannt. Jordan hatte sich bereits gefragt, wie es wohl sein würde, wenn sie ihn wiedersähe, und es war genauso, wie sie es sich vorgestellt hatte: Ein messerscharfer Schmerz schoss durch ihre Brust.

Noah fühlte sich so erleichtert, sie zu sehen, dass Wut in ihm aufstieg. Wo war sie nur so lange gewesen? Nick hatte ihm gesagt, dass sie zum Krankenhaus kommen wollte, aber sie hatte ja wohl eine Ewigkeit dafür gebraucht. Kam sie aus New Hampshire?

Die Warterei war qualvoll gewesen. Er hatte sie zu Haus angerufen, aber nur ihren Anrufbeantworter erreicht. Wenn sie ein Handy gehabt hätte, hätte er sie wenigstens während der Fahrt anrufen können, aber so gab es für ihn keine Möglichkeit zu erfahren, ob alles in Ordnung war. Diese Ungewissheit machte ihn fertig.

Jordan umarmte ihren Vater und drückte Laurant die Hand. Da Nick so aussah, als sei er eingeschlafen, kümmerte sie sich nicht weiter um ihn. Schließlich wandte sie sich Noah zu und rang sich ein Lächeln ab.

»Hi.« Das war zwar nicht besonders originell, aber etwas Besseres fiel ihr nicht ein.

Er richtete sich auf, ergriff ihre Hand und zog sie zur Tür. »Wir müssen miteinander reden.«

»Wir sind gleich wieder zurück«, rief er über die Schulter.

Bevor Jordan reagieren konnte, standen sie im Gang.

»Ja?«, sagte Jordan leise.

»Geht es dir gut?«

Sie wusste nicht, was sie antworten sollte. Die Wahrheit kam nicht infrage. Wie würde er wohl reagieren, wenn sie sagte, es ginge ihr überhaupt nicht gut – wegen ihm?

»Ach, weißt du …«, stammelte sie.

Stirnrunzelnd blickte er sie an.

»Worüber wolltest du mit mir reden?«, fragte Jordan.

»Ich habe mit Chaddick gesprochen.«

»Ja, ich auch. Wie findest du das? Ungeheuerlich, oder?«

»Na ja, ich war überrascht«, gab Noah zu.

»Einfach eine Frechheit«, zischte Jordan.

»Wieso Frechheit?«

»Was diese Haden sich da geleistet hat! Es im Internet zu versteigern! Wie konnte sie auf die Idee kommen, dass man sie nicht erwischen würde?«

»Jordan, wovon redest du?«

»Von meinem Notebook. Maggie hat versucht, es im Internet zu verkaufen.«

Noah schaute sie an. »Süße, du musst dich auf das größere Bild konzentrieren. Hast du nicht erfahren, dass J. D. Dickey ermordet worden ist?«

»Ach so. Ja, doch. Und du hast natürlich recht, das ist viel wichtiger. Ich habe lange darüber nachgedacht, komme aber zu keinem Ergebnis. Wer steckt denn deiner Meinung nach dahinter?«

»Keine Ahnung«, sagte Noah. »Dank J. D.s Liste gibt es ja genug Verdächtige. Aber ich höre erst auf, mir Sorgen um dich zu machen, wenn der Fall abgeschlossen ist und der Täter hinter Schloss und Riegel sitzt.«

»Serenity ist weit weg, Noah. Du brauchst dir um mich keine Sorgen zu machen. In Texas war ich einfach nur zur falschen Zeit am falschen Ort.«

»Aber du passt auf dich auf, okay?«, sagte Noah.

»Ja, klar.«

»Und du besorgst dir ein Handy.«

Wie kam er denn da drauf?

»Du bist so ein Charmeur«, flüsterte Jordan, als sie hinter ihm wieder ins Krankenzimmer trat.

Ihr Vater erzählte Nick und Laurant gerade eine lustige Geschichte über einen seiner »Schatten«, wie er seine Personenschützer getauft hatte.

Jordan war froh, ihren Vater wieder lachen zu sehen. Er wirkte nicht mehr so angespannt und sah so aus, als sei ihm eine große Last abgenommen worden.

Das Gespräch wurde durch Laurants Arzt unterbrochen, der zur Abendvisite erschien. Alle freuten sich darüber, dass er erklärte, die Medikamente hätten gut angeschlagen. Laurant habe keine Wehen mehr, und morgen früh könne sie nach Hause. Jordan versprach ihr, am nächsten Tag vorbeizukommen, um ihr mit Sam zu helfen, und verabschiedete sich kurz vor Ende der Besuchszeit.

Noah folgte ihr in den Gang und rief ihr nach: »Warte auf mich. Ich bringe dich zum Auto.«

»Ich muss noch einen Anruf machen, den ich schon den ganzen Tag aufgeschoben habe«, erwiderte Jordan und zog ihr Handy aus der Tasche. Sie hielt es hoch. »Und wie du sehen kannst, habe ich bereits ein Handy gekauft.«

Noah grinste. »Na, okay. Dann mach deinen Anruf, aber warte unten auf mich, am Eingang der Notaufnahme.«

»In Ordnung.«

»Dein Vater geht auch gleich. Ich komme mit ihm zusammen herunter«, sagte er.

Jordan betrat den Aufzug, dann drehte sie sich um. Noah stand da und beobachtete sie, bis die Türen zugingen.

Draußen wartete Paul Pruitt geduldig auf Jordan. Zusammengesunken saß er hinter dem Steuer, überzeugt, dass ihn niemand bemerken würde. Er fand, er hatte den perfekten Platz gefunden. Seinen Mietwagen hatte er rückwärts zwischen zwei Limousinen geparkt, damit er rasch losfahren konnte.

Es würde nicht mehr lange dauern. Auf dem Sitz neben ihm lag griffbereit die Pistole.

Den ganzen Tag über hatte er gewartet. Er parkte in der Straße vor Jordans Wohnung und behielt ihr Auto im Auge, damit er sicher sein konnte, dass sie zu Hause war. Er wollte warten, bis sie wegfuhr, dann in ihre Wohnung eindringen und sich holen, was er brauchte. Es war ihm egal, wie lange das dauerte, und wenn es zwölf Stunden waren. Ihm machte das nichts aus.

Er hatte sich seine Strategie sorgfältig zurechtgelegt. Er würde alle Kopien von MacKennas Unterlagen mitnehmen. Dazu hatte er extra ein paar große Kartons mitgebracht. Danach würde er verschwinden, ohne auch nur eine Spur von Paul Pruitt zu hinterlassen.

Er hatte überlegt, ob er ihre Wohnung verwüsten sollte, damit es wie ein normaler Einbruch aussah. Aber dann wurde ihm klar, dass das dumm wäre. Welcher Dieb würde Forschungsunterlagen stehlen?

Sollte Jordan sich doch den Kopf darüber zerbrechen, warum sie verschwunden waren. Ohne die Kopien würde sie es nie erfahren. Und Pruitt konnte sein schönes neues Leben weiterführen.

Leider musste er seinen Plan noch einmal ändern, als er sich schließlich in Jordans Wohnung befand. Er stand gerade in ihrem Wohnzimmer, als das Telefon klingelte. Ihr Vater sprach auf den Anrufbeantworter: Sie würden sich im St. James Hospital treffen. Laurants Zimmernummer sei 538.

Gut, hatte er gedacht. Sie war also auf dem Weg zum St. James Hospital. Er wusste zwar nicht, wer diese Laurant war, aber es war ihm auch egal. Bevor Jordan nach Hause käme und den Diebstahl entdeckte, wäre er schon lange weg.

Es war Glück gewesen, dass Pruitt den Notizblock auf dem Couchtisch bemerkt hatte. Und oben in der Ecke stand eine Zahl, bei deren Anblick er wie erstarrt stehen geblieben war: 1284. Und um die Zahl herum hatte jemand zahlreiche Fragezeichen gekritzelt.

Sie war nahe dran, zu nahe. Er riss das Blatt vom Notizblock, und seine Gedanken überschlugen sich, während er darauf starrte. Wieder einmal hatte sich alles geändert. Aber er wusste genau, was er tun musste.

Ihr Vater – ja, ihr Vater, Richter Buchanan, befand sich im Krankenhaus. Eine perfekte Gelegenheit. Paul wusste genau, was für ein wichtiger Mann Jordan Buchanans Vater war. Und in den Nachrichten hatte er gehört, dass der Richter Morddrohungen erhalten hatte. Wenn er also den richtigen Zeitpunkt abpasste, dachte Pruitt, dann sah es vielleicht so aus, als sei Richter Buchanan die Zielscheibe gewesen und nicht seine Tochter Jordan.

Und so saß er nun in seinem Auto und hatte von seinem Parkplatz aus einen guten Blick auf die Krankenhaustüren. Mit dem Glück auf seiner Seite würde in wenigen Minuten Richter Buchanan mit seiner Tochter herauskommen.

Plötzlich richtete Paul sich auf. War sie das? Ja, Jordan Buchanan kam durch die Tür.

Pruitt griff nach seiner Pistole und wartete auf den richtigen Augenblick.

Als sie durch die Türen der Notaufnahme die Tiefgarage betrat, schaltete Jordan ihr Handy ein und rief die Auskunft an, um Jaffees Nummer zu erfragen. Jaffee würde um diese Zeit sicher im Restaurant sein.

Natürlich hätte der Operator sie auch verbunden, aber sie wollte die Nummer lieber aufschreiben, für den Fall, dass sie ihn noch einmal anrufen musste. Sie kramte in ihrer Handtasche nach Notizblock und Kugelschreiber. Dann drückte sie das Handy mit der Schulter ans Ohr und wartete auf die Nummer. Neben einem Betonpfeiler standen zwei Bänke. Beide waren leer, und Jordan ging auf die zu, die am weitesten vom Eingang entfernt war. Das gleißend helle Licht der Notaufnahme tat ihr in den Augen weh, und eine der Neonröhren flackerte und summte.

Als der Operator ihr Jaffees Nummer durchgab, kamen gerade zwei Pfleger vorbei, die laut miteinander redeten, und Jordan musste ihn bitten, die Nummer noch einmal zu wiederholen. Schnell schrieb sie sie auf.

Sie setzte sich auf die Bank, als die Verbindung hergestellt wurde.

»Hallo.« Angela war am anderen Ende der Leitung.

»Hallo, Angela.«

»Jordan? Hey, Jordan! Wie geht es Ihnen? Jaffee wird sich freuen, von Ihnen zu hören. Er macht sich richtige Sorgen um Dora.«

»Haben Sie viel zu tun im Restaurant? Soll ich später anrufen?«

»Wir haben heute geschlossen. Jaffee hat einen riesigen Schokoladenschichtkuchen gebacken und ihn zu Trumbos Haus in Bourbon gebracht. Seine Frau Suzanne gibt heute ihre monatliche Bridgeparty.«

»Oh, tut mir leid, dass ich Jaffee verpasst habe. Sagen Sie ihm bitte, ich rufe morgen noch einmal an.«

»Oh nein, das brauchen Sie nicht zu tun. Sie können ihn bei Trumbo erreichen. Jaffees Frau spielt auch Bridge, deshalb nimmt Jaffee sie immer mit nach Bourbon und wartet, bis sie fertig ist. Es läuft immer nach dem gleichen Muster ab. Er macht einen großen Schokoladenschichtkuchen und nimmt für Dave eine Flasche Whiskeylikör mit, damit er sich etwas in den Kaffee schütten kann. Jaffee kann allerdings nichts trinken, er muss ja noch fahren. Er sitzt in Dave Trumbos Küche, und Sie können ihn ohne Weiteres anrufen. Er würde sich bestimmt Sorgen machen, wenn er heute Abend nichts von Ihnen hört.«

Jordan versprach, Jaffee sofort anzurufen. Sie versuchte, das Gespräch zu beenden, aber Angela wollte noch ein wenig plaudern.

»Haben Sie gehört, dass J.D. Dickey ermordet worden ist?«

»Ja, das habe ich gehört«, erwiderte Jordan.

»Ich kann nicht behaupten, dass ich allzu traurig darüber

bin. Aber die Leute haben komisch darauf reagiert. Normalerweise ist unser Lokal bei solchen Neuigkeiten immer brechend voll, aber dieses Mal kam gar keiner. Es ist, als ob sie sich alle in ihren Häusern verstecken würden.«

»Sie haben bestimmt alle Angst. Bis der Täter gefunden ist …«

»Ja, da haben Sie recht. Aber es muss noch einen anderen Grund geben.«

»Wie meinen Sie das?«

»Plötzlich blickt mir niemand mehr in die Augen. Es ist, als würden sie sich alle schämen oder so. Ich war im Supermarkt und habe Charlene getroffen. Und als ich zu ihr ging, um sie zu begrüßen, ließ sie ihren Wagen einfach mitten im Gang stehen und lief aus dem Laden. Und sie hat mich bestimmt gesehen. Sie ist ganz rot geworden. Und dann habe ich das von Mrs Scott gehört. Ihr ist etwas Ähnliches in der Eisenwarenhandlung passiert – bei ihr war es Kyle Heffermint, der ihr offensichtlich aus dem Weg gegangen ist. Ich wünschte, ich wüsste, was los ist«, seufzte Angela.

Es lag an der Liste, das war Jordan klar. Charlene und die anderen auf der Liste waren sich anscheinend nicht sicher, ob jemand von ihren Seitensprüngen erfahren hatte, und deshalb herrschte Panik.

»Das klingt wirklich seltsam«, sagte Jordan.

»Das finde ich auch«, erwiderte Angela. »Aber jetzt sollten Sie Jaffee anrufen. Oh, nur noch schnell eine Sache, bevor Sie auflegen.«

»Ja?«

»Ich habe über Sie und Noah nachgedacht und wie perfekt sie zueinander passen, und ich habe mich gefragt, ob Sie wohl zusammenbleiben.«

Die Frage traf Jordan völlig unvorbereitet. »Ich – ich weiß nicht.«

»Noah ist wirklich ein toller Fang. Sie allerdings auch. Sie sind so ein sportlich-eleganter Typ, wissen Sie?«

»Danke, aber ...«

Angela unterbrach sie.

»Ich sage nur die Wahrheit. Machen Sie nur nicht den gleichen Fehler wie ich, Jordan. Warten Sie nicht achtzehn Jahre lang auf einen Mann. Wenn er nicht weiß, was er an Ihnen hat, dann wird er es nie wissen.«

Und damit legte Angela auf. Jordan rief erneut die Auskunft an. Während sie darauf wartete, dass die Auskunft ihr Dave Trumbos Nummer heraussuchte, dachte sie über Angelas Worte nach.

Hinter ihr öffneten sich die Glastüren. Eine Frau kam heraus mit einem Korb voller verwelkter Blumen. Jordan drehte sich um und sah ihren Vater und Noah aus dem Aufzug steigen.

»Ich habe zwei Einträge für Dave Trumbo«, sagte der Servicemitarbeiter. »Einmal Dave Trumbo Motors an der Frontage Road 9818 und einen Dave Trumbo an der Royal Street 1284.«

»Ich möchte die Privatnummer. Warten Sie. Könnten Sie mir die Adresse noch einmal wiederholen? Haben Sie gerade 1284 gesagt?«

»Ja, Royal 1284. Diese Nummer ist ...«

Jordan war so erstaunt, dass sie ihr Telefon in den Schoß fallen ließ. Dave Trumbo wohnte an der Royal Street 1284.

Na, wenn Noah das hörte. Jordan griff nach ihrem Handy, steckte es in die Handtasche und sprang auf. Ein Auto hatte eine Fehlzündung, und es knallte laut. Plötzlich sprang ein Stück von dem Betonpfeiler ab. Instinktiv wich Jordan aus. Erneut knallte es, und Jordan verspürte einen gewaltigen Schlag im Rücken. Reifen quietschten, und ein Auto raste an ihr vorbei. Sie sah den Fahrer aus den Augenwinkeln, bevor ihre Beine nachgaben.

Alles geschah wie in Zeitlupe. Noah stieß ihren Vater zur Seite und kam schreiend mit gezogener Pistole auf sie zugerannt.

Jordan schloss die Augen und sank zu Boden.

38

Das Krankenhaus war komplett abgeriegelt. Niemand kam herein oder heraus. Polizisten bewachten alle Eingänge, und die Krankenwagen wurden eine Zeitlang zu anderen Krankenhäusern umgeleitet. Das ganze Gebäude wurde gründlich durchsucht, bis die Polizei sich sicher war, dass sich kein weiterer Schütze versteckt hatte.

Der Mordanschlag auf den Bundesrichter war die Nachricht des Abends, und vor dem Krankenhaus warteten zahlreiche Fernsehteams, um ein Interview mit jemandem zu bekommen, der ihnen sagen konnte, was passiert war.

Es wurde berichtet, dass der Zustand von Buchanans Tochter kritisch sei. Ein Reporter spekulierte vor laufenden Kameras, dass Jordan Buchanan verblutet wäre, wenn sie nicht direkt vor der Notaufnahme angeschossen worden wäre.

Ihre Familienangehörigen bekamen davon zum Glück nichts mit. Sie hatten sich im Wartebereich vor dem Operationssaal versammelt, redeten flüsternd miteinander oder gingen auf und ab, während sie darauf warteten, dass Jordan herausgebracht würde.

Vor der Tür standen zwei Polizeibeamte, die Richter Buchanan nicht aus den Augen ließen, bis seine Personenschützer eintrafen. Zwei Männer waren bereits auf dem Weg zum Krankenhaus.

Richter Buchanan war mit einem Schlag um zwanzig Jahre gealtert, seit seine Tochter zusammengebrochen war. Noah hatte ihn gegen die Wand gedrängt, um ihn aus der Schusslinie zu bringen, und der Richter würde nie den Ausdruck auf Noahs Gesicht vergessen, als er auf Jordan zurannte und sich neben sie kniete.

Jordans Mutter saß neben ihrem Mann und hielt seine Hand umklammert. Tränen rannen ihr übers Gesicht.

»Jemand muss Sidney anrufen«, sagte sie. »Ich will nicht, dass sie es in den Nachrichten hört. Und hat jemand Alec oder Dylan angerufen? Wo ist Father Tom? Wir brauchen einen Priester.«

»Sie wird nicht sterben«, rief Zachary, der Jüngste, wütend.

Noah stand ein wenig abseits von der Familie. Er wollte mit niemandem reden, stand am Fenster und starrte blicklos hinaus in die Dunkelheit. Er bekam kaum Luft und konnte keinen klaren Gedanken fassen. Blut, überall war Blut gewesen, und er hatte gespürt, dass Jordan an der Schwelle zum Tod stand.

Das Warten fand er entsetzlich. Er war auch einmal angeschossen worden, und er konnte sich gut daran erinnern, wie weh es getan hatte. Aber dieser Schmerz war nichts im Vergleich zu dem gewesen, den er jetzt empfand. Wenn er sie verlieren würde … oh Gott … er durfte sie nicht verlieren … er konnte ohne sie nicht leben.

Nick ging zu Laurant, um ihr von dem Vorfall zu berichten. Aber als er das Zimmer betrat, schlief seine Frau fest. Er beschloss, sie nicht zu wecken. Er zog den Stecker an ihrem Fernseher und bat die Krankenschwester, die Schießerei nicht zu erwähnen. Morgen früh würde sie die Neuigkeiten sowieso erfahren.

Als Nick in den Wartebereich zurückkam, sah er Noah allein am Fenster stehen und stellte sich neben ihn.

Das Warten ging weiter.

Zwanzig Minuten später betrat endlich der Chirurg den Raum. Er lächelte, als er seine Kappe abzog. Richter Buchanan sprang auf.

»Jordan geht es den Umständen entsprechend gut«, sagte der Arzt. »Die Kugel ist durch ihren Brustkorb gegangen, und sie hat viel Blut verloren, aber ich denke, sie wird wieder vollständig gesund werden.«

Der Richter schüttelte dem Arzt die Hand und bedankte sich überschwänglich. »Wann können wir sie sehen?«, fragte er.

»Sie ist im Aufwachraum, und einer von Ihnen kann hineingehen, allerdings nur ganz kurz. Sie braucht Ruhe.« Der Chirurg wandte sich zur Tür. »Wenn Sie mir folgen wollen.«

Der Richter rührte sich nicht. »Noah?«

»Sir?«

»Wenn sie wach ist, sag ihr, dass wir sie lieben.«

Nick musste ihm einen Schubs geben, damit er sich bewegte. Noah hatte vor Erleichterung weiche Knie. Er folgte dem Arzt den Flur entlang.

»Eine Minute«, ordnete Dr. Emmett an. »Sie muss schlafen.«

Jordan war die einzige Patientin im Aufwachraum. Eine Krankenschwester überprüfte ihre Infusion, trat aber zur Seite, als sie Noah bemerkte.

Jordan hatte die Augen geschlossen.

»Hat sie Schmerzen?«, fragte Noah.

»Nein«, erwiderte die Krankenschwester. »Sie ist noch nicht wieder ganz bei Bewusstsein.«

Noah betrachtete sie. Als er seine Hand auf ihre legte, spürte er die Wärme. Langsam kehrte wieder Farbe in ihr Gesicht zurück.

Er beugte sich über sie, küsste sie auf die Stirn und flüsterte ihr ins Ohr: »Ich liebe dich, Jordan. Hörst du? Ich liebe dich, und ich verlasse dich nie mehr.«

»Noah.« Ihre Stimme war ein heiseres Flüstern. Sie öffnete die Augen nicht.

Da er sich nicht sicher war, ob sie ihn gehört hatte, wiederholte er: »Ich liebe dich. Du wirst wieder gesund. Die Operation ist gut verlaufen, und du bist im Aufwachraum. Du musst schlafen. Schlaf, Süße.«

Sie versuchte, die Hand zu heben und runzelte die Stirn.

»Schlaf«, flüsterte er zärtlich und strich ihr über die Haare.

»Er hat auf mich geschossen.« Ihre Stimme war zwar schwach, aber überraschend klar.

»Ja, du bist angeschossen worden, aber du wirst wieder gesund werden.«

Sie bemühte sich, die Augen zu öffnen, aber ihre Augenlider waren zu schwer. »Ich habe ihn gesehen.«

Wieder schlief sie ein. Noah wartete. Sie hatte den Schützen gesehen? Wusste sie, was sie da sagte?

Erneut wisperte sie: »Ich habe ihn gesehen.«

Ihre Stimme erstarb. Er beugte sich über sie und hielt sein Ohr dicht über ihren Mund. Ihre Worte waren schwach, aber sie sagte sie langsam und gemessen: »Er hat versucht, mich zu töten ... Dave ... Trumbo.«

Dann schlief sie endgültig ein.

39

Wusste Jordan, was sie ihm gesagt hatte? Oder hatte sie Halluzinationen von den vielen Medikamenten? Noah musste sich vergewissern. Er wartete an ihrem Bett, und jedes Mal, wenn sie aufwachte, fragte er sie, was sie gesehen hatte.

Die Antwort war immer die gleiche: Dave Trumbo.

Ihren Augen sah er an, dass sie Schmerzen hatte.

»Sie müssen sie schlafen lassen«, sagte die Krankenschwester. »Sie sind seit einer Viertelstunde hier, das ist genug.«

»Sie hat Schmerzen«, sagte er besorgt.

»Ja«, erwiderte sie. »Ich wollte ihr gerade etwas geben. Damit wird sie bis morgen früh schlafen, und dann verlegen wir sie auf die Intensivstation.«

Die Krankenschwester injizierte Morphium in die Infusion.

»Weiß sie, was sie sagt?«, fragte Noah.

»Das bezweifle ich«, antwortete die Schwester. »Die meisten meiner Patienten reden Unsinn. Und morgen wird sie sich an nichts mehr erinnern.«

Noah küsste Jordan und trat hinaus in den Gang. Nick lehnte an der Wand und wartete auf ihn.

»Ich weiß nicht, was ich tun soll«, sagte Noah zu ihm. »Ich kann nicht klar denken.«

»Jordan wird wieder gesund. Entspann dich, Noah. Es kommt alles in Ordnung.«

»Ja, das weiß ich. Und das ist auch gar nicht mein Problem. Sie hat mir etwas gesagt, und ich weiß nicht, ob ich ihr glauben soll.«

»Was hat sie dir gesagt?«

»Sie hat den Schützen gesehen. Sie ist ziemlich benommen«, gab er zu, »aber sie hat immer wieder dasselbe gesagt. Auch ihre

Stimme wurde kräftiger, und sie kam mir wacher vor. Ich sage dir, ich glaube, sie hat den Bastard tatsächlich gesehen. Ich habe gehört, wie das Auto losgefahren ist, aber ich war zu spät dran, um noch etwas zu erkennen.«

»Ich weiß nicht, ob du das, was sie sagt, für bare Münze nehmen kannst. Sie bekommt starke Medikamente.«

Noah fuhr sich mit den Fingern durch die Haare. »Die Krankenschwester hat auch gesagt, dass die meisten Patienten Unsinn reden, aber trotzdem …«

»Du musst eben warten, bis Jordan richtig wach ist. Aber sie hat so starke Schmerzen, dass sie sie die nächsten vierundzwanzig Stunden sedieren werden. Es wird eine Weile dauern, bis sie wieder klar ist.«

Noah schüttelte den Kopf. »Sie hat ihn gesehen, und sie hat mir gesagt, es sei Dave Trumbo gewesen. Das ist der Typ, der in Bourbon Autos verkauft. Ein großes Tier in Serenity. Ich glaube, du hast ihn nicht kennengelernt.«

»Warum sollte ein Geschäftsmann extra nach Boston kommen, um Jordan umzubringen?«

»Ich weiß nicht, aber vielleicht kann sie ihn irgendwie mit den drei Morden in Serenity in Verbindung bringen. Ich will nicht warten, bis sie wieder bei Bewusstsein ist.«

»Aber du kannst seinen Namen nicht einfach weitergeben. Du musst schon mehr gegen ihn in der Hand haben.«

Noah nickte. »Es ist bestimmt Trumbo gewesen.«

»Das kannst du doch leicht herausfinden. Ruf ihn zu Hause an. Wenn er ans Telefon geht, weißt du, dass Jordan alles nur geträumt hat.«

Nick ließ dich die Nummer von der Auskunft geben. Er ließ seine Nummer unterdrücken und reichte Noah das Telefon.

Trumbos Frau nahm ab.

Noahs Stimme war zuckersüß. »Hallo. Mein Name ist Bob. Es tut mir echt leid, dass ich so spät noch anrufe.«

»Ach, so spät ist es doch noch nicht«, erwiderte sie.

»Könnte ich mit Dave sprechen? Er hat mir gesagt, ich könne jederzeit anrufen, wenn ich eine Frage zu meinem Auto habe, und ich komme einfach mit der Fernbedienung für die Alarmanlage nicht klar.«

»Es tut mir leid, Bob, aber Dave ist nicht da. Er ist in Atlanta auf einer großen Automesse. Kann ich mir Ihre Nummer notieren, damit er sie zurückruft?«

»Das hilft mir nicht weiter, ich stecke wirklich in der Klemme. Ich weiß nicht, ob Sie es hören können, aber die Alarmanlage des Autos tutet die ganze Zeit und weckt alle Nachbarn. Wissen Sie zufällig, in welchem Hotel er in Atlanta abgestiegen ist?«

»Nein, leider nicht. Er hat mich gerade vor ein paar Minuten angerufen, aber er hatte es so eilig, dass ich ihn nicht nach dem Namen seines Hotels gefragt habe. Er hatte eigentlich vor, morgen wieder nach Hause zu kommen, aber jetzt ist irgendwas dazwischengekommen, und er muss länger in Atlanta bleiben. Soll ich Ihnen die Nummer unseres Werkstattleiters geben? Er hilft Ihnen sicher gerne.«

»Das ist nett von Ihnen, aber ich muss wohl selbst versuchen, es abzustellen. Ich hoffe, Dave amüsiert sich in Atlanta. Auf Wiederhören.«

Noah beendete das Gespräch. Dann blickte er Nick an und sagte: »Dieser Hurensohn ist in der Stadt. Sie sagt, er sei auf einer Automesse in Atlanta, aber er ist hier, Nick.«

Sie liefen den Gang entlang zum Wartezimmer.

»Was weißt du über diesen Dave Trumbo?«, fragte Nick.

»Er ist ein Autohändler. Er ist nicht zu Hause, und er hat seiner Frau nicht gesagt, in welchem Hotel er in Atlanta wohnt.«

»Wir brauchen mehr. Er könnte ja auch mit seiner Geliebten unterwegs sein, oder vielleicht ist er wirklich auf einer Automobilmesse. Ich setze ein paar FBI-Beamte in Atlanta auf ihn an. Sie können das morgen früh überprüfen.«

Noah nickte.

»Okay, gut«, sagte er. »Wir müssen zusehen, was wir über Trumbo herausfinden können. Ruf Chaddick an und erzähl ihm, was passiert ist. Vielleicht stößt er auf eine Spur. Und sag ihm, er soll überlegen, wie wir unauffällig an Trumbos Fingerabdrücke kommen.«

»Glaubst du, er ist in der Kartei?«

»Das müssen wir herausfinden. Ich will alles wissen, was es über ihn gibt.«

Nick nickte. »Ich lasse seinen Namen überprüfen. Das kostet mich einen Anruf.«

»Ist dein Vater noch hier?«, fragte Noah.

»Ja. Warum?«

»Ich möchte, dass Jordan rund um die Uhr bewacht wird, und ich möchte, dass sie offiziell in kritischer Verfassung bleibt. Sag deinem Vater, die Parole lautet, dass Jordan noch nicht über den Berg ist.«

»Okay. Was sonst noch?«

»Wir müssen Trumbo finden. Wenn Jordan etwas weiß, das ihn mit den Morden in Verbindung bringt, wird er noch einmal versuchen, sie zu töten.«

40

Nick hatte eines der Wartezimmer im Krankenhaus zu einer Art Kommandozentrale umfunktioniert und schöpfte alle Möglichkeiten aus. Er holte sogar Pete Morganstern aus dem Bett, weil er an manche Informationen schneller herankam als Noah oder er.

Noah telefonierte gerade mit Texas. Chaddick war es tatsächlich gelungen, aus Trumbos Büro mehrere Gegenstände zu entwenden, auf denen mit Sicherheit Trumbos Fingerabdrücke waren.

Gerade brachte er Noah auf den neuesten Stand, während er sich auf dem Weg ins Labor befand. »In zwei Stunden wissen wir hoffentlich mehr«, sagte er. »Wie geht es Jordan?«

»Okay«, erwiderte Noah. »Sie schläft.«

»Das ist wirklich eine üble Situation«, sagte Chaddick. »Street ist auf dem Weg ins Büro. Er will Trumbo durch die Datenbanken jagen und sehen, was er herausfinden kann.«

Mindestens vier FBI-Beamte waren mit Trumbos Überprüfung beschäftigt, aber Morganstern überbrachte als Erster Noah die merkwürdigen Neuigkeiten.

»Dave Trumbos Leben hat vor etwa fünfzehn Jahren begonnen. Vorher existierte er nicht. Neue Sozialversicherungsnummer, neuer Name, alles neu.«

»Zeugenschutz?«

»Vielleicht«, stimmte Morganstern zu. »Ich warte auf weitere Ergebnisse. Fingerabdrücke würden die Sache sicher beschleunigen. Gibt es eine Möglichkeit …«

Noah berichtete ihm von Chaddicks Bemühungen. »Sobald er etwas weiß, ruft er an. Ich wette, die Fingerabdrücke sind in der Kartei.«

Ab und zu warf Noah einen Blick in Jordans Zimmer, um sich zu vergewissern, dass sie tief und fest schlief. Die Überwachungsmonitore waren für ihn ein so vertrauter Anblick, dass er niemanden zu fragen brauchte, wie ihr Körper mit den Verletzungen zurechtkam. Puls und Blutdruck waren stabil, und das rhythmische Piepsen der Herztöne beruhigte ihn.

Er schlief die ganze Nacht nicht, und als er gegen sieben nach Jordan schaute, waren sie gerade dabei, sie in ein normales Zimmer zu verlegen.

»Sie braucht nicht mehr auf der Intensivstation zu liegen«, meinte eine Krankenschwester. »Sie macht sich großartig. Wenn wir sie im Zimmer haben, können Sie die ganze Zeit an ihrem Bett sitzen.«

Das war wundervoll. Als er die Station verließ, kam ihm eine Schwester hinterhergelaufen.

»Entschuldigen Sie, Agent Clayborne?«

»Ja?«

»Soll der Zustand der Patientin weiterhin als kritisch gelten?«

»Ja, sicher«, erwiderte er.

Sie warf ihm einen besorgten Blick zu. »Ich mache mir Sorgen, dass etwas durchsickert. Irgendjemand wird den Mund nicht halten können. Das ist immer so.«

Da hatte sie recht.

»Ich versuche, ein wenig Zeit zu schinden.« Sie mussten Trumbo unbedingt finden, bevor die Presse herausfand, dass es ihr besser ging.

Nick war mittlerweile so weit, dass er am liebsten eine bundesweite Fahndung nach Trumbo herausgegeben hätte. Noah hielt ihn davon ab.

»Anscheinend hat er vor fünfzehn Jahren seine Identität geändert. Das kann er durchaus wieder tun. Dann wissen wir nicht, in welcher Gestalt er sich an Jordan heranmacht. Wir müssen warten, bis wir von Chaddick hören. Wir wissen beide, dass der Typ etwas zu verbergen hat, also werden seine Fingerabdrücke irgendwo auftauchen.«

Noah ging erneut in Jordans Zimmer und stellte sich ans Fußende des Bettes. Er steckte die Hände in die Taschen und betrachtete sie.

Kurz darauf kam Nick herein.

»Mann, du siehst schlimmer aus als sie«, flüsterte er.

Sie sahen beide, dass ein Lächeln über Jordans Gesicht huschte. »Hörst du uns, Jordan?«, fragte Noah.

Sie lächelte wieder. Und dann schlief sie wieder ein.

Richter Buchanan stand in der Tür.

»Wie geht es ihr?«, fragte er.

Noah winkte ihn zu sich. »Gut«, antwortete er.

»Ich bleibe eine Zeitlang bei ihr«, sagte der Richter und zog sich leise einen Stuhl ans Bett. »Ruht euch ein bisschen aus«, befahl er Nick und Noah.

Sie wandten sich zum Gehen, als Richter Buchanan seinen Sohn noch einmal zurückrief.

»Deine Frau möchte mit dir sprechen.«

»Ist sie schon wach?«, fragte Nick überrascht. Rasch blickte er auf die Uhr. »Ist es schon nach sieben? Ich dachte, es sei …« Er schüttelte den Kopf. »Mir fehlen vier Stunden. Weiß Laurant schon von Jordan?«

»Ja. Sie hat gerade Nachrichten geschaut, als deine Mutter und ich hereinkamen.«

»Ich hatte doch den Stecker vom Fernseher herausgezogen.«

»Anscheinend hat ihn jemand wieder eingesteckt. Deine Mutter ist bei ihr, und sie möchten beide wissen, wie es Jordan geht. Danach tausche ich mit deiner Mutter den Platz, weil sie gerne bei Jordan sitzen möchte.«

Nick lief über die Treppe zu Laurants Zimmer, während Noah ins Wartezimmer ging, um Chaddick anzurufen. Er hatte sich bisher jede halbe Stunde bei ihm gemeldet. Wahrscheinlich machte er den Kollegen wahnsinnig, aber das war ihm egal. Wenn er die Informationen hatte, die er brauchte, würde er aufhören, ihn zu belästigen.

Dr. Morganstern stand in der Tür, als er Chaddick gerade in

der Leitung hatte. Noah hob die Hand, damit er wartete, bis er sein Telefonat beendet hatte.

»Okay, ich habe seinen Namen«, sprudelte Chaddick hervor.

»Wie heißt er?«

»Paul Newton Pruitt.«

Noah wiederholte den Namen für Morganstern.

»Hast du jemals von ihm gehört?«, fragte Chaddick.

»Nein. Erzähl, was du weißt.«

»Er ist seit fünfzehn Jahren tot. Ja, ich weiß, er ist nicht wirklich tot«, fuhr er fort, »ich wiederhole ja nur, was hier steht. Pruitt hat gegen einen Typen namens Chernoff ausgesagt. Ray Chernoff. Du hast vermutlich schon von ihm gehört. Auf jeden Fall brachte ihm Pruitts Aussage mehrmals lebenslänglich ein. Pruitt sollte eigentlich in Schutzhaft bleiben, bei zwei weiteren Prozessen aussagen, und dann ins Zeugenschutzprogramm kommen.«

»Und was ist passiert?«, fragte Noah.

»Pruitt verschwand«, erwiderte Chaddick. »Das ist passiert. Die zuständigen Bundespolizisten fanden Blut in seiner Wohnung. Viel Blut, und es war von ihm. Aber es gab keine Leiche. Nach langwierigen Ermittlungen kamen sie zu dem Schluss, dass einer von Chernoffs Partnern ihn getötet hatte und sie seine Leiche wahrscheinlich nie finden würden.«

»Er hat seinen eigenen Tod inszeniert und neu angefangen.«

»Und das ist ihm bisher auch ganz gut gelungen«, fügte Chaddick hinzu.

»Hat der Prozess gegen Chernoff großes Interesse in der Öffentlichkeit erregt?«, fragte Noah.

»Ja, sicher.«

»Viele Fernsehberichte?«

»Nicht so viele, soweit ich mich erinnere«, erwiderte Chaddick. »Sie haben versucht, ihn unter Ausschluss der Öffentlichkeit zu führen, um die Zeugen zu schützen, aber du weißt ja, wie es so geht. Warum?«

»Jordan hat mir erzählt, dass Professor MacKenna ihr gegenüber mit seinem fotografischen Gedächtnis geprahlt hat. Er hat gemeint, er würde nie ein Gesicht vergessen. Ich wette, der Professor hat Pruitt erkannt. Bestimmt!«, sagte Noah.

»Die Einzahlungen. MacKenna hat ihn erpresst. Übel«, murmelte Chaddick. »Irgendwie ist in Serenity fast jeder erpresst worden. Beim Professor hätte ich mir das nicht vorstellen können, aber anscheinend hatte er ein einträgliches Nebengeschäft gefunden.«

Noah ließ sich auf das Sofa fallen. »Dann wissen wir also Bescheid.«

»Ich sage dir, jeder verfügbare Mann wird nach dem Typen suchen. Du wirst von Agenten überrannt werden, die mitmachen wollen. Und wenn Chernoffs Bande erfährt, dass Pruitt wieder aufgetaucht ist, dann werden sie wohl ebenfalls nach ihm Ausschau halten. Hoffentlich haben sie ihn noch nicht kaltgemacht.«

»Nein«, erwiderte Noah. »Er ist noch in der Stadt.«

»Bist du sicher? Ich setze mich ins nächste Flugzeug nach Boston. Ich will auch dabei sein. Ich habe mit Trumbo geredet. Ich meine, mit Pruitt. Zum Teufel, ich habe ihm die Hand geschüttelt.«

»Im Ernst? Du kommst hierher?«

»Ja, genau. Warte auf mich, bevor du ihn umlegst.«

Natürlich sollte es ein Witz sein – aber genau das hatte Noah vor.

41

Hatte er getroffen oder nicht? Würde Jordan Buchanan am Leben bleiben oder sterben? Ironischerweise hing auch Pruitts Leben in der Schwebe. Wenn sie überlebte, würde er noch einmal hingehen und sie erledigen müssen. Wenn sie starb, konnte er zu seiner Familie und seiner Arbeit zurückkehren.

Ihr Zustand war immer noch kritisch. In der Nacht hatte Pruitt zweimal im Krankenhaus angerufen. Beim zweiten Anruf war er mit der Intensivstation verbunden worden, und eine müde, überarbeitete Krankenschwester hatte ihm mitgeteilt, Jordan Buchanan habe noch nicht das Bewusstsein wiedererlangt.

Er quartierte sich in einem heruntergekommenen Motel in der Nähe des Flughafens ein, um die weitere Entwicklung abzuwarten. Dann schlief er nur ein paar Stunden, weil er die Nachrichten nicht verpassen wollte.

In den Frühnachrichten gab es einen Bericht über Richter Buchanan und seine eindrucksvolle Karriere. Auf einem lokalen Sender wurde ein Interview mit einer matronenhaften Frau mit strohblond gebleichten Haaren gebracht, die angeblich bei der Schießerei dabei gewesen war. Lebhaft schilderte sie die Vorfälle. Sie sei gerade aus dem Krankenhaus gekommen, als die Schüsse knallten. Nur eine Minute später, und sie hätte das Opfer sein können anstelle der armen Tochter des Bundesrichters. Sie erzählte dem Reporter, sie habe sich hinter einem Krankenwagen versteckt, um nicht getroffen zu werden.

Ihre Schilderung der Umstände stimmte hinten und vorne nicht. Sie behauptete, sie habe zwei Männer in einem Wagen gesehen, aus dem auf den Richter geschossen worden war, wobei einer sich aus dem Beifahrerfenster beugte. Das Auto wäre um die Ecke geschossen, und sowohl der Fahrer als auch der andere Mann hätten das Feuer eröffnet. Rein praktisch war das, was sie behauptete, unmöglich. Wenn zwei Männer geschossen hätten, hätte einer von beiden die parkenden Autos treffen müssen.

Aber dem Fernsehreporter fiel diese Unstimmigkeit nicht auf. Seine Stimme triefte vor falschem Mitgefühl. »Das muss schrecklich gewesen sein. Haben Sie gesehen, wie Richter Buchanans Tochter zu Boden gestürzt ist? Können Sie sich erinnern, wie viele Schüsse gefallen sind? Haben Sie die Männer gesehen? Und könnten Sie sie identifizieren?«

»Nein«, hatte sie geantwortet und auf einmal nervös gewirkt. Nein, sie könnte keinen der beiden identifizieren. Ihre Gesichter wären nicht zu erkennen gewesen, weil sie Kapuzen getragen hätten.

Und so ging es immer weiter. Je mehr Interesse und Mitgefühl der Reporter zeigte, desto ungeheuerlicher wurde die Geschichte. Die Frau holte so viel wie möglich aus ihrem kurzen Moment des Ruhms heraus. Sie lächelte in die Kamera und schmückte ihre Erzählung aus.

Zufrieden konstatierte Pruitt, dass jede Nachrichtensendung mit der gleichen Schlagzeile begann, dem Mordanschlag auf einen Bundesrichter.

Diese Tatsache stellte niemand infrage. Warum auch? Schließlich hatte der Richter Morddrohungen bekommen. Natürlich war er die Zielscheibe und seine Tochter nur das unschuldige Opfer.

Allerdings musste Pruitt nun noch die Kopien der Forschungsergebnisse vernichten. Er würde sich einen Aktenvernichter kaufen müssen. Wenn er alles zu feinen Papierstreifen verarbeitet hatte, bräuchte er den Müll einfach nur hinter dem Motel zu entsorgen. Dann war er dieses Problem los.

Der dumme kleine Mann hatte beinahe sein Leben zerstört. Pruitt empfand nicht das leiseste Schuldgefühl wegen des Mordes. Der Bastard hatte ihn erpresst und deswegen den Tod ver-

294

dient. Dass Pruitt so weit gehen würde, um sich zu schützen, lag wohl außerhalb seines Vorstellungsvermögens.

Ein dummer Zufall, dachte Pruitt. Der Typ war in den Ausstellungsraum seines Autohauses gekommen, während sein Auto repariert wurde. Dabei hatte er Pruitt gesehen und ihn gleich erkannt, wie er ihm später mit verstellter Stimme am Telefon erklärte. Der Mann prahlte damit, er würde nie ein Gesicht vergessen, und Pruitts Gesicht sei ihm ganz besonders im Gedächtnis geblieben, seit er ihn damals im Chernoff-Prozess gesehen hätte. Pruitt war damals ins Gericht gebracht worden, um gegen den Patriarchen der Familie Chernoff auszusagen. Er hatte versucht, sein Gesicht vor den Kameras zu verstecken, aber obwohl alles getan worden war, um sein Bild aus den Medien herauszuhalten, waren den Fotografen ein paar Aufnahmen gelungen.

Man sicherte Pruitt damals Straffreiheit zu, wenn er gegen die Familie aussagte, für die er als Zwangsvollstrecker und Geldeintreiber fungiert hatte. Das war es ihm wert gewesen, gegen den Ehrenkodex des organisierten Verbrechens zu verstoßen. Er nannte dem Staatsanwalt Namen und sagte unter Eid aus, er habe mit angesehen, wie Ray Chernoff seine Frau Marie Chernoff ermordete. Pruitt schilderte die Tat so detailliert, dass das Gericht ihm glaubte. Und Chernoff war zu dreimal lebenslänglich verurteilt worden.

Das meiste von dem, was Pruitt dem Gericht erzählt hatte, stimmte sogar. Wenn ein »Klient« sich weigerte zu kooperieren, dann befal sein Boss, ihn zu töten. Er hatte lediglich ein paar wichtige Fakten verdreht, als er behauptete, nie selbst jemanden umgebracht zu haben. Und auch die Aussage, dass Ray seine Frau brutal erstochen habe, war eine Lüge gewesen. In Wahrheit hatte Paul Pruitt Marie Chernoff umgebracht. Die Gelegenheit erwies sich als günstig, und Pruitt lastete den Mord Chernoff an.

Nach der Urteilsverkündung musste Chernoff mit Gewalt aus dem Gerichtssaal gezerrt werden. Er schwor Pruitt ewige Rache.

Der Mord an Marie war Pruitt ungeheuer schwergefallen, und bis zum heutigen Tag konnte er sie nicht vergessen. Oh, wie er sie geliebt hatte!

Bevor er ihr auf einer Weihnachtsfeier begegnet war, war er ein ziemlicher Frauenheld gewesen. Aber er hatte sich auf den ersten Blick in sie verliebt. An diesem Abend begann ihre Affäre, und er gelobte ihr ewige Liebe und Treue.

Aber die süße Marie litt zunehmend unter Schuldgefühlen. Zwar traf sie sich mit ihm und machte die Beine für ihn breit, aber anschließend zog sie sich wieder an und ging in die Kirche, um eine Kerze für die Sünde des Ehebruchs anzuzünden. Nach einer Weile jedoch reichte ihr das nicht mehr. Sie sagte Pruitt, sie wolle die Affäre beenden, ihrem Mann alles gestehen und ihn um Verzeihung bitten. Da hatte er das Messer ergriffen und war auf sie losgegangen. Er wollte sie nicht umbringen. Er wollte ihr nur ein bisschen Angst einjagen, ihr klarmachen, dass sie beide ihr Leben verlieren würden, wenn sie es ihrem Mann erzählte. Aber Marie wurde hysterisch und hörte nicht auf zu schreien. Er hatte geweint, als er sie erstach.

Er rechtfertigte seine Tat, indem er sich sagte, es habe keine andere Möglichkeit gegeben. Ray mochte Marie ihre Untreue verzeihen, aber Pruitt hätte er ganz sicher nicht vergeben. Und lief am Ende nicht alles darauf hinaus, entweder getötet zu werden oder selbst zu töten?

Als Ray Chernoff dann hinter Gittern saß, dachte Pruitt, er hätte vielleicht eine Chance. Aber es funktionierte alles nicht. Chernoff hatte zu viele Verbindungen nach draußen, und das Schutzprogramm der Regierung war ein Witz. Nein, er musste für sich selbst sorgen. Einige Wochen lang lebte er dieses paranoide Leben, dann kam er eines Tages nach Hause und sah auf der Treppe über sich einen Schatten. Anscheinend lag dort jemand auf der Lauer und wartete darauf, ihn erschießen zu können. Pruitt machte auf dem Absatz kehrt und versteckte sich in einer Bar, bis die Luft rein war. Dann kehrte er vorsichtig in seine Wohnung zurück und tat, was er tun musste.

296

An diesem Tag starb Paul Pruitt.

In den letzten fünfzehn Jahren hatte er eine Lüge gelebt. Und er war so vorsichtig gewesen. Erst nach zehn Jahren begann er sich zu entspannen. Er war so weit von zu Hause weggezogen wie möglich und hatte sich in einer kleinen Stadt in Texas niedergelassen. In Bourbon fing er an als Autoverkäufer zu arbeiten, und schließlich brachte er es zu seiner eigenen Firma. Es war ihm sogar gelungen, eine Frau zu finden, die nicht allzu viele Fragen stellte. Wenn Leute vorschlugen, er solle mehr Werbung machen, lehnte er das ab. Er wollte sich nie wieder in die Nähe einer Kamera begeben und war zufrieden mit dem, was er erreicht hatte. In diesem Teil der Welt respektierte man ihn als Dave Trumbo, und ihm gefiel, dass die Leute sich freuten, wenn sie ihn sahen.

Der anonyme Anruf des Mannes, der ihn erkannt hatte, drohte alles zu zerstören. Nach der ersten Nachricht hatte er versucht, den Anrufer aufzuspüren. Jedes Mal, wenn er das Geld in einen braunen Umschlag steckte und es an eine Postfachadresse schickte, versuchte er herauszufinden, wer der Erpresser war. Aber der geheimnisvolle Mann gab bei jedem Anruf eine andere Adresse an. Pruitt hatte sich sogar versteckt und an der Poststelle auf denjenigen gewartet, der sein Päckchen abholen würde, das er mit fluoreszierendem gelbem Filzstift markiert hatte. Aber es kam niemand. Ab dem Folgemonat wurden die Geldforderungen immer höher, und in Pruitt wuchs die Panik.

J.D. Dickey machte dem ein Ende. Pruitt war dem Mann noch nie selbst begegnet, aber er hatte von ihm gehört. Er wusste, dass er im Gefängnis gesessen hatte und dass sein Bruder Sheriff von Jessup County war. J.D. kam wahrhaftig in sein Büro, schloss die Tür hinter sich und erklärte ihm ganz ruhig, er könne ihm helfen, sein kleines Problem zu lösen.

Welches Problem er denn meine, hatte Pruitt gefragt.

J.D. spielte mit offenen Karten. Er erklärte, er habe sich beruflich auf eine Sache spezialisiert, die er recht lukrativ fände. Er würde Leute erpressen. Bevor Pruitt auf dieses Geständnis reagieren konnte, hob J.D. beschwichtigend die Hände und versicherte, er habe nicht vor, ihn auszunehmen.

Er wollte für ihn arbeiten. Pruitt konnte sich an das Gespräch fast Wort für Wort erinnern. J.D. erzählte ihm, er fahre durch die Gegend und höre mit seiner Überwachungsausrüstung Gespräche in der Nachbarschaft ab. Wenn etwas Interessantes herauskam, wie zum Beispiel, dass ein Mann seine Frau betrog, nun, dann würde er sich das notieren. Manchmal würde er sogar ein Mikrofon oder eine Kamera in einem Raum anbringen. Aufnahmen von sexuellen Aktivitäten brachten eine Menge Geld. Manche Einwohner von Serenity hatten sehr spezielle sexuelle Gewohnheiten, von denen J.D. Pruitt erzählte.

Es dauerte eine ganze Weile, bevor J.D. wieder auf Pruitts Problem zurückkam, aber das war Pruitt egal. Er war fasziniert von dem, was er hörte. Schließlich kam J.D. zu Pruitts Erpresser. Er erklärte, er habe vor dem Haus eines Mannes gestanden und gehört, wie er mit Pruitt telefonierte. Er wusste nicht, was Pruitt getan hatte, nahm aber an, es handele sich um eine Affäre oder vielleicht um Geld, das er an der Steuer vorbeigeschmuggelt hatte. J.D. war Pruitts Vergehen gleichgültig, aber er konnte ihm helfen, seinen Erpresser loszuwerden. Er konnte ihn aus der Stadt jagen. Und das würde er kostenlos tun, wenn Paul ihm für die Lösung zukünftiger Probleme ein regelmäßiges Gehalt zusicherte.

Pruitt war rasch einverstanden. Er fühlte sich erleichtert, dass J.D. nichts von seiner wahren Identität ahnte, und beschloss, sich von ihm helfen zu lassen. Wenn er erst den Erpresser los war, konnte er sich anschließend J.D.s erledigen.

Als J.D. den Namen des Professors nannte, hatte er keine Ahnung, dass er damit MacKennas Todesurteil unterschrieb. Pruitt erklärte J.D., er wolle mit MacKenna reden, bevor J.D. ihm so viel Angst einjagte, dass er die Stadt verließ. Er verabredete sich mit ihm vor dem Haus des Professors.

Pruitt hatte sich ins Fäustchen gelacht, als er J.D. erklärte, er sei Mittäter bei einem Mord, und er solle die Leiche für Pruitt entsorgen. J.D. war entsetzt, aber das kümmerte Pruitt wenig. Er sagte zu ihm, er solle lediglich seine Befehle befolgen, dann würde ihm nichts passieren. Und er solle endlich die Leiche verschwinden lassen.

Rückblickend war Pruitt klar, dass er seine Anordnung hätte konkreter formulieren müssen. Er hätte merken müssen, wie dumm J.D. war.

Er schüttelte den Kopf, wenn er heute darüber nachdachte.

J.D. hielt es für äußerst schlau, die Leiche des Professors im Kofferraum von Jordan Buchanans Auto zu verstecken, weil sie fremd in der Stadt war. Er dachte, er könne ihr die Schuld am Tod des Professors geben. So hatte er es sich jedenfalls ausgedacht.

Aber J.D. hatte nicht damit gerechnet, dass Lloyd ihn dabei beobachten würde, wie er die Leiche in den Kofferraum packte. Und J.D. hatte auch nicht damit gerechnet, dass Pruitt – oder Dave, als den er ihn kannte – alles tun würde, um Lloyd das Maul zu stopfen. Eigentlich hatte er überhaupt nicht besonders viel gedacht. Und ganz bestimmt hatte er nicht gedacht, dass Dave Trumbo ihn selbst umbringen würde.

Paul Pruitt faltete die Hände auf der Brust und legte sich zurück. Es wäre alles viel einfacher gewesen, wenn J.D. die Leiche in der Wüste vergraben hätte, aber er musste ja unbedingt beweisen, wie clever er war.

Pruitts letzter Gedanke vor dem Einschlafen galt dem Schlag, den er J.D. auf den Kopf versetzt hatte. Ob er daran gestorben war? Oder war er vielleicht bei lebendigem Leib verbrannt?

42

Als Noah am späten Nachmittag zu ihr kam, saß Jordan von Kissen gestützt im Bett.

Sie sah blass aus, was Noah der Krankenschwester gegenüber erwähnte, die gerade Jordans Temperatur gemessen hatte.

»Nun ja, sie ist aufgestanden und ein paar Schritte gelaufen«, erwiderte die Schwester. »Das hat sie erschöpft.«

Jordan war mittlerweile wieder völlig klar.

»Kann ich bitte etwas Wasser haben?«, verlangte sie.

Die Krankenschwester schüttelte energisch den Kopf.

»Nein, ganz gewiss nicht. Sie dürfen noch überhaupt nichts über den Mund zu sich nehmen. Ich könnte Ihnen höchstens einen kühlen Waschlappen und ein paar Eiswürfel bringen.«

Was sollte sie denn mit einem Waschlappen anfangen? Noah wartete, bis die Schwester gegangen war, trat ans Bett und berührte sanft Jordans Hand. »Wie fühlst du dich?«

»Als ob ich angeschossen worden wäre.« Sie klang recht mürrisch.

»Tja, das ist ja auch passiert, Süße.«

Besonders mitfühlend klang er nicht. Ihre Mutter hatte heute Vormittag an ihrem Bett gesessen, und jedes Mal, wenn Jordan die Augen aufschlug, hatte sie sich Tränen auf den Wangen abgetupft und gefragt, was sie tun konnte, damit es Jordan besser ginge. Sie hatte Jordan auch die ganze Zeit über »mein armer Liebling« genannt.

Noah hingegen tat so, als sei es nichts Besonderes, angeschossen zu werden. Seine Einstellung gefiel Jordan eigentlich besser.

»Du kannst es bestimmt nicht erwarten, dein normales Leben wieder aufzunehmen«, sagte sie.

Sie klang jämmerlich. Einen Moment lang schloss sie die Augen, sodass sie seinen gequälten Gesichtsausdruck nicht sehen konnte.

»Schlaf noch nicht wieder ein«, sagte er.

»Das ist wenigstens eine Abwechslung. Jeder andere, der hereinkommt, sagt mir, ich solle schlafen.«

»Weißt du noch, was du mir im Aufwachraum gesagt hast?«

Sie warf ihm einen misstrauischen Blick zu. »Habe ich viel geredet?«

»Nein, nicht so viel.« Noah lachte. »Aber du hast etwas über den Schützen gesagt.«

Ihre Augen weiteten sich, als die Erinnerung wiederkehrte.

»Ja – Dave Trumbo hat versucht, mich umzubringen.« Erstaunt fügte sie hinzu: »Warum hat er versucht, mich zu erschießen? Was habe ich ihm denn getan?« Sie überlegte einen Moment und sagte dann sarkastisch: »Vielleicht hätte ich ein Auto bei ihm kaufen sollen.«

Erneut schloss sie die Augen und versuchte nachzudenken. Sie wusste, dass sie Noah etwas sagen wollte, aber es fiel ihr nicht mehr ein.

»Du hast ihm gar nichts getan«, versicherte er ihr. »Du kannst schlafen. Wir reden später.«

Noah zog sich einen Stuhl ans Bett. Er war so müde. Vielleicht konnte er sich auch ein bisschen ausruhen.

»Jetzt weiß ich es wieder«, unterbrach eine Stimme seine Träume.

Er machte die Augen auf. »Was?«

»Das Datum. 1284 und die Krone.«

»Wovon redest du?«

»MacKennas Forschungsunterlagen, weißt du nicht mehr? Das Datum ist gar kein Datum. Es ist Trumbos Adresse. Royal Street 1284. Das ist seine Privatadresse. Am besten holst du ihn her, damit ich mich mal mit ihm unterhalten kann.«

Noah lächelte. So langsam kam die alte Jordan wieder zum Vorschein.

»Dass ich das aber auch nicht früher herausbekommen habe. Natürlich kann ich zu meiner Verteidigung anführen, dass ich historische Texte gelesen habe. Aber weißt du was?«

»Sag es mir.«

»Trumbo hat es gesehen. Nur deswegen konnte er es wissen.«

»Was hat er gesehen?«

»Als wir uns das erste Mal begegnet sind, saß ich in Jaffees Restaurant und hatte die Papiere auf dem Tisch ausgebreitet. Er sagte Hausaufgaben dazu. Er muss es gesehen haben.«

Ihr Mund war trocken, und ihr Hals schmerzte. Sie schluckte und sagte: »Trumbo sah die Zahl 1284 und eine Krone. Er sah also seine Adresse in MacKennas Unterlagen, wusste aber nicht, was es war. Die Kisten, die ich aus Serenity nach Hause geschickt habe, stehen in meiner Wohnung. Möglicherweise ist noch mehr belastendes Material über ihn darin. Du solltest jemanden hinschicken. Es sind Beweise.«

Noah rief auf der Stelle Nick an.

»Es sind Leute unterwegs«, versicherte er Jordan.

»Sie brauchen meinen Schlüssel.«

»Nein, sie kommen schon so hinein. Schlaf jetzt.«

»Ihr habt ihn also noch nicht erwischt?«

»Noch nicht. Aber es ist nur eine Frage der Zeit.«

Jordan fielen die Augen zu, und er wartete, bis sie fest eingeschlafen war. Dann machte er ebenfalls die Augen zu.

Eine Stunde später weckte Nick ihn. »Sie warten auf uns.«

Noah fuhr erschreckt hoch. Automatisch ging seine Hand zu seiner Pistole. »Was zum …«

»Wach auf. Sie warten«, wiederholte Nick.

»Sprich leiser. Du weckst Jordan.«

Nick lachte. »Sie ist bereits wach. Du bist derjenige, der geschlafen hat. Wir unterhalten uns schon seit ein paar Minuten.«

Erst da merkte Noah, dass Richter Buchanan und Jordans jüngster Bruder Zachary auch im Zimmer standen. Nick bedeutete Noah, ihm auf den Gang hinaus zu folgen.

Draußen ging Nick zu den Aufzügen.

»Ich habe schlechte Neuigkeiten«, sagte er. »Pruitt ist in Jordans Wohnung eingebrochen und hat die Kopien gestohlen.«

»Ach, zum Teufel!« Noah verfluchte seine Dummheit. »Warum habe ich bloß nicht schon früher jemanden hingeschickt!«

»Jordan ist angeschossen worden. Das war deine erste Priorität.«

Noah stieß einen tiefen Seufzer aus. Er konnte dem Freund noch nichts sagen. »Ich brauche Koffein.«

»Pete wartet in der Cafeteria auf uns. Das Essen ist zwar nicht besonders, aber du solltest etwas zu dir nehmen. Ich habe schon etwas gegessen. Es war grauenhaft.«

»Tolle Werbung! Ich kann es kaum erwarten.«

Vor Pete stand ein unberührter Salatteller.

»Erinnert mich an die Mensa in meiner Studentenzeit«, sagte er naserümpfend und schob den Teller weg. »Aber lasst uns übers Geschäft reden. Einige Agenten sind an dem Fall interessiert. Sie wollen Pruitt unbedingt fassen, und zwar lebend.«

»Glauben Sie etwa, er wird noch einmal gegen Chernoffs Partner aussagen?«, fragte Nick.

»Ich weiß es ehrlich gesagt nicht. Ich habe keine konkreten Antworten bekommen.«

»Pruitt hat in Serenity drei Menschen umgebracht, und er hat auf Jordan geschossen. Dieses Mal wird er nicht straffrei davonkommen«, erwiderte Nick.

»Das haben wir nicht zu entscheiden.«

»Doch«, entgegnete Noah.

»Das sehe ich auch so«, warf Nick ein.

»Zufällig bin ich Ihrer Meinung«, sagte Dr. Morganstern.

»Wo befinden sich denn diese Bundesbeamten?«, fragte Nick.

»In der Stadt verteilt. Sie warten auf unser Okay.«

»Unser Okay wofür?«

Morganstern seufzte. »Mit der Suche nach Pruitt an die Öffentlichkeit gehen zu können.«

»Das ist doch Wahnsinn«, protestierte Noah. »Er wird untertauchen.«

»Und was schlagen Sie vor?«, fragte Pete.

»Pruitt glaubt, er ist im Moment in Sicherheit. Aber er weiß nicht, was in diesen Papieren steht und ob wir Informationen über ihn haben.«

»Woher wollen Sie so genau wissen, was er denkt?«

»Weil er in der Stadt ist. Alle halten Ausschau nach ihm, und er ist noch nicht aufgetaucht. Pruitt ist vorsichtig. Jordan hat mir gesagt, er habe seine Adresse auf den Forschungsunterlagen gesehen, die sie im Lokal vor sich ausgebreitet hatte. Er wird vermuten, dass sich in den Papieren noch andere belastende Informationen befinden.«

»Er glaubt immer noch, dass er das Schlimmste verhindern kann«, fügte Nick hinzu.

»Ja, und er hat bereits damit angefangen. Er ist in Jordans Wohnung eingebrochen«, erklärte Noah.

»Und jetzt?«, fragte Pete.

»Jordan«, antwortete Noah. »Pruitt wartet so lange, bis er hört, ob sie überlebt oder nicht.«

Der Doktor trommelte mit den Fingern auf den Tisch.

»Wenn wir die Fahndung nach Pruitt öffentlich machen, verlieren wir ihn.«

»Genau«, sagte Noah. Nick nickte.

»Das dürfen wir nicht zulassen. Haben Sie einen Plan?«, fragte Morganstern.

»Ja, Sir, habe ich«, erwiderte Noah. »Wir stellen eine Falle für diese Ratte auf.«

»Wo?«, fragte Nick.

»Ich werde Pruitt in Jordans Wohnung locken«, sagte Noah. »Aber wir müssen uns beeilen.«

Nick lächelte, aber Pete runzelte die Stirn. »Und wie wollen Sie das machen?«

»Nur ein Anruf«, antwortete Noah. »Mehr ist dazu nicht erforderlich.«

43

Angela, hier spricht Noah Clayborne.«

»Ach, du liebe Güte! Noah!«

Angela war ihre Überraschung deutlich anzumerken. Er hörte ein leises Krachen und fragte sich besorgt, ob die Kellnerin wohl einen Teller fallen gelassen hatte.

»Sie Ärmster! Wie geht es Ihnen? Wir waren entsetzt, als wir das von Jordan gehört haben. Ganz Serenity redet von nichts anderem. Wie geht es ihr? Es heißt, ihr Zustand sei immer noch kritisch?«

»Ja«, erwiderte er. »Ich versuche, nicht die Hoffnung zu verlieren, aber es ist schwer.«

»Oh, ich weiß. Wir beten alle für sie. Und auch für Sie.«

»Sie hat immer noch nicht das Bewusstsein wiedererlangt«, sagte er.

Er blickte auf seinen Zettel, auf dem er sich sieben Dinge notiert hatte, die er ihr weitergeben wollte, und strich eine Zeile durch.

»Nein? Oh, es tut mir so leid. Ich wünschte, ich könnte etwas tun.«

»Der Grund, warum ich anrufe ...«

»Ja?«, sagte Angela eifrig.

»Sie haben mir Jordans Sachen gegeben, und als ich ihr Handy ausschalten wollte, habe ich gesehen, dass sie sich aufgeschrieben hat, sie wolle Jaffee im Restaurant anrufen. Ich weiß nicht, ich habe mich gefragt, ob sie ihn wohl erreicht hat. Wenn ja, war Jaffee wahrscheinlich die letzte Person, mit der sie ...« Noah versagte die Stimme.

Er strich die zweite Zeile durch. Übertrieb er? Angela schien es ihm jedenfalls abzukaufen.

»Nein, Jordan hat nicht mit ihm gesprochen. Sie hat mit mir geredet.« Angela keuchte. »Dann war ich vermutlich die letzte Person, mit der sie gesprochen hat. Sie wirkte glücklich und fröhlich. Sie sagte mir zwar, sie wolle Jaffee anrufen, aber das hat sie offenbar nicht mehr geschafft.«

»Ja«, sagte Noah. »So war es wohl. Der Schütze hat versucht, Jordans Vater zu treffen, aber sie stand im Weg. Ich bin schuld daran«, schloss er traurig.

»Warum das denn, um Himmels willen?«

»Jordan wollte, dass ich sie begleite, aber ich bin ein paar Leuten begegnet, die ich kannte und habe ihr gesagt, sie solle schon einmal zum Auto vorausgehen. Wir wollten in ihre Wohnung. Sie wollte mir unbedingt zeigen …« Erneut brach seine Stimme.

»Was zeigen?«, fragte Angela.

»Ach, Sie wissen schon, diese ganzen Forschungsunterlagen, die sie kopiert hat. Sie meinte, sie habe etwas wirklich Wichtiges darin gefunden und es auf ihrem Computer gespeichert. Etwas, das gar nichts mit historischen Umständen zu tun hat, aber sie wollte mir nicht sagen, was es war.«

Er strich eine weitere Zeile aus und fuhr fort: »Ich dachte, sie hätte vielleicht mit Jaffee darüber geredet, aber da sie nicht mit ihm gesprochen hat, muss ich es mir wohl selbst anschauen. Aber nicht im Moment. Ich werde nicht von ihrer Seite weichen. Ich war schon nicht bei ihr, als auf sie geschossen wurde, aber wenn sie aufwacht, werde ich da sein, ganz gleich, wie lange es noch dauert. Wir können uns die Informationen auf ihrem Computer gemeinsam anschauen, wenn es ihr besser geht. Was auch immer Jordan gefunden hat, muss warten.«

Noah beendete das Gespräch und legte auf. Dann drehte er sich zu Nick um und sagte: »Das Gerücht ist gestreut.«

»Wie lange wird es dauern, bis es zu Pruitt gelangt?«

»Eine Stunde vielleicht, höchstens zwei.«

***

Das Netz war ausgelegt. Zwei Agenten beobachteten den Eingang zu Jordans Wohnhaus, und zwei weitere standen an der Hintertür. Alle vier waren so gut versteckt, dass Pruitt sie nicht bemerken würde.

Noah und Nick hatten ihr Auto an einem Ende des Blocks geparkt, während zwei weitere Beamte das andere Ende im Auge behielten. In einer Einfahrt zwischen zwei Gebäuden stand ein weiteres Fahrzeug mit FBI-Männern. Wenn Pruitt die Straße hinunterfuhr, konnten sie ihn aufhalten.

Wenn er die Straße entlangkam.

Sie warteten seit über zwei Stunden. Nick schlug vor, sie sollten in Jordans Wohnung gehen und dort warten.

»Wir könnten ihn direkt am Computer erwischen. Hättest du nicht auch gerne zwei Minuten alleine mit ihm? Bestimmt, oder?«

Noah lehnte seinen Plan ab. »Das ist keine gute Idee.«

»Na, okay. Wir könnten ihn uns auch schnappen, sobald er die Wohnungstür öffnet.«

»Das würde nicht funktionieren. Auch eine schlechte Idee.«

Nick seufzte. »Warum? Ich sage doch nur, dass wir …«

Noah lachte. »Warum entwickelst du immer wieder neue Pläne?«

»Das Überraschungsmoment ist in diesem Fall entscheidend«, erklärte Nick. Er zog einen Apfel aus der Tasche, wischte ihn am Jackenärmel ab und biss hinein.

»Habe ich dir eigentlich schon von dem Feuer in Mac-Kennas Haus erzählt?«, fragte Noah.

Kauend antwortete Nick: »Du hast mir erzählt, dass es abgebrannt ist.«

»Es ist nicht nur abgebrannt, Nick, das war der reinste Feuersturm. Du hättest es sehen müssen. Als ob es sich mit einem Schlag in einem Flammenmeer aufgelöst hätte.

»Ja, schade, dass ich nicht dabei war.«

»Pruitt hat das Feuer gelegt. Er kennt sich mit Chemikalien aus.«

307

»Du hast doch Jordans Nachbarn evakuiert, oder?«

»Ja«, erwiderte Noah.

Sie ließen einige Minuten schweigend verstreichen.

»Da kommt jemand.« Noah und Nick hörten das aufgeregte Flüstern eines Agenten über die Kopfhörer.

»Ich sehe ihn. Das ist er«, sagte ein anderer.

»Bist du sicher?«, fragte der Erste.

»Schwarzer Jogginganzug und hochgeschlagene Kapuze – im August. Das ist er. Ganz bestimmt.«

Die Gestalt kam um die Ecke, sodass auch Noah ihn sah.

»Trägt er da etwas bei sich? Ja, das ist er. Was könnte das sein?«, fragte Nick und blickte Noah an. »Will er wieder ein Feuer legen?«

Der Mann ging die Treppe zu Jordans Wohnhaus hinauf.

»Er darf nicht hineinkommen. Wir müssen ihn auf der Straße abfangen«, sagte der Agent, der am nächsten zu ihm war.

»Los!«, schrie er.

»Wartet«, befahl Noah, aber es war zu spät.

Drei übereifrige Agenten rannten mit gezogenen Waffen auf die Straße. Zwei hielten dem Mann ihre Pistolen ins Gesicht, während der dritte nach der Schachtel griff, die der Mann fallengelassen hatte.

Noah und Nick stürmten zum Haus.

»Das ist er nicht«, schrie Noah wütend.

»Was machen Sie? Ich habe nichts getan!«, stammelte der Mann. Er war fast noch ein Teenager, unrasiert und ungepflegt. »Seien Sie vorsichtig mit der Schachtel. Ich darf sie nicht schütteln.«

Der Typ hatte so viel Angst, dass er kaum die Worte herausbekam.

»Was ist in der Schachtel?«, brüllte einer der Agenten ihn an.

»Ich weiß nicht. Ein Typ hat mir hundert Riesen gegeben, damit ich sie zu seiner Freundin bringe. Ich soll sie vor ihre Tür stellen. Hören Sie, ehrlich, ich habe nichts Schlimmes getan.«

Noah drehte sich um und rannte zum Auto. Nick war ihm direkt auf den Fersen und brüllte den anderen Agenten zu: »Holt das Entschärfungskommando.« Er zeigte auf einen der Agenten. »Hast du verstanden?«

»Ja, Sir.«

Nick sprang ins Auto, als Noah gerade den Motor anließ.

»Ruf im Krankenhaus an«, rief er. »Nur zur Sicherheit.«

Er raste los und schaltete die Sirene ein.

»Glaubst du, Pruitt hat uns beobachtet?«, fragte Nick.

»Keine Ahnung. Es könnte sein, dass er den Jungen geschickt hat und schon wieder auf dem Weg nach Texas ist, aber er könnte auch etwas anderes vorhaben. Auf jeden Fall müssen wir dafür sorgen, dass Jordan nicht Teil seines Plans ist.«

44

Er musste den richtigen Zeitpunkt abpassen. Jede Minute würde der Bote, den Pruitt angeheuert hatte, den Geschenkkarton vor Jordans Tür abstellen. Flüssiges Feuer, so nannte er sein Spezialgebräu. Bei MacKennas Haus hatte es wunderbar funktioniert. Und auch jetzt würde es wieder funktionieren. In der Schachtel befanden sich so viele Chemikalien, dass der oberste Stock des Mietshauses vollständig den Flammen zum Opfer fallen würde. Wahrscheinlich hatte er sogar zu viel des Guten getan, aber dann brauchte er sich auch keine Gedanken mehr über die Funktionsfähigkeit von Jordan Buchanans Computer zu machen.

Die Explosion würde in genau einer Stunde stattfinden, und vorher musste er bei Jordan sein. Wenn die Wohnung erst einmal in die Luft geflogen war, würde es im Krankenhaus von Polizei und Agenten nur so wimmeln. Dann würden sie wissen, dass Jordan die Zielscheibe gewesen war. Aber wenn Pruitt heute kam, würde niemand jemals erfahren, warum.

In einer Kleinstadt funktionierten die Buschtrommeln zum Glück hervorragend. Pruitt war gerade mit dem Aktenvernichter ins Motel zurückgekommen, als seine Frau ihn anrief. Von Jaffees Frau Lily, die es ihrerseits von Jaffee wusste, der es von Angela gehört hatte, hatte sie erfahren, dass Jordans Leben an einem seidenen Faden hing. Es war so traurig, dass einer so jungen Frau etwas so Tragisches passierte. Da kam sie zurück nach Boston und wurde von einem Irren niedergeschossen, der eigentlich Rache an ihrem Vater nehmen wollte.

Und es hatte sich herausgestellt, dass dieser gut aussehende FBI-Beamte, dieser Noah Clayborne, der mit ihr in Serenity

310

gewesen war, viel mehr war als nur ein Freund. Er hatte Angela angerufen und vor lauter Kummer kaum sprechen können. Angela hatte ihm gesagt, dass sie mit Jordan gesprochen hatte, kurz bevor sie angeschossen worden war. Angela hatte gemeint, der arme Noah Clayborne hätte völlig niedergeschmettert gewirkt. Es sah zwar nicht so aus, als ob die arme Jordan durchkommen würde, aber er klammerte sich an jeden Strohhalm und versuchte positiv zu denken.

Jordan hatte ihm etwas von den Forschungsunterlagen erzählt, die sie in Serenity kopiert hatte. Und sie war ganz aufgeregt gewesen über irgendeine Information, die auf ihrem Computer gespeichert war – etwas, das sie aus den Papieren des Professors erfahren hatte. Es sagte ja jeder, dass sie so eine Art Computergenie war. Aber jetzt würde Noah nie mehr erfahren, was sie ihm sagen wollte. Es war alles so traurig …

Suzanne schwatzte immer weiter, und Pruitts Gedanken schweiften ab. Was für Informationen mochte Jordan in Professor MacKennas Aufzeichnungen gefunden haben? Vielleicht wusste sie doch über ihn Bescheid.

Er betrat das Krankenhaus, ohne dass ihn jemand bemerkte. Für den Fall, dass Überwachungskameras auf ihn gerichtet wären, hielt er den Kopf gesenkt und blickte zu Boden. Allerdings machte er sich keine Sorgen, dass ihn jemand erkennen könnte. Schließlich suchte die Polizei nach Gangstern, die etwas mit dem Prozess von Richter Buchanan zu tun hatten. Und selbst wenn Jordan Dave Trumbo identifizieren könnte, so würde sie ihn auf jeden Fall erst sehen, wenn es zu spät war.

Das Sicherheitspersonal achtete nicht auf ihn. Es gab ja auch keinen Grund dazu. Das Krankenhaus war so groß, dass zahlreiche Ärzte und Krankenschwestern herumliefen. Niemand schenkte Pruitt einen Seitenblick.

Die Aufzugtür öffnete sich, und er fuhr allein bis zum fünften Stock hinauf, wobei er im Geiste noch einmal durchging, was er sagen wollte, wenn er von einer Krankenschwester aufgehalten würde. Die Zimmernummer hatte er bereits telefonisch erfragt. Als er jedoch um die Ecke bog, sah er, dass vor Jordans Tür ein uniformierter Polizist stand. Sofort drehte er um. Er musste seinen Plan ändern.

Mit einer Wache hatte er nicht gerechnet, aber eigentlich war es logisch. Natürlich wollte ihr Vater sie schützen.

Mit dem Aufzug fuhr er in den zweiten Stock, wo sich die ganzen Diagnosegeräte befanden. Niemand war zu sehen, als er den leeren Flur betrat. Er brauchte nur zwei Anrufe tätigen, dann wusste er, wie Jordans Chirurg und ihr Internist hießen. Mit diesen Informationen versehen rief er im fünften Stock an und sagte der Krankenschwester, Dr. Emmett habe weitere Röntgenuntersuchungen für Jordan Buchanan angeordnet.

Der Stimme nach zu urteilen war die Schwester jung und unerfahren. Sie stellte keine Fragen, sondern rief sofort nach dem Anruf in der Radiologie an und gab die Anweisungen des Arztes durch.

Pruitt hörte, wie ein Pfleger den Anruf entgegennahm. Zum Glück war es ein ruhiger Abend und leer in der Abteilung. Trotzdem musste Pruitt zehn Minuten warten, bis der blonde Pfleger sich bequemte, mit dem Aufzug in den fünften Stock zu fahren, um Jordan abzuholen.

Ihm war es recht, dass es auf der Station so still war. Es gab viele dunkle Räume und noch dunklere Gänge. Der Empfang war nicht mehr besetzt. Er brauchte sich keine Sorgen zu machen, dass ihn jemand stören würde. Als er sich umblickte, fand er den perfekten Platz direkt an der Schwingtür zum Röntgenraum.

Würde der Polizist Jordan zum Röntgen begleiten? Wahrscheinlich. Er würde ihn also zuerst umlegen müssen. Am besten erledigte er das mit einem Knüppel von hinten. Der Pfleger würde hoffentlich die bewusstlose Jordan nur abstellen und sich dann um die Vorbereitungen zum Röntgen kümmern. Sonst musste Pruitt ihn auch erledigen. Das würde nicht besonders schwer sein und vor allem lautlos geschehen. Pruitt beherrschte immer noch alle Techniken, seine Opfer ohne einen Laut zum Schweigen zu bringen. Komisch, dass man so etwas nicht verlernte.

Hinter den Schwingtüren befanden sich die Umkleidekabinen für die Patienten. Auf den Regalen in jeder Kabine lagen frische Kittel, und es gab eine Metallstange mit Plastikbügeln für die Kleider.

Er hatte schon geglaubt, er müsse den Vorratsschrank aufbrechen, um einen Knüppel zu finden, mit dem er den Polizisten niederschlagen konnte, aber so eine Stange tat es natürlich auch. Mit einer Münze löste er die Schrauben, die sie in der Halterung fixierten, und nahm sie heraus. Sie hatte genau die richtige Länge für seine Zwecke und lag gut in der Hand.

Pruitt zog die Tür der Kabine so zu, dass er durch den Spalt beobachten konnte, wenn Jordan auf dem Bett vorbeigerollt wurde. Er würde vorgewarnt sein, weil die Lichter in den Kabinen angingen, wenn der Drehknopf der Tür betätigt wurde.

Seine Augen gewöhnten sich an die Dunkelheit. Schließlich hörte er Stimmen, und eine Minute später gingen die Lampen an. Die Türen wurden langsam nach innen aufgeschoben.

Nicht zu eifrig, mahnte er sich. Das Timing musste perfekt sein.

Da waren sie. Zuerst sah er Jordan, dann den Pfleger, der ihren Rollstuhl schob. Der Polizist ging hinter ihnen. Das war Glück.

Pruitt packte die Stange fester und trat aus der Kabine. Der Polizist hörte ihn nicht. Pruitt schlug ihm die Stange fest auf den Nacken und nahm dem Mann die Pistole aus dem Halfter, noch bevor er zu Boden sank.

Der Pfleger drehte sich verwirrt um, als er das Geräusch hörte. »Hey, was …?«

Im gleichen Moment ging er zu Boden. Die Stange traf ihn seitlich am Kopf, direkt über dem Ohr. Es ging so schnell, dass er keine Zeit hatte auszuweichen. Er fiel gegen Jordan, die durch den Aufprall aus dem Rollstuhl geschleudert wurde.

Pruitt beförderte den Stuhl mit einem Tritt aus dem Weg. Seine Augen glitzerten kalt und feindselig.

War das das Letzte, was sie vor ihrem Tod zu sehen bekommen sollte?, fragte sich Jordan. Sie schrie und krümmte sich zusammen, um sich zu schützen.

Plötzlich krachte Noah durch die Türen. Pruitt bekam eine Kugel in die Schulter, noch bevor er Gelegenheit hatte, sich umzudrehen. Er wollte nach Jordan greifen, aber Noah schoss ihn in die Brust, und Pruitt sank zu Boden. Ein letztes Mal versuchte er, die Pistole zu heben, aber Noah schoss erneut. Der Knall war ohrenbetäubend und hallte in dem engen Gang.

Jordan fiel in Ohnmacht.

45

Jordan lag auf dem Sofa im Wintergarten und tat so, als ob sie schliefe, damit ihre Mutter endlich aufhörte, sie zu umsorgen. Ständig wuselte sie um sie herum.

Die Fenster waren geöffnet, und eine kühle Brise strich ihr erfrischend übers Gesicht. Sie hörte die Brandung des Ozeans rauschen. Das Haus ihrer Eltern in Nathan's Bay war auf drei Seiten von Wasser umgeben. Im Winter bedeckte eine Eisschicht die Glasscheiben, aber im Sommer war die kühle Brise, die vom Meer her wehte, eine willkommene Erleichterung an schwülen oder heißen Tagen.

Es war wirklich schön hier, aber Jordan freute sich auf ihr Zuhause. Ihr fehlte das eigene Bett, und sie vermisste ihre Fensterbank.

Am meisten jedoch vermisste sie Noah. Er fehlte ihr seit jener schrecklichen Nacht im Krankenhaus, als er sie in die Arme genommen und in ihr Zimmer getragen hatte.

Er und Nick waren wegen eines Auftrags seit vier Tagen unterwegs. Laurant hatte Jordan erzählt, Nick würde jeden Abend anrufen. Sie erwartete ihn morgen zurück.

Jordan fragte nicht nach Noah. es war vergangen und vorbei. Er hatte wieder sein altes Leben aufgenommen. Was sich in Serenity ereignet hatte …

Sie seufzte. Wenn sie nicht aufstand und irgendetwas Sinnvolles tat, würde sie anfangen zu weinen. Und dann wäre ihre Mutter noch besorgter.

Ihre Rippen taten noch weh, und sie zuckte zusammen, als sie sich hochhievte. Die Haushälterin, Leah, räumte in der Küche Geschirr zusammen.

»Ich mache das«, bot Jordan an.

»Nein, nein, du musst dich ausruhen.«

»Leah, ich weiß, dass du es gut meinst, aber ich bin es leid, mich ständig auszuruhen.«

»Du hast viel Blut verloren. Deine Mutter sagt, du darfst dich nicht überanstrengen.«

Jordan fiel auf, wie viele Teller Leah aus dem Schrank geholt hatte. Sie folgte ihr ins Esszimmer. Der lange Tisch mit sechs Stühlen auf jeder Seite und jeweils einem Stuhl am Kopfende nahm den größten Raum ein.

»Lass mal sehen. Laurant und Nick kommen«, zählte Leah auf. »Mit Baby Sam«, fügte sie hinzu. »Ich muss den Hochstuhl noch saubermachen. Und Michael kommt. Zachary natürlich auch. Alec und Regan werden nächstes Wochenende erwartet.«

»Also nur Familie?«, fragte Jordan.

»Da Zachary sich angewöhnt hat, Freunde vom College mitzubringen, lege ich sicherheitshalber ein paar Gedecke mehr auf.«

Erneut fragte Jordan, was sie helfen könne, aber Leah scheuchte sie weg. Sie ging in ihr ehemaliges Zimmer, das ihre Eltern mittlerweile als Gästezimmer benutzten.

Kate und Dylan hatten sich auch schon bei ihr gemeldet. Sie waren wieder in South Carolina, und Kate wollte, dass Jordan zu ihnen kam, um sich dort zu erholen. Zum Glück hatte die Polizei die fotokopierten Unterlagen mit Professor MacKennas Forschungsergebnissen gefunden, und nun konnte sie sich daranmachen, die Geschichten des Professors auf ihre Richtigkeit zu überprüfen.

Bei Sonnenuntergang kam Michael, um sie zu holen. Er wollte sie wahrhaftig die Treppe hinuntertragen.

»Ich bin offiziell wieder gesund«, verkündete sie beim Abendessen. »Und ich will nicht dauernd so von euch umsorgt werden.«

»Ja, schön, Liebes«, gurrte ihre Mutter. »Hast du genug gegessen?«

Jordan lachte. »Ja, danke.«

»Nick ist im Wintergarten. Willst du ihm nicht Hallo sagen?«

Sie wandte sich dorthin, blieb aber stehen, als sie jemanden lachen hörte. Noah war bei ihrem Bruder.

Erschreckt wich sie einen Schritt zurück. Aber dann bemerkte sie auf einmal, wie still es im Esszimmer geworden war. Ihre gesamte Familie beobachtete sie gespannt. Es gab kein Zurück. Sie musste in den Wintergarten. Jordan holte tief Luft und ging entschlossen hinein.

Nick lag auf dem Sofa, und Noah saß in einem Sessel. Beide tranken Bier.

»Hallo, Nick. Hallo, Noah.«

»Hallo!« Nick lachte sie freundlich an.

»Jordan, wie geht es dir?«, fragte Noah.

»Gut. Es geht mir gut. Wir sehen uns bestimmt später noch.« Sie machte Anstalten zu gehen.

»Jordan?«, sagte Noah.

»Ja?« Sie drehte sich wieder um.

Noah stellte sein Bier auf den Tisch. Er stand auf und trat auf sie zu.

»Erinnerst du dich an unsere Abmachung?«

»Ja, natürlich.«

»Was für eine Abmachung?«, fragte Nick.

»Das geht dich nichts an«, sagte Jordan. »Was ist mit der Abmachung?«, fragte sie Noah.

»Was für eine Abmachung?«, fragte Nick erneut.

»Als wir Serenity verließen, haben Jordan und ich uns geschworen, getrennte Wege zu gehen«, antwortete Noah.

»Musstest du ihm das verraten?«, fragte Jordan mürrisch.

»Na ja, er hat schließlich gefragt.«

»Wenn du mich jetzt entschuldigst.« Jordan wandte sich wieder ab.

»Jordan?«, sagte Noah.

Erneut blieb sie stehen. »Ja?«

Langsam trat er auf sie zu.

»Wie schon gesagt, was unsere Abmachung angeht ...« Er blieb vor ihr stehen. »Sie gilt nicht mehr.«

Jordan wollte ihm widersprechen, aber sie wusste nicht, was sie erwidern sollte. »Wie meinst du das?«

»Es gibt keine Abmachung mehr, das meine ich. Wir gehen keine getrennten Wege.«

»Ich lasse euch beide mal ein bisschen allein«, erklärte Nick und stand auf.

»Du brauchst uns nicht allein zu lassen«, erwiderte Jordan.

»Doch«, warf Noah ein.

»Warum?«

»Weil ich mit dir allein sein will, wenn ich dir sage, wie sehr ich dich liebe.«

Jordan verschlug es den Atem.

»Du ... nein, warte mal. Du liebst doch alle Frauen, oder nicht?«

Nick zog die Tür hinter sich zu.

Noah nahm Jordan in die Arme und flüsterte ihr all die Worte ins Ohr, die er in seinem Herzen bewahrt hatte. Er küsste sie.

»Und du liebst mich doch auch, Süße, oder?«

Jordan schmolz dahin. »Ja.«

»Heirate mich.«

»Und dann?«

»Dann bin ich der glücklichste Mann auf der Welt.«

»Noah, wenn wir verheiratet wären, könntest du dich nicht mehr mit anderen Frauen treffen.«

»Siehst du, das liebe ich so an dir. Ständig widersprichst du mir. Ich will keine anderen Frauen. Ich will nur dich.«

»Ich könnte mich ein bisschen einschränken, aber meine Computer gebe ich nicht auf«, warnte Jordan ihn.

»Wie kommst du auf die Idee, dass ich das von dir verlangen könnte?«

»Mein bequemes Leben. Erinnerst du dich noch an deine kleine Rede?«

»Ja, ich weiß. Damit habe ich dich aus deiner Wohnung gelockt, oder nicht?«

»Und in dein Bett«, fügte sie hinzu. »Weißt du, was ich beschlossen habe? Ich werde ein Programm schreiben, das ein Vierjähriger verstehen könnte. Und dann werde ich versuchen, Computer in Schulen und andere Institutionen zu bringen, die sich keine leisten können. Wenn ein Kind früh genug mit Computern umgeht, bekommt es einen ganz natürlichen Zugang dazu. Die Technologie ist vorhanden, und ich möchte sie benutzen, um etwas Zukunftsweisendes damit zu machen.«

Noah nickte.

»Das ist ein guter Anfang. Ein einfaches Programm. Jaffee wird sich bestimmt freuen, wenn er davon erfährt.«

»Apropos Jaffee, ich habe gestern mit Angela telefoniert. Sie sagt, das Lokal sei brechend voll, seit sie die Neuigkeiten mit Trumbo erfahren haben. Die ganze Stadt redet von nichts anderem.«

»Die letzte Zeit war ziemlich anstrengend für den Ort. Chaddick hat mir erzählt, dass diese Bombe J.D.s Erpressungsliste übertrumpft hat. Er und Street wickeln noch alles ab, und dann sind sie wieder weg.«

Noah setzte sich neben Jordan aufs Sofa und zog sie auf seinen Schoß. »Muss ich vor dir auf die Knie gehen?«

Sie lächelte. »Es ist nicht einfach, dich zu lieben.«

»Heirate mich.«

»Du bist arrogant und egoistisch.« Sie machte eine Pause. »Und süß und liebevoll und lustig und charmant.«

»Willst du mich heiraten?«

»Ja, ich will dich heiraten.«

Noah küsste sie leidenschaftlich. Er konnte kaum genug von ihr bekommen. Schließlich löste er sich von ihr.

»Ich nehme an, du willst einen Ring, oder?«, sagte er.

»Ja.«

»Was ist mit Flitterwochen?«

Sie küsste ihn auf den Hals.

»Meinst du vor oder nach der Hochzeit?«

»Danach.«

»Schottland. Wir müssen in den Flitterwochen nach Schottland. Wir könnten zuerst in Gleneagles Station machen und von da aus in die Highlands fahren.«

»Um nach deinem Schatz zu suchen?«

»Ich brauche nicht danach zu suchen. Ich weiß, wo er ist.«

»Ja? Du hast es herausbekommen?«

»Ja«, erwiderte Jordan stolz.

»Erzähl es mir«, sagte Noah.

»Alles begann mit einer Lüge …«